사랑의 온도
1

하 명 희 대 본 집

사랑의 온도

1

RHK
알에이치코리아

사랑의 온도
대본집을 출간하며

개인의 역사가 있듯이 작품도 마찬가지 같습니다.
〈사랑의 온도〉는 지금까지 제가 쓴 드라마 중에 제일 긴 역사를 가졌습니다. 긴만큼 생각도 많이 하게 만들어준 작품입니다.

소설에서 드라마가 되기까지, 드라마로 방송되고 마칠 때까지 〈사랑의 온도〉 드라마를 통해 선택을 말하고 싶었는데 작가인 저에게 운명에 대해 더 깊게 생각하게 만든 작품입니다.

그리고 운명처럼 대본집을 처음 출간하게 되는 일까지 하게 됐습니다. 그동안 전자책으로 출간한 적은 있었지만 종이책으로 대본집은 이번이 첫 출간입니다. 대본집을 읽고 싶어 하는 독자가 늘고 있다는 소식에 저 또한 용기를 내봤습니다.

드라마 대본은 건축으로 치면 설계도 도면 같은 것이면서 음악으로 치면 악보 같은 것입니다. 누가 만들고 누가 연주하느냐에 따라 다르게 느껴질 수 있습니다.

읽으면서 자신의 방식으로 연주하고 만들어보면서 드라마와는 다른 즐거움을 가지실 수 있지 않을까 하는 바람을 가져봅니다.

인생은 끊임없이 나와 누군가와 함께 살아가는 방식을 공부하는 것이기에 '온도'라는 단어를 제목으로 사용했습니다. 〈사랑의 온도〉 제목처럼 이 대본집으로 독자와 소통하며 작가인 제가 말하고자 했던 온도를 여러분과 같이 찾아나가고 싶습니다.

〈사랑의 온도〉 드라마를 사랑해주시고 응원해주신 많은 분들과 드라마 대사 하나하나를 기억하며 이 대본집을 선택해주신 독자 여러분께 진심으로 감사드립니다.

—하명희

시놉시스

기획 의도 / 등장인물 / 중심 줄거리

영화나 드라마의 간단한 줄거리나 개요를 말하며, 주제, 기획 의도, 줄거리, 등
장인물에 대한 정보를 담는다. 최종고가 완성되기 전에 작성하는 것이 보통이
므로 실제 완성된 작품과는 차이가 있을 수 있다.

1_참 어려운 시대를 만났다.
  이 시대에 어떤 이야기를 해야 할까.

현수는 드라마 작가가 되는 꿈을 가졌다.
그 꿈을 위해 대책도 없이 다니던 직장을 관두었다.

정선은 요리사가 되고 싶었다. 엄마가 끓여준 콩나물 국밥에 위로받았던 어린
시절이 있었다. 그때 엄마의 마음을 기억하고 있다.

두 사람은 꿈을 이루기 전에 만났고 꿈을 이룬 후에 다시 만났다.
두 사람은 서로를 사랑하고 있고, 서로가 서로를 사랑하고 있다는 것을 알고
있다.
하지만 사랑하진 않는다. 사랑하는데 사랑하지 않는다.
두 사람은. 이상하지만 그렇다.

그들에겐 장애가 있다.
현수에겐, 여섯 살 어린 남자와 사랑하는 건 사회적 시선에서 보면 안 되는 일
이라는 사회적 장애가. 정선에겐, 행복하게 해줄 수 없는 사랑은 안 한다는 심
리적 장애가.

두 사람은 장애와 상관없이 사랑에 빠졌다.

시대가 어떻든 우리는 사랑을 한다. 그래서 사랑을 얘기한다. 이 시대에.

2_ 사랑의 온도

요리에서 온도는 중요하다. 국물 요리가 가장 맛있을 땐, 뜨거울 때 60~70도.
차가울 땐 12도~5도 정도다. 각 음식에 따라 최적 온도라는 것이 있다.
사랑에도 최적 온도가 있다.
문제는, 최적 온도가 남녀 두 사람이 동시에 같은 온도여야 한다는 거다.
현수와 정선은 타이밍이 달랐다. 서로가 상대에게서 사랑을 인지하는 타이밍이.
좀 더 일찍, 아님 약간 늦게.
현수와 정선이 서로의 사랑을 찾고 이루려는 과정은
지금 이 순간 놓치지 말아야 할 것이 무엇인가,
지금 이 순간 무엇을 하고 싶은가에 대한 질문을 던진다.
지금 이 순간 지나가버리면 당신은 영영 그것을 갖지 못할 수도 있다.

3_ 드라마와 요리의 만남으로 즐거움을 극대화한다.

"세상이 어떻게 변하든 매체가 어떻게 변하든 사람들은 스토리(텔링)
를 원하고 (그 스토리에) 깜빡 죽는다." -케빈 스페이시

어느 시대건 엔터테이너들이 있었다. 광대, 가수, 배우, 작가. 현실은 어느 시대
건 잔혹하니까. 인간은 행복보단 불안과 두려움을 선호하는 종족이니까. 즐거
움을 스스로 만들어내기 어려우니까 남들이 만들어주는 즐거움을 사기 시작

했다. 그중에 TV 드라마는 비용이 가장 적게 들면서 접근이 쉽다. 영화는 감독, 연극은 배우, TV 드라마는 작가의 예술이라고 한다. 작가들이 이야기를 어떻게 만들고 배우, 연출과 어떤 소통 과정을 통해 하나의 드라마를 탄생시키는지 그 과정을 통해 삶의 치열함을 보여주고, 동시대를 살아가는 사람들에게 위안과 공감을 주고자 한다.

> "내게 요리란 단순히 음식을 만드는 일이 아니라 누군가에게 작고 소박한 위로와 행복을 전하는 일이었다. 내가 음식을 통해 받은 위안을 다른 사람들에게 돌려주는 일, 그래서 내 길은 오직 요리였던 것이다."
> -이유석 셰프

전문 주방의 세계는 남자들의 세계다. 계급이 확실하고 셰프 수셰프 각 파트를 담당하는 담당자들로 이뤄져 있다. 정선은 이 주방에 혁신적인 리더십을 도입한다. 계급은 없다, 리더만 있을 뿐. 정선의 새로운 리더십과 맛있는 요리를 통해 시청자들에게 따뜻함과 공감을 주고자 한다.

4_ 꿈은 이루어진다.

드라마 작가가 되려고 안정적인 직장을 뛰쳐나온 현수와 자신만의 요리로 우뚝 선 요리사가 되려는 정선. 두 사람의 꿈을 이루려는 필사적인 노력과 좌절을 통해 반드시 꿈을 이루지 못해도 꿈꾸는 자가 아름답다는 것을 드러내고 싶다. 희망이 인간을 얼마나 인간답게 만드는지 이야기하고자 한다.

*배경은 과거 2012년부터. 현재 2017년 가을

이현수 — 29세, 34세. 드라마 작가. 인터넷 닉네임 '제인'

"생각하고 생각하고 또 생각해. 그래서 사랑을 놓쳤어"

'정직'과 '무모'는 현수 자신이 자신의 성격을 분석할 때 젤 우선순위에 놓는 단어다. 현수는 거짓말을 하지 않는다. 못한다가 아니라 안 한다. 현수에게 거짓말과 수치심은 쌍둥이처럼 같이 붙어 있기 때문이다. 악기는 하나 다룰 줄 알아야 된다는 엄마 때문에 일곱 살 때부터 피아노 학원에 다녔다. 그러다 초등학교 5학년 때 엄마에게 거짓말을 하고 가지 않았다. 가기 싫었다. 현수는 피아노가 재미있지가 않았다. 악보대로 똑같이 치는 것. 반복하는 것. 그 시간에 친구들과 놀고 싶었으나 친구들은 친구들대로 학원에 다니거나 다 바빴다. 그래서 한참을 배회하다 집에 들어갔다. 시간은 어찌나 긴지. 한참을 다녔다. 현수 체감 시간은 한 시간이 훨씬 넘었는데 나중에 알고 보니 30분이었다. 어디 갔다 오냐는 엄마의 물음에 피아노 학원이라고 대답했고. 엄마는 좀 전에 피아노 학원에서 전화를 받았다고 했다. 현수 학원 안 왔다고 무슨 일 있냐고. 이젠 죽었구나란 생각에 엄마를 봤다. 엄마는 현수를 보지도 않고, 학원에 전화를 걸어 현수는 이제부터 피아노 학원에 가지 않는다고 원장님께 말씀드렸다. 그리곤 현수에게

"학원에 가지 않겠다고 하는 것과 거짓말 중 넌 왜 거짓말을 택했을까"

왜 거짓말을 택했을까. 엄마의 기대를 저버리는 것이 두려웠으니까. 실망시키는 게 싫었으니까. 언제나 엄마의 사랑스럽고 자랑스러운 맏딸이었으니까.

"엄만 니가 뭘 해도 사랑해."

그날 차라리 두들겨 맞았다면 좋았을 텐데. 엄마는 품격을 잃지 않았고, 현수는 품격을 잃었다. 자존심이 상했다. 아무리 엄마라도. 그날 이후로 거짓말을 아주 안 할 수 없지만 안 하려고 노력한다.

현실적이고 실리적이다. 판단이 빠르고 결정하면 직진이다. 총명하고 엉뚱해 별명이 '호기심 천국'이다. 부부 교사인 부모의 오랜 기다림 끝에 태어난 장녀로 기대와 사랑을 동시에 받았다. 다섯 살 때 간판을 줄줄줄 읽고 다녀 부모의 기대감을 높게 했고 가르치면 가르치는 대로 반드시 지켰다. 어른에게 인사 잘해야 한다고 하면 지나가는 어른을 붙들고라도 인사를 했다. 부모가 가르친 대로 하면 되는 줄 알았는데 부모도 모순되고 결점이 있는 인간이라는 것을 알게되면서 책과 병행해서 인생을 배우기 시작했다. 책이라면 뭐든 좋아한다. 장르 불문하고. 잡다한 지식이 많다. 소위 빨간책이라고 불리는 야한 책들도 섭렵했다. 이론엔 강자다. 자신의 정체성을 찾았고 생각을 분석하고 정리하는 걸 좋아한다.

얼굴이 예쁜데 예쁜 거에 관심이 없다. 오히려 그런 점이 외모에 특별한 분위기를 만들어줬다. 사랑받고 자랐고 정서적 안정이 되어 있어 안전해 보이는 사람으로 비춰진다. 한 번 보면 왠지 믿을 수 있는 사람 같은 느낌이 든다.
반전은 입을 열면 깬다는 거다. 언어 습관이 직선적이고 솔직하다. 정직하라고 배웠고 느낀 대로 말하라고 배웠다. 눈치 보지 말고 당당하라고. 배운 대로 행동할 뿐인데 사람들이 당황한다. 사회화되면서 사람들이 숨기는 것이 많고 거짓말을 많이 한다는 것을 알게 되면서부터는 조심한다. 혹시나 자신이 한 말이

타인의 감춰진 상처를 건드리면 안 되니까. 그러나 위기의 순간엔 돌직구다. 눈치 보고 자라지 않아 눈치가 없어 간혹 사람들에게 빅 재미를 준다. 순발력도 좋고 말빨로 어디 가서 밀리지 않는다. 공부도 잘하고 성정도 곧고 예뻐 인기가 많은데 의외로 남자보단 여자들이 무지 좋아한다. 첫 눈에 반했다며 자신을 좋아한다는 남자들을 얕본다. 얼굴 보고 좋다고 왔던 남자들이 그녀의 독설에 반년만 지나면 친구로 남던지, 떠나든지, 아님 멀리서 지켜보는 관계가 되어버린다.

그런 그녀가 자신의 인생에서 가장 큰 전환점을 일류대학에서 대기업까지 부모와 주위 사람들의 기대대로 미션클리어 하고 맞이했다.
그녀 특유의 '무모함'이 이때 발현되리라곤 누구도 예상하지 못했다.
대학 졸업 후 대기업에 취직하며 사람들의 선망의 대상이 되었었다. 쭉쭉 뻗어나가는 인생이었다. 남들 보기엔 실패라고는 없는. 24살 겨울 직장 생활 1년을 마치면서 사표를 냈다. 남들 보기에 실패 없는 삶에 계속 질문을 던지고 있었다. 《꽃들에게 희망을》이라는 동화책엔 애벌레들이 정상에 오르기 위해 서로를 밟고 올라간다. 계속 생각했었다. 자신도 애벌레처럼 목적 없이 어딘지 모를 곳을 향해 남들을 밟고 올라가는 인생이 아닌지. 회사를 관둔 건, 더 이상 어딘지 모를 곳을 올라가기 위해 남들과 경쟁하지 않겠다는 선언이기도 했다.

드라마 작가가 된다며 다니던 직장을 관두고 현직 드라마 작가의 보조 작가로 들어갔다. 월급이랄 것도 없고, 뭐든 확실한 건 하나도 없는 곳으로. 현직 드라마 작가의 특강을 듣고 그 작가의 권유로 다 때려치우고 그 작가를 따라 그 작가가 준비하고 있던 작품에 들어갔다. 흡사 그 행동은 사랑에 빠진 여자가 부모형제 다 버리고 남자 따라 야반도주하던 70년대 영화를 생각나게 했다. 그런 영화의 엔딩이 거의 비극이듯 현수도 인생 최대의 좌절의 시기를 겪게 된다. 금방 드라마 작가가 될 줄 알았다. 따라 나갔던 작가의 드라마 제작이 무산되고 3개월 만에 낙동강 오리알 신세가 된다. 아차 했지만 되돌아갈 수 없었다.

그래서 방송 작가 교육원에 등록하고 정식으로 작가 공부를 시작했다. 알바를 시작했다. 집안 최초 프리랜서가 되었다. 현수 가족의 삶에서 가장 추구하는 가치는 안정이다. 직업에서부터 전부 교육 공무원이다. 엄마, 아빠, 여동생, 전부. 현수가 작가가 되겠다는 건 현수 가족으로선 신기한 일이고, 걱정스러운 일이기도 하다. 어릴 적 현수가 글짓기를 잘해 상을 타오기도 했지만. 그걸 직업으로 삼는다고 나섰을 때 현수 부모는 지지했다. 겉으로만. 말려 봤자 그만두지 않는다는 걸 알기에.

현수는 직장을 관두고 자신이 지금껏 그어놓은 선을 해지했다. 집에선 브래지어를 벗는다던가. 하루 종일 잠만 자고 아무것도 안 하고, 뒹굴뒹굴 거렸다. 아무것도 하지 않아도 존재만으로 존중받아야 되는 존재임을 확인하고 싶었다. 확인했고 내면이 강해졌다. 그런 확인도 잠시, 곧 시련이 왔고 흔들리기 시작했다. 2년은 작가 교육원에 다녔고, 계속 방송국 공모에 응시했지만 계속 떨어졌다. 시험에 떨어진 적이 없어서 당혹스러웠다. 회사를 그만둘 때만 해도 드라마 작가가 금방 될 줄 알았다.

어느덧 스물아홉 살이 됐다. 여전히 작가 지망생이었고, 방송 준비 중인 드라마 보조 작가로 들어갔다. 보조 작가의 삶은 열악했고, 자신의 꿈에서 자꾸 멀어지는 거 같아 절망했다. 이제 곧 서른. 그럼 더 이상 청춘은 아니다. 청춘이 물러가기 전 지독했던 마지막 발악 같은 그 시절 현수는 에이미 와인하우스(Amy Jade Winehouse, 1983년 9월 14일~2011년 7월 23일)를 좋아했다. 그녀의 재능을 탐냈다. 그녀의 노래를 달고 살았다. 마치 죽은 에이미 와인하우스가 자신에게 재능을 기부하길 바라면서. 'Back to Black'을 달고 살았다. 이 노래는 에이미 와인하우스가 남편과 헤어지고 만든 노래다. 현수는 이성적인 사람이다. 아니 그 시절 그녀는 자신이 이성적인 인간이라고 생각했다. 사랑에 빠져 모든 걸 거는 인간을 이해하지 못했다. 에이미 와인하우스는 그런 재능을 갖고 있으면서 남자에 왜 저렇게 목맬까 이해하지 못했다. 자신의 글이 발전이 없고 계속 공모에 떨어지는 이유가 그것 때문이라고 여겼다. 에이미 와인하우스는 되고 자신은 안 되는. 바로 사랑에 대한 가치관 차이.

현수는 사랑은 이성이고, 사랑은 빠지는 것이 아니라 자신의 의지로 선택하는 것이라 여겼다. 지극히 이성적이면서 자신 스스로 정서적 안정을 갖춘 인간이라고 여기고 있었기에. 에이미 와인하우스의 'Back to Black' 노래 가사

"We only said good-bye with words"
(우린 말로만 이별을 했을 뿐이야.)

현수는 도저히 이해하지 못했다. 헤어지자고 했음 헤어지는 거지 어떻게 말로만 헤어지고 또 만나는지. 이런 게 사랑이고 이런 게 글 쓰는 재능과 관계 있는 거라면 어떡하나. 지금껏 자신이 배우고 알아온 것을 버려야 한다. 버리기 전엔 기존에 지켜왔던 것들의 반항이 엄청 강했다.

"난 아직 필(feel)이 도착 안 했어."

그런 시기에 정선을 만났다. 나이도 여섯 살이나 어린데 군대는 갔다 왔다고 하고, 요리하는 남자. 더 학교에 진학할 생각이 없는 남자애. 남자애라고 생각했다. 여섯 살이나 어린 스물세 살 애가 무슨 남잔가. 애송이다. 거기다 괴짜다. 온 국민이 다 있다는 핸드폰도 없다. 괴짜는 싫다. 당돌하기 그지없게 만나고 얼마 후 '필(feel)이 왔다'고 했다. 지만 오면 단가. 뭘 알아서 좋아하나 딱 질색인 타입이다. '넌 나보다 어리고 니가 부쳤다는 느낌'은 아직 나한테 도착 안 했다. 앞으로도 널 사랑할 일은 없을 거다. 단언해서 말했다. 정선은 알았다고 했다. 다신 먼저 사랑을 입에 올리는 일은 없을 거라고 했다. 그 말을 듣고 집으로 돌아오는 길에 현수는 뭔지 모를 감정이 느껴졌다. 그것이 사랑이었는지 알지 못하지만 어떤 느낌이 있었다. 그랬던 남자를 사랑하게 될 줄 꿈에도 몰랐다. 사랑하게 됐다. 알지도 못하는 남자를.

그리고 현수와 정선은 붙어 다녔다. 친구처럼. 누나 동생으로 지내야 되지만, 정선의 만만치 않은 기(氣)에 살짝 눌렸다고 할까. 정선이 해주는 요리를 먹으면서 행복했다. 엄마 음식보다 훨씬 맛있었다. 그러면서 마음이 열렸다. 인생과 자신과 타인에 대해. 정선은 서래마을에 있는 한정식 집 주방에서 일하고 있었고, 현수도 보조 작가를 하면서 서로의 꿈을 지지해줬다. 그리고 각자 자신의 꿈을 이루기 위해 노력했다. 현수는 그러면서 알았다. 자신이 정선을 사랑하고 있다는 걸. 사랑에 빠졌다. 이게 사랑이었구나. 고백하려고 했다. 결자해지라고. 정선이 고백을 거절당했을 때, 다신 먼저 사랑을 올리는 일은 없을 거라고 말했으니까.

정선과 약속을 했다. 약속에 나가기 전에 친한 후배인 홍아에게 먼저 얘기하려고 했는데 홍아가 먼저 할 말이 있다며 홍아가 정선과 사귀는 중이라고 했다. 얼마 안 됐다고. 어렵게 말했다. 현수는 가슴이 철렁했다. 홍아는 정선과 어울린다. 모든 것이. 깨끗이 물러나야 한다. 하지만 그 순간 에이미 와인하우스가 생각났다. "We only said good-bye with words"(우린 말로만 이별을 했을 뿐이야.) 나도 에이미와 같은 감정을 느꼈다. 쪽팔린다. 하지만 고백은 해야겠다. 그게 공평하다. 도망가고 싶지 않다. 야멸차게 까이고 사랑을 몰라봤던 벌을 받겠다. 현수는 정선을 만났다. 고백하려 했는데 정선이 먼저 말했다. 프랑스에 가서 르꼬르동블루를 마치겠다고. 핸드폰을 만지작대면서. 이제 정선은 핸드폰이 있다. 그래도 고백하려 하는데 정선의 전화벨이 울렸다. 전화를 받고 정선은 오늘은 가야겠다며 갔다.

현수는 이때부터 정선에 대한 사랑이 더 깊어졌다. 정선은 떠났고, 현수는 드라마 공모에 당선됐다. 제일 먼저 정선에게 알리고 싶었다. 전화했다 정선에게. 정선은 전화를 받지 않는다. 현수는 정선 외엔 누구도 사랑할 수 없게 된 거 같다.

다시는 만날 수 없을 거라 여겼던 정선을 자신의 드라마 촬영장에서 만난다. 정선은 자신의 꿈을 이룬 요리사가 되었다. 현수 드라마의 요리 자문과 촬영을 도와주고 있었다. 왜 그가 여기에 있나. 하필이면 이 쪽팔리는 상황에. 왜 홍아는 말해주지 않았을까. 자신의 남친이 내 촬영장에 있는 것을.

다시 정선과 재회하게 되면서 밑바닥에 눌러놓은 사랑이 폭발한다. 그리고 정선과 헤어짐에 얽힌 비밀들이 드러나면서 현수와 정선의 사랑은 새로운 국면으로 접어든다. 현수는 사랑을 이룰 수 있을까. 아니면 타이밍을 한 번 놓친 벌로 계속 놓치게 될까.

온정선 ── 23세, 28세. 미슐랭 원스타 굿스프 오너. 인터넷 닉네임 '착한 스프'

"밥에 순위를 매기는 건 재미없어. 누구에게든 밥은 절대적이니까."

선(善)과 선(線). 선한 것을 추구하지만 선이 확실하다. 누군가한테 지배당하는 것도 싫어하고, 누군가를 지배하는 것도 싫어한다. 가부장적인 아버지의 영향으로 인생의 철칙처럼 되었다. 리더는 누군가를 지배하는 게 아니라 존중하는 거다. 요리사가 된 이후에도 정선의 주방에 계급은 없다. 서로 하는 역할은 다르지만 미장(밑작업)은 함께한다. 재료 다듬고 준비하는 건 주방 막내가 하는 허드렛일이 아니다. 재료 준비부터 요리의 시작이라고 본다. 시작은 요리를 하는 사람이 하는 것.

승부욕이 강해서 이기는 걸 좋아한다. 운동을 좋아한다. 어릴 땐 혼자 하는 운동보단 함께 하는 운동을 더 좋아했다. 팀을 합리적으로 운영해서 팀원들에게 존중받았다. 어릴 적부터. 초등학교 땐 축구를 했었는데 미드필더로 경기를 운영하고 팀을 승리로 이끈 적도 많다. 축구 연습 마치고 집으로 애들하고 몰려가면 엄마가 해주던 도톰한 돈가스를 아직도 기억한다. '행복'이라고. 그래서 요리를 시작하게 됐는지 모른다. 행복하려고, 행복을 주려고.

호기심이 많아 질문도 많다. 조립하는 거보다 형태가 없는 거에서 형태가 있는 걸 만들어내는 걸 더 좋아했다. 어릴 적부터. 이런 성격이어서 셰프가 된 건지 셰프가 돼서 이런 성격이 된 건지 모르겠지만 문제가 있음 바로 바로 해결한다. 뒤로 미루지 않는다. 요리하면서 설거지한다. 중요한 결정엔 이성보단 자신의 동물적 직감을 믿는다.

SBC '냉장고를 사랑해' 1회 특별 출연 만에 인기스타로 떠올랐다. '냉장고를 사랑해' 출연 전에 이미 국내 최대 가전제품 회사 냉장고, 김치 냉장고의 디자인에도 참여하고 CF도 찍었다. 미슐랭 원스타인 자신의 식당 '굿스프'를 경영하면서. 말이 경영이지 경영하는 대표는 따로 있고 주로 요리에 전념한다. '온셰프' 온정선. 고졸. 프랑스 유학. 아버진 분당의 유명한 치과의사. 거기다 스물여덟 살. 젊은 나이에 다 가진 이 남자. 금수저인 이 남자가 고졸이기에 사람들은 더 열광했다. 이 완벽해 보이는 남자에게도 아킬레스건은 있다. 가족이다. 특히 '엄마.'

정선의 부모는 정선이 중학교 때 이혼했다. 정선의 엄마는 유약하고 정선의 아빠는 가부장의 끝판왕이었다. 두 사람은 사람들이 보기에 차이 나는 결혼을 했다. 정선 엄마는 정선을 임신해서 정선 집안에 진입할 수 있었다. 정선 엄마는 무조건 자신을 낮췄고, 모든 걸 정선 아빠에게 맞췄다. 그러면서 숨통이 트일 곳으로 정선 친구 엄마들하고 어울렸고, 계를 했다가 계주가 돈을 갖고 튀는 바람에 손해를 봤다. 그 일로 정선 아빠는 아내를 냉랭하게 대했고, 준비해놓은 듯 새 여자를 만들었다. 미혼이면서 음대 나와서 나이도 어린. 걸 조건은 정선 아빠와 맞는. 정선 엄마는 자신이 잘못한 것도 있고 이혼을 하지 않으려고 기 쓰고 매달렸지만 위자료와 재산 분할 명목으로 돈을 받고 물러나게 되었다.

그 와중에 정선이 자신을 택했기에. 이겼다고 생각했다.

정선은 엄마를 선택했다. 더 약자니까. 정선 엄마는 정선만 있음 새 출발할 수 있겠다며 친구가 있는 프랑스로 정선을 데리고 떠났다. 정선은 그때 엄마를 선택한 것을 간혹 후회했다. 그 선택이 자신의 인생에 커다란 족쇄가 될 줄 몰랐다. 근데 아마 알았어도 엄마를 선택했을 거다. 그런 남자다. 정선은. 불이익을 알면서도 책임질 수 있는 남자. 프랑스에서 고등학교를 졸업하고 바로 르꼬르동블루에 입학해 다니다 군대 때문에 한국에 나왔다. 정선이 군대 가 있는 동안 정선의 엄마는 혼자 버려진 거 같았다. 혼자선 견딜 수 없기에 누군가가 필요했다. 이때부터 정선의 엄마는 이전까지와는 전혀 다른 삶의 세계로 들어선다. 선을 넘어버렸다. 정선이 제대 후 파리로 갔을 땐, 엄마는 세 번째 연애 상대와 동거 중이었다. 정선은 엄마와 상관없이 자신의 인생을 걸어갔다. 르꼬르동블루에 복학하고 조교하면서 열공하고 있었다.

정선은 자신이 어떤 요리사가 되어야 하는지에 대한 물음을 계속 던지고 있는 중이었다. 프랑스 요리에 매력을 느꼈던 건, 프랑스 요리는 전통으로 내려오는 요리를 고수하는 것이 아니라 여러 나라의 음식을 받아들이며 자국의 입맛에 맞게 계속 변화를 이끌어왔기 때문이다. 정선의 성격과도 맞았다. 정선은 전통이라며 변화를 받아들이지 않는 요리는 재미없었다. 너무 격식이 있고 고급스러움을 추구해서 일반 사람들이 넘볼 수 없는 요리도 별로였다. 어떤 요리사가 되어야 사람들에게 행복을 줄 수 있는가. 그 시기 정선은 자신의 꿈에 대한 구체적 형태를 만들어가고 있었다. 그런 그가 제일 존경하는 셰프가 '알랭 파사르'다. 그의 식당에서 일하고 싶어서 계속 프러포즈하고 있었다. 드디어 연락이 왔다. '알랭 파사르' 셰프가 운영하는 미슐랭 3스타 '아르페쥬' 식당에서. 군대 있으면서도 아르페쥬 식당에서 사람을 뽑는지 계속 체크하고 있었고, 알랭 파사르에게 이메일을 남겨둔 상태였다. 꿈에 한 발짝 가까이 다가간 거 같았다. 1년 정도 일하고 있는데 엄마가 찾아왔다. 동거하던 남자한테 돈까지 뜯기면서 맞고 살고 있었다. 구조 요청을 해서 정선이 데리고 나왔지만, 얼마 후 정선 엄마는 그 남자에게 다시 갔다. 정선은 이 지긋지긋한 고리를 끊기 위해 한국행을 택했다. 핸드폰도 없앴다. 그때 현수를 런닝 동호회에서 만났다. 지독한 길치에다 알지도 못하면서 사랑을 할 순 없다는 고혹적인 여자를.

"난 날 인정해주는 여자가 좋아.
 아무리 내가 좋아도 여자가 싫다면 대시하지 않아."

정선은 현수에게 거절당하고 말했다. 사랑은 쌍방통행이다. 내가 사랑해도 상대방이 원치 않는다면 죽을 만큼 힘들어도 접어야 한다. 정선에게 사랑은 심장 떨리는 감성의 절정이다. 현수를 만나고 사랑을 하면서 자연스레 이성이 들어왔다. 차분해지고 냉정해졌다. 그녀가 이루고 싶은 꿈을 지지해주고 꿈을 이루게 도와주고 싶었다. 우선 그게 자신이 현수를 사랑하는 방법이라고 여겼다. 정선은 현수와 자신은 보이지 않는 실로 묶여 있다고 느꼈다. 보이지 않는 실을 언젠가 현수도 느끼게 되리라 믿었다.
정선은 서래마을에 있는 한식당 주방에서 일하면서 한식을 다른 식으로 접근하는 방법을 배웠고 자신의 요리를 선보일 수 있는 기회를 얻었다. 그 기회로 식당을 차려주겠다는 제안을 손님에게 받는다. 바로 정우다. 정선은 그 제안을 거절했다. 식당을 차리더라도 남의 돈으로 시작하고 싶지 않아서.

정선에게 서울 생활은 여러모로 즐거웠다. 그 즐거움을 시샘이라도 하듯 정선 엄마가 정선에게 나타났다. 남자와도 헤어졌다고 하고 너밖에 없다며 엄마를 버리지 말라고 패악을 부렸다. 거기다 편한 친구로 지낸 홍아가 사귀자며 계속 따라다녔다. 분명한 거절을 했는데도 불구하고. 홍아는 현수와 아주 친한 후배다. 두 사람은 거의 붙어 다니는데. 혹시 현수에게 이 얘기가 들어가 현수의 마음이 다칠까 봐 겁이 났다. 프랑스에선 자신의 스승인 '알랭 파사르'가 다시 함께 일하자는 제안을 해왔다. 계속 알랭과는 이메일로 연락 중이었다. 정선은 자신을 둘러싸고 있는 환경 때문에 현수가 불행해질까 겁이 났다. 현수는 요즘 정선에게 뭔가 말하고 싶어 한다. 그게 뭔지 정선은 안다. 현수에게 정선이 부친 '필(feel)'이 도착한 것이다. 현수가 만나자고 한다. 정선도 할 말이 있었다. 엄마에 대해 털어놓을 때가 됐다. 정선은 현수와 만났다. 핸드폰이 울렸다. 병원 응급실이다. 엄마다. 정선은 병원으로 간다. 5년 전 현수와 정선의 서울에서의 만남은 이렇게 끝났다.

3년 후, 정선은 알랭 파사르의 축복을 받으며 한국으로 다시 돌아왔다. 정우가 프랑스까지 찾아와 식당을 내자는 제안을 계속했고, 마침내 받아들였다. 정우와 정선은 우면산 아래 '굿스프'라는 식당을 함께 연다. 자신이 추구하는 최고의 음식과 대중이 좋아하는 음식은 다를 수 있다. 요리사는 너무 난해하지도, 너무 팬시하지도 않은 '맛의 합의점'을 찾아내야 한다. 문턱이 높은 식당이 되고 싶지 않았다. 그걸 정선은 찾았다. 그리고 그런 시도는 계속되고 있다. 작은 결과로 미슐랭 원스타를 받는 영광을 얻었다. 정작 본인은 점수엔 신경을 쓰지 않는다. 그럼 점이 그를 더 매력적으로 만든다.

정선은 홍아에게 현수의 근황을 듣고 있었고, 정우의 제안으로 현수 미니시리즈의 요리 자문을 해주게 된다. 그래도 그렇게 현수를 만나게 될 줄은 몰랐다. 5년이 지나도 현수는 역시 현수다. 아직도 사랑스럽다 그녀는.

지홍아 ── 23세. 28세. 현수 보조 작가. 인터넷 닉네임 '와이파이'

"세상은 날 위해 존재해. 사람들은 날 위해 존재하는 작은 존재들이야."

인생은 긴 여정이다. 어린 시절 빛났던 사람이 자라면서 그 빛이 바랠 수도 있고, 어린 시절 주목받지 못했던 사람이 나이가 들면서 빛을 발할 수도 있다. 어느 쪽이 좋은 것이라고 단정 지어서 말할 순 없다. 어린 시절의 빛남은 선천적으로 가지고 태어나는 것과 관계가 있고, 나이 들어서의 빛남은 후천적인 노력과 관계가 있다. 홍아는 어린 시절 가장 빛났던 사람이다.

대기업 계열사 사장 딸이다. 대학교 1학년 때 드라마 작가가 되겠다고 방송 작가협회 교육원에 등록했다. 꼭 하고 싶어서라기보다 드라마 작가가 된다고 하면 뭔가 있어 보여서 홍아의 허세를 채워주기에 알맞았다. 드라마 작가가 되는 게 이렇게 어려운 줄 알았다면 시도조차 안 했을 것이다. 어려운 일을 시도해서 성취하기엔 너무나 많은 것을 갖고 태어났다. 갖고 태어난 건 이미 갖고 있는 것이기 때문에 소중한 것임을 알지 못한다. 많은 것을 갖고 태어났기에 잃는 것부터 배워야 했다. 잃는 것을 먼저 배우는 사람은 피해의식을 가질 수 있다.

자신보다 나이도 많고 매력도 없는 현수를 정선이 좋아한다고 하자 빈정 상한다. 모욕감마저 느꼈다. 정선이 자신을 좋아하는 줄 알았다. 지금껏 정선처럼 자신을 편하게 생각했던 남자는 없다. 남자는 편하게 생각하는 여자와 결혼하고 싶어 한다고 생각했다. 그래서 날 사랑하는 줄 알았다. 근데 현수 언니라니!

현수랑 다니면 언제나 남자들이 자신에게 주목했었다. 나이도 어리고 부잣집 딸인 데다가 상냥하기까지 하니까. 당연한 걸 뺏긴 거 같다. 물론 현수를 좋아한다. 좋아하면서도 현수가 잘되는 것을 볼 수가 없다. 현수가 공모에 당선되고 열등감이 더더욱 심해졌지만 마음을 숨기고 현수의 보조 작가를 하면서 자신이 언젠가 현수를 뛰어넘고 정선의 마음도 가져올 것이란 걸 믿어 의심치 않고 있다. 글 쓰는 재능이 현수보다 떨어진다면 정선만은 뺏기지 않을 거란 각오를 갖고 있다. 사람이 모든 걸 가질 수 없다면, 둘 중 하나는 내 거니까.

박정우 __ 39세. 온(ON) 엔터테인먼트 대표. 굿스프 투자&경영

"인생은 투쟁과 획득. 예외는 없어."

컬렉터다. 명품을 알아보는 안목이 탁월하다. 사람한테도 적용된다. 머리가 좋고 체력도 좋다. 판단력이 빨라 치고 빠질 때를 잘 안다. 그래서 성공했다. 자수성가했다. 대학 1학년 때 아버지의 희생으로 미국으로 유학을 갔다. 브라운 대학에서 MBA를 했다. 언제나 깨어 있다. 깨어 있어야 한다는 게 인생이 모토다. 그래서 온(on)이란 말을 좋아한다. 지금하고 있는 회사 이름도 '온'이라고 정했다.

정선을 좋아한다. 자신이 찾아낸 보석이다. 서래마을 한 식당에서 정선의 요리를 먹어보고 될 거라고 예상했다. 그리곤 밀어붙였다. 정선은 이름에 이미 '온'을 갖고 있다. 인연이라고 여겼다. 프랑스에 간 김에 아르페쥬 식당에 가서 정선을 만나기도 했다. 정선의 요리는 진보하고 있었다. 정선에게 같이 식당을 낼 것을 계속 제안하고 있었다. 정우는 한 번 이거다라고 생각하면 놓지 않는다.

사랑도 예외는 아니다. 현수를 후배에게 소개받고 그녀의 엉뚱함에 끌렸다. 그리고 그녀가 계속 누군가를 사랑하면서 자신에게 곁을 주지 않는 것도 맘에 들었다. 작가로서의 재능도 좋았다. 지금은 현수의 미니시리즈 '반칙형사'를 제작 중이다. 그러다 알았다. 현수가 계속 사랑했던 누군가가 정선이란 사실을. 인생에서 매혹적인 인간을 둘을 봤다. 둘 다 내 사람으로 만들고 싶은데. 둘 중에 한 명만 선택해야 한다면 현수다.

최원준 _ 수셰프. 32세. 런닝 동호회 회원

대대로 의사 집안이다. 당연히 직업 선택에 의사를 지망했고, 의사가 됐다. 정
작 하고 싶은 일은 요리를 만드는 건데 말이다. 틈틈이 국적불명의 요리를 해
내면서 꿈에 대한 허기를 채웠다. 정선과 런닝 동호회에서 만났고, 자신보다
나이는 어리지만 정체성 확실하고 정확하고 부드러운 정선을 좋아한다. 그의
요리도.
정선이 프랑스에서 돌아와 식당을 차리겠다고 하자 레지던트 2년차 하다가 바
로 때려치우고 따라나섰다. 주방에선 정선의 부주방장이지만 주방을 벗어나면
서로의 인생을 주고받는 친구다. 홍아와 대학 때 미팅했다 거절당하고 계속 호
구가 되어주고 있다.

김하성 _ 27세

미국 CIA 졸업 후, 정선의 요리가 맘에 들어 굿스프에 들어왔다.

강민호 _ 25세. 힙합에서 요리로

천성이 낙천적이고 귀엽다. 엄마가 미혼모다. 가정이 불우해서 힙합으로 자신
의 울분을 풀다가 엄마가 아프기 시작하자 생계로 요리를 시작했다. 호텔 주방
에서 일하다 정선의 요리를 먹어보고, 정선에게 막내로 들어오겠다고 해서 이
리로 들어왔다.

유영미 __55세. 정선 모

누군가의 엄마, 누군가의 아내. 누군가의 애인. 자신이 아닌 누군가의 무언가로 살아가고 싶은 여자. 평생 자립이란 걸 하고 싶지 않다. 본의 아니게 아들 정선의 인생을 불행으로 끌어들인다.

온해경 __53세. 정선 부. 치과의사

가부장의 끝판왕이다. 가족을 자신의 지배 아래 놓고 조종하길 원한다. 하지만 내면엔 나약함이 있다. 그래서 연상인 영미와 결혼했고 모든 걸 받아주길 바랐다. 영미의 일탈은 해경에겐 배신이었고 해경은 다른 여자를 품었다. 그리곤 영미를 버렸다. 아들 정선이 자신을 택하지 않고 영미를 선택한 것에 대한 섭섭함을 갖고 있다.

이민재 __62세. 현수 부. 초등학교 교사

합리적이고 현실을 중시한다. 부부 중심의 가정을 이루고 있다. 아내 바보다. 열심히 아끼고 퇴직 이후에 아내와 함께 크루즈 여행도 다니고 여가를 즐길 여정이다. 그런데 뜻밖의 복병이 기다리고 있다.

박미나 __62세. 현수 모. 초등학교 교사

주관이 강하고 상냥하다. 엉뚱하다. 예술적 자질이 있다. 현수의 글 쓰는 재능이 자신에게서 갔다고 생각하고 있다. 자식보단 남편. 현재는 미래를 위한 것.

미래를 위해 현재를 즐기는 것을 보류하고 있다. 그렇지만 인생은 그녀에게 그녀가 원한 것보다 다른 걸 준비하고 있었다.

이현이 __27세. 32세. 현수 여동생. 초등학교 교사

질투가 강하고, 경쟁심이 강하다. 사랑받고 인정받고 싶은 욕구가 강하다. 고지식하고 안정적인 것을 추구한다. 언니 현수가 글 쓴다고 회사를 관두자 이제야 자신이 현수보다 나은 위치가 됐다며 갑질한다. 생활비 갖고.

| 방송국 사람들 |

김준하 __38세. SBC 드라마 PD. 현수 대학 선배면서 정우 후배

마음은 데이미언 셔젤 감독이다. '위플래쉬'에서 '라라랜드'로 성공한. 하지만 현실은 마이너스의 손이다. 스타 배우랑 해보는 게 마음속 꿈이다. 술이 인생의 낙이며 친구며 보호자다. 출생의 비밀이 아니라 출생의 아픔을 갖고 있다. 연애를 길게 하지 못하고 계속한다.

민이복 __43세. SBC 드라마 스타 PD

작가들의 블랙리스트에 올라가 있다. 일하고 싶지 않은 감독 1순위. 그래서 신인 작가들하고 일한다. 자신의 입맛대로 마음대로 해도 되는. 그러다 현수를 만나 신인도 신인 나름이란 것을 알게 된다.

유홍진 __50대. SBC 드라마 CP

한때 잘나가던 스타 PD를 친구로 뒀던 PD다. 연출 능력은 떨어지지만 작품 보는 눈이 좋아 기획자로서 성공했다. 젊을 땐 주눅들 때도 있었지만, 지금은 누구보다 잘나간다. 뒤늦게 빛나는 인생.

신하림 __ 36세. 남자. 한물간 스타. 배우. 반칙형사 주인공

마초다. 한때 여자들의 사랑을 한몸에 받았던 남자. 사회적 물의를 일으킨 후 폭 식었다. 연기를 잘해 부활했지만, CF는 한 편도 못 찍는다. 상업성은 없지만 연기력 때문에 높은 개런티를 받고 있다. 극에서 자신만 주목받아야 한다. 위 아래 다 견제하고 분석질을 한다. 대본 나올 때마다 현수에게 전화를 걸어 맘에 안 들면 고쳐달라기 일쑤다.

김시환 __ 27세. 스타. 배우. 현수 미니시리즈

구김 없고 자신이 스타인 것을 즐긴다. 약자에게 약하고 강자에게 강하다.

박은성 __ 42세. 드라마 작가

한때 잘나갔던 드라마 작가. 현수가 보조 작가를 했다.

현수와 정선, 다시 만났다.
한 사람은 쪽팔렸고, 한 사람은 당황했다.

현수는 술을 마실까 말까 갈등하고 있다. 결정했다. 마시지 않기로. 마시면 지
금부터 자신이 하는 행동이 취해서 한 실수로 치부될 수도 있다는 것이 싫다.
자 이제 간다. 촬영장으로.
정선은 드라마 촬영에 요리사로 출연하는 중이다. 사실 이 드라마는 '반칙형
사'라는 현수의 첫 미니시리즈다. 정선은 우면산 아래에서 '굿스프'라는 네오
비스트로(새로운 프랑스식 대중식당) 식당을 운영하고 있다. 프랑스에서 들어
온 지 2년 반 됐고, 식당을 차린 지 2년 됐다. 작년에 미슐랭 원스타를 받았다.
반칙형사가 현수의 입봉작이라는 것을 알고 응원해주고 싶었다. 그래서 TV 출
연은 하지 않는다는 금기를 깨고 이 자리에 섰다.

"찍지 마세요. 이건 제가 쓴 게 아니에요"

정선은 날카로운 여자의 목소리를 따라 얼굴을 보았다. 현수다. 촬영장은 웅성
대기 시작했다. 현수는 감독에게 어떻게 대본을 고쳐서 찍을 수가 있냐며 항의
하고 감독은 어떻게 촬영을 방해할 생각을 하냐며 서로 한바탕한다. 작가 손
떠남 감독 소관이라며. 그러는 중에 현수는 정선을 발견한다. 정선과 현수는

눈을 마주친다. 아니 왜 이곳에 정선이 와 있지. 현수는 대본을 고쳐서 찍는다는 사실보단 정선에게 이런 모습을 보였다는 것이 더 쪽팔린다. 뛰쳐나가는 현수. 따라 나가는 정선. 그들에겐 무슨 일이 있었던 걸까.

첫 만남. 정선은 첫눈에 반했고, 현수는 반하는 사랑을 혐오했다.

현수는 29살 현재 드라마 보조 작가를 하고 있다. 보조 작가가 현수까지 포함해 세 명이다. 초반 몇 개월은 드라마 편성 미확정이란 이유로 세 명 모두 무급으로 자료 조사와 시놉시스 준비를 했다. 편성이 확정되고 방송국에서 보조 작가 기획비가 나오게 됐으나, 한 명분의 보조 작가 기획비만 줄 수 있다며 한 명의 이름만 올리라고 했다. 100만원에서 3.3% 세금을 뗀 96만 7,000원. 셋이서 32만 원 정도씩 나눠 가졌다. 처음 해보는 보조 작가인데 완전 아사리 판이다. 방송국에서 드라마 보조 작가의 위치에 대해 차가운 생활감을 맛보고 있다. 자신의 능력을 의심하고 있었고, 자존감은 애써 상하지 않으려고 더 꼿꼿하게 자신을 추스르고 있던 시기이기도 했다. 그때 정선을 만났다. 홍아의 권유로 나가게 된 런닝 동호회에서. '건강한 육체에서 건강한 정신을'이란 슬로건 아래 서른을 맞이하고 싶었다. 그 시절 현수의 애서는 잉게보르흐 바흐만의 《삼십세》라는 책이다.

빨리 서른이 되고 싶었다. 서른이 되면 이십대의 혼란과 불안에서 벗어날 수 있을 거 같았다. 견디자 그냥 견디자. 견디는 수밖엔 다른 방법이 없다.
정선은 엄마가 남자 사고를 또 치자 엄마에게 벗어나고 다른 삶에 대한 열망으로 한국으로 돌아온다. 핸드폰도 없었다. 엄마와의 모든 연락을 차단했다. 한국에 돌아와서 잠시 초등학교 친구네 족발 집에서 일하고 있다. 다음 달부터 서래 마을에 있는 한식당에 나갈 예정이다. 운동을 하려고 런닝 동호회에 가입

했다. 워낙 운동을 좋아하고 잘한다. 요리사에게 체력은 아주 중요하기에 체력을 키우는 일도 게을리 하지 않는다. 동호회에 가입한 건 사람들하고 어울리면서 사람들이 어떤 음식을 좋아하고 근래 어떤 음식이 핫 한지 알고 싶어서다. 나중에 자신의 식당을 차리려면 미리 미리 자료를 모아둬야 한다. 런닝 동호회에서 알게 된 홍아(닉네임 와이파이)랑 친구로 지내고 있다. 홍아가 친한 언니를 데리고 나온다고 했다. 자신과 너무 다른데. 자신이 제일 좋아하는 언니라고 했다. 지금 드라마 보조 작가를 하는.

런닝 동호회는 몇 팀으로 나눠 서울 시내 골목을 뛰거나, 하늘공원, 월드컵 경기장 주변을 달리거나 홍제천 연남동 여의도 한강변을 달린다. 같이 모여서 출발하고 종착지에서 만나 맥주 한 잔 나눠 마시고 헤어진다. 그냥 헤어질 때도 있다. 평일에는 밤에 주말에는 낮에 뛴다. 오늘은 경복궁에서 출발한다. 달리기 코스는 경복궁-서촌-삼청동-북촌-경복궁 돌아오는 코스다. 현수는 홍아가 있는 팀에 들어갔다. 홍아가 있는 팀엔 정선 원준(의대 본과 4년)이 있었다. 홍아 현수 원준은 이미 아는 사이고, 정선 홍아 원준도 이미 아는 사이다. 현수와 정선만 처음 보는 사이다. 처음 보는 사이지만 서로에 대해 들었다. 홍아에게. 요리사 지망생과 드라마 작가 지망생이라는 것 정도. 지독한 길치와 저질체력인 현수는 골목을 뛰다가 일행을 놓쳤다. 골목이라 어딘지 모르겠다. 핸드폰도 무겁게 느껴져 원준에게 맡겼었다. 여기가 어딘지 모르겠다 전혀.
정선팀은 뒤처진 현수가 오길 기다리는데 현수가 오질 않는다. 정선 일행은 현수를 찾아 나선다. 정선이 현수를 찾았다. 현수는 평온하게 골목을 구경하며 걷고 있었다.
정선은 현수의 그 모습이 황당했다. 다들 현수 때문에 걱정하고 있는데 정작 본인은 태평하니. 현수도 정선을 발견했다.

"그쪽도 길 잃은 거예요?"

아니라는 대답을 하기 전에, 현수는 정선에게 핸드폰을 빌려달라고 했다. 홍아에게 전화를 걸어야 된다면서. 정선이 핸드폰이 없다고 하자 현수는 "왜요?"라고 반문한다. 어떻게 핸드폰이 없을 수 있냐고. 정선은 돈이 없어서 못 산다고 했다. 그 말에 현수는 철렁했다. 진짜 돈이 없어서 핸드폰을 못 사는 사람한테 이런 말을 했다면 진짜 미안한 일이다. 그러면서 정선의 외양을 살짝 스캔하곤, 신발만 팔아도 핸드폰 샀겠네요.라고 정선의 평계에 반박했다. 정선은 자신의 주장이 맞아야 한다는 애절한 눈빛의 여자가 매력적으로 느껴졌다.

정선은 사람들 있는 곳으로 가야 한다고 현수에게 가자고 했다. 길을 자신이 안다며. 뛰는 정선. 현수는 벌써 체력이 방전된 거 같다. 그래도 뛰어야 한다. 비가 내리기 시작한다. 현수는 걷는다. 정선이 비를 덜 맞으려면 뛰어야 한다고 뛰기를 종용했다. 현수는 걸을 때와 뛸 때 둘 다 똑같이 비를 맞는다고 말한다. 예전에 호기심 천국에서 봤다며. 자신이 호기심 천국 마니아였음을 밝힌다. 비를 덜 맞는 이유로는 뛰지 않아도 된다며 걷는다. 바보냐고 반문하는 정선. '처음 보는 여자 손잡고 뛸 수 없잖아요.' 뛰면 목적지에 빨리 도착해서 비를 조금이라도 덜 맞게 된다며. 호기심 천국에서 이런 건 가르쳐주지 않냐며 현수에게 뛰기를 종용한다.

"머리 좋으시네요. 안 넘어가네요."
"바보한테 머리 좋단 얘기 들으니까 욕 같은데요."

현수는 말문이 막힌다. 누구에게도 말빨로 뒤지지 않는데. 얘 뭐지. 나이도 한참 어리다고 들었는데.

"몇 살이에요? 저보다 어린 거 같지만"
"우선 뛰죠! 여기서 나이가 왜 나오는지 모르겠지만"

정선은 대답을 잘라 먹고 뛰기 시작한다. 현수도 뛴다. 현수는 그날 짐작하지 못했다. 이 남자를 사랑하게 되리란 걸. 하지만 정선은 느꼈다. 이 여잘 깊이 사랑하게 될 거란 걸.

정선은 홍아에게 현수의 전화번호를 알려달라고 했다. 왜냐고 묻는 홍아에게 첫눈에 반했다고 사귀고 싶다고 했다. 홍아는 그 언니가 몇 살인 줄 아냐며. 너보다 여섯 살이나 많다고. 내년이면 서른이라며 만류했다. 그리고 언닌 연하안 좋아한다며.
정선은 현수에게 고백했다. 첫눈에 반했다며. 현수는 거절하면서 그냥 누나동생으로 지내면 어떠냐고 물었다. 정선은 거절했다. 그런 압삽한 짓은 안 한다며. 어떻게든 옆에 있으면서 틈을 노리는. 그러면서 밥 먹으러 가자고 한다. 종로에 맛있는 비빔밥 집이 있는데 가서 먹자며.

우리는 꿈을 향해 간다.

현수는 보조 작가가 자신과 너무 맞지 않는 거 같다. 자신의 글을 쓰고 싶다. 메인 작가가 감독을 만나고 오면 만들어놨던 이야기가 전폭 수정된다. 계속 1부와 2부를 수정하고 있다. 이야기의 진전은 없고 계속 수정만 하고 자신의 얘기에 애착도 없는 듯 계속 휘둘리는 작가도 별로 맘에 들지 않는다.

요즘 집에서 압박이 좀 세다. 여기서 집이라 함은 동생 현이다. 공무원 시험을 보거나 자격증을 따거나 취직을 다시 할 것을 종용한다. 현이는 생활비를 핑계로 전방위 압박을 하고 있다. 보조 작가를 하는 건 그래도 방송이 되면 엔딩 크레딧에 보조 작가로 이름이 올라가니까 꿈을 위해 정진하는 시간을 더 벌 수 있겠다는 취지에서였다.
언제 방송은 되는 건지 이대로 가다간 내년 초에 방송을 못 하게 되지 않을까 불안감이 생겼다. 작가가 3부 대본을 쓰고 현수에게 모니터링을 시켰는데 현

수가 조목조목 극에서 모순된 점을 이야기했다. 작가는 현수에게 드라마를 모른다며 어떻게 드라마 작가가 될래. 하곤 감독을 만나러 갔다 들어왔다. 작가는 감독에게 현수와 같은 지적을 받았다. 작가는 감독이 이렇게 저렇게 수정하라고 했다며 더 이상은 이렇게 작업을 못 하겠다고 했다. 현수는 그래도 수정을 하시는 게 극이 더 재미있다. 지금까지 준비하신 노고가 너무 아까우니 수정하는 게 좋겠다고 했다. 현수는 그날 해고됐다.

33만 원짜리 보조 작가에서. '심정 보좌'를 못한다는 이유로.

정선은 서래마을 한식당에서 일하고 있다. 어린 데다 요리 좀 할 줄 안다는 이유로 정선에게 텃세가 심하다. 정선은 아랑곳 않고 주방 막내가 하는 일도 하고 부지런히 움직인다. 어디든 텃세도 있고 어디든 편견이 있다. 하지만 그걸 잠재울 수 있는 건 실력이다. 정선은 주방에서 갖고 온 남는 재료로 현수를 불러 밥 해주는 게 취미다.

현수는 해고의 충격이 가시지 않았지만 정선이 해주는 밥을 먹으니 뭔가 치유된다.

이 시절 현수와 정선은 꿈을 이루기 위해 노력하고 좌절하고 성취했다. 이 시기를 함께 건너고 있었다. 서로의 꿈을 지지해주었다. 현수는 이제 정선을 사랑한다. 정선도 현수를 사랑한다. 그러나 헤어졌다.

현수는 정선이 프랑스로 떠난다는 말도 없이 프랑스로 간 것이 섭섭하다. 생각해보면 '왜 말하고 가야 되나' 싶다. 우리가 무슨 관계도 아닌데. 홍아와 사귀면서 왜 말을 안 했을까. 생각해보면 '왜 말해야 되나' 싶다. 우리가 무슨 관계도 아닌데. 우리가 무슨 관계도 아닌데란 말이 계속 맴돌았다. 정선이 떠난 후. 그리고 뜻밖의 장소에서 그를 다시 만났다.

현수와 정선은 꿈을 이뤘다. 사랑도 이룰 수 있을까.

현수가 촬영장에 난입해 방해한 동영상이 한 커뮤니티에 오르고, 감독과 작가의 영역은 어디까지인가에 대한 논란이 일었다. 단숨에 실검을 장악했다. 현수 드라마에 대한 관심도 높아졌다. 하지만 현수와 감독의 갈등은 깊어지고, 방송사는 감독의 편을 제작사는 작가의 편을 들면서 판이 더 커졌다. 이달의 화제의 드라마 1위를 차지했다. 화제성은 1등인데 시청률은 3.3%였다. 방송국은 조기 종영 카드를 꺼낸다. 제작사는 해외에 팔아야 하니까 16부로 끝나게 해달라고 읍소했지만 결국 조기종영당한다.

현수는 제작사 대표인 정우에게 미안하다. 자신 때문에 너무 많은 손해를 봤다. 만회할 수 있을까. 그런데 이 남잔 예의 그 밝은 웃음을 띠며 괜찮다고 한다. 돈 많으니까 앞으로 세 편은 더 말아먹어도 된다고 오히려 현수를 위로한다.

정선은 현수가 곤란에 빠지자 위로하려고 하지만 현수는 거절한다. 정선은 현수에게 다시 고백한다. 다신 고백하지 않겠다고 했던 그가. 무슨 일이 있었던 걸까. 그때 말도 없이 떠나게 돼서 미안하다고 말한다. 현수는 홍아와 사귀었다는 거 알고 있다. 홍아가 아직도 못 잊고 있는 거 같더라. 도의적인 차원에서 우린 남녀 관계론 어렵겠단 말을 한다. 정선은 홍아와 사귀었다는 말이 무슨 말이냐고 오히려 현수에게 되묻는다.

불행은 한꺼번에 온다고 했던가! 현수의 첫 미니시리즈는 조기종영당했고, 사랑하는 홍아가 자신을 속이고 계속 옆에 있었다. 현수 생애 가장 큰 위기가 닥쳐왔다. 그 위기의 순간에 정선이 옆에 있다.
정우는 현수가 사랑했던 남자가 정선이란 것을 알게 되고 당혹스럽다. 현수와 정선 둘 다 자신한테 포기할 수 없는 사람들이다. 정선은 정우가 투자한 식당 오너 셰프다. 정선과 함께 식당을 차리기 위해 얼마나 많은 성의를 그에게 바쳤는가. 하지만 정선은 연적이다. 정우에게 적이란 죽거나 내가 죽이거나 둘 중에 하나다.

현수와 정선은 어떤 선택을 하며 어떤 사랑을 할 것인가.

용어 정리

씬	Scene. 장면이라는 의미로, 동일 시간 동일 장소에서 이뤄지는 행동, 대사가 하나의 씬으로 구성된다.
(E)	Effect. 효과음. 주로 화면 밖에서의 소리를 장면에 넣을 때 사용한다.
(F)	Filter. 전화 수화기를 통해서 들려오는 소리.
(O.L)	Overlap. 오버랩. 현재 화면이 흐릿하게 사라지면서 다음 화면이 서서히 등장해 겹치게 하는 기법. 소리나 장면이 맞물린다.
flash back	플래시백. 과거에 나왔던 씬을 불러오는 것. 주로 회상하는 장면이나 인과를 설명하기 넣는다.
(F.O)	Fade Out. 페이드아웃. 화면이 서서히 어두워지는 기법.
(F.I)	Fade In. 어두웠던 화면이 서서히 밝아지는 기법.
(N)	Narration. 해당 화면 속의 소리와 별도로 밖에서 들려오는 등장인물의 설명체 대사.
점프	Jump. 장면을 연속하지 않고, 같은 장소에서 다른 시간으로 이동하는 것.
인서트	Insert. 화면 삽입. 무언가에 집중시키거나, 자세히 설명하기 위한 장면을 삽입하는 것으로, 특정 부분을 확대하는 클로즈업을 통해 이뤄지는 경우가 많다.
몽타쥬	각기 다른 시간과 장소의 컷들을 이어붙인 장면.
cut back	각기 다른 화면을 번갈아 대조시키는 기법으로, 주로 같은 시각 두 장소에서 일어나는 사건이나, 각기 다른 시점을 설명하기 위해 사용한다.

차
례

◇
◇
◇
◇
◇
◇
◇

일러두기

• 이 책은 하명희 작가의 대본 집필 형식을 최대한 살려 편집했습니다.

• 대사는 어감을 살리는 데 비중을 두어, 한글 맞춤법 규정과 맞지 않는 부분이라도
  유지하였습니다.

• 대사의 강약을 표현하기 위한 의도로 대사 중간에 /를 삽입하였습니다.

• 대사 중간에 말이 끊기는 것을 표현하기 위해 마침표를 생략한 부분이 있습니다.

• 대사 중간의 말줄임표는 대사 사이 호흡의 길이를 표현하기 위한 것으로,
  온점 두 개, 세 개, 네 개 등으로 다양하게 표기되어 있습니다.

• 본 책에는 최종 대본을 담았습니다. 따라서 방송되지 않은 부분이 포함되어 있거나
  방송과 다를 수 있습니다.

1부

01

그를 다시 만났다

02

사귈래요?

씬1. 백화점 가전제품 매장―낮

정선, 미니시리즈 '반칙형사' 드라마 촬영 중이다. '해물볶음면' 만들고 있
다. 테이블 위엔 해물볶음면 재료들 접시에 담겨져 있다. 숙주, 양파, 가
지, 칵테일 새우, 홍합살, 청주 1/2컵, 우동. 다진 마늘. 재료 손질하는 거
부터 보여주셔도 좋고. 알아서. 양파, 가지 썰고. 홍합 새우, 씻고. 등. 정
선, 웍에 기름을 두르고 다진 마늘을 넣고 볶다가 홍합과 새우, 청주를 넣
고 볶는다. 정선의 손마디와 손목 등엔 요리하다 생긴 흉터가 있다. 화상
이나 베임. 요리할 때 나는 소리들이 미각을 더 자극한다. 엑스배너 세워
져 있다. '온정선 셰프와 함께하는 간편 요리' 정선 사진 박혀 있고. SBC
미니시리즈 '반칙형사' 스텝들 있고. 씬1과 씬2를 cut back으로 보여주
셨음 좋겠어요.

현 수   (E) 여기 소주 한 병 주세요!

씬2. 백화점 식당가 한식당 안

현수, 식탁 위에 사이다 잔에 소주를 붓고 있다. 식탁 위엔 음식은 없고
소주뿐. 현수, 복잡한 표정으로. 소주 부은 사이다 잔 들고 마시려는. 멈춘
다. 찰나 생각. 다시 잔을 테이블 위에 놓는다. 다시 잔을 만지작 다시 마
시려고 잔을 든다. 다시 놓는다. 결심이 섰다.

현 수   (일어서며 나가는) 계산할게요!

씬3. 동 가전제품 매장

정선, 웍에 씬1의 재료에 양파를 넣은 후 우동 면을 넣고 볶으면서

정 선   해물볶음면은 간단하고 손쉽게
민 감독   (O.L. E) 컷!

카메라 뒤로 빠지면 백화점 가전매장을 지나다니는 사람들. 정선의 요리
시연을 보는 사람들. 그 안에 매장을 지나가려다 정선의 요리 시연을 보
기로 되어 있는 반칙형사 주인공 신하림. 하림을 쫓는 조폭들. 카메라 뒤
에서 준비하고 있다.

정 선   (컷 소리에 보면)
민 감독   (일어서며) 거기서 그거 아니잖아요!
정 선   맞는데요. (하곤 자신의 스텝에게 눈짓하면)
스 텝   (반칙형사 6부 대본 들고 대본 책의 대사 가리키며) 맞아요. 해물볶음면
         은 간단
민 감독   (O.L) 대본 무시하랬잖아요. (정선에게) 나 첨 만났을 때 했던 말 있잖아
         요. 그거 좋아요. 그걸로 가요.
정 선   그건 제 생각인데요.
민 감독   (O.L) 그 생각이 맘에 든다구요 내가! 살아 있는 현장의 소리! 작가가 현
         장을 알아! (앉으며) 갑시다! 볶는 거부터 다시!

스텝들 움직이고.

정 선   (못마땅하지만)

씬4. 동 가전매장 밖

현수, 걸어오고 있다. 빠른 걸음으로.

씬5. 동 가전매장 안

정선, 웍에 해물볶음면이 거의 완성되고 있다. 불고기 양념과 굴 소스를 넣는다.

정 선 사실 전 간편하고 간단한 요리 별로 안 좋아하는데요. 오늘은 특별히

현 수 (E) 찍지 마세요!

정 선 (이건 또 뭔가 보면)

현 수 (사람들 헤치고 들어온다. 촬영장 조명 온몸으로 받으며) 찍지 마세요 이거! 이건 제 대본 아니에요!

민 감독 (성질나는. 카메라 보다가 나가는) 뭐야 저 또라이!

정 선 (현수를 보고. 그녀다. 그녀가 왔다. 여기 왜 왔지? 작가는 촬영장에 오지 않는다고 하던데. 당황스럽다. 아는 척을 해야 하나 마나.)

조연출 (현수에게 달려와서) 작가님! 여기서 이러심 안 돼요.

현 수 제가 작가긴 해요? 어떻게 이럴 수 있어요?

민 감독 (버럭. E. O.L) 어떻게 이럴 수 있어??!!! (성질내며 오며) 이 작가야말루 어떻게 이럴 수 있어?

현 수 (감독이다. 사즉생! 생즉사!)

민 감독 뭐하는 짓이야 이게! 작가가 글 안 쓰구 여긴 왜 나와서 행패야? 다음 대본 다 썼어요?

현 수 안 썼어요. 쓰면 뭐합니까? 쓴 대루 찍지두 않잖아요.

민 감독 (기막힌) 당신이 김수현이야? 셰익스피어야? 토씨 하나 못 고쳐? 지금이 어느 시댄데 작가가 갑질이야?

현 수 (적반하장이다 O.L) 대본 뜯어고칠 수 있어요. 그럼 어딜 뜯어고쳤는지 얘길 해줘야 될 거 아니에요? 앞이 바뀜 뒤가 바뀌잖아요. 얘길 해줘야 뒷

얘길 바꾸죠. 무책임하게 앞뒤 생각 안 하구 생각나는 대루 찍으면 그만 이에요?

민 감독 무책임한 게 누군데요? 지금 여기서 이러는 게 책임 있는 행동이야?

현 수 (O.L) 오죽하면 이러겠어요! 오버해서 이 얘기 백 번쯤 했어요. 근데 바 꿔질 않잖아요. 극단적으루 행동하게 만들잖아요.

민 감독 이렇게 신인 티 낼래요? 입봉 티 낼래요? 이러니까 신인 작가들하곤 하는 게 아닌데 내가 미쳤지!

현 수 (O.L) 제가 미쳤죠! 입봉해볼려는 욕심에 감독님 평판/ 귀 닫았어요. 딴 작가들 대본은 고치지만 나한텐 안 그렇겠지 했어요.

민 감독 (O.L) 고치지 않게 대본을 잘 써요 그럼. 시청률 나오게. 그나마 내가 손 대서 시청률 십 프로라도 나오는 거야.

현 수 제가 쓴 대로 찍어두 십 프로 나와요.

민 감독 (O.L) 아 진짜 말이 안 통하는구만!

현 수 제 작품 그렇게 맘에 안 드시면 그만 찍으심 되잖아요.

민 감독 지금 날 까겠단 거야?

현 수 (답답) 제가 어떻게 감독님을 까요? 진짜 말 안 통한다.

민 감독 누가 할 소릴! (스텝과 배우들 가리키며) 50명 넘는 스텝하구 배우들 있 어. 물어봐. 한 사람이라두 이 작가가 맞다구 생각하는 사람이 있는지.

현수, 스텝들 본다. 민 감독도. 갑자기 자신들에게 시선이 오자 곤란한 스 텝들과 배우들. 신하림. 딴짓하는. 그중에 정선 있다. 정선, 현수와 민 감 독을 보고 있다. 현수는 정선을 못 봤다. 정말 내가 한 행동이 함께 일하 는 동료들에게 한 표도 지지받지 못하는 일인가.

민 감독 (기세등등) 자 봐봐! 한 사람두 없잖아. 이제 나가 여기서! 우리 일 좀 하 자구! 한심하다 진짜 내가! 중2병 감성 가진 작가 대본 갖구 일해야 되는 내가!

현 수 (사람들 본다. 아 진짜. 끝까지 간다) 정말 아무도 없어요?

민 감독 (O.L) 없다니까 뭘 물어!

현 수 ....알겠습니다. 오늘 제가 한 행동에 대한 책임은 지겠습니다.

민 감독 괜찮아 술 취해서 한 행동에 뭘 일일이 책임져!

현 수 (버럭) 감독님!!

정 선 있습니다!

현수, 민 감독과 소리 나는 쪽 보면.

정 선 (한쪽 손 들고) 있어요 저!

정선, 현수에게로 다가온다. 현수, 그제야 정선을 본다. 그가 왜 여기 있지. 이게 뭐지. 아니다. 그가 아니다. 그가 여기 있을 리가 없다. 아니다 분명 그다. 뭔가 잘못된 것 같다. 잘못돼도 많이 잘못됐다.

민 감독 뭐야 당신은 우리 스텝 아니잖아!

정 선 스텝입니다 오늘은!

현 수 (N) 그를 다시 만났다. 하필 내가 주접떨고 있는 이곳에서. 단 한순간도 그를 잊지 않았다. 우연이라도 한 번 만났음 간절히 원했는데.

현수, 정선하고 만나선 안 된다. 아니 지금 이 자리에선 만나선 안 된다. 내가 원한 그림이 아니다. 뒷걸음질 친다. 정선, 현수의 태도를 보고 자신이 당황하게 한 거 같아 진정시켜주려고 하는데. 현수, 달린다. 정선을 남겨둔 채. 정선, 현수를 따라간다. 현수, 뛰고 있다. 그 뒤를 따라 뛰는 정선을 뒤로 한 채.

현 수 (N) 스물아홉 청춘의 마지막 끝자락에서 사라져버린 내 첫사랑!

타이틀 오른다.

씬6. 경찰서 여자 유치장 안 — 낮

5년 전. 자막. 경찰서안 풍경. 실제로 경찰서엔 유치장이 같이 붙어 있지 않지만 드라마적 설정으로 붙어 있는 걸로 설정했어요. 상황에 따라 찍으세요. 현수, 유치장에 갇혀 있다. 수갑 찬 채로. 가방 한쪽 바닥에 있고. 유치장에 있는 사람치고 표정이 밝다. 사람들 관찰하다가 심심한지 장난친다. 현수, 수갑 찬 손을 본다. 오른쪽 손으로 왼쪽 손목의 수갑을 만져보고 왼손으로 오른쪽 손목의 수갑을 돌려본다. 손목이 얇아 수갑이 돌아간다. 생각보다 수갑이 무거운지 돌리다 힘들어 수갑 찬 손이 툭 내려진다. 핸드폰 E.

현 수   아 깜짝이야!

현수, 전화를 받으려고 가방을 뒤진다. 수갑 찬 손이라 잘 되지 않는다. 가방을 엎는다. 책 (잉게보르그 바하만의 《삼십세》). 필통, 화장품 파우치, 고구마칩(먹다 남은 고무줄로 입구를 돌돌 말았다.), 핸드폰. 핸드폰 발신자 '박은성 작가님' 현수, 발신자 보고 더 빨리 전화를 받으려고 하는데. 신호음 끊겼다.

현 수   아이씨!

현수, 전화를 걸려고 하는데 잘 안 되는데. 밖에서 누군가 들어오는 기척 소리에 솔깃해 일어나 유치장 창살로 향한다. 김 형사, 들어온다. 뭘 먹었는지 이쑤시개로 이를 쑤시면서. 현수, 자신에게 제일 먼저 오리라 기대하고 보고 있는데. 김 형사, 자리로 가는데.

현 수   (다급하게) 김형사님! 김형사니임!!
김 형사 (보는)
현 수   (밝게 미소 지으며 수갑 찬 손목을 든다)
김 형사 (오며) 어쩌라고?

현 수　풀어달라구요!

김 형사　벌써? 30분밖에 안 됐어.

현 수　작가님 전화왔다구요! 무슨 일인지 알아야 된다구요!

김 형사　딴 보조 작가들은 어제 다 갔는데 혼자 유난이다! 유치장에서 잔다구 하질 않나 수갑 채워달라구 하구!

현 수　전 그분들보다 못하니까 배는 열심히 해야 된다구요!

김 형사　겸손한 건 맘에 든다!

핸드폰 E

현 수　(김형사 보고) 빨리요! (핸드폰 보면)

핸드폰 발신자 '홍아'

김 형사　(유치장 문 열며) 홍아가 메인 작가야?

씬7. 홍대 프랑스 식당 안

　　홍아(23세), 여성적이고 화려한. 미니스커트. 명품 백. 손은 네일아트. 샌들 신고. 발은 페디큐어. 테이블 위엔 예쁜 노트와 만년필. 뭐가 끄적인 흔적. '드라마란 무엇인가 인간. 캐릭터.' 좀 허세스러운.
　　모르는 사람보단 아는 사람 눈 시선 의식. 핸드폰 귀에 대고 있다. 신호음 들린다. 상대가 받는다. 홍아 테이블 앞에 정우 있다. 정우, 딱 봐도 외국물 먹은 비즈니스맨 같은 느낌. 테이블 위엔 회중시계. 아이패드엔 주식 데이터 보면서. 점심 코스를 먹고 있고. 와인하고 같이. 혼밥을 즐긴다. 휴식시간. 누구도 이 시간을 건드리는 걸 싫어한다. 아직 존재가 드러나지 않는다. 아직 정우와 홍아는 모르는 사이.

현 수　(F) 왜?

씬8. 경찰서 앞 / 홍대 프랑스 식당 안 / 버스 정류장 앞 / 프랑스 식당 안

현수, 급하게 걷고 있다. 전화 통화하면서. 버스정류장으로 간다. 홍아, 만 년필로 노트에 현수와 대화 키워드 적으면서.

홍 아 전활 왜 이렇게 안 받아? 세 번째다.

현 수 (길 건너며) 니가 성격이 급한 거야. 내가 콜백하려는데 너한테 오더라.

홍 아 다 끝났음 이리로 오라구.

현 수 이리가 어딘데?

홍 아 말했잖아 홍대! 착한 스프 식당!

현 수 착한 스프? 그 맞춤법 틀리는 애!

홍 아 그래 언니가 무식해서 싫어하는 애!

현 수 싫어하진 않는다 보지두 못한 앤데. 좀 비호감이지. 걘 거기서 뭐해?

홍 아 주방에서 일한다구! 몇 번을 말해?

현 수 몇 번 말해두 관심이 없으니까 입력 안 되는 걸 어떡해!

홍 아 암튼 여기서 밥 먹고 좀 놀다가 런닝 동호회 가자구.

현 수 놀긴 어떻게 놀아! 작가님이 커피 사갖고 오라 그래서 작업실 들어가야 돼.

홍 아 그 작가님은 커피두 자기 손으루 못 사먹냐?

현수, 버스정류장에 도착했고. 자신이 탈 버스가 오자 기분 좋다.

현 수 버스 왔다! 와와!

홍 아 암튼 소박해! 리액션만 보면 공모 당선된 줄 알겠다! (현수 버스 타는)

현 수 공모 당선됨 이 정도루 못 끝나지! (핸드폰으로 버스비 찍고. 다시 핸드폰 귀에 대고) 여의도에서 춤을 춘다 내가!

홍 아 연락 안 왔어? 발표 날 때 됐잖아.

현 수 나한텐 안 왔어. (철렁) 연락받은 사람 있어?

홍 아 아직까지 받았단 사람 못 봤어.

현 수	다행이다. (앉으며) 이번에두 또 떨어짐 어떡하나 큰일이다 진짜!
홍 아	큰일은 무슨! 나랑 다음 공모 같이 하면 되지. 언니답지 않게 뭔 절망! 이따 나오기나 하셔.
현 수	상황 보구. 못 감 연락할게.
홍 아	못 옴 안 돼. 언니 그렇게 살다 체력 방전돼 죽어. 무슨 보졸 그렇게 죽기루 살기루 하냐!
정 선	(O.L) 보조 죽기 살기루 해야 메인 된다!
홍 아	(언제 와 있었지?) 이따 봐 암튼! (하면서 전화 끊고)

정선, 음식을 갖고 왔다. 스테이크다. 스테이크 옆에 그린 가니시[•]
홍아 앞에 놓는다. 정우, 홍아 테이블 앞에서 스테이크 먹고 있다.

홍 아	니가 작가에 대해 뭘 안다구?
정 선	작가라구 별다르겠냐! 왔음 음식 먹구 가면 되지. 왜 자꾸 보자구 해?
홍 아	(앤 날 막 대한다. 나한테 이런 남자 없었는데) 님도 보고 뽕두 따고 좋잖아.
정 선	난 너의 님이 아니다!
홍 아	누군 뭐 너의 님이래! 용건 있으니까 보자구 했다. 니가 핸드폰만 있었어두 내가 오지 않았잖아. 대체 21세기에 핸드폰이 왜 없니? 이따 오라구 경복궁!
정 선	일하는 거 안 보여? 주말엔 손님이 넘쳐!
홍 아	끝나구라두 와. 너 현수 언니 못 봤잖아. 현수라 함 모르지! 닉네임 제인! 채팅 한 적 있잖아.
정 선	몰라.
홍 아	그 언니 되게 좋아. 나랑 대따 친하구. 소개해줄게. 친해지면 되게 재밌어.
정 선	내가 런닝 동호회에 가는 이유 단 하나야.
홍 아	(혹시 난가?) 뭔데?
정 선	달리기! 친목 사절이다! (접시에 가니시 보며) 이 가니시 내가 만든 거야. 잘 먹구 가라. (가는)
홍 아	(뒤에 대고) 너 내가 부르기 기다리는 남자 얼마나 많은 줄 알아?
정 선	알았으니까 난 부르지 말라구! (가는)

홍 아   가니시? (하면서 포크로 야채를 찍어 먹는다) 이게 맛있는 건가?

정우, 스테이크는 반 남기고 가니시를 먹는다. 뭔가 좀 다르다. 맛있다. 정선의 뒷모습을 보는 정우, 와인 마신다.

• 가니시는 완성된 음식의 모양이나 색을 좋게 하고 식욕을 돋우기 위해 음식 위에 곁들이는 장식을 말한다.

씬9. 동 주방 안

각자 자신의 자리에서 요리하고 있다. 분주한. 시끄러운. 작업대에서 양파를 썰고 있는 라인쿡1, 감자를 썰고 있는 라인쿡2. 수셰프, 옆에서 잔소리하고 있다.

수셰프   야야 좀 잘게 썰어!! 튀기는 야챈 잘게 썰라구 몇 번이나 말해!

라인쿡2, 묵묵히 썰고 라인쿡3, 6개의 스테이크를 굽고 있다. 환기와 열 때문에 괴로워한다. 얼굴이 빨개져 있고. 막내, 설거지하고 있다.

라인쿡3   저 잠깐 화장실 좀 다녀오면 안 될까요?
수셰프   싸!

정선, 들어와 세정대에서 손 씻고 오며.

정 선   (라인쿡3에게) 갔다 와. 내가 할게.
라인쿡3   감사합니다. (하곤 얼른 간다)
수셰프   (정선에게) 홀엔 왜 갔다 오냐? 니가 만든 가니시 여자한테 자랑하러 갔다 와? 프랑스에서 공부 좀 했다구 막내 건너 뛰구 들어와서 유세 떠냐?
정 선   (계속 스테이크 굽고)

수셰프 왜 대답 안 해?

정 선 그게 질문이었어요? 전 혼잣말인줄 알았어요.

라인쿡들 웃고 싶은데 웃진 못하고, 참고. 긴장에 진땀. 이때 잘못하면 안 되니까 알아서 하려고. 라인쿡1, 가스렌지 위에 끓고 있는 브라운 스톡을 옮겨 작업대 위로 가져오려고 간다.

수셰프 이 새끼가 진짜! 셰프님 백으루 바루 섹션 셰프 됐다구 간땡이가 부었구나. 위계질서 다 무시하구!

정 선 스테이크 좀 봐주세요. 다 되어 가는데 전 가니시 올려야 되잖아요.

수셰프 너 진짜 내 말이 말 같지 않아?

라인쿡3, 들어와 그릴로 오고. 라인쿡1, 브라운 스톡 냄비 들고 작업대로 온다. 정선 뒤에 있다.

정 선 존중합니다 수셰프님. 근데 이 얘긴 런치 타임 끝나고 다시 해요. 제가 오해 사게 한 행동이 있다면 사과할게요. (하면서 뒤도는데)

라인쿡1이 정선의 뒤에 있다가 정선이 뒤도는 바람에 정선과 부딪친다. 냄비 떨어지고 브라운 스톡이 정선의 왼팔과 손에 붓고. 정선, 덴다. 모두 놀라고. 정선, 침착하게.

라인쿡1 미안해 미안해.

정 선 괜찮아요. 괜찮습니다. (하면서 세정대로 가서 찬물로 팔을 닦고. 빨갛게. 2도 화상 정도)

수셰프 (라인쿡1한테. 버럭) 너 내가 뒤에 있음 뒤에 있다 말하라 했어 안 했어? 조금만 방심하면 다친다 했어 안 했어?

정 선 잠깐 병원 갔다 올게요.

수셰프 (너무 침착해서 거슬려) 엄마한테 전화해줘? 걱정하지 마시라구!

정 선 우리 엄말 몰라서 하시는 말씀인데. 무지 강한 분입니다. 자식 따윈 개나

줘버릴 정도루!

씬10. 인천 공항 안

영미(정선모), 나온다. 럭셔리하고 아름답고 기품 있는. 아직도 여성미가
넘치는. 카트를 끌고. 카트엔 트렁크 두 개 정도. 영미, 두리번댄다. '다 찾
아드립니다'라는 안내지 들고 있는 남자가 눈에 들어온다. 영미, 남자에
게로 간다. 남자, 영미가 자신이 기다리던 사람인 줄 직감한다.

영 미	안녕하세요?
남 자	네.
영 미	용건만 간단히 하는 게 좋겠죠! (하면서 가방에서 쪽지를 건네준다. 정선의 주민번호와 이름. 온정선.) 빠른 시일 내에 찾아주세요. 돈은 얼마든지 줄게요.
남 자	(인사하고 간다)
영 미	언제까지 숨을 수 있나 보자! (하곤 카트 밀고 가려다 방향을 잘못 잡아 앞서 가던 외국 남자를 치고는 놀라 카트 방향을 돌리다 카트가 쓰러진다. 놀란) 어머!
외국 남	(불어로. 영미에게) 괜찮으세요?
영 미	(불어로. 뭔가 색기가 있다.) 괜찮아요. 좀 도와주시겠어요?
외국 남	(한국어로) 미인 부탁이라면 뭐든 하죠!

외국 남, 영미의 카트를 밀고 가. 영미, 그 옆에서 우아하게 걷는. 아직
도 나 먹어준다.

씬11. 커피 전문점 안

현수, 주문하고 있다. 지갑 들고 있고. 카드 꺼내 들고. 싸이의 '강남스타

일' 나오는. 2012년엔 초대박 유행곡.

현 수　(주문표 보며. 속으로 돈 계산하며) 샷 하나 추가 따뜻한 라떼 하나, 아이스 아메리카노 연하게 한 잔. 레귤러 둘. (자신도 마시고 싶다.) 아이스 모카 하나!

직 원　000예요.

현 수　(카드 주려다) 미안해요. 아이스 모카는 빼주세요. 돈 아껴야 돼서.

준 하　(E) 아끼다 똥 된다!

점프 약간 시간 경과

현수, 주문한 거 기다리는 동안. 전화 통화. 준하, 촬영장 한편에서 전화 통화.

현 수　건 또 무슨 개소리야? 공모 심사 어디까지 진행됐냐구 묻잖아.

준 하　너 언제까지 자연을 거스르며 살래? 몸에 죄짓는 거야! 오빠가 니 첫 남자가 돼줄 수 있어.

현 수　(O.L) 아유 진짜 이 인간!

준 하　오빤 공모 모른다. 기획팀에서 하잖아. 공모 심사 어디까지 진행됐는지 알아봐줄까?

현 수　됐어. 알아보지 마. 알아봤다 걸리면 나한테 죽는다!

준 하　(O.L) 니 손에 죽음 난 좋구. 박 작가님 6부 대본 다 썼냐?

씬12. 박 작가 작업실 거실 안

18평 정도. 방 두 개. 거실. 큰 방은 작가 방. 작은 방은 보조 작가들 방으로 쓰고 있다. 은성, 보조 1,2,3(수영, 기다, 경)과 같이 있다. 회의 중이다. 노트북 앞에 놓고 있고, 큰 테이블에 4명이 앉아 있다. 다들 노트북을 앞에 놓고 있다. 제목 '접선' SBC 미니시리즈. 은성이 말하는 거 보조 1,2,3

이 노트북에 치고 있다. 비밀번호 누르는 소리 들리고,

박 작가   (머리 안 감은. 초췌한) 아우 진짜 미치겠다! 이거밖에 없니? 칼루 찌르구 때리구 약 먹이는 거밖에 없어? 뭐 좀 기발한 거 없어?

현수, 들어온다. 다른 사람들 현수 보고 동요 안 하고. 경, 일어나 현수가 사온 커피를 같이 나눠준다.

수 영   고소할까요?
박 작가   (O.L) 고소고발은 이미 넘친다.
수 영   죄송해요.
박 작가   주인공이 범인한테 복수하는 방법 다섯 가지씩 만들어와. 발상의 전환 좀 해봐! 전환!

현수, 밝게 커피 사람들 옆에 놔준다. 박 작가한테 먼저.

기 다   죽여도 돼요?
현 수   (박 작가한테 커피 놓는다) 라떼예요.
박 작가   (당연히 받고) 당근! (마시며) 잔인하게! 피 튀기게! 죽여! (경에게) 지금 까지 회의한 거 정리해서 애들한테 메일루 다 쏴줘.
경   네.
박 작가   (현수에게) 유치장에서 자니까 어때? 범인 맘을 알겠어?
현 수   아뇨. 범인이 아닌데 유치장에 있다구 범인 마음을 알 수 있다는 발상 자체가 잘못된 거 같아요.
수 영   내가 쓸데없는 짓 한다 그랬잖아.
박 작가   (O.L) 쓸데없는 짓은 아니지. 똑같이 써두 취재한 거랑 안 한 건 차이 있어.
보조1,2,3   ......
박 작가   현수는 시키지두 않았는데두 찾아서 하잖아. 맘에 들어.
현 수   감사합니다. 경찰서 취재한 건 정리해서 드릴게요.

박 작가 난 지금 집에 갔다가 내일 나올 거야. (일어나 가방 챙긴다) 이 와중에 시
        어머니 오신댄다. 니들은 결혼하지 마. (나가는)

        보조 작가들 다 따라 나가는. 현수도.

수 영 그럼 저희두 오늘은 집에 가서 작업하구 내일 나올게요.
박 작가 방송이 코앞이야. 감독님 촬영 중이고. 니들은 있어야지. 현수는 집에 갔
        다 오구. 잰 쥐젤 빡세게 했잖아. (나간다)
기 다 여기서 또 자라구! 자긴 집에 가면서. 6부 대본은 언제 쓸 거야?
수 영 정리한 거 보구 쓰겠지. 우리 아님 대본 못 써 작가님은. 저러구 자기 이
        름으루 다 나가구.
기 다 억울하면 출세해!
경   입봉까진 다 참아야 돼요.
현 수 (뒷담화 불편하다) 저두 메일루 부쳐주세요 회의 정리한 거.
수 영 왜 작가님 욕하니까 듣기 싫어?
현 수 그게 아니라
수 영 (O.L) 넌 항상 이럴 때 가만있더라. 우리만 못된 애들 되게.
기 다 의전이 몸에 배서 그래. (현수에게) 작가 되는 걸 의전으루 뽑으면 넌 될
        거야.
현 수 (억울하다. 참자. 갈 준비)
경   언닌 직장 생활을 했잖아요. 우리랑은 다르지.
수 영 허긴 우린 맘이 없으면 잘 안 되지.
현 수 (수영에게) 저두 맘 없음 못해요. 하나만 해주셨음 좋겠어요. 비난받으면
        서 이해받는 거 너무 불편해요.
수 영 뭘 그렇게 진지하게 받아? 다들 스트레스 쌓여서 농담한 걸 갖구. 가봐.
        넌 가두 된다잖아.
현 수 ……

씬13. 홍대 프랑스 식당 안

정우, 커피 마시고 있다. 아까 비즈니스맨 같았다면 지금은 돈 많아서 할 일 없는 한량 같다. 누군가를 기다리고 있다. 식당 안은 이미 런치 끝났고. 스텝들 스텝밀 차리고 있다. 셰프, 정우에게 온다.

셰 프   뭐 더 드릴까요?

정 우   신경 안 쓰셔도 돼요. 후배 오기로 했는데 안 오네요. 십 분만 더 있다 일어날 거예요.

셰 프   우리 식당 VVIP인데 신경 안 쓰면 안 되죠.

준 하   (허겁지겁 들어온다. 손엔 대본 꾸겨들고 있다. SBC 미니시리즈 '접선' 3부. 정우를 찾는다. 정우 보고 달려온다) 혀어엉!!

셰 프   가실 때 뵐게요 그럼. (가는)

준 하   (와서) 형 미안해! (무릎 꿇는 시늉하며) 무릎 꿇으라면 꿇을게.

정 우   꿇어 그럼!

준 하   진짜? 나 진짜 꿇는다. 나 꿇는 건 좋은데 나 꿇어서 형 이미지 금 갈까 봐 내가 지인짜 걱정된다!

정 우   오바 떨지 말구 앉아. 밥은 먹었냐?

준 하   우리 드라마에 아이돌 나오잖아. 조공 많이 들어와. 뷔페루 먹었지 오늘. 갑자기 제작산 왜 차리겠단 거야?

정 우   돈 벌만큼 벌었으니까 써야. 폼 나게 쓸려구.

준 하   돈 냄샌 엄청 잘 맡아. 앞으루 돈 벌 데 콘텐츠밖에 더 있겠어!

정 우   감독 리스트 업 좀 해달라구 한 거 왜 안 줘?

준 하   형이 이 바닥을 몰라서 그러는데 제작산 결국 작가 장사야. 편성받을 수 있는 작갈 얼마나 데리구 있냐가 흥망 열쇠야.

정 우   작가 리스트 업은 내가 하구 있어. 혹시 니가 소개해줄 만한 작가 있어?

준 하   말년 조연출 주제에 스타 작갈 어떻게 알아! 내 밥인 앤 하나 있지! 내가 부름 언제든 달려오는 애!

정 우   뭐 썼는데?

준 하   뭘 썼다기보다.. 우리 학교 후배야. 형 후배두 되지. 갑자기 잘나가는 회사 때려치구 월 80짜리 보조 작가루 들어가더라구!

정 우   (O.L) 됐다. 내가 젤 싫어하는 거야. 무모하면서 현실적이지 않은 거. 난 현실적인 작품이 좋아.

준 하   애는 똘똘하다니까. 데려다 회사 차리기 전에 기획 작가루 써. (핸드폰 꺼내 문자하며) 일단 한번 만나봐.

정 우   싫어.

씬14. 도로 버스 안

현수, 앉아 있다. 창문을 열고. 바람을 맞고. 유치장에서 잤어도 좋았다. 뭔가 자신의 꿈에 한 발짝 한 발짝 가고 있는 거 같은. 배고프다. 가방에서 고구마칩을 꺼낸다. 고무줄 풀고 고구마칩 먹는다. 꿀맛이다. 핸드폰 E 발신자 '지랄'이다. 현수, 안 받는다. 과자 먹는데. 카톡(E)이다. 현수, 본다. 현이다. 카톡 플픽 사진은 장미꽃 사진. '언제 오냐' '막 자구 다녀두 되냐' '꼴 같지 않게 작가 된다 그러다 폐인 된다'(MBC 베스트 2004년 〈형님이 돌아왔다〉. '손현주 폐인 짤' 첨부) '올 때 생리대 사와' '라면도' '파도' '집구석에 있는 게 없네ㅜㅜㅜㅜㅜ' 화면으로 내용 뜨고.

현 이   (E) 언제 오냐. 막 자구 다녀두 되냐. 꼴 같지 않게 작가 된다 그러다 폐인 된다. 올 때 생리대 사와. 라면도. 파도. 집구석에 있는 게 없네.

현 수   (내용 읽으며. 매번 있던 일이다) 그래 너는 짖어라. 난 내 갈 길 간다. (과자 먹는) 맛있다! 역시 칩은 고구마칩이야! (다 먹었다) (비닐 꾸겨서 가방에 다시 넣는다)

또 카톡(E). 본다. 준하다. '내일 3시에 나와. 일거리 줄게'

준 하   (E) 내일 3시에 나와. 일거리 줄게.

현 수   (답장한다)

씬15. 홍대 프랑스 식당 안 카운터 앞

식당 안엔 셰프, 수셰프, 라인쿡1,2,3 막내. 스텝밀 먹고 있다. 정우, 준하
와 나오고. 계산하러 온다. 셰프, 정우한테 온다.

준 하   이 기지밴 왜 답이 없어?

정 우   안 만난다니까!

      카톡 E

준 하   왔나 부다. (준하 확인한다. 헐)

정 우   왜?

준 하   (보여준다. 〈살인의 추억〉. 송강호 주먹 짤. 멕이는)

정 우   (보고, 웃는) 약속 잡아봐. 급 땡긴다!

셰 프   (배웅하며) 가세요. 아까 물어보려다 못 물어봤는데 스테이크 남기셨던
      데요. 별루였어요?

정 우   웰던이 좀 덜 웰던이 됐던데요. 웰던이 좀 어렵긴 하지만. 가니시 맛있었
      어요. 뉴페이스던데요.

셰 프   역시 예리하시네요.

정 우   되게 어려 보이던데. 막내한테 요리두 맡겨요?

셰 프   막내한텐 칼 안 주죠. 왜 궁금하세요?

정 우   네 궁금해요. 잘생겨서.

준 하   남자였어? 아니 왜 남잘 궁금해해? 매니지먼트도 할 거야?

정 우   것두 생각 중이야.

준 하   헐!!!

정 우   배우 할까요?

셰 프   안 할 겁니다. 타고난 셰프예요.

씬16. 홍대 프랑스 식당 주방 안

정선, 머랭 치고 있다. 사복이다. 반팔. 병원 다녀왔다. 왼손은 붕대 감고 있다. 손목까지. 작업대 위엔 쇠고기와 채 썬 채소. 당근, 샐러리. 양파. 콩소메 만들려고 한다. 머랭 치는 팔에 붙은 근육들. 팔뚝에 찢어져서 꿰맨 자국이다. 8센티 정도. 그 위에 '소금' 한글로 쓴 타투 기하학 문양. 운동을 계속 한 몸이다.

셰 프   밥 안 먹구 머랭은 왜 치구 있어?

정 선   (계속 치며) 스프 좀 바꿔봐야 되지 않겠어요?

셰 프   콩소메 만들게?

정 선   네 셰프! (하더니 머랭이 잘됐나 들어서 올려본다. 떨어지지 않는다)

셰 프   메뉴 개발해봐. 단품. 스페셜 메뉴로 넣어보게.

정 선   (눈 반짝) 감사합니다 셰프!

셰 프   둘이 있을 땐 형이라 부르라니까.

정 선   네 셰프! (미소)

셰 프   (웃는) 애들하구 좀 힘들지? 니가 낙하산이라 그래.

정 선   안 힘들어요. 이 정도가 힘들면 요릴 때려치워야죠.

셰 프   오늘은 쉬어.

정 선   싫어요.

셰 프   쉬어야 빈틈이 보이잖아. 애들하구 친해져야지. 팀웍두 실력이다.

정 선   빈틈으루 친해진 팀웍은 별루 맘에 안 드는데.

정선, 머랭에 쇠고기와 썬 채소를 넣고 섞어준다. 메뉴 개발하란 말에 절로 기운이 난다.

씬17. 동 식당 밖

정선, 세워놓은 자신의 자전거를 탄다. 움직인다. 달리는.

씬18. 연남동 현수 집 골목 — 해질녘. 노을

현수, 두 손에 마트에서 산 짐을 들고 걸어오고 있다. 정선, 자전거를 타고 오고 있다. 현수를 지나쳐 가는 정선. 두 사람은 이렇게 의식도 못 한 채 스쳐 지나간다. 우리는 모두 알기 전에 스쳐 지나가는 타인일 뿐이다. 스쳐 지나가는 타인이 만나 사랑을 한다. 두 사람의 시작은 여기였다. 두 사람은 몰랐지만.

씬19. 연남동 현수 집 거실 안

투 룸. 현이, 인터넷으로 〈런닝맨〉 보면서 피자 먹고 있다. 파자마 바람으로. 침대 소파에서. 콜라도 같이. 테이블엔 피자 한 판에서 한 조각 남은. 현관 비밀번호 열리는 소리 들리고, 현수 들어온다. 두 손엔 마트에서 장을 봐온 짐. 현수, 현이 보고 저거 또 저러고 있네. 건드리지 말자. 일별하고 식탁으로 가서 짐을 내려놓는다. 현이, 현수 보고 온다. 짐 안엔 우유, 사과, 레토르트 식품. 카레, 자장면. 냉동 핫도그.

현 이 (와서 현수 몸의 냄새 맡는다)
현 수 (피하며) 왜 그래?
현 이 술 마시구 밤새 어디서 뻗어있다 취재한다구 뻥 쳤나 보려구!
현 수 너 왜 그러니 진짜! 내가 그런 뻥 치는 사람이야?
현 이 아니. 그래두 모르잖아. 사람은 변하니까. (하면서 사온 짐을 뒤진다)

현이, 생리대 꺼내는. 날개형이다. 현수, 핫도그 두 개 꺼내 전자렌지에 돌린다. 배고프다. 냉장고에서 케첩 꺼낸다.

현 이 이걸 사옴 어떡해?
현 수 이것 쓰잖아.
현 이 날개 없는 게 필요했단 말야. (도로 내밀며) 바꿔와.

현 수 내가?

현 이 그럼 누가 가?

현 수 니가 가!

현 이 저번 달 생활비 왜 안 냈어?

현 수 안 낸 건 아니지. 못 냈지. 그래서 장 봐왔잖아.

현 이 장 봐온 걸루 퉁치면 안 되지. 언니 동생 사이에 장은 봐줄 수 있잖아.

현 수 그렇게 침 언니 동생 사이에 생활비두 봐줄 수 있는 거 아냐!

현 이 아니지 그건. 돈과 음식은 다르지.

현 수 (버럭) 다르긴 뭐가 달라? 거기다 온갖 심부름 다 하는데 그 노동력 돈으루 환산하면 나 생활비 안 내두 된다.

현 이 그래서 안 내잖아. 생활비 안 낸 지 5개월이야.

현 수 (기죽는) (생리대 다시 비닐봉지에 넣으며) 바꿔다 줄게.

현 이 그러니까 왜 대책두 없이 회살 관둬? 것두 남들 들어가기 어려운 대기업을!

현 수 (E. 속소리. 보는) 또 시작이다. 누가 선생 아니랄까 봐 아주 교육질 쩔어.

(인서트) 현수의 상상. 현수, 들고 있던 케첩을 현이에게 뿌린다. 말하는 현이 얼굴에 케첩 뿌려지고.

현 수 (미소 들키지 않으려는)

현 이 그 눈은 뭐야? 그 희미한 미소는 뭐구? (케첩 들며) 이 케찹 내 얼굴에 뿌리는 상상했지!

현 수 (어떻게 알았지?)

현 이 거짓말 하나 못 하면서 드라말 어떻게 써? 아직두 안 늦었어. 공무원 시험 봐. 엄마 아빠! 쌤통이다! 맨날 우리 큰딸! 우리 맏딸! 알아서 척척! 언니 반만 따라가라 그러더니

현 수 (O.L) 넌 언제 편애받았다는 피해의식에서 벗어날래?

현 이 (O.L) 넌 언제 그 같잖은 심리분석에서 벗어날래?

현 수 (O.L) 됐다 말을 말자 말을 말어! (렌지에서 데운 핫도그 꺼낸다. 두 개)

현 이 (하나를 뺏는다)

현 수	야아!! (속소리 E) 참자 참어! 남자한테 채여서 심리적 공황상태라 먹는
	거에 집착하는 거잖아.
현 이	동정하지 마. 남자한테 채여서 먹는 거에 집착하는 거 아냐.
현 수	(헐) 졌다! (핫도그 일단 먹는다)

씬20. 홍아 집 앞─밤

홍아, 서 있다. 운동화 신었지만. 엄청 꾸몄지만. 꾸민 티 내지 않으려고
애쓴. 런닝하러 가는 차림. 외제 스포츠카 와서 선다. 홍아, 탈 생각을 안
한다. 문 열어주기 기다리는. 조수석 창문 내려진다. 홍아 시선으로. 운전
석에 원준이다. 원준도 런닝할 차림이다.

원 준	왜 안 타?
홍 아	왜 안 타겠어? (조수석 문을 보며)
원 준	(알았다. 나오는. 홍아 쪽으로 오며.) 남자 아니라며? 사귀는 거 안 한다
	며? 왜 여자 대접은 받겠단 거야?
홍 아	받구 싶으니까!
원 준	(어이없는, 조수석 문 여는) 이제 만족하십니까?
홍 아	아니. (하곤 차에 탄다)

씬21. 도로, 원준 차 안

음악 흐르고. 원준 운전하고 있고. 홍아, 조수석. 컵홀더엔 텀블러 꽂혀 있
다.

원 준	(텀블러 눈으로 가리키며) 그거 마셔. 뒤에 도시락도 있어. 것도 먹어.
홍 아	어떻게 날 기다리게 할 수 있어? 오빠가 먼저 와서 기다리고 있어야지.
	(텀블러 꺼내 마시며)

원 준	나 공보의야. 강화에서 근무 끝나자마자 눈썹 휘날리게 온 거야.
홍 아	(차 맛보고) 어어! 이거 살짝 매운 맛이 느껴진다. 뭐야?
원 준	블랜딩한거야. 고쓰코라하고 바질. 고쓰코란 형이 인도에서 사온 거야.
홍 아	내가 이런 맛 좋아하는 거 알구 신경 썼구나. 그럼 용서해줄게! 아까 기다리게 한 거.
원 준	고맙다. 가는 길에 현수 누나두 픽업해 갈까?
홍 아	오빠 나한테만 호구해. 아까 정선이 식당 갔었어. 걔가 전화가 없으니까 연락이 안 되잖아. 요즘 시대에 왜 핸드폰이 없어? 이상해.
원 준	삶의 방식이 다른 거야. 그래서 온대?
홍 아	어 온대. 안 된다더니 나오기 전에 메신저 하니까 온대. 걔가 은근 내 말이라믄 다 듣는다!
원 준	(O.L) 니 말을 듣는 게 아니라 걘 지가 하구 싶은 걸 하는 놈이야. 고로 너한테 호군 나 하나란 거지.
홍 아	지금 생색내?
원 준	뭐래도 너한테 하나라서 좋단 얘기다!
홍 아	(삐죽. 좋은)

씬22. 경복궁 역 앞―밤

정선, 있다. 런닝할 차림이다. 왼손은 붕대. 옷은 반팔. 오른팔에 보이는 칼자국 흉터와 '소금' 타투. 옆에 현수 서 있다. 런닝할 차림이다. 스트레칭하고 있다. 러닝하려는 사람들 몇 명 있고. 10여 명. 자기들끼리. 현수, 뻘쭘하니 있고. 현수, 정선의 손과 타투가 신경 쓰인다. 호기심 발동하면 사람을 빤히 보는 버릇이 있다.

현 수	(정선 타투 보고. 속소리 E) 뭐라고 쓴 거지. 글잔가 아님 그림인가. 손에 붕댄 뭐지? 팔뚝엔 칼자국. 조폭인가!
정 선	(니가 보면 나도 본다) 저 아세요?
현 수	(당황) 아뇨. 왜요?

정 선	계속 빤히 보셔서.
현 수	(민망한) 미안해요. (괜히 딴소리하며 다른 곳으로) 얜 왜 안 와 (하는데)
홍 아	(E) 언니이!

현수, 정선과 소리 나는 쪽 본다. 홍아와 원준 오고 있다. 홍아와 원준, 핸드폰을 암밴드에 차고 있다. 스마트폰 암밴드.

홍 아	(달려오며) 일찍 왔네! (정선에게) 너두!
현 수	(아는 사람이구나.)
원 준	누나 오랜만이에요. 정선 안녕! (하면서 주먹 내밀면)
정 선	(주먹 부딪친다)
현 수	세 사람 다 아는 거야?
원 준	누나두 알잖아. 온라인으론 다 인사했어. 얜 착한 스프. 누난 제인!
현수·정선	(아아. 뻘쭘한. 본다. 서로 목 인사)
현 수	근데 니네 이거 뭐야? (암밴드 보며) 대따 좋아 보인다. (자신의 핸드폰을 바지 주머니에서 꺼내 들며) 난 이런데.
원 준	내가 맡아줄게.
현 수	괜찮아. 너한테 민폐 끼칠 순 없어.
원 준	(핸드폰 받아오며. O.L) 이딴 게 무슨 민폐야! 누난 너무 독립적이야.
크루장	자자 다 오신 거 같은데. 중앙으루 모여주세요. 다 아시겠지만 오늘 코스는 경복궁 삼청동 북촌 인사동 찍구 청계천 광화문 다시 경복궁입니다. 준비운동하고 그룹 나눌게요. 그룹은 뛰는 속도에 따라 짤 겁니다. 준비운동 시작!

크루장, 몸 풀기 스트레칭 시작. 발목 손목 무릎 허리. 다들 스트레칭 시작.

현 수	(스트레칭하면서) 실력 대루 짜면 난 니들하구 같이 못 뛰잖아.
정 선	깍두기두 있으니까 걱정 마세요!
현 수	(아무렇지도 않게 받으며) 나 깍두기 좋아하는데.. 깍두기 먹구 싶다!

정 선	(현수 반응에.. 뭐야 이 여자?)
원 준	누나 내가 담가줄까? 강화하면 순무지! 순무로 만든 깍두기 한 사발 어때?
현 수	(웃는) 좋아! (하면서 주먹을 내민다)
원 준	(현수와 주먹 부딪치고)
정 선	(두 사람 좋아 보이고)
홍 아	좋댄다 둘 다!

씬23. 삼청동 골목

정선, 현수, 홍아. 원준 뛰는. 정선이 페이스메이커다. 다른 그룹들도 뛰고. 골목의 정취가 뛰는 젊음과 맞닿아 과거와 미래와 함께 공존하는 듯한 풍광을 만들어낸다. 정선 그룹 뛰는데. 현수, 뒤로 처진다. 힘들다. 쉬고 싶다. 천천히 걸으려는데. 정선, 온다.

홍 아	(현수 보며. 제자리에서 뛰며) 언니 빨리 와!!
정 선	(뛰면서) 중간에 쉬면 더 힘들어요. 관성으루 뛰셔야 돼요.
현 수	누가 모르나!
정 선	알면 하셔야죠! 뛰세요!
현 수	(씨이)...... (억지로 뛰는)
정 선	다리가 무거워 움직여지지 않음 팔을 의식적으루 움직이세요. (시범 보이며) 이렇게!!
현 수	(따라 하며) 이렇게!!
정 선	네네 좋아요.. 이제 앞으루 가세요!
현 수	(힘들다. 멈추며) 미안해요. 먼저 가세요. 제가 알아서 할게요.
정 선	알아서 포기하시게요!
현 수	안 돼요?
정 선	(O.L) 안 돼요. 제가 페이스메이커거든요. 한 사람이라두 포기하는 거 안 해요.
현 수	(O.L) 주입식 교육. 성취 지향적 교육 문제예요. 포기하구 안 하면 죄의식

갖게 되는 거. 그거 안 좋아요.

정 선   말 되게 잘하신다. 맘에 들어요. 뛰면서 얘기해요!

원 준   누나! 완주하구 시원한 맥주 마셔요!!!

현 수   성취욕 확 오르네!!!! 아자아자아자!

현수, 뛰는. 정선, 어이없는. 내가 말할 땐 안 듣더니. 현수 페이스 맞춰주
려고 도와주려고 뒤에서 뛰고. 홍아와 원준, 앞에서 뛴다.

현 수   (정선에게) 근데 내 뒤에서 뛰지 마세요. 내가 뛰는 건 오로지 내 의지니
까!!

정 선   아 네에!! (앞으로 뛰는)

현 수   (뛰는)

씬24. 북촌 골목 일각 ─ 밤

정선, 현수, 홍아. 원준 뛰는. 현수, 뛰면서 거리를 보는데 골목이 예쁘다.
왜 꼭 뛰어야만 하는가. 보면서 걸으면 딱 좋겠다. 정선, 홍아, 원준 뛰는
데. 현수, 어느 집 대문 앞에 선다. 담을 본다. 정선, 아주 찰나로 현수 본
다.

현 수   아직도 이런 데가 있네! 멋있다!

씬25. 북촌 다른 일각

정선, 홍아, 원준 뛰는데. 현수, 없다.

홍 아   현수 언닌?

정선, 그때서야 뒤돌아보면 현수 없다.

원 준 누나 또 뒤처졌나 보다. 내가 찾아올게.
정 선 최종 멈춤 지점이 어딘지 나 알거 같아. (뛰어가는)

씬26. 북촌 골목 일각

씬24, 현수가 처음 멈췄던 곳이다. 정선, 온다. 현수 없다. 주위를 둘러본
다. 누군가 걸어오는 소리가 들린다. 본다. 여자다. 현수는 아니다. 정선을
지나쳐 간다. 정선, 난감하다. 어디 있지? 시계를 본다. 10시 20분이다. 다
른 곳으로 간다.

씬27. 북촌 또 다른 일각

현수, 걷고 있다. 여기가 어딘지 전혀 모르겠다. 혹시 주머니에 뭐라도 있
을지 몰라 뒤적인다. 아무 것도 없다. 난감하다. 가로등마저 깜빡이고.

현 수 분위기 죽인다!! 이런 데서 사람을 어떻게 죽여야 안 들키지? (CCTV 보
고. 사각 지대로 들어간다) 여긴 안 찍히네. 주인공이 범인을 이쪽으루 유
인해서 (하면서 사각지대로 가는데)

가로등불 터진다. 불 나간다.

현 수 (놀라는) 아아!! (소리 지르고 냅다 뛰는)

다른 일각.

현수, 막다른 골목에 서 있다. 으슥한.

현 수   여긴 아니네.

         앞에 술 취한 남자가 온다. 현수, 뒤돌아 걷는다.

취 객   나 보구 도망가는 거야? 야 야 (하면서 현수 뒤를 쫓는다)

         현수, 식겁해서 뛰는.

씬28. 북촌 다른 일각

         정선, 뛰고 있다. 현수를 찾는다. 시계를 본다. 11시 23분이다. 땀이 범벅
         이다. 신음 소리 (E) 정선, 뭐지.. 혹시. 아니겠지. 신음 소리 나는 곳을 찾
         는다. 정선에게 순찰차 헤드라이트 비춰지고. 정선, 헤드라이트 비추는
         곳 보면. 순찰차다. 순경, 내린다. 정선을 지나쳐 사람 쓰러진 곳으로 간
         다. 정선 시선으로. 사람 다리 한쪽만 보인다. 순경, 쓰러진 남자를 깨운
         다. 남자, 널브러져 있다. 남자는 씬27 현수를 따라왔던 취객.

순 경   아저씨.. 아저씨.. 일어나요.
남 자   (소리 지른다) 야아!!! 한잔만 한잔만! (일어나지 않고 몸을 뒤척이는)

         정선, 와서 본다.

순 경   아 참내! 술을 먹을라면 곱게 먹을 것이지! (하면서 취객을 부축해 일어
         나게 한다. 취객, 아이잉! 하면서 순경에게 안긴다. 질색하고) 왜 이래 진
         짜! (본능적으로 밀친다)
정 선   (취객 받으며) 도와드릴까요?
순 경   고맙죠 그럼.
남 자   안 가 안 가 안 가! 집에 안 가!!!!

정선, 순경을 도와 취객을 차에 옮기고. 거의 정선이 옮기는 수준.

순 경   (옮기면서) 왜 동네에 살질 않구 놀러들 오는지! 일이 배루 늘었어 그냥!
정 선   전화 좀 빌릴 수 있을까요?

씬29. 북촌 일각

정선, 빠른 걸음 걷는. 살피면서. 이젠 골목 바닥도 보게 된다.

원 준   (E) 우린 지금 경복궁 앞인데. 누나 안 왔구. 집에두 안 들어왔대. 어떡하냐!! 그 누나 완전 길치라던데. 아는 길도 또 모르는.

정선, 걷는다. 다른 골목으로 접어든다. 미로 같다. 한번 들어오면 출구를 찾을 수 없는. 이때 정선은 알았을까. 자신에게 찾아온 사랑이 이 길과 닮아 있음을. 여자의 비명소리(E) 들린다. 정선, 소리 나는 쪽 보고 놀라 뗀다.

씬30. 북촌 다른 일각 막다른 골목

현수, 걷고 있다. 이젠 즐긴다. 몸은 지친다. 막다른 골목이다. 우씨! 하면서 가려는데 벽 사이로 핀 꽃에 눈길이 간다. 벽으로 간다.

현 수   (꽃에 눈 맞추며) 너 대단하다! 여길 어떻게 뚫었어? 살겠다구 나온 거야?

현수 뒤로 누군가 온다. 누군가 현수를 보고 있다. 정선이다. 기가 막히다. 밤새 사람 속 썩이고 좋단다. 어이가 없고 부아가 치민다. 다가간다.

현 수   나도 너처럼 살게 꼭!.. (본다. 눈 맞추며) 예쁘다.

현수, 벽에 비치는 그림자를 본다. 긴장한다. 이건 또 뭐지. 그림자가 점점
길어진다. 자신에게 가까이 온다. 좀 떨린다. 도망가야 된다. 뒤돌아 뛰려
는데. 팔이 휙 들어와 벽을 짚는다. 정선이다. 팔뚝에 '소금' 타투가 돋보
이는. 현수, 악 소리 지르고. 눈을 감는다.

정 선   겁은 나나 봐요?
현 수   (좀 익숙한 목소리에 눈을 살짝 뜨는. 아는 사람이다. 안심. 버럭.) 놀랐잖
        아요!
정 선   놀라봐야 내가 놀란 거에 비하겠어요? (손을 벽에서 뗀다)
현 수   왜 자기가 화내요?
정 선   (O.L) 자기니까 화내죠!
현 수   이건 또 무슨 논리예요? 이 자긴 그 자기가 아니에요!
정 선   이 자긴 그 자기가 아님 이 자긴 뭡니까?
현 수   2인칭 대명사. 당신! 유! 남자 여자 연인 사이에 부르는 자기가 아니라구
        요!
정 선   나두 2인칭 대명사! 당신! 유! 자기였습니다.
현 수   (기막힌) 왜 그래요 진짜? 왜 만나자마자 화내요? 왜 놀려요? 난 진짜 너
        무 반갑구 좋아서 안길 뻔했어요.
정 선   (너무 반갑구 좋아서 안길 뻔했어요, 훅 들어온다.)......
현 수   얼마나 무서웠는지 알아요? 가도 가도 뱅뱅 돌고 제자리 걸음하구. 내가
        여길 몇 번이나 온 줄 알아요?
정 선   (자신도 겪었다) 3시간 된 거 같아요 찾은 지. 원준이형하구 홍아두 기다
        리구 있어요.
현 수   (보는. 미안. 한 풀 꺾여) 핸드폰 좀 주세요.
정 선   없는데요.
현 수   (반문) 왜요? 요즘 핸드폰 없는 사람두 있어요?
정 선   돈이 없어 못 샀어요.
현 수   (허 찔린. 툭 던지며) 신발만 팔아두 핸드폰 사겠네요. 시계두 명품 같은데

정 선	(O.L) 돈을 어디에 쓰느냔 가치관 차인데 건드리지 맙시다.
현 수	(얘 봐라. 보통 아니다.) 아아니 내가 원래 타인의 가치관 존중하거든요.
정 선	그러세요? 근데 왜 그러셨어요?
현 수	(밀린다) 그러게요.
정 선	그러게요.
현 수	아 참 이상한 버릇 있다. 말꼬리 잡는 거 그거 안 좋은 거예요.
정 선	개인의 취향 건드는 것두 하지 맙시다.
현 수	(또 말린다) 아아니 나는 원래 개인의 취향 존중하거든요.
정 선	근데 왜 그러셨어요?
현 수	(기막힌. 참. 비죽 웃음 나오는)
정 선	이제 가죠! 따라와요. (스트레칭하면서) 이것도 따라 해요. 뛰기 전에 스트레칭 해야 돼요.
현 수	(스트레칭 따라 하며) 걸으면 안 돼요?
정 선	안 돼요. (뛰는)
현 수	(마지못해 뒤따라 뛰는)

씬31. 삼청동 골목 일각/ 처마 밑

정선, 뛰고 있고. 현수, 뒤에서 따라오고 있다. 체력 방전된 거 같다. 비가 내리기 시작한다. 정선, 하늘 본다. 비가 제법 올 거 같다. 차츰차츰 세차게 내린다.

현 수	(오히려 반갑다. 천천히 걸을 수 있을 테니까) 비 와요! (걸으며)
정 선	(뒤돌며) 속도 내요! 그래야 비 덜 맞아요!
현 수	호기심 천국에서 전에 봤거든요. 걸을 때나 뛸 때나 비 맞는 건 똑같대요. (뭐 대단한 거 가르쳐준다는 듯이) 비 적게 맞을려구 뛴다는 건 어리석은 일이란 거죠! 제가 호기심 천국 매니아였거든요. 틀림없는 사실이에요.
현 수	(속소리 E) 제발 넘어가라. 걷자구 좀. 힘들다구 좀.
정 선	(깨며) 바보예요? 뛰어서 빨리 목적지 도착하면 빌 조금이라두 덜 맞게

되잖아요. 속도! 시간은 계산 안 해요? 그건 호기심 천국에서 안 가르쳐
줘요?

현 수   (실패다) 머리 좋으시네요. 안 넘어가네요.

정 선   바보한테 머리 좋단 얘기 들으니까 욕 같은데요.

현 수   (왜 이렇게 말발이 밀리지. 세게) 몇 살이에요? 저보다 어린 거 같은데

정 선   (O.L) 여기서 나이가 왜 나와요?

현 수   (또 한 방. 보는)

정 선   내가 손잡아주길 원해요?

현 수   (이건 무슨 개소리) 아뇨!

정 선   나두 첩보는 여자 손 잡구 뛰구 싶지 않거든요.

현 수   뛰어요 뛰자구요. 헛둘 헛둘.. (뛴다. 앞서)

정 선   (뛴다. 현수 옆으로 선다)

씬32. 동 처마 밑 / 골목길

정선과 현수, 처마 밑으로 뛰어 들어온다. 현수, 비에 젖은 머리. 딱 붙은
티셔츠. 큰 눈망울. 본인이 의도하지 않았지만 육감적이면서 도발적이다.
숨소리 쌕쌕! 정선, 숨 고르게 하면서 현수 본다. 현수, 정선 본다. 현수,
아무런 의미 없는. 그냥 쳐다보는. 자신을 보고 있는 현수를 보면서 강렬
한 무언가가 치고 가는 느낌이다. 가로등 불빛과 골목과의 조화. 청춘 남
녀. 비는 서서히 그친다.

현 수   (계속 숙제 생각하고 있었다.) 살인하기 좋은 날씨네요! 골목에 CCTV도
         없구.

정 선   (이 얘기마저도 도발적인) 누굴 죽이려구요?

현 수   (웃으며) 작가님 숙제예요. 보조 작가하거든요.

정 선   ......사귈래요?

현 수   (황당) 미쳤어요? (경계)

정 선   미치지 않았는데.. 사귀자구 함 미친 거예요?

현 수   미친 거지 제정신이겠어요? 알지두 못하는 여자한테 사귀자 그러는 게?

정 선   뭘 알아야 되는데요? 나이 학력 이런 거요! 나이 스물 셋! 군필! 최종학력

현 수   (O.L) 그만 그만 그만! 아직 어려서 여자 껍데기만 보구 그게 전부다 싶어 이러나본데

정 선   (O.L) 예쁜 건 사실이지만 예쁘다구 다 사귀자구 하진 않아요.

현 수   (보는. 만만치 않다. 얘 뭐야 진짜!)

정 선   갑작스러운 제안에 당황한 반응 이해할 수 있어요. 가볍게 생각한 거 아니에요.

현 수   지금 몇 시예요?

정 선   (갑자기 시간은 왜? 시계 보고) 12시 37분이에요.

현 수   경복궁에 7시 40분쯤 왔구 그때쯤 만났어요. 지금 12시 37분이면 만난 지 다섯 시간두 안 됐어요. 다섯 시간 중에 정식으루 대화한 건 30분쯤 됐을 거예요. 근데 가볍지 않다구요?

정 선   요릴 내 직업으루 결정하는 데 1분밖에 안 걸렸어요.

현 수   (O.L) 첫눈에 반한다는 건 육체적인 거예요. 위험한 거예요

정 선   (O.L) 위험하니까 어려운 거죠. 어려우니까 가볍지 않은 거구. 육체적이란 거엔 동의 못 하겠어요. 잘 몰라서.

현 수   말 진짜 잘한다. 나두 한다면 좀 하는 편인데. 내가 나이가 좀만 어렸음 넘어갔을 텐데.

정 선   그럼 넘어와요.

현 수   하아! (가는)

정 선   (따라가는)

현 수   (몸 돌리며. 사실 예쁘다고 다 사귀지 않는다는 말이 걸렸었다.) 그럼 나랑 왜 사귈려 그래? 예쁘다구 다 사귀는 거 아니라며?

정 선   ....마음이 가.

현 수   (반말이 더 신경 쓰임) 왜 반말이야?

정 선   먼저 반말했잖아.

현 수   하!! 내가 먼저 했구나 반말! 의식 못 했어요. (가는)

정 선   화나요? 내가 사귀자는 게?

현 수   좀 무시당한 기분이에요. 나이두 어린 남자한테 사귀자는 말이나 듣구!

내가 이렇게까지 남의 눈에 형편없어 보이는구나. 이렇게까지 바닥을 치는구나.

정 선　(O.L) 나이 많은 게 그렇게 좋은 거예요?

현 수　(버럭) 누가 좋대요?

정 선　나이 많아지는 건 내 힘으루 할 수 없어요.

현 수　누가 해달래요? (하면서 가다가 다리가 삐끗하는데)

정 선　(팔로 현수의 어깨를 막아주는)

현 수　(보는)

현수, 바로 서고. 정선, 옆으로 비킨다.

정 선　진짜 아무것두 못 느끼겠어요?

현 수　(이 남잔 진지하구나. 어떻게 그럴 수 있지) 어떻게 이름두 모르는 여자한테 사귀자구 해요?

차 들어오는. 헤드라이트 비춰지고. 바로 앞까지 차가 오는.

원 준　(E) 찾았구나 정선아!

홍 아　(E) 언니!! 괜찮아??

현 수　(보며) 어어.

현수와 정선, 본다. 불빛을. 원준, 운전하고. 차 정차한다. 조수석과 운전석 창문 내려 있고.

정 선　내 이름은 온정선이에요. 이름이 뭐예요?

현 수　오늘 제안 거절이에요......... (간다. 차 타러)

정선, 가는 현수 보고. 현수, 차 타러 가고. 원준의 차 안에 홍아 있고.

씬33. 호텔 바 여자 화장실 안

영미(정선 모), 화장 고치고 있다. 립스틱 바른다. 거울 속의 자신의 얼굴 바라본다. 가슴선 살짝 드러나 보이는 원피스. 아련하게 거울 속의 자신을 본다. 미소 지어본다. 입을 살짝 푼다. 본다.

영 미   자신을 가져! 세상 누구두 널 비난할 순 없어.

씬34. 호텔 바 안

영미, 자신의 자리로 가기 위해 온다. 씬10 공항에서 봤던 외국 남자 옆으로 가서 앉는다. 테이블엔 칵테일 마신 흔적.

영 미   (앉으며) 오랜만에 한국 왔더니 흥분돼요!
외국 남   가족은 없어요?
영 미   아들이 있어요. 단 하나밖에 없는 내 편! (마시는) (F.O)

씬35. 피트니스 센터 안—이른 아침 (F.I)

정선, 벤치프레스 하고 있다. 티셔츠 뒤집어 입었다. 봉제선이 밖으로 나와 있는. 뒤집어 입어서 흉한 게 아니라 원래 이런 패션 같다. 체스트 프레스 한다. 시티드 케이블 로우 한다. 하체 운동 한다. 스쿼트 한다.

씬36. 수산 시장 안

정선, 온다. 상인 알아본다.

상 인	오늘 가자미 아주 좋아! (보여주며) 줄까?
정 선	(살펴보고) 좋아요. 다섯 마리 주세요.
상 인	그렇게 많이? 한 번 해 먹을 거밖에 안 사잖아.
정 선	점심에 낼려구요!

씬37. 박 작가 작업실 안

회의하려고 준비 중이다. 현수, 인쇄된 대본을 '접선' SBC 미니시리즈 6
부 박 작가한테 갖다 준다. 박 작가, 대본 받고.
보조 작가1,2,3(수영, 기다, 경) 인쇄된 대본 들고 있다. 메모한.
현수, 앉는. 빽빽이 뭔가 쓴.

박 작가	(돈 준다. 3만 원 준다. 수영에게) 니 아이디어 채택했다.
수 영	감사합니다. 아이젠으루 얼굴 팍 찍어서 죽이는 장면 좋아요.
박 작가	그림이 될 거 같아. 대본 초고니까 오늘 회의하구 수정하구 감독님 줄 거 야.
기 다	수정 별루 안 하셔두 될 거 같아요. 재미있어요. 사이다예요. 잔인하게 복 수해서 너무 좋아요.
현 수	(조심스레) 근데 주인공이잖아요.
박 작가	어?
현 수	너무 잔인한 거 같아요. 장면은 재밌지만 그게 인물 캐릭털 해쳐요.
박 작가	(보는)
수영·기다	(박 작가를 보는)
현 수	괴물을 잡으려면 괴물이 돼야 된다란 논리, 영화나 드라마에서 많이 쓰잖 아요. 그런 시률 타는 것 같아 별루 같아요. 작가님 잘 쓰시는
박 작가	(O.L. 감정을 누른다고 누르지만 확 드러난) 니가 그러니까 안 되는 거 야. 시률 타는 게 아니라 인간 본성이 그런 거야. 이 드라만 거기에 충실 하고 있고.
현 수	이 전까지 쓰신 스토리에선 인간의 본성은 절대 악에 지지 않는다는 전제

루 놓구 쓰신 거잖아요. 그러니까 주제가 바뀐 거잖아요.

박 작가   (O.L) 주제가 뭐가 중요해? 인물 캐릭터가 더 중요하지. 너같이 드라마에
         드 짜두 모르는 애한테 일일이 가르쳐가면서 일을 해야 되니?

현 수   죄송합니다.

씬38. 홍대 프랑스 식당 주방

점심 준비하고 있다. 야채 썰고 있는 라인쿡1. 라인쿡2, 브라운 스톡 끓이
고 있고. 라인쿡3, 마리네이드하고 있다. 고기 생선 야채에. 정선, 가자미
손질하고 있다.

수셰프   (라인쿡1에게) 야!! 쫌!! 잘게 썰어!! 넌 아직두 튀기는 야채 썰 줄두 모르
         냐? 머릴 그림으루 갖구 있는 자식아! (정선을 본다. 맘에 안 든다. 와선)
         야 넌 셰프한테 뭔 짓을 한 거야? 나두 좀 배우자!

정 선   열심히 일하구 있을 뿐이에요. (손에 칼 들고 있다)

수셰프   (O.L) 난 열심히 일 안 하냐? 눈치라곤 약에 쓸래두 없는 자식이야 너는!

정 선   왜 화나셨는지 모르겠어요. 말씀해주시면 고칠게요.

수셰프   이 식당 들어온 지 5년이야. 셰픈 나한텐 내 요리할 기회주질 않았다구!

정 선   그건 저하구 얘기하실 게 아니라 셰프님하구 얘기하셔야 되는 건데요.

수셰프   이 자식이 그냥! (하면서 정선의 가슴을 팔로 밀어붙인다. 강한 눈빛)

정 선   (그 눈빛 다 받으며. 밀리지 않고) 칼 들구 있어요!

수셰프   (몸에서 떨어지는) 지켜본다 너!

셰 프   뭣들 해?

수셰프, 가는.

셰 프   무슨 일이야?

정 선   별거 아니에요. (계속 일하는)

바쁘게 돌아가는 주방. 밑 작업.

씬39. 박 작가 작업실 거실 안

수영, 화이트보드에 쓰고 있다. 진수, 아이젠으로 영팔을 징벌하다. 기다, 경, 컵라면과 먹을 것 놓여 있고. 다들 컵라면 앞에 놓여 있고. 현수, 컵라면 먹는. 다들 수영 행동에 별로 관심 없고. 먹는 것만. 떡볶이와 순대. 김밥 있다.

수 영   (현수 보고) 넌 아까 혼나구 먹을 건 잘 들어가는구나.

현 수   혼은 혼이구. 먹을 건 먹을 거니까요.

기 다   현순 먹을 때만 친근감 돈아.

현 수   원래 친근감 도는데 언니들이 날 별루 안 좋아하잖아요.

핸드폰 E 경과 수영, 말할 동안. 기다 전화 받는. 발신자 보고. 혹시나. '여보세요? 네 제가 김기다예요. 정말요? 진짜요!'

경   작가할 얼굴이 아니야 언닌. 예쁘잖아.

수 영   나 학교 다닐 땐 예쁘면 맞았어. 우린 때리진 않잖아.

일 동   (웃는)

기 다   (차분하게 감정 누르며) 네 감사합니다. 네 또 연락주세요. (전화 끊고 꿈인지 현실인지. 뺨을 꼬집어본다)

수 영   (걱정스럽게) 무슨 일이야?

기 다   (소리 지른다)

일 동   (보면)

기 다   언니 나 가작 먹었다! (안긴다. 수영에게)

현 수   ……

박 작가, 방에서 나오며.

박 작가 　무슨 일이니?

수 영 　기다 당선됐대요.

박 작가 　잘됐다! 축하한다!!

기 다 　감사합니다 작가님! 다 작가님 덕분이에요.

박 작가 　너 이번 작품 될 줄 알았어. 현순 연락 없니?

현 수 　(표정을 어떻게 지어야 될지 모르겠다) 네.

　　　　핸드폰 E. 현수 가방에 있는.

경 　누구야 누구? 또 연락 온 거 아냐?

기 다 　현수다!

현 수 　(철렁. 설마 나도)

박 작가 　빨리 받아봐!

현 수 　네 작가님!

　　　　현수, 가방에서 핸드폰을 꺼낸다. 발신자 '지랄'이다. 현수, 발신자 보고.
　　　　실망이다.

박 작가 　왜 전화 안 받아?

현 수 　동생이에요. (미소) 얘가 원래 제 엿 먹이는 게 취미예요.

일 동 　(웃는)

씬40. 홍대 프랑스 식당 홀―낮

　　　　정우, 들어온다. 서버의 안내에 따라 앉는다. 맨날 앉는 좌석. 서버, 메뉴
　　　　판을 준다.

정 우 　뭐 새로운 거 있어요?

서 버 　특별 단품 있는데 드셔보시겠어요?

씬41. 동 주방 안

주방. 바쁘고. 정선, 팬 두 개를 쓰고 있다. 하나는 가자미만 구운 팬. 하나는 통합 팬. 통합 팬에 버터 넣고 가자미를 앞뒤로 살짝 굽고 있다. 요리는 '가자미 뮈니에르' 가자미만 구운 팬엔 그린빈스를 소금, 후추 간해 볶는다.

셰 프	(오는. 작은 스푼으로 소스 맛보는. 갸우뚱) 간이 딱 안 맞아.
정 선	살짝 싱겁게 했어요. 가자미 본연의 맛을 더 내려구.
셰 프	VVIP 손님이야. 식사 거의 혼자 해. 방해받구 싶지 않대 밥 먹을 땐.
정 선	특이하네. 밥은 같이 먹어야 맛있는 건데.
셰 프	(O.L) 이 요리루 실험하지 마. 정석대로 내.
정 선	존중해주세요 셰프!
셰 프	널 존중해. 하지만 이건 비즈니스야.
정 선	(팽팽한) 저한텐 비즈니스가 아니에요.

씬42. 동 홀

서버, 정선의 가자미 뮈니에르를 정우 앞에 놓는다. 주방에서 나와 정우를 보는 정선. 자신의 음식을 어떻게 먹을지 궁금하다. 정우, 먹으려고 한다. 시선을 느껴 슬쩍 보면 정선이 눈에 들어온다. 정선이 만들었군. 진짜 이 음식 맛이 궁금하다. 먹었다. 고개 갸우뚱. 정선, 긴장되는. 정우, 더 먹진 않고 무슨 생각이 들었는지, 가만히 있다.

씬43. 홍대 프랑스 식당 주방 안

셰프, 정우가 반 남긴 가자미 뮈니에르 접시를 들어와 정선 앞에 탁 놓는다. 무언의 니가 무슨 짓을 했느냐는 비난의 눈빛. 정선, 본다.

씬44. 동 카운터 앞

정우, 카드 주고 계산하려는데. 셰프, 온다.

셰 프   (카드 도로 주며) 오늘은 받지 않겠습니다.

정 우   왜요?

셰 프   식사 다 안 드셨잖아요. 입맛에 안 맞으셨죠? 제가 한 게 아니라

정 우   (O.L) 알아요. 뉴페이스 솜씬 거.

셰 프   아셨어요?

정 우   아주 맛있었어요. 가자미 본연의 풍취가 살아 있어서. 좋았어요. 오랜만
          에.

셰 프   근데 왜?

정 우   자존심 상해서요. 음식 앞에 두구 게걸대는 내 모습이. 좀 자제했죠. 그치
          만 다음엔 못할 거 같아요.

셰 프   (웃는) 전해드릴게요.

정 우   아뇨! 제가 직접 할 겁니다. 좋아한단 말은 대신해주는 게 아니지 않습니까!

씬45. 박 작가 오피스텔 안

현수, 청소하고 있다. 밀대로 밀면서. 좋게 마음을 먹으려고 해도 마음이
상한다. 기분 전환해야지. 비밀번호 누르는 소리 들리는. 현수, 가방에서
초콜릿 꺼내 먹는다. 준하, 들어오는.

현 수   뭐야 아주 막 들어온다! 비밀번호 누가 알려줬어?

준 하   경 씨가! 기다 씨 공모 당선됐다. 아냐?

현 수   알아. 다들 밥 먹으러 갔어. 나두 이것만 치우구 갈 거야.

준 하   2차까진 올랐더라 너. 대본 좀 보여줘. 문제가 뭔지 오빠가 알려줄게. 그
          럼 다음 공모 당선은

현 수   (O.L) 본인 앞가림이나 잘하세요.

준 하   공격적이시네. 공모 떨어져서 맘 많이 상했구나. 걱정 마! (현수 얼굴을 보며. 점쟁이처럼) 귀인이 보이는구나.

현 수   뭔 귀인?

씬46. 정우 빌딩. 사장실 안

정우의 취향이 드러나는. 심플하면서 고급스러운. 포인트로 화려한. 미술품과 소품. 골프 연습대도. 준하와 현수. 앉아 있고. 준하 앞에 있다. 비서, 준하와 현수에게 차를 놓고.

현 수   (비서에게) 고맙습니다.

비 서   (가는)

준 하   암튼 넌 인사는 잘해.

현 수   인사만 잘해두 사회생활 반은 성공한 거랬어. 곧 입봉할 거잖아. 연출은 감독이야. 인사가 만사란 거지!

정우, 두 사람 보면서. 놀고들 있다.

준 하   남 입봉 걱정 말구. 니 입봉 걱정해. 일단 입봉하면 먹구는 산다. 하나만 잘 쓰구 그 담부턴 막 써두 돼.

현 수   좋은 거 가르친다.

준 하   팩트잖아. 요즘 작가들 날루 먹잖아. 돈만 벌면 막장이구 뭐구

현 수   (O.L) 드라마 작가 혼자 만들어? 막장 작가 옆에 막장 감독 있는 거야.

준 하   (그러거나 말거나) 작가들이 말야. 시대정신이 없어. 맨날 연애 얘기에다가 신데렐라 콤플렉스나 자극하구.

현 수   (O.L) 그게 시대정신이야. 어디서 겉멋만 들어 갖구 장르물하면 다 고급지냐? 사회 비리 파헤치면 다 품격 있는 드라마구?

준 하   (의아) 근데 니가 할 말은 아니지 않냐. 너 멜로 못 쓰잖아.

현 수   (O.L) 그러니까 입봉두 못 하구 이러구 있잖아. 고대 인류부터 내려온 거

대한 시대 흐름을 못 읽어서

정 우 (O.L) 이렇게 존재감 없긴 처음이네요.

준 하 아 형 미안해. 우리가 쫌 이래 만나면.

현 수 (O.L) 그렇게 말하면 되게 친한 거 같잖아 선배랑 나랑.

정 우 정확한 거 좋아하나 봐요.

현 수 네.

정 우 분명한 것두 좋아하시구요.

현 수 네.

정 우 우리랑 일해요. 아니 저랑 일합시다.

현 수 왜요?

준 하 뭐가 왜요 야? 넙죽 한다 해야지. 니가 지금 보조 막내나 하면서 이럼 안
     되지.

현 수 보조 막내 나부랭이라구 아무거나 주워 먹어선 더 안 되지. (일어나며)
     선약이 있어서요.

정 우 만나서 반가웠어요! (악수 신청하는)

현 수 죄송합니다 어색해서. (악수 안 하고 인사만. 나가는)

준 하 미안해 형!

정 우 작가 되겠다 쟤! 싸가지 없어서.

씬47. 홍대 프랑스 식당 주방 밖

홍아, 있다. 정선, 나온다.

정 선 불러내지 말랬지!

홍 아 부탁할 거 있어. 현수 언니 여기루 오라구 했거든.

정 선 근데?

홍 아 SBC 드라마 공모 수상자 오늘 발표했는데. 언니 떨어졌어. 위로해주려고.

정 선 그래서?

홍 아 매운 음식 만들어줘. 니네 메뉴엔 없더라. 좋아하거든.

정 선   너 뭔가 착각하는데 여긴 내가 고용되어 있는 직장이야. 내 마음대루 주
        방 쓸 권한 없어.

씬48. 홍대 프랑스 식당 안

홍아, 있다. 탄산수 마시고 있는. 카톡질. 남자와. 변호사: 홍대 어디? 갈
게. 홍아: 안 돼. 현수 언니 위로해줘야 돼야. 변호사: 위로가 되겠냐. 모른
척하는 게 낫지. 홍아: 그런가? 변호사: 적당히 빠져나와. 현수, 들어온다.
둘러보며.

현 수   (와서 앉는다) 좋다 여기!
홍 아   언니 왔네. 홍대에서 젤 핫한 데야. (메뉴판 펼쳐 주며) 뭐 먹을래?
현 수   (메뉴판 보며) 너무 비싸다.
홍 아   프랑스 요리잖아. 작가가 이런 것두 먹어봐야지.
현 수   너 뭐 시켜서 먹었지?
홍 아   샐러드 먹었어.
현 수   (작게) 그럼 나가자. 여긴 언니가 공모 당선됨 와서 사줄게.
홍 아   나 부잣집 딸이야. 잊었어?
현 수   그걸 어떻게 잊겠니? 암튼 이런 덴 내 돈 주구 내가 사주면서 먹구 싶어.
        (일어나는)
홍 아   (말리지 못하겠다. 일어나며) 어디루 갈 거야? 정선이두 끝나구 오라 그
        러게.

씬49. 홍대 프랑스 식당 홀—밤

손님은 다 갔고. 정리하고 있다. 정선, 집에 가는 복장. 나와서 셰프에게
간다. 수셰프 정선 보고 있고.

셰 프	오늘 수고 했다. 친구들하구 잘 놀아.
정 선	감사합니다. 뒷정리 빼주셔서. (나가는)
수셰프	(기분 나쁜)

씬50. 포장마차 안

현수, 홍아와 소주를 마시고 있다. 한 병 정도 비운. 한 병 있고. 안주는 매운 불닭발. 국수도 있고. 홍아, 계속 카톡질. 변호사: 이제 그만하고 나와. 오빠 간다. 홍아: 알았어. 현수, 불닭발 집어 먹는다. 현수 좀 취했다.

현 수	매운 거 들어가니까 살 거 같다. 머리가 시원해져.
홍 아	정선인 왜 안 오나?
현 수	가자. 아까부터 오라는 남자 있잖아.
홍 아	미안해 언니. 원래 내 계획은 밤새 죽자구 마시구 노는 거였는데.
현 수	여기 얼마예요?

씬51. 포장마차 밖/ 보도

현수, 나오는데. 정선, 들어오려다 마주친다. 두 사람 멈칫하고. 홍아, 뒤에서 나온다. 현수 정선, 어색한.

홍 아	(반색) 왔네!
정 선	가는 거야?
현 수	(가는)
홍 아	(잡으며) 언니 어딜 가? 이쪽으루 가야지.
현 수	이쪽 아냐?
홍 아	이쪽이지. 완전 길치야.

자동차 클락션 E

홍 아   그럼 전 먼저 갑니다. 언니 먼저 갈게. 정선, 나중에 보자. (뛰어가는)

현 수   (정선에게 인사) 그럼 가세요.

정 선   집이 어디예요?

현 수   왜요?

정 선   겁먹지 마세요. 사귀자는 제안 다시 안 해요.

현 수   누가 겁먹는 데나? (하면서 걷는)

정 선   (옆에서 걷는) 뭐 타구 가야 돼요?

현 수   여기가 여의도니까. 우리 집은 연남동이니까. (길 건너 가리키며) 저쪽에
        서 버스 타야 돼요.

정 선   연남동 가려면 이쪽에서 타야 돼요. (다른 쪽 가리키며)

현 수   아니거든요. 저쪽 맞거든요. 내가 아무리 길치라두 여의도 생활 몇 년인
        데 집 가는 길두 모를까 봐요?

씬52. 버스 정류장 앞

현수, 버스 정류장 안내판 본다. 연남동 가는 방향이 아니다. 정선 말이 맞
다. 정선을 본다. 사람 별로 없고. 차는 지나가고.

정 선   나두 연남동 살아요.

현 수   미안해요. 내가 끝까지 가봐야 되는 성격이라.

정 선   그건 저랑 같네요.

현 수   이현수예요. 남자 이름 같죠?

정 선   온정선이에요. 여자이름 같죠?

현 수   이름 전에 말했어요.

정 선   알아요. 그때랑 지금은 시작이 다르니까.

현 수   정리 잘하는 편인가 봐요.

정 선   정리 안 하면 다음으루 갈 수 없으니까요.

현 수   (자신에게 하는 말) 회사 그만둘 때만 해두 작가 금방 될 줄 알았거든요.
        인생 껌으루 봤죠! 시험 봐서 떨어진 적 없었거든요.

정 선   ......

현 수   여의도가 좋아요. 드라마 공모 당선되면 여의도 공원에서 춤춘다 그랬는
        데 그럴 기회가 없을 거 같아요.

정 선   ......

현 수   죽을지두 모르면서 불구덩이에 뛰어드는 불나방 같아요 난! 근데요.. 죽
        어두 불 속으루 가구 싶어요.

        정선, 현수의 손을 잡고 간다.

현 수   뭐하는 거예요? (끌려가며)

씬53. 호텔 객실 안

        영미, 하늘하늘한 슬리핑 가운 입고. 창가에 서 있다. 전화통화 중이다.

영 미   연락 없어서 못 찾으시는 줄 알았어요. 은행 계좌 번호 알아냈다니 진전
        이 있네요. 좀 더 속도 내주세요. 보구 싶어요 내 아들. (하면서 침대 쪽
        본다)

        외국 남, 자고 있다.

씬54. 여의도 공원

        정선, 현수 있다.

정 선   미리 연습해봐요. 당선되면 출 춤!

현 수   (어이없는. 그러나 싫지 않은) 미쳤다 정말!

달빛과 나무, 바람. 정선과 현수, 두 사람은 춤을 출까. 연인의 시작인가.
아니라면.. 두 사람에겐.

2부

03

뭐 라 도 대 접 하 고 싶 어 요

04

피 해 , 싫 으 면

씬1. 버스 정류장 앞

1부에 이어
현수, 정선과 있다.

현 수   여의도가 좋아요. 드라마 공모 당선되면 여의도 공원에서 춤춘다 그랬는
          데 그럴 기회가 없을 거 같아요.

정 선   ....

현 수   죽을지두 모르면서 불구덩이에 뛰어드는 불나방 같아요 난! 근데요.. 죽
          어두 불 속으루 가구 싶어요.

정선, 현수의 손을 잡고 간다.

현 수   뭐하는 거예요? (끌려가며)

정 선   뭘 할 거 같아요?

현 수   손은 좀 놓죠!

정 선   (놓는다) 손잡은 거 신경 쓰였어요? 남자두 아닌데

현 수   거절해서 맘 상했어요?

정 선   상하지 않음 미친놈이죠!

현 수   진짜 진지했구나.

정 선   (O.L) 진짜 가볍게 대했구나.

현 수   한마디두 안 져 진짜.

정 선   한마디두 못 이기네 진짜.

현 수   (어이없는 웃음)

정 선   분명히 할게요. 난 한 번 거절당한 여자한테 계속 들이대는 거 안 해요.

현 수   (왠지 섭섭) 맘에 든다 그건.

정 선   따라와요! (가는) (살짝 뛰는)

현 수   (따라가는) (뛰는)

현수, 정선 옆으로 가서 뛰는.

씬2. 여의도 공원 안

정선, 자리를 찾아서 선다. 현수, 따라선다. 현수, 약간 숨 차는. 숨 고르고.
정선,

현 수   여긴 왜요?

정 선   핸드폰 좀 줘봐요.

현 수   (좀 망설이다 주는)

정 선   (받고 다시 주며) 패턴은 풀어줘야죠!

현 수   핸드폰 쓸 줄은 알아? (하면서 패턴 풀어주는)

정 선   은근히 말 논다! (하면서 핸드폰 음악 찾는다)

현 수   (겸연쩍은 미소. 뭔가 훅 들어온다)

정 선   (음악을 튼다. 경쾌한 춤출 만한. 살짝 박자 맞추며) 어때요?

현 수   뭐가요? (같이 살짝 박자 맞추며)

정 선   춤추기 적당하냐구요?

현 수   갑자기 웬 춤?

정 선   미리 연습해봐요. 당선되면 출 춤!

현 수   (어이없는. 그러나 싫지 않은) 미쳤다 정말!

정 선   아직 안 미쳤어요? 미치지 않구 어떻게 성공해요?

현 수   누가 안 미쳤대요? 나두 미쳤어요 미쳤다구! 근데 춤은 절대 안 돼요.

인써트. 현수의 상상.

〈라라랜드〉의 남녀 주인공처럼. 판타지. 정선과 현수, 에니메이션으로 바꾸어도 좋을 거 같고. 실사면 의상이 바뀌었음 좋겠어요. 정선과 현수. 정선, 춤을 추기 시작한다. 현수, 정선의 스텝에 맞춰 자신도 춤을 춘다. 꿈을 향한 청춘들의 순수한 몸짓 같은.

타이틀 오른다.

씬3. 연남동 버스정류장 앞

버스 서고, 현수 내린다. 그 뒤에 정선 내린다.

현 수   (한 방향 가리키며) 난 이쪽인데.

정 선   (현수가 가리킨 방향으로 걷는)

현 수   (따라가며) 데려다주지 않아두 돼요. 가세요. 남자가 여잘 꼭 데려다줘야 될 필요 없어요. 그건 구시대적 발상이구

정 선   (O.L) 저두 이 방향이에요.

현 수   (헉?) 아 네에.

정 선   공주병 있나 봐요! (미소. 가는)

현 수   (따라가며) 억울하다 진짜 그건!

씬4. 연남동 현수 집 앞 골목

현수와 정선, 걸어오고 있다. 현수 집 앞 전봇대 옆엔 쓰레기 수거장.

현 수   우리 집은 여긴데.

정 선   전 이쪽으로 계속 올라가요.

현 수   그래요? 그럼 잘 가요. 오늘 고마웠어요.

정 선	뭐가 고마웠어요?
현 수	(또 훅 들어온다) 뭐가 고마웠지? 뭐가 고마웠죠?
정 선	(미소) 갈게요. (가는)
현 수	(계속 뭔가 훅훅 들어오는 느낌이다)

현수, 정선의 뒷모습 본다.

현 수	(뒤에 대고) 위로가 됐어요.
정 선	(가며. 뒤돌지 않고) 들어가요 그만!
현 수	(보는) 안 들어갈 거예요!
정 선	....

현수, 정선이 대꾸하지 않는 게 뭔가 섭섭하다. 계속 뭔가 뭔가가 들어온다. 정선, 가고 있다. 현수, 들어가지 않고 계속 보고 있다. (F.O)

씬5. 현수 집 거실 (F.I)

소파 침대에서 자고 있는 현수. 세상에서 젤 편한 자세다. 평온하다. 테이블엔 펼쳐진 노트북과 메모지 노트와 펜. 현이, 머리 감고 나온다. 현이, 자는 현수 보고 성질나는.

현 이	(와서 발로 현수 건드리며) 야! 야! 지금 이 상황에 잠이 쳐 오냐!
현 수	(뒤척인다)
현 이	짐승이지 인간이 아냐 넌! (더 세게 치며) 안 일어나! 한심하다 진짜! 잠이 와? 공모 떨어지구 잠이 오니? 나 같음 혀 깨물구 죽어버리겠다!
현 수	(보고)..... (혼잣말처럼) 나쁜 년! (일어나는)
현 이	어디 가? 밥 차려! 출근해야 되잖아. 넌 뻔뻔히 놀면서 동생이 벌어다 주는 돈으루 밥 먹는 거 미안하지두 않냐?
현 수	지렁이두 밟으면 꿈틀한다! (식탁으로 가서 빵을 구우려는)

현 이	밥 줘!
현 수	(보는. 밥 차리는)

씬6. 현수 집 앞

현수, 쓰레기 봉투 들고 나온다. 대문 옆에 전봇대 옆에 쓰레기 모아둔 곳에 쓰레기 놓는다. 머리는 쑤석대고. 화장은 안 하고. 현이, 곱게 차려입고 나온다. 현수, 쓰레기 버리고 오다가 나가는 현이를 건드린다.

현 이	(몸 피하고 민다) 야 조심해 쓰레기 묻잖아! (옷 털며)
현 수	(기막힌 보는) 뭐?
현 이	왜 하필 쓰레기 집합소가 우리 집 앞이야 드럽게!
현 수	(O.L) 여기가 동네 사람들 모이기 젤 편하구 수거하기 좋은 장소니까.

사람들 지나가는. 현수와 현이 본다. 현이, 사람들 의식하면서. 현이, 대화하면서도 계속 지나치는 사람들 의식하고. 간간이 미소 짓고.

현 이	(복식 호흡으로) 우리 집이 국회의원 집이었어 봐라! 앞에다 이런 거 놓을 생각이나 했겠냐!
현 수	그런 생각을 님비라 하는 거야. 내가 좀 불편 감수하더라두 동네 사람들 위해 감수하는 게 좋은 마음
현 이	(O.L. 현수 흉내 내며) 그런 생각을 님비라 하는 거야. (자기 말투) 이게 어디서 훈계질이야? 니가 그러니까 공모 내면 떨어지구 떨어지구 하는 거야. 사람 감정을 그렇게 몰라서 어떻게 글을 쓰냐?
현 수	(O.L) 넌 좀 맞아야겠다. 내가 계에속 참았거든. 생활비 제대루 못 내니까 너한테 받는 모욕 감수했어. 근데 이젠 아니다.
현 이	아님 어떡할 건데?
현 수	난 널 알아. 니가 젤 두려워하는 게 뭔지. (하면서 오는)
현 이	(뒤로 가며 겁나는) 왜에?

현 수   (머리채를 잡는다) 체면 중요! 시선 중요! 오늘 한번 털려봐!

현 이   어머 어머!! (사람들.. 주위 눈치 보며) 야 이거 안 놔? (버둥대는) 알았어 그만해. 사람들 보잖아.

현 수   봐야지. 보라구 하는 짓인데. (지나가는 사람에게) 안녕하세요? (휘어잡고 있으면서) 제 동생인데요 학교 선생님이에요.

현 이   (이판사판) 이게 진짜! (하면서 현수의 머리채를 잡고)

현이와 현수, 몸싸움하는데. 현이가 수세에 몰리고. 현이 운다. 엉엉 운다. 현수, 손을 놓는다. 현이, 주저앉아 우는.

현 이   언니가 돼 갖구! 언니가 돼 갖구! (징징 짜는)

현 수   (쑥대머리. 몰골이 현이와 비슷. 말은 당당하지만) 그러게 왜 성질을 건드려! 난 무서울 게 없는 사람이야. 사람들 눈 따위 (하다가 얼굴을 손으로 가린다)

정선, 자전거 타고 지나가다 선다.

정 선   안녕하세요?

현수, 당황. 얼굴 가리는. 현이, 이 와중에 저 남잔 뭔가 해서 보고. 아이라이너 번지고 머리 쑤석대고. 가관이다.

현 수   (할 수 없다) 안녕하세요? 제 동생이에요.

현 이   (소리 지르는. 멘탈 나갔다.)

정 선   (이 상황이 너무 웃긴다) 자매끼리 애정표현을 터프하게 하시나 봐요.

현 수   격하게 사랑하죠 제가 더. (하면서 현이의 어깨를 감싼다)

정 선   (미소) 그럼 전. (하면서 가는)

남는 자매.

현 이	누구야?
현 수	학교 안 가? 화장 다시 해야지.
현 이	니 몰골이나 봐. 저 남자 다신 너 안 봐.
현 수	(어떡하나. 이런 꼴 보여. 신경 쓰이는)

씬7. 홍대 프랑스 식당 주방 안

점심시간 끝난 후 주방. 정리하는 분위기. 정선, 냉장 테이블 위에 스테인리스 통에 담긴 재료들을 정리하고 있다. 라인쿡1, 2도. 소스, 가니시용 채소, 퓨레 등부터 조미료. 메인 요리 스테이크부터 가자미까지. 막내는 산더미처럼 쌓인 설거지 하고 있다.

수셰프	(정선에게) 바트 확인했어?
정 선	(평소와 같이) 당근이죠! 감자 퓨레 3인분 모자라요. (막내에게) 성원 씨! 점심식사 하구 퓨레 만들 준비해놔요.
막 내	네!
수셰프	(거기다 대고) 뭐가 그렇게 신나? 가자미 뮈니에르 잘 나가니까 좋아 죽나 부다. 모자라지 가자미두?
정 선	저녁 준비해놓은 거까지 손댔어요. 떨어지면 주문 그만 받으려구요. 수산시장에서 싱싱한 가자미 다 쓸어 와서 (막내 보고 설거지 도와주러 간다.)
수셰프	밍밍하구 맛대가리두 없는 걸 뭐가 맛있다구! 입들두 이상해! (계속 정선이 신경 쓰이고)
라인쿡3	(O.L. 들어와서) 온정선 씨! 선물이요! 발신인 VVIP입니다.
일 동	(선물에 시선이 가고)
라인쿡3	(트러플 포장한 상자 테이블 위에 올려놓는다)

다들 모여든다. 테이블 앞으로. 정선, 오는. 라인쿡3, '빨리 풀러봐요'. 라인쿡1, 'VVIP 뭐하는 사람이야?' 막내, '돈 대따 많은 비즈니스맨!' 수세

프, '넌 낄 데가 아니다.' 막내, 주눅 들고 설거지하러 가려고 하고. 정선, 이런 말들을 배경 음악처럼 들으며 포장을 푼다. 포장을 풀면 트러플 나온다. 현지에서 가져온. 2개. 시가로 치면 200만원이 넘는. 정선, 의아. 일동, 입이 쩍.

라인쿡1 　백만 원두 넘겠다.

라인쿡2 　백만 원이 뭐야 2백두 넘겠다!

수셰프 　게이다! 백퍼 게이야. 아님 이런 비싼 걸 남자한테 왜 주나?

라인쿡 　요리가 맛있으니까.

수셰프 　개뿔 맛있긴!! (정선에게) 이거 혼자 먹을 거야?

정　선 　(포장해서 다시 쇼핑백에 넣고) 어디 계시죠?

씬8. 홍대 프랑스 식당 주차장

정우, 리모컨으로 차문을 연다. 정선, 쇼핑백 들고 온다.

정　선 　저기요!!!!

정　우 　(본다)

정　선 　제가 웬만하면 받겠는데요. 과해요 이건. (주는)

정　우 　(받지 않는) 과해요? 선물은 마음의 표시 같은 건데 내 맘은 그거보다 더 과한데! 팬입니다.

정　선 　(피식. 이상한 사람이다) 놓구 갑니다. (하곤 정우 앞에 쇼핑백 놓고 가는데)

정　우 　(따라가며) 겁내는 겁니까? 사랑받는 거!

정　선 　(거슬리는) 놀리는 겁니까?

정　우 　내 진심이 놀리는 걸루 느껴집니까?

정　선 　아 느끼해 진짜! 대체 왜 그러세요?

정　우 　(정선 반응이 귀여운. 웃는) 내가 생각해두 느끼하긴 하네.

정　선 　(피식)

정　우 　난 내가 갖구 있는 것 중에 나보다 딴 사람이 더 어울릴 거 같음 내가 갖구 있질 못해요 잘. 그 사람 생각이 막 나서.

정 선   (O.L) 그 말두 이상해요. 느끼하구.

정 우   아 왜 그러지? 왜 여자 꼬실 때 하는 멘트가 자꾸 나오지.

정 선   (또 피식)

정 우   (명함을 준다) 박정웁니다. 이름이 뭐예요?

정 선   이름두 모르면서 고가의 선물 줍니까?

정 우   (O.L) 내 맘입니다. 일반적으루 셰프들은 식재료 받음 좋아하는데 아닌가 봐요.

정 선   과하다구 했지 아니라곤 안 했습니다.

정 우   상대방이 호읠 갖고 대하는데 공격적으로 대하는 건 둘 중 하난데 매우 호감이거나 매우 비호감이거나.

정 선   (O.L) 온정선입니다.

정 우   온? 온씨두 있어요?

정 선   온달 있잖아요. 온달 장군!

정 우   (신기) 아아 온달이 조상이에요?

정 선   경주 온씨! 시조는 온군해! 신라 진덕여왕 때 살해당했어요 김춘추 대신/ 고구려군한테. 김춘추 따라 당나라에 원군 청하고 돌아오던 길에.

정 우   (O.L) 이런 건 할아버지랑 같이 살아야 나올 수 있는 멘튼데! 같이 살았어요?

정 선   같이 살진 않구 예뻐하셨어요. 외아들에 장손이거든요.

정 우   (O.L) 그럼 요리하는 거 반대하셨겠네요. 남자가 하는 일 아니라구.

정 선   아버지가 반대하셨어요. 할아버진 언제나 제 편이셨어요. 아버지한테 가혹하셨구.

정 우   나 좋아해요? 왜 본인 얘기해요? 첨보는 사람한테 막 본인 얘기하는 편이에요? 헤픈 거 싫은데.

정 선   진짜 이건 진심인데요. 이상한 거 아세요?

정 우   알아요. 내가 준 명함 봐봐요.

정 선   (보는. 명함에 '온(on)' 엔터테인먼트 대표 '박정우' 라고 쓰여 있다) 온 엔터테인먼트!

정 우   내가 회사를 차리면 이름을 '온'으루 하려구 10년 전부터 갖구 품고 있었거든요. 항상 깨어 있자. 온!

정 선   (그게 어쨌단 거지?)

정 우   온정선이란 말을 들은 순간 왠지 졌다는 생각이 들지! 왠지 이 사람한텐 이길 수 없겠다!

정 선   (어이없지만) 왜요? 이름에 '온' 달구 있어서요?

정 우   빙고!

정 선   (황당) 하 참!

정 우   친하게 지냅시다! 혹시 본인 식당 차릴 생각 없어요? 난 투자할 생각 있는데.

정 선   혼자 여러모로 앞서 나가시네요. 감사합니다 제 요리 좋아해주셔서!

정 우   (미소) 알았어요 오늘은 여기까지!

정 선   그럼! (가는)

정 우   잠깐!

정 선   (보는)

정 우   부탁인데. (트러플 쇼핑백 가리키며) 이거 받으면 안 될까요?

정 선   (보는)

씬9. 박 작가 작업실 앞

현수, 두 손엔 테이크아웃 커피 캐리어에 담아 갖고 오고 있다. 커피 8잔. 가방 메고. 엘리베이터에서 내린 유홍진 피디와 준하 온다. 홍진, 분위기 별로 안 좋다. 모자 쓰고 피곤에 쩔은. 준하, 현수를 발견하고. 뛰어와서 현수의 캐리어를 들어주는.

현 수   (준하 보고) 왜 왔어? 촬영 안 나가구? (뒤돌아 보고) 감독님두 오셨네! 안녕하세요?

유홍진   (고개 끄덕) 네에!

현 수   (준하에게 안 들리게) 기분 되게 별루신가 봐. 촬영 왜 안 나갔어?

준 하   (홍진 안 들리게 눈치껏) 그 대본으루 못 찍으시겠단다!

현 수   그럼 어떡해? 작가님 아셔?

홍 진   야 너 지금 노닥거릴 때야? 빨리 문 안 열어?

준 하   네 형!

현 수   (먼저 뛰어간다. 작업실 문 앞으로)

씬10. 박 작가 작업실 안

수영. 경. 테이블에 앉아 있다. 기다, 자고 있다. 침 흘리며. 노트북 앞에 있고. 과자 부스러기 있고. 수영과 경은 동영상 보면서 레퍼런스 정리하고 있다. 크리미널 마인드나 일드 수사물.

수 영   (기다 보며) 쟤 봐라 아주 늘어졌네!

경   이제 기다 언닌 우리랑 다른 계급이잖아요.

수 영   공모 되구두 노는 애들 천지 삐까리야.

경   놀아두 당선 타이틀 달아봤음 소원이 없겠어요!

문 확 열리고, 은성(박 작가), 방에서 나온다. 눈 밑이 퀭하다.

은 성   아 미치겠다 진짜!

기 다   (소리에 깨고 일어나고)

수 영   감독님이 대본 읽구 뭐라 하세요?

은 성   암말두 안 해. 그게 더 미치겠어. 만나서 얘기하자는데 좋으면 만나잔 얘기 안 했겠지.

기 다   재밌어요 대본. 그게 재미없음 감독님이 잘못된 거예요.

은 성   (미소) 넌 역시 작품 보는 눈이 있어.

비밀번호 누르는 소리 들리고. 현수, 문 연다.

현 수   감독님 오셨어요.

홍진과 준하 들어온다.

홍 진   (은성에게) 잠 좀 잤어요?
은 성   네 좀. 대본 회의하죠. 시간 절약할 겸 바루!

씬11. 홍대 프랑스 식당 주방

브레이크 타임. 정선, 알랭 파사르의 채소 요리법 책 보고 있다.(《The Art
of Cooking with Vegetables》). 수셰프, 감자 가득 든 바구니를 갖고 들
어온다. 뒤에 원준 같이 들어온다. 원준, 두 사람의 대화에 껴서 정선의 상
황을 안 좋게 할까 봐 가만히 있고.

수셰프   (테이블에 확 놓는다) 감자 퓨레 만들어.
정 선   막내가 재료 다듬어주기루 했는데요.
수셰프   니가 해. 니가 언제부터 룰 지켰어?
정 선   재료 다듬는 건 막낼 위해 꼭 필요한 훈련인데
수셰프   (O.L) 시키는 일이나 해. 니가 누굴 훈련시킬 군번이냐?
원 준   저어!!
수셰프·정선   (보는)
원 준   안녕 정선! (수셰프에게) 안녕하세요? 정선이 선배 최원준입니다.
수셰프   (정선에게) 대체 넌 왜케 사람들이 찾아오는 거냐?
원 준   (수셰프에게) 혹시 술 많이 드세요?
수셰프   그건 왜요?
원 준   약간 황달기가 있는 거 같아요. 잠깐만요. (주머니에서 펜라이트 꺼내 수
        셰프의 눈을 보는. 얼떨결에 몸 맡기는 수셰프) 안심하세요. 의사예요. 조
        금만 무리하면 다크써클 올라오구 피곤이 안 풀리죠?
수셰프   (고분고분하게) 네에. 뭐가 안 좋아요?
정 선   (감자를 깎고 썰고 있다. 능숙하게)
원 준   간이 안 좋은 거 같은데. 일시적인 피로일 수두 있구. 정확하게 알려면 검

사 한번 받아보세요.

수셰프　아 네에 감사합니다. (나가는)

정 선　진짜 뭐가 많이 안 좋아? (계속 하는 일 하면서. 칼이 잘 들진 않는다. 그래도 써는)

원 준　많이 안 좋긴 뭐가 안 좋겠냐. 술 많이 마시겠다 싶어 짚어본 거지. 걱정 되냐? 디게 구박하던데.

정 선　구박은 구박이구 아픈 건 아픈 거니까!

원 준　때려줄까?

정 선　때릴 거면 벌써 때렸어 내가!

원 준　넌 어떻게 이렇게 잘 써냐?

정 선　(보면서) 이 정돈 껌인데 (하는데 베인다. 피나는)

정선, 침착. 아무렇지도 않은 듯. 원준, 자신하고 말하다 베인 거 같아 미안. 원준, 우선 피 나오는 부위를 눌러 지혈을 한다.

정 선　꼭 잘난 척하믄 이러더라구! 인과응보가 확실한 삶이야 난!

홍 진　(E) 인과응보는 없다!

씬12. 박 작가 작업실 안

은성(박 작가), 홍진(유 씨피) 있고. 수영, 경, 기다 있다. 준하도. 테이블 위엔 테이크아웃 커피 올려 있고. 마신 흔적. 현수 있다. '접선' 6부 대본. 프린트 된 거 각자 하나씩 갖고 있다.

홍 진　착한 남자가 어떻게 복수하는지 보여준다구 하지 않았어요?

은 성　보여주구 있잖아요 감독님.

홍 진　아이젠으루 얼굴을 박박 긁으면 다른 복수 드라마랑 다를 게 뭐가 있어요? 박 작가 그렇게 안 봤는데 잔인한 구석 있나 봐.

모두·준하·현수　(경직)

은 성   (현수 말이 맞았다. 자존심 상하지만) 제가 잔인한 게 아니라 사람 본성이 그런 거예요. 충실하게 그리구 있어요 거기에.

홍 진   그래서 이대루 가겠단 거예요?

은 성   ....

홍 진   준하야! 너 아까 나한테 말한 거 얘기해봐.

준 하   (분위기 경직됐지만) 뭘요? 재미없다구 한 거요?

은 성   (철렁)

현 수   (발로 준하의 발을 밟는다)

준 하   아얏! (현수 보며. 버럭) 왜 그래?

현 수   (눈치 보며 작게) 뭘요? (하면서 손은 테이블 밑에서 주먹을 쥐어 보인다)

은 성   (현수 행동 못마땅하다. 동정하는 거 같아.)

홍 진   박 작가! 우리가 첨에 시작할 때 했던 얘기가 있잖아요. 인간 본성은 절대 악에 지지 않는다. 선한 인간 끝판왕 보여주겠다구 했잖아. 이게 뭐야? 왜 자기가 하겠단 얘길 포기해?

은 성   사실 지금두 그 얘긴데. (아니지만) 대본에 불친절한 면이 있는 거 같으니까 수정할게요.

보조들   (마음이 안 좋은)

씬13. 홍대 프랑스 식당 주방

원준, 감자를 썰고 있다. 정선을 대신해서. 잘 썬다. 정선, 써는 거 보면서 비닐팩에 담는다.

정 선   잘한다 형!

원 준   원래 꿈이 요리사였다니까!

정 선   근데 왜 하기 싫어졌어?

원 준   집에서 안 된대. 우리 부친 꿈이 아들 삼형제 한 건물에서 병원하시는 거란다!

정 선   (원준이 썬 감자와 버터를 비닐팩에 넣고 밀봉 후 수비드 기계에 넣으면서) 그럼 형은 아버님 꿈 이뤄드리는 꿈을 갖게 된 거야?

원 준   (훅 온다) 그러구 보니까 그러네.

정 선   그런 것두 좋지 뭐. 무슨 꿈이든 이루면 되는 거 아냐?

원 준   (버럭) 넌 니가 원하는 거 하면서 난 우리 아버지 꿈 시다바리나 하는 게 좋냐?

정 선   그럼 안 하면 되잖아.

원 준   그래 안 하면 되지. 말처럼 쉽냐?

정 선   난 외아들에 종손이야. 본가가 안동이구. 쉬웠겠어? 생각만 하구 행동을 안 하니까 어려운 거야.

원 준   (헤드락 하며) 그래 니 똥 굵다 자식아!

정 선   하지 마 형!

카톡 E 원준, 본다. '이번 주말에 서울 올라와?' 홍아.

홍 아   (E) 이번 주말에 서울 올라와?

원 준   (답하며. '안 올라와. 오늘 휴가라 올라왔어') 홍아야. 난 얘가 좋은데.. 애 한테 난 이름 없는 들풀이다.

정 선   이름 없는 들풀! 들꽃두 아니구 들풀! 이름 없는 들풀 같은 맛이 뭘까? 들 풀 먹어도 되나?

원 준   남 연애 얘기하는데 요리 얘기루 튀냐?

카톡 E 홍아 '현수 언니랑 같이 만나자.'

홍 아   (E) 현수 언니랑 같이 만나자.

원 준   (답한다. 아니 약속 있어) 꼭 현수 누나랑 같이 만나재. 밥값이나 내구 시 다바리나 하라는 거지. 근데 오늘은 호구 퇴근했다.

정 선   다른 약속 있어?

원 준   주방에서 사람들 일하는 것 좀 봐도 돼?

정 선   내 권한 밖 일이야 형 그건.

원 준   (주방 보며) 난 그렇게 누가 내가 만든 거 맛있게 먹음 기분이 째지더라.

정 선　나두 그런데.

원 준　나만 현실을 산다. 다들 꿈을 향해 가는데.

씬14. 청담동 노천 카페 — 낮

홍아, 있다. 음료 마시고 있는. 테이블 위엔 노트북. 명품 필통. 노트 있고. 앞에 있고. 이어폰 끼고 노트북에 쓰고 있다. 드라마 대본 쓰고 있다. #15 변호사 사무실 안 경수, 밖으로 나간다. 테이블 위엔 프린터로 뽑아놓은 대본. 제목 '투게더. together' SBC 미니시리즈 공모작. 보란 듯이. 핸드폰 테이블에 올려놨는데 묵음으로. 전화 온다. '변호사' 홍아, 안 받는다. 카톡. '오빠 지금 법원에서 나오는 길이다. 오늘 뭐하냐' 옆 테이블에 남자, 홍아를 의식하고 있다.

홍 아　(집중하려고 경수 밖으로 나간다, 지우고 다시 경수 밖으로 나간다. 혼잣말) 경수 밖으로 나간다. 나간 담에 뭐하지?

종업원, 벚꽃 라떼를 홍아의 테이블에 놓는다.

홍 아　(이게 뭐지? 이어폰 빼고) 저 안 시켰는데요.

종업원　(옆에 남자 보는. 가는)

홍 아　(목인사)

남 자　작가신가 봐요!

홍 아　아뇨 아직.

남 자　SBC 방송국에 공모해요? 우리 삼촌이 SBC 피딘데.

홍 아　(같잖다) 아 그래요?

남 자　(홍아 자리로 온다) 원하면 소개해줄 수두 있어요.

홍 아　(얘 뭐야 기분 나쁘게. 노트북을 접고 가방에 필통을 넣고 나갈 준비를 한다. 사실 오늘 기분 나쁘다. 남자들하고 안 풀린다. 자신을 진정으로 사랑하는 거 같지 않다. 변호사하고도 안 좋았다. 원준한테도 거절당했다.)

남 자   뭐하는 거예요?

홍 아   보믄 몰라요?

남 자   아니 그러니까 왜 그러냐구요? 잘 놀다가?

홍 아   야 내가 언제 너랑 잘 놀았냐? 꼴랑 음료수하나 보내놓구 어디서 뭉개구
         있어? (일어난다)

남 자   (따라 일어나며) 야아! 니가 먼저 꼬리쳤잖아. 두 시간 내내 '경수 밖으루
         나간다'밖에 안 쓰더라.

홍 아   (O.L) 아 재수 없어. 내가 어쩌다 이런 찌질이가 넘보는 수준까지 갔냐?

남 자   뭐? 이게 얼굴 이쁘다구 보이는 게 없나?

홍 아   니 눈엔 내가 얼굴만 예쁜 걸루 보이냐? 난 니가 피디 나부랭이 소개해준
         다면서 껄떡거릴 대상이 아냐. 주제 파악 좀 해라. (앞에 있는 벚꽃 라떼
         남자에게 뿌린다)

남 자   (헉)

홍 아   니가 준거 니가 먹어. (가는)

남 자   (기막힌)

씬15. 청담동 카페 주차장/ 자동차 안

         홍아, 리모컨으로 차 문 연다. 탄다. 홍아, 전화한다. 현수에게. 전화를 받
         지 않는다는 신호음. 뚜껑 열리는 스포츠카.

홍 아   이 언닌 진짜 너무 하다. 맨날 내가 연락하게 만들어.

씬16. 박 작가 작업실 밖 복도

         현수, 누군가를 기다리고 있다. 은성, 온다.

현 수   작가님! 감독님 배웅하구 오셨어요?

은 성   왜 나와 있니?

현 수   (아까 일이 맘이 쓰여서) 그냥요!

은 성   감독님 얘기가 내가 하구 싶은 말하구 같아. 지난번에 니들한테 얘기한
       거랑 같은 말인데 표현이 다른 거야.

현 수   네에!

은 성   (왜 이렇게 얘가 거슬리는지)

홍 아   (오는 E) 안녕하세요 작가님!

은 성   어 홍아야! 어쩐 일이야?

홍 아   언니가 너무 연락이 안 되구 맨날 바쁘다 그래서. 제가 만나러 왔어요. 작
       가님이 너무 부려먹는 거 아니에요?

은 성   (농담도 진담이다 이젠. 현수에게) 너 그렇게 말하고 다니니? 내가 부려
       먹어서 힘들다구?

현수·홍아   (동시에) 아니에요 작가님!

홍 아   (수습) 제가 농담한 거예요. 언니 진짜 일 열심히 해서 응원해주려구 온
       거예요.

은 성   그렇게 말해야 되겠지. 니가 소개해준 거잖아. 너 믿구 썼어 현수.

현 수   ....

홍 아   (뭔가 분위기가, 바꿔보려) 이모부가 작가님 칭찬 많이 하세요. 장르물엔
       작가님만 한 재능을 가진 작가가 없대요.

은 성   고맙다 요즘 칭찬이 필요하거든. (현수에게) 너 홍아두 왔으니까 오늘 그
       만 가.

현 수   아니에요 작가님! 수정하시려면

은 성   (O.L) 너 없어두 돼. 애들 있잖아. (홍아에게) 만나서 반가웠다. 현수랑 가
       서 재밌게 놀아.

홍 아   네 작가님 감사합니다.

       은성, 쌩하니 들어간다. 닫히는 문. 현수, 난감한.

홍 아   (가슴 쓸어내리며. 현수에게) 무슨 일 있었어? 아우 무서워. 눈빛 장난 아
       니더라. 미안해. 농담인데 다큐루 받을지 몰랐어.

현 수	너 땜에 그런 거 아냐.
홍 아	드러워두 끝까지 버텨야 돼. 보조 작가 공모 당선됐다며! 터가 좋잖아.
현 수	난 떨어졌잖아. 터는 아니다!
홍 아	암튼 버텨! 짤리면 웬 창피니? 보조 작가까지 짤리면 진짜 갈 데 없다!
현 수	들어갈게.
홍 아	(말리며) 지금 들어감 어떡해? 암튼 눈치두 없어.
현 수	버티라며?
홍 아	쫌 이따. 신경 거슬리는데 알짱거리면 더 거슬리지. 한 템포 쉬구 들어가.
현 수	넌 아는 것두 많다.
홍 아	그러니까 언니한텐 내가 꼭 필요해! 알아?
현 수	알아. 근데 그럼 지금 내가 필요한 게 뭔지 알아?

씬17. 분식집 안

떡볶이다. 현수와 홍아 먹는다. 아주 매운 떡볶이. 현수가 홍아보다 더 잘 먹는다. 현수, 먹으면서 혀를 식히면서 먹는다. 서로 웃는.

씬18. 도로/ 홍아 자동차 안—밤

홍아의 스포츠 카 달린다. 뚜껑 열린. 현수, 일어섰다. 바람을 쐰다. 손을 벌린다. 음악 틀었다. 신나는 가요. 따라 부르는 홍아. 흥에 겨워 소리 지른다. 옆에 차, 클락션 울린다. 창문 열고 '매너 좀 지킵시다'

현 수	죄송합니다. 죄송합니다. (하면서 앉는다)
홍 아	뭘 그렇게 굽신거리기까지!
현 수	(뚜껑 닫히는 기능 누른다) 암튼 너 땜에 기분 전환 확실히 했다.
홍 아	나두 좀 나아졌어.
현 수	너 안 좋았어?

홍 아	어.
현 수	왜? 그 변호사랑 잘 안 돼?
홍 아	재수 없어.
현 수	좋아서 계속 문자질하더니
홍 아	(O.L) 지 머리 좋은 거 열라 떠벌리구 몸두 부실해. 겉만 빤지르해.
현 수	.... 잤어?
홍 아	계속 만날지 말지 결정하려구. 근데 잤다구 내가 지 건 줄 알아.

핸드폰 E 발신자 '변호사'

현 수	그 남자야?
홍 아	(받지 않는다)
현 수	왜 이름 아니구 직업으루 저장했어? 변호사가 한둘이야?
홍 아	그러니까 한둘 아닌 변호사 중에 특별한 남자만이 이름을 저장할 자격을 얻는 거야 언니.
현 수	근데 왜 그 말이 쓸쓸하게 들리지?
홍 아	역시 언닌 날 잘 알아... 언니가 좋아.
현 수	(보는) 뜬금없이!
홍 아	원준 오빠한테 까였어 오늘. 호구가 반항하더라구. 언니두 전화 안 되구. 너무 힘들었어.
현 수	(그게 힘들었을까. 나에 비함) .....
홍 아	친구들은 나보러 다 배부른 투정이라 그래. 취직하려구 눈이 벌게져 다니는데 취직 걱정 없다구 내 걱정은 사치래. 생각 없는 애 취급해.
현 수	생각이 너무 복잡해서 문젠데 홍아는.
홍 아	(보며 미소) 맞아. 그래서 꼭 작가가 될 거야. 작가가 돼서 다들 코를 납작하게 만들어줄 거야.
현 수	작가가 뭐 대단하다구 납작해지겠니?
홍 아	적어두 우리 집에선 납작해져. 작가 좋아해 집안에서. 사실 작가가 돈 있구 집안 좋다구 되는 게 아니잖아.
현 수	우리 집안에선 안 좋아하는데. 왜 난 부잣집에서 좋아하는 직업을 하구

싶게 된 거냐구!

홍 아 자 오늘 풀 서비스 하겠습니다. (엑셀을 밟는다)

씬19. 연남동 현수 집 앞

현이, 열쇠로 문을 열고 들어가려는데 헤드라이트 비추고 홍아의 차가 와서 선다. 현이, 본다. 홍아의 차에서 내리는 현수. 홍아, 따라 내리는.

현 수 왜 내려? 가!
홍 아 언니이! 헤어지기 싫어. (하면서 포옹하다가 현이 본다. 현이에게. 손 흔들며) 언니이!
현 이 꼴값이다! (안으로 들어간다. 문 꽝 닫는)
홍 아 대박! (엄지 올리며)

씬20. 홍대 정선 식당 앞

정선, 나온다. 사진이 찍힌다. 세워놓은 자전거를 탄다. 사진이 찍힌다. 페달을 밟는다. 집으로 향한다. 바람을 가르며 달리는 정선.

씬21. 연남동 현수 집 안―밤

현수, 들어온다. 테이블 위에 택배 상자 있다. 현이, 주방에 서서 냉장고에서 꺼낸 아이스크림 먹고 있다.

현 수 다이어트한다구 그러더니 먹어두 돼?
현 이 당 땡겨서 그런다 못 볼 걸 봐서. 니들 둘이 사귀냐? 왜 안구 난리야? 넌 친동생보다 걔가 더 좋으냐?

현 수	(소파에 앉는) 또 시작이다! 자매님! 오늘 제가 무척 고단한 하루였습니다. (하면서 테이블 위에 택배 상자 본다) 왜 안 뜯구 여기다 놨어?
현 이	잘못 왔어. 너 같은 딸띨이가 이 동네 또 있나 봐.
현 수	(택배 주소와 이름을 계속 응시. 받는 사람 '온정선'이다. 프랑스에서 왔다. 들어본다. 흔들어볼 정도로 가볍진 않다. 뭐지?)
현 이	남의 물건을 왜 만져? 낼 택배 회사에 전화해서 수거해 가라 그래.
현 수	그럼 이 물건 주인은 물건 받으려면 일주일이나 더 기다려야 되잖아.
현 이	오지랖은 암튼! 기다리든 말든 무슨 상관이야?
현 수	그러게 무슨 상관이니!
현 이	엄마 아빠 온댔어. 내 방 좀 치워 놔. 엄마 잔소리 듣기 싫어.

씬22. 정선 연남동 집 안. 거실 안

방 두 개. 20평 넘는. 깔끔한. 정선, 욕실에서 샤워하고 나온다. 정선, 티셔츠를 뒤집어 입었다. 잘못 입은 게 아니라 빈티지 같아 보인다. 냉장고를 연다. 집에 비해 냉장고가 크다. 냉장고를 열면 각종 식재료가 잘 정리되어 있다. 소스는 소스대로. 저장음식은 저장음식대로. 물을 꺼내 마시면서 노트북으로 간다. 노트북 켜져 있다. 식탁엔 요리 서적 있다. 원서. 알랭 뒤카스 레시피 책. 정선, 메일함을 열어 메일 온 거 본다. 자신이 기다리는 메일은 오지 않았다.

정 선	알랭 파사르씨 언제 답장을 해주실 겁니까?

알림음 E 쪽지 온다. 홍아다. '너희 집 주소 뭐니?' 정선, '왜' 채팅한다.

홍 아	(E) 너희 집 주소 뭐니?
정 선	(자판 치며) 왜?

씬23. 정선 연남동 집 앞 골목

현수, 택배 상자를 들고 온다. 주소를 확인하며. 골목에 있는 집의 주소를 확인하며 간다. 489- 47. 48 49

현 수 사백팔십구번지 다시 사칠. (다시 걸고) 사팔. (다시 걸고) 사구! 다 와가는 거 같은데. (하면서 앞을 보면)

정선, 자신의 집 앞에 서 있다. 현수, 정선이 티 뒤집어 입은 거 알지만 모른 척. 무안할까 봐. 3부에 나올 예정이에요.

현 수 (있을 줄 몰랐다) 어?
정 선 (현수 보고 오고)
현 수 (정선에게 가고) 왜 나와 있어요? 내가 지금 올 줄 알았어요?
정 선 (택배 받는다) 왠지 오늘 올 거 같았어요. 성격 급하잖아요.
현 수 맞아요. 살짝 놓구 가려구 했는데.
정 선 주솔 왜 잘못 써 갖구. 미안해요.
현 수 오삼(53) 삼오(35) 잘못 쓸 수 있어요. 그럼 저 갈게요.
정 선 (O.L) 뭐라두 대접하구 싶어요.
현 수 그럴 필요 없어요.
정 선 남자루 여기시면 부담스러울 수 있겠네요.
현 수 아 이 사람이 진짜! 뒤끝두 길구 막 놀리구! 그렇다구 내가 들어갈 거 같아요?

씬24. 정선 집 안 2층 발코니

현수, 들어와서 둘러보고 있다. 화단이 꾸며져 있다. 식용 식물과 각종 허브와 채소. 평상이 있고. 밤하늘엔 별이 반짝. 정선, 택배 상자 들고 서 있고.

현 수   우와! 완전 딴 세상이네 여긴. (난간으로 간다. 마을을 본다) 풍광이 좋네
       요. (정선 본다)

정 선   집 구할 때 뷰를 우선으루 봤어요.

현 수   자가예요?

정 선   아뇨 전세. 잠깐 있어요. 들어가서 마실 거 갖구 나올게요.

현 수   근데 그거 뭐 시킨 거예요? 발신지가 프랑스던데.

정 선   아아 호기심 천국 매니아셨지! (택배 상자를 뜯어서 보여준다. 향신료다.
       샤프란과 카다몸.) 샤프란과 카다몸이에요. 친구가 보내줬어요.

현 수   집에서 요리두 해 먹어요? 원래 직장 일은 집으루 가져오지 않잖아요. 요
       리사가 직업이면 집에선 안 해먹지 않아요?

정 선   해먹어요 난.

현 수   단호박이네 뭐든 단호박이야. 단호박 있어요? 갑자기 먹구 싶어졌어요.

정 선   (미소) 없어요. 대신 기대해요! 아주 훌륭한 놈이 있습니다. (들어간다)

씬25. 정우 사무실 — 밤

       모두 퇴근하고 정우만 있다. 직원 없는 빈자리 내려다보면서 전화 통화하
       고 있다. 스피커폰으로. 창가에 서서 서성이면서.

정 우   (일어로) 그 친구는 매력이 없어요. 잘생기긴 했는데. 우리 그룹에 넣기엔
       적합하지 않아요. 신경써줘서 고마워요. 네!

       정우, 창밖을 본다. 유리창에 비친 자신의 모습. 정우, 스스로에게 주문을
       건다. 불안하고 두렵다. 하지만 해내야 한다.

정 우   다시 시작이다 박정우! 넌 이겨! 항상 이겼으니까!

       정우, 회중시계 꺼내 보는. 뚜껑 열고. 닫고, 열고 닫고.

정 우   아버지 보구 싶어요!

씬26. 정선 집 2층 발코니

정선, 트러플을 썰고 있다. 좋은 도마. 얼음에 재인 화이트 와인. 와인
잔. 평상에서. 현수, 모든 게 신기하다. 여전히 서 있다. 안 좋은 기억은 싹
잊게 하는 분위기다. 풍광과 남자, 와인. 버터 바른 바게트. 바게트 위에
썬 트러플을 올린다.

현 수   이게 뭐예요?
정 선   트러플인데 우리나라에선 아예 안 자라요. 프랑스에서두 떡갈나무 숲 땅
         속에 깊게 묻혀 있어 캐기가 어려워요.
현 수   그럼 되게 비싸겠네요. 혹시 재벌 아들이에요?
정 선   아닌데요. 선물 받은 거예요.
현 수   좋겠다. 이런 비싼 선물두 받구. 근데 뭐 하나 물어봐도 돼요?
정 선   여러 가지 물어봐도 돼요.
현 수   좀 민감한 건데...
정 선   (뭘까? 보면)
현 수   한 달에 얼마 받아요? 참고로 난 팔십. 먼저 깠어요.
정 선   백오십!
현 수   칫! 나보다 많이 받네. 내가 나이두 더 많은데.. 그래두 이 정도 생활을 유
         지할 수 있나?
정 선   다 쓰면 돼요.
현 수   (O.L) 경제관념이 안 좋구나.
정 선   완존 좋아요. 지금은 모을 때가 아니라 쓸 때라구 판단한 거죠.
현 수   언제부터 그렇게 야무졌어요?
정 선   15살 때. 엄마 아빠 이혼하구부터?
현 수   (이혼한 줄 몰랐다. 푹 들어와. 뭔가 철렁. 이 남잔 뭔가 아주 사소한 틈에
         서 자꾸 푹푹 들어온다. 감정 감추며) 자 이제부터 비싸구 귀한 트러플 시

식을 하겠습니다. (트러플 먹는) 선물 주신 분께 감사! (먹는)

정 선   (미소 활짝.)

현 수   으음... 생전 못 먹어봤던 맛이에요!

정 선   트러플은 별맛 없을 텐데! (자신은 트러플 올린 바게트 먹고)

현 수   별맛 없는 거 맞죠! 무지 특별한 맛인데 내가 미맹인 거 티내는 거 같아 오바했어요.

정 선   (트러플 올린 바게트 주며) 이건 좀 다를걸요!

현 수   (먹는) 으음 맛있다!

정 선   (미소 와인 마시는)

정선, 지금 이 순간을 즐기는. 현수도 말하지 않아도 뭔가 좋다.

핸드폰 E 발신자 '지랄'

현 수   (정신에게 핸드폰 보여주며) 제 동생이에요. 제가 지금 무지 기분 좋은 걸 알았나 봐요.

정 선   (기분 좋단 말에 기분 좋고) 받아요.

현 수   (안 받는) 안 받아두 다 알아요. 엄마 아빠 오셨다구 빨리 들어오란 거예요.

씬27. 현수 집 앞 골목

미나(현수 모)와 민재(현수 부) 오고 있다. 서로 걸으며.

민 재   이러니까 연애할 때 생각난다.

미 나   우리 연애할 때 이랬어?

민 재   이랬잖아.

미 나   아니야. 그때 진짜 어땠는지 생각나게 해줄게 이민재 씨!

미나, 민재의 손을 잡고 뛴다.

씬28. 동 가로등 있는 골목

미나, 민재를 끌고 가로등 있는 골목으로 가서 남의 집 앞에 선다. 미나, 담벼락에 기대고 그윽한 미소로 본다. 민재, 그 눈빛 받으며 미나를 본다. 미나, 민재의 목을 끌어안는다.

미 나 이제 당신 기억이 잘못된 거 알았어?

민 재 알았어. 옛날 생각난다 진짜. 묘해.

미 나 당신은 항상 이럴 때 말이 많아. (하면서 민재를 자신의 얼굴로 당겨 키스 한다)

중년 부부의 안온하지만 격렬한 키스하는데 물벼락이 떨어진다. 깜짝 놀라는 두 사람. 물에 홀랑 젖은 미나. 민재는 덜 젖었다. 머리와 티셔츠 정도.

미 나 왜 그러세요?

아줌마 어디 할 짓이 없어 남의 남자랑 붙어먹어? 남편두 알아 이러구 돌아다니는 거!

미 나 (기막힌) 남편이에요 이 남자가!

아줌마 불륜하는 것들은 거짓말두 잘하지! (하면서 물을 또 끼얹는다)

민 재 여보 가자! (미나의 손을 끌고 가는)

미 나 (끌려가며) 왜 그래 이러구 감 우리가 진짜 불륜 같잖아.

아줌마 어머 여보래! 에이 드런 것들!

씬29. 현수 집 앞 골목

현수, 정선 걸어오고 있다. 기분 좋은. 한 잔씩 해서. 발걸음 가벼운. 현수, 발 삐끗한다. 주저앉는다. 정선, 놀라는.

정 선 취했어요?

현 수	(올려다보며) 아뇨! 잘 넘어져요 원래.
정 선	그럼 일어나요!
현 수	일어나기 싫어요. (손으로 머리를 넘기며) 넘어진 김에 쉬어가란 말 있잖아요. 여기 누울까 봐.
정 선	지금 교태부리는 거예요 나한테!
현 수	(헉! 술이 확 깨는) 어머 아니거든요. (하면서 발딱 일어난다) 교태? 세상에 태어나서 그런 말 첨 들어봐요! 나 그런 거랑 멀어요. 날 아는 사람은 다 남자 성격이라 그래요!
정 선	(O.L) 그 사람들이 잘못 알 수두 있구 아님 아직 발견 못 한 걸 수두 있구! 자신이 아는 만큼 보이는 거잖아요!
현 수	(맞다. 뭔가 계속 지는 느낌이다) 근데 쫌 애늙은이 같은 거 알아요? 나이에 맞게 사는 거 그거 그 나이 아님 못 하는 거예요.
정 선	알았어요 누나!
현 수	(갑자기 누나에 섭섭해지는) 누나? 누나 하지 마 누나. 기분 디게 나쁘다. 나이 엄청 많은 거 같고. 뭔가 어른 같고 윗사람 같고 그래. 하지 마!
정 선	(미소) 본인 말이 굉장히 모순된다는 건 알아?
현 수	(O.L) 알아. 원래 인간은 모순덩어리야!
정 선	알았어 현수야.
현 수	아아 그건 아니다. (쑥스럽지만) 정선 씨!
정 선	(미소. 팔을 내민다) 전화번호 적어줘요.
현 수	(보는)
정 선	전화할게요. 경계하지 말구.
현 수	경계 안 해 이제. 근데 볼펜 없어요.
정 선	그럼 말해요 외울게요.
현 수	(보는)

정선, 현수의 눈빛 고스란히 받는. 연인이 아니라지만 사랑을 막 시작한 연인의 두근거림이 느껴진다.

씬30. 현수 집 안

미나, 샤워하고 현수의 옷 입고 수건으로 머리 말리며 나온다. 민재, 소파에 앉아 있고. 윗옷은 현이의 얼룩달룩한 티셔츠를 입고 있다. 현이, 민재와 색깔만 달랐지 같은 티셔츠. TV 보고 있다. 현수, 들어온다.

현 수   자구 갈 거야? 왜 샤워까지 했어?

현 이   자구 가겠냐! 샤워한 게 아니라 강제 샤워 행 했어.

민 재   넌 우리가 물벼락 맞은 게 고소한가 부다!

현 이   고소한 정돈 아니구 좋은 구경 놓쳤다구는 생각해.

미 나   말 좀 예쁘게 하면 안 될까 이현이?

현 이   다음엔 풍기문란 죄루 경찰서에 꺼내주러 가야 되는 거 아냐?

현 수   과한 애정표현하다 물벼락 맞았어?

미 나   역시 우리 현수! 머리 좋다. 이 상황을 보고 어떻게 그걸 유추해냈지?

현 이   엄마가 저러니까 애가 망가지는 거야.

미 나   언니한테 계속 애가 뭐야?

민 재   괜찮아 결혼하면 저절로 고쳐. 억지루 위계질서 세우다 더 관계 나빠져.

미 나   당신 말이 맞아.

현이·현수   (동시에. 이제 또 닭살 부부 시작이다) 어우! (미나 민재 옆으로 가서 앉는다. 옆에 있는 현이 젖히고)

미 나   내 남자 옆 자린 항상 내 자리야.

현 이   어련하시겠어요! (일어난다)

현수 서 있는 옆에 가서 서는 현이. 부부를 바라본다. 어쩜 저렇게 한결같이 좋아할까.

미 나   니들은 우리한테 진짜 감사해야 돼. 엄마 아빠가 서로 사랑하는 모습 보여주는 것만큼 자식한테 큰 선물은 없어.

씬31. 호텔 바

영미, 칵테일 앞에 놓고. 핸드폰에 담긴 사진 보고 있다. 정선의 사진이다. 조리복 입고 있는. 다른 사진 넘기면 영미, 해경, 정선의 가족사진이다. 정선(중1), 해경, 의사 가운 입고 있고. 영미 있고. 해경 치과 진료실에서 찍은 사진. 이때는 가족 같다. 영미, 어두워 보이지만. 또 다른 사진 넘기면 정선의 군대 시절. 면회 가서 찍은 정선을 가운데 두고 영미와 해경. 해경과 영미는 어색하다 이 자리가. 영미, 핸드폰 연락처 목록에서 정선 아빠를 찾는다. 전화를 건다. 신호음 들린다. 받지 않는다. 안내음 나온다. 전화를 받지 않는다는. (F.O)

씬32. 피트니스 센터 안 (F.I)

정선, 러닝머신하고 있는. 땀범벅. 다 뛰었다. 스톱 버튼 누른다. 정리한다. 러닝머신에서 내려오는 정선. 샤워실을 향해 가려는데 협탁에 놓인 잡지책이 눈에 뜨인다. 잡지 표지에 '꼬막 된장국' 사진. 카피 문구는 '태백산맥과 꼬막' '벌교에서 문학을 먹는다.'라는. 정선, 잡지를 들고 꼬막 된장국을 본다. 페이지를 열어 벌교에 위치한 대표적 꼬막 전문 식당 '꼬막 뻘뻘' 꼬막 정식 및 꼬막 된장국, 꼬막 회무침. 알람 E

씬33. 현수 집 거실/ 욕실 밖

소파 침대에서 자고 있는 현수. 쪼그리고. 테이블엔 펼쳐진 노트북과 메모지 노트와 펜. 드라마 제목 '스테이크'다. 스테이크 사진. 스테이크 먹는 남자 사진. 펼쳐 있다. 메모지 노트와 펜. 스테이크. 미디엄 레어 웰던. '레어스테이크 먹는 남자' 알람 울리자마자 눈 뜨고 발딱 일어나는 현수. 이번 공모엔 돼야 한다. 침대를 소파로 접고. 음악 튼다. 현수, 깰까 봐 작게. 음악에 맞춰 춤추다 흥에 겨워 음악소리를 키운다. 흥 대로 춤춘다. 현이,

방문 연다.

현 이   안 꺼!
현 수   (소리 낮춘다)
현 이   여긴 집 안이야. 이 구역에 미친년은 나란 얘기지.
현 수   (끈다)

씬34. 자전거 도로

정선, 자전거 타고 있다. 자유로움을 만끽하고 있다. 자전거 뒤 칸엔 잡지 책 실려 있다. 꼬막 된장국 표지 사진.

씬35. 연남동 일각 공중전화 앞/ 현수 집 앞/ 공중전화 앞

정선, 자전거 타고 가다가 공중전화를 보고 잠깐 멈칫한다. 항상 그 자리에 있던 건데 오늘은 왜. 다시 페달을 밟는다. 현수 집 앞에서 잠깐 집 앞에 시선 주고 간다. 다시 자전거의 방향을 바꿔 공중전화 앞으로 간다. 정선, 시계를 본다. 8시 30분이다. 전화하기에 이른 시간인가.

씬36. 현수 집 거실/ 공중전화 안

현수, 청소기 밀고 있다. 핸드폰 E 발신자 02-000-0000 현수, 보고.

현 수   (받는다) 여보세요?
정 선   온정선입니다.
현 수   아 그렇잖아두 찾아갈까 했는데. 취재할 거 있어요. 언제 시간 돼요?
정 선   같이 밥 먹어요.

씬37. 박 작가 오피스텔 박 작가 방 앞

은성, 뒤에 기대 있다. 피곤한 듯. 현수, 있다.

은 성   할 말 있음 해. 뭔데?

현 수   작가님 저 오늘 하루 쉬면 안 될까요?

은 성   (기분 나쁜. 누르며 표시 안 내며) 쉬겠다구?

현 수   네.

은 성   그래 그래라 그럼.

현 수   감사합니다 작가님! 다녀와서 더 열심히 일하겠습니다.

은 성   다녀와? 너 어디 가니?

씬38. 고속버스 터미널

현수, 서 있다. 누군가를 기다린다. 살짝 기대감 같은 게 배어 있다. 정선,
온다. 손엔 벌교행 차표 두 장 들고.

현 수   꼬막 먹으러 벌교까지 가요? 서울두 잘하는 데 있을 텐데 찾아보면.

정 선   원산지에서 잘하는 거 먹구 싶어서 그래요.

현 수   나한텐 먹는 게 그냥 먹는 거지만. 정선 씨한텐 먹는 것두 공부죠!

정 선   네! 근데 무슨 취젤 하구 싶단 거예요?

씬39. 도로. 고속버스 안

현수, 정선과 나란히 앉아 있고. 현수, 가방에서 먹다 밀봉해둔 고구마칩
꺼낸다. 뜯지 않은 감자칩 꺼내 정선에게 준다.

정 선   과자 안 좋아해요. (하더니 감자칩 도로 준다)

현 수 맛있는데. (하며 감자칩 도로 가방에 넣는다.) (고구마칩 고무줄 풀러 안에 고구마칩을 먹는다)

정 선 ....

현 수 (고구마칩 하나 주며) 진짜 하나 안 먹어볼래요?

정 선 (거절하고 싶지만 거절할 수 없다. 받는다. 먹는다)

현 수 (미소) 하나 더 줄까요?

정 선 됐어요.

현 수 (몸 부르르 떨며) 너무 좋다. (창문 열며) 행복해요. 보조 작가 생활 1년에 하루두 맘 편히 쉰 적이 없어요.

정 선 되게 빡세구나 보조 작가! 근데 쉬어두 돼요 오늘?

현 수 우리 작가님이 못 쉬게 한 건 아니구요. 내가 작가님 고생하는데 쉰단 말 하기가 그래서 못 했거든요.

정 선 그게 못 쉬게 했단 말이에요. 말을 다르게 표현한 거지.

현 수 (화제 전환) 레어 스테이크 먹는 남자 어때요? 드라마 제목으루 할 건데.

정 선 모르겠어요.

현 수 레어 스테이크 먹는 남자들한테 특별한 성격 같은 거 있어요?

정 선 생각 안 해봤어요.

현 수 지금부터 생각해주세요.

정 선 그렇게 좋아요?

현 수 네 좋습니다!

씬40. 순천만―노을

정선과 현수, 걷고 있다. 현수, 백만 년 만에 맞는 휴가. 꿀맛이다. 너무 아름답다. 정선, 현수와 함께 걷는 이 순간 평화롭다. 이 평화로움을 마음 한편에 새긴다. 현수, 뒤로 걷다가 넘어지려고 한다. 정선, 잡아주는.

정 선 (어린애 다루듯) 조심해요 쫌!

현 수 (환한 미소) 배고파요 이제!

씬41. 꼬막 집 안

꼬막 된장국 나온다. 두 그릇. 꼬막 회무침도 같이. 정선과 현수 앞에 있다. 정선, 손으로 국을 부채질해 코에 냄새를 가게 한다. 냄새 맡고 먹는다. 푹푹 떠서 먹음직스럽게. 현수, 정선 먹는 거 관찰한다. 자신도 정선 따라서 손으로 부채질해서 냄새를 맡는다.

정 선   (자신을 따라 하는 것 보는)
현 수   (냄새 맡고, 먹는) 아아 왜 냄샐 맡나 했더니. 음식 맛이 입체적으루 느껴지네요.
정 선   학습 능력이 좋네요. (우걱우걱 맛있게 먹는)
현 수   공부 좀 했어요!
정 선   틈새 쎌프 자랑두 잘하구
현 수   (O.L) 자존감 떨어져서 그래요 요즘. 칭찬해주는 사람이 하나두 없어서. (밥상 보며) 난 회 별루 안 좋아하는데 (하면서 회무침으로 젓가락이 가는데)
정 선   (회무침으로 젓가락 가고)

정선과 현수, 젓가락 부딪치고.

정 선   안 좋아한다면서요?
현 수   그때 말했죠? 인간은 모순덩어리라구! 헤헤! (정선 젓가락 이기고 한 점 집어 먹는다) 맛있다. 다 먹구 어디 갈 거예요?
정 선   (미소) 밥 먹었으니 문학을 먹으러 가야죠!

씬42. 보성여관 카페 — 밤

현수와 정선, 안을 둘러본다. 차를 마신다.

현 수	아쉬워요. 늦게 와서 전시관들이 다 문 닫아서. 조정래 태백산맥 문학관 은 꼭 가보고 싶었는데.《태백산맥》읽어봤어요?
정 선	책인지두 몰랐어요.
현 수	(피식) 여기서 연식 차이 난다.
정 선	연식 차이가 아니라 지적 차이 아닌가요?
현 수	(O.L) 그럼 관심 차이라구 해두죠. 그래서 레어 스테이크 먹는 남자들한 텐 특별한 성격이 있나요?
정 선	생각해봤는데 성격보단 취향 차이예요. 육즙 풍부해서 부드럽구 날것 특 유의 향을 선호하는.
현 수	(O.L) 에이 그럼 안 되는데. 성격이 특별해야 되는데.
정 선	서양 문화권에서 좋아해요 레어는.
현 수	고집 있으시네 좀 맞춰주지.
정 선	상상력을 좀 발휘해봐요. 팩트를 바꾸려 하지 말구.
현 수	(맞는 말이다) 팩트 폭격 잘하는 거 같아요.
정 선	(시계 보고. 9시 30분이다) 이제 가야 돼요. 막차 타려면.

씬43. 벌교 버스 공용터미널 앞

현수 정선, 버스터미널 앞에 왔다. 버스 기사들 시위 중이다. 십여 명 머리에 끈 질끈 동여매고 우르르 모여 앉아 시위하고 있다. '파업 투쟁 승리' '자식은 가르쳐야 되지 않냐.' '감차 반대' 피켓 들고. 이마엔 '니들만 먹지 말구 우리두 먹자' '먹구 싸는 시간 보장하라'

| 파업 대표 | (확성기에 들고) 아침엔 다 들어주겠다! 저녁엔 니들이 양보해라! 더 이상 양보는 없다. |
| 기사들 | 양보는 없다! 양보는 없다!! |

정선과 현수, 사태 파악됐다.

파업 대표 인간적으루 밥 먹구 똥 싸는 시간은 줘야 되는 거 아닙니까? 똥 싸구 밥 먹자!

기사들 똥 싸구 밥 먹자! 똥 싸구 밥 먹자!

현 수 (파업자들 시위 뒷배경으로) 오늘 차 못 떠나나 봐! 어떡해?

정 선 (시계 본다. 10시다)

현 수 (자연스레 서로 반말이다) KTX는 아직 막차 시간 안 되지 않았어?

정 선 KTX는 순천 가서 타야 돼. 무궁화호두.

현 수 내가 전화해볼게. 평일이니까 분명히 자리 있을 거야. 예약하면 되잖아.

정 선 전화루 예약 안 돼.

현 수 그럼 어떡해? 여기서 자? 나 낼 출근해야 돼. 가야 된다구!

정 선 따라와봐! (가는)

현 수 어딜? 계획이 있긴 한 거야?

씬44. 벌교 도심가

정선, 두리번댄다. 뭔가를 찾고 있다. 현수, 정선 뒤따라 나와서 뛴다.

현 수 뭘 찾는 거야?

정 선 (자신이 찾는 걸 발견했다) 찾았다! (가리킨다)

PC방이다.

씬45. PC방 안

정선, 철도청 홈페이지에 들어가 서울 막차 예약한다. 무궁화호. 티켓이 인쇄기를 통해 나온다.

정 선 됐다!

현 수   (미소. 믿음이 확 생긴다) 됐네. 이제 가자..

정 선   잠깐만 메일 확인 좀 하구. (자신의 메일 들어간다)

현 수   기다리는 메일 있어?

정 선   알랭 파사르라구 내가 젤 존경하는 셰픈데. 그 식당 인턴 지원했거든. (메
         일 한 통 와 있다. 정선이 기다리는 메일은 아니다. 런닝 동호회 메일이다.
         일요일 10시에 서울숲에서 런닝 모임 안내다)

현 수   합격 통지서 오면 프랑스 가는 거야?

정 선   아니. 안 되더라두 가야 돼. 학교 졸업 아직 못 했거든.

현 수   (그렇구나) 안 왔네 메일.

정 선   (일어나는) 가자! 뛸 수 있지!

현 수   회원님! 이래봬도 제가 런닝 동호회 회원입니다.

씬46. 순천 역 무궁화 호 타는 곳 계단/ 무궁화 호 — 밤

정선과 현수, 기차를 타려고 계단을 내려온다. 뛴다. 둘 다 힘들지 않고 즐
겁다. 정선이 앞선다. 현수, 뒤에서.

정 선   (앞에 기차 서 있는 거 보고 시계 보고. 11시 25분) 힘들면 걸어도 돼. 시
         간 돼요.

현 수   싫어요! (뛴다)

현수, 정선을 앞선다. 정선, 미소. 따라 뛴다. 현수, 무궁화로 올라탄다. 정
선, 무궁화호로 올라탄다. 기차 밖에서 두 사람 보인다. 자신들의 자리를
찾는. 앉는다. 두 사람 나란히. 현수, 안심이다 이제. 안내 방송 나오고. 기
차 떠난다.

씬47. 무궁화 호 안/ 기차 사이 칸

기차에 탄 사람들 거의 자고 있다. 정선, 자리에 앉아 있고. 현수, 없다. 정선, 일어나서 현수를 찾으러 나선다. 어디 있는지 다른 칸으로 걸어간다. 화장실에 있나 여자 화장실 칸에 기웃대는데 다른 여자 나온다. 무안한 정선, 다른 칸으로 간다.

씬48. 기차 사이 칸/ 기차 칸/ 기차 사이 칸

현수, 기차 사이 칸에서 창밖 보고 있다. 오랜만에 청춘이다! 대학 때 생각나는. 정선, 현수가 기차 사이 칸에 있는 거 본다. 싱그럽다. 정선, 기차 사이 칸으로 들어간다.

현 수   (정선 보고) 왔어요?

정 선   (현수 옆으로 오는) 화장실 간다던 사람이 안 와서 걱정했어요.

현 수   내가 앤가 뭐. 걱정하게! 오늘 너무 좋아요. 행복해!

정 선   행복하단 말 두 번 했어요 오늘. 현수 씨 행복하게 하는 거 쉬운 거 같아요.

기차 흔들리고, 정선, 현수 쪽으로 몸이 가면서 기차 벽에 손을 짚는다. 두 사람 약간 밀착되고.

현 수   (흔들리고. 바로 서며) 행복하게 한 게 아니라 내가 행복한 건데요.

정 선   (?!)...... (보는)

현 수   똑같은 상황두 내가 받아들이기 나름이잖아요.

정 선   .... (너무 좋다. 이 감정이 뭔지 모르겠지만)

현 수   (왜 빤히 보지? 보는)

정 선   충고 받아들이기루 했어요. 나이에 맞게 살라구 한 거! 난 좀 무겁고 진지하구 책임감에 눌려 있어요. 근데 오늘은 스물세 살 답게 살고 싶어요.

현 수   살아요.

정 선	키스하구 싶어요.
현 수	(철렁)
정 선	키스에 책임감 가져야 하나요?
현 수	아뇨.
정 선	잘 모르겠어요 사랑하는지 아닌지 어떤 감정인지.
현 수	(아직까진 현실로 와닿지 않아) 그렇게 솔직하게 말하면 여잔 키스 안 해. 여잔 환상을 갖거든 내게 키스하는 남잔 날 사랑해서 그런 거다!
정 선	피해요 싫으면.
현 수	(싫지 않다.)

정선, 현수에게 다가간다. 현수, 정선의 눈빛 다 받는다. 도대체 이게 뭘까. 피하고 싶지 않다. 나도 하고 싶다. 사랑인지 뭔지 나도 모른다. 그치만 지금 나도 키스하고 싶다. 정선, 입만 살짝 댔다 뗀다.
현수, 살짝 눈을 감았다 뜬다. 서로 눈빛 마주치고. 피하고. 뭔가 겸연쩍은. 다시 눈빛 마주치고. 정선, 키스한다. 현수, 정선과 키스한다.

씬49. 정선 집 앞─밤

정선, 기분 좋은. 뭔가 세상을 다 얻은 것 같은 느낌이다. 발걸음 가볍다. 누군가 자신의 집 앞에 서 있다. 트렁크를 들고. 누군가 보니까 영미다. 영미, 정선을 보고 자신의 몸을 드러낸다. 정선, 다신 만나지 않겠다고 엄마와 연이 닿는 건 다 끊어버렸는데. 안 되는 일인가. 절망적이다.

영 미	엄마 좀 전에 왔어. 많이 기다리지 않았으니까 마음 아파지 않아도 돼.
정 선	(다시 지옥에 입성하는 기분이다)……….

씬50. 정선 집 안

정선, 영미의 트렁크 들고 들어온다. 영미, 들어온다. 둘러본다.

영 미   여기서 사는 거야? 한국 들어와서 쭉?
정 선   어.
영 미   보구 싶었어.
정 선   ....
영 미   넌 날 언제나 지켜줬어. 잊지 않아 엄마는. 날 어떻게 니가 지켜줬는지.
해 경   (E) 된장국에 누가 두부 넣으랬어?

씬51. 해경 집 주방 (회상) — 낮

저녁 식사 중이다. 식탁엔 해경(40세), 영미(42세), 정선(15세) 있다. 반
찬은 된장국, 밥, 계란말이. 갈비찜. 취나물. 더덕구이. 정갈하게 차려져 있
다. 정선과 영미는 나란히 앉아 있고, 앞에 해경. 해경, 자신의 앞에 있는
된장국에 있는 두부를 젓가락으로 꺼내놓고 있다. 긴장감이 흐르는. 영
미, 밥알을 세며 밥 먹고 있고. 정선, 이런 일에 요동 않고 밥만.

해 경   (다 놓고) 내가 국 없음 밥 못 먹는 거 알구 일부러 이러지? 아예 국 없음
        안 되니까 잔머리 굴려 갖구.
영 미   (O.L) 아니에요.
해 경   아니긴 뭐가 아냐. (하면서 숟가락으로 영미를 머리를 한 대씩 때린다. 한
        대 두 대 세 대. 영미 그저 맞기만)
정 선   (참다가 다시 내려치려는 해경의 손을 잡는다)
해 경   놔!
정 선   (놓지 않는다)
해 경   (아들의 강한 눈빛에 압도된다. 아들은 어렵다. 아들하고 잘못돼선 안 된다.)
영 미   (일어나 정선의 뒤로 가서 선다) 이혼해요. 이혼해줄게요.

씬52. 정선 집 서재 방―밤

영미, 서재 방에 들어와 있다. 책장에 요리책들이 빽빽이 꽂혀져 있고. 소설책도. 침대도 없고. 휑하다. 정선, 이불 갖고 들어온다.

영 미   여기서 자라구?
정 선   (보는)
영 미   엄마 침대 없음 못 자는 거 몰라?
정 선   (말없이 이불을 바닥에 놓고 나간다)
영 미   그래 화났다 이거지. 그래 엄마니까.. 내가 이해해. 이해할게.

씬53. 정선 집 발코니

정선, 서 있다. 어떡해야 하나. 현수와 엄마를 공존하게 할 순 없는데. (F.O)

씬54. 커피 전문점 안―이른 아침 (F.I)

현수, 기분 좋은 주문한다. 아침 7시경.

현 수   (주문표 보며. 돈 계산 따위 하지 않는다) 샷 하나 추가 따뜻한 라떼 하나, 아이스 아메리카노 연하게 한 잔. 레귤러 둘. (자신도 마시고 싶다) 아이스 모카 하나!
직 원   (카드 그려다 현수 보는. 하나 취소할 거 같아. 매번 그래서)
현 수   오늘은 취소 안 해요. 아이스 모카 먹을 거예요.

씬55. 박 작가 작업실 안

현수, 들어온다. 손엔 커피 담은 캐리어 들고. 수영, 컴퓨터. 경, 설거지.

현 수   안녕하세요? (하고 캐리어 테이블에 놓는다)
수 영   (황당) 너 어쩐 일이야?
현 수   네?
수 영   관둔 거 아냐? 작가님이 너 관뒀다 그러던데.
현 수   (이게 뭐지?)

은성, 방에서 나온다.

은 성   웬일이니?
현 수   자작가님! 저 그만둔다구 한 적 없는데요.
은 성   그래? 난 니가 하루 쉰다구 해서 그게 그만둔단 말인 줄 알았는데.
현 수   작가님이 쉬어두 좋다구 하셔서
은 성   (O.L) 그래 내가 쉬라구 했어. 푹 쉬라구. 넌 불성실해.
현 수   작가님 전 진심으루 작가님 존경하구 조금이라두 더 도와드리려구
은 성   (O.L) 도와주긴 뭘 도와줘? 돈 받구 했지 무료 봉사했어? 일에 접근이 잘
          못됐잖아 벌써.
현 수   ......
은 성   지금 온에어 중인데 하루 쉬겠단 말이 나와? 니가 한 리뷰랑 감독이 한
          리뷰랑 같아 내가 우숩니? 내가 우스워?
현 수   아닙니다.
은 성   착한 척 위하는 척 열심히 하는 척 내가 니 겉모습에 속아 넘어가서 잘해
          준 거 생각함 피가 거꾸루 솟아!
현 수   (너무 억울해 말이 안 나온다)........
은 성   작가 생활 10년에 너같이 사악한 앤 첨 봐. 니가 작가가 되겠다구? 아마
          될 거다. 원래 이 바닥이 못돼 처먹은 것들이 성공해. 그렇게 못돼 처먹었
          으니 안 되는 게 이상하지.

현 수   제가 생각이 짧았어요. 본의 아니게 감독님 리뷰하구 저하구 같아서 작가 님 마음 상하게 한 거 같아 제가 안 보이면 편하실 거 같아서 (아무 말도 못 하겠다)

은 성   (O.L) 주절주절 말도 많다. 원래 거짓말 하는 것들이 말이 많아.

현 수   .....

은 성   (수영에게) 현수 짐 줘. 잘 가라. (현수에게) 악담은 안 할게. 그래두 내 밑에서 1년 있었으니까. (방으로 들어가는)

현 수   (울면서 서 있는).....

수 영   짐 부쳐줄게.

경   (이게 뭔가)......

현 수   .....고마워요 언니.

씬56. 박 작가 작업실 밖 엘리베이터 앞/ 엘리베이터 안

현수, 걸어와서 엘리베이터 앞에 선다. 내려가는 버튼을 누른다. 바로 문이 열린다. 현수, 엘리베이터 탄다. 현수, 엘리베이터 구석에 머리를 처박는다. 운다. 너무 억울하고 너무 서럽고.

씬57. 정선 집 안

영미, 밥상을 차렸다. 식탁엔 된장국과 여러 가지 반찬. 계란말이. 구운 생선. 샐러드. 밥. 정선, 운동 갔다가 들어온다.

영 미   운동 갔다 왔어? 밥 차려놨어. 엄마가 오랜만에 솜씨 좀 부려봤어. 근데 손 논 지 오래돼서 맛은 장담 못 한다.

정선, 대꾸 안 하고 자신의 방으로 들어간다.

영 미   (미소) 그래 엄마니까. 맘껏 성질부려. 원래 엄만 자식 성질받이야.

씬58. 보도

현수, 걸어오고 있다. 감정을 추스르고. 안 울려고. 이젠 다시 시작이다. 근데 왜 자꾸 정선이 보고 싶지?

현 수   아자아자아자! (근데 눈물이).....

현수, 뛴다.

현 수   (N) 사실 그때 오로지 하나만 생각났다. '정선을 만나야 한다.' 시간이 한참 지나 알았다. 절박한 순간 떠오른 그 남자, 사랑이다.

씬59. 정선 집 안

영미, 식탁에 앉아 있다. 정선, 출근 준비하고 나오는. 영미에겐 일별도 하지 않고 가려는데. 영미, 화가 난다. 이렇게 애쓰고 있는데.

영 미   돈 줘. 너 찾느라 들인 돈 줘야 돼.
정 선   (본다)
영 미   핸드폰까지 없애구 사라지니까 엄마 혼잔 널 찾기 어려웠어.
정 선   누가 찾으랬어? 핸드폰까지 없애구 사라졌음 찾지 말아야지. 뭐 하러 찾아?
영 미   (정선에게 오며) 어떻게 안 찾아 자식을? 더군다나 니가 나한테 어떤 아들인데?
정 선   그만해. 누가 들음 엄청 좋은 엄만 줄 알아. 엄마 사고치는 거 해결해주는 것두 지쳤어! 이제 제발 따루 살자!! 각자 살자구!!!

영 미	부모 천륜이야. 천륜 끊으면 벌 받아. 엄만 니가 벌 받는 거 싫어.
정 선	벌 받을게. 어차피 엄마랑 있어두 벌 받는 거 같은데 뭐.
영 미	(따귀를 후려친다)
정 선	......
영 미	(금세 후회) 어머 미안! 미안! 엄마가 미쳤나 봐. 안 아파? (정선 뺨 만지려 하는데)
정 선	(뿌리치며) 됐어. 내 집에서 나가. 내가 나갔다 왔을 땐 집에 있지 마. (나가려는데)
영 미	(소리 지르며 식탁을 쓸어버린다)
정 선	(본다)
영 미	(감정 오르는) 내가 모를 줄 알아? 어떤 기지배야? 어떤 기지밴데 널 이렇게 만들었어?
정 선	그만해! 그만하라구!
영 미	(O.L) 왜 찔려? 어젯밤 니 얼굴 봤어. 세상을 다 가진 얼굴이더라. 그 기지배가 그렇게 좋아?
정 선	우리 얘기에 왜 딴 사람을 껴?
영 미	그러구 날 보더니 똥 씹은 얼굴루 무시하구 짓밟구 자식이 어떻게 부모한테 그래?
정 선	(아아)......
영 미	(그동안 받았던 설움이 복받쳐온다, 주저앉는다. 눈물) 힘들어 너무 힘들어. 살 수가 없어 내가. 내가 잘못한 거 알아. 그래두 니가 나한테 그럼 안 되잖아. 넌 엄마가 어떻게 살았는지 알잖아. 니가 니 아빠한테서 날 구했잖아.. 너 없이 살 바엔 죽는 게 나아. 죽구 싶어. 엄마 좀 죽여줄래?
정 선	........(아 정말 미치겠다. 나가버린다. 감정을 누르는)

씬60. 연남동 골목 일각

　　　현수, 뛰고 있다. 정선의 집을 향해.

씬61. 정선 집 앞/ 연남동 골목/ 공중전화 박스 앞

정선, 나와서 서 있다. 참아왔던 감정이 오른다. 눈물이 올라온다. 이를 물고 참는다. 눈만 운다. 걷는다. 걷다가 뛰기 시작한다.

정 선   (N) '현수를 만나야 한다. 현수를.' 나는 안다. 내가 왜 지금 이 순간 현수를 만나고 싶어 하는지.

정선, 뛰고 있다. 한참을 뛰고 공중전화 박스 앞에 선다. 공중전화 박스로 들어간다. 눈에 눈물이 맺혀 있다. 눈물을 닦고 입으로 올라오는 슬픔을 막는다.

씬62. 연남동 골목. 정선 집 앞

현수, 왔다. 눈물범벅. 추스르고. 정리하고. '아아' 목소리 정리하고. 정선의 집 현관 벨을 누른다.

씬63. 공중전화 박스 안

정선, 현수의 전화번호를 누른다. 신호음 간다.

씬64. 정선 집 안

영미, 엉망인 바닥을 본다. 이러지 말았어야 했는데 후회가 된다. 아들이 날 진짜 미워해서 안 보면 어쩌나. 현관벨 E 정선이다. 그럼 그렇지. 영미, 옅은 미소. 현수, 정선 집 문 밖에 서 있고. 정선, 공중전화 박스에서 현수의 전화 신호음 소리 듣고 있고. 영미, 옅은 미소. 한 화면에.

3부

05

그때도 몰랐다.

그게 사랑인지

06

쿨한 척하는 거야

씬1. 기차 사이 칸—밤

현수와 정선, 있다. 정선, 현수를 응시한다. 그 눈빛 받고 있는 현수. 정선, 기차 벽에 손 대고 있고. 흔들거리는. 정선,

현 수   (왜 빤히 보지? 보는)
정 선   충골 받아들이기루 했어요. 나이에 맞게 살라구. 난 좀 무겁고 진지하구 책임감에 눌려 있어요. 근데 오늘은 스물세 살 답게 살고 싶어요.
현 수   살아요.
정 선   키스하구 싶어요.
현 수   (철렁)
정 선   키스에 책임감 가져야 하나요?
현 수   아뇨.
정 선   잘 모르겠어요 사랑하는지 아닌지 어떤 감정인지.
현 수   (아직까진 현실로 와닿지 않아) 그렇게 솔직하게 말하면 여잔 키스 안 해. 여잔 환상을 갖거든 내게 키스하는 남잔 날 사랑해서 그런 거다!
정 선   피해요 싫으면.
현 수   (싫지 않다)

정선, 현수에게 다가간다. 현수, 정선의 눈빛 다 받는다. 도대체 이게 뭘 까. 피하고 싶지 않다. 나도 하고 싶다. 사랑인지 뭔지 나도 모른다. 그치 만 지금 나도 키스하고 싶다. 정선, 입만 살짝 댔다 뗀다.
현수, 살짝 눈을 감았다 뜬다. 서로 눈빛 마주치고. 피하고. 뭔가 겸연쩍

은. 다시 눈빛 마주치고. 정선, 키스한다. 현수, 정선과 키스한다.

씬2. 연남동 골목 현수 집 앞/ 현수집 안

정선과 현수, 걸어온다. 둘이 살짝 어색한. 말없이. 현수, 새침한. 어떻게 정선을 대해야 할지 난감하다. 둘은 오는 내내 계속 말이 없었다. 무슨 말을 해야 할지 모르겠다. 정선, 뭔가 벅차오르는 감정을 누르고 있다. 드러난 감정 때문에 현수가 더 어색해질까 봐. 현수 집 2층 불이 환히 켜져 있고.

현 수　(집 앞에 오자) 그럼.. 전 이만. (목 인사 까딱)
정 선　네. (목 인사 까딱)

현수 정선, 아무 일도 없었다는 듯. 현수, 가방에서 열쇠를 꺼내 대문을 열려고 하는데 긴장됐는지 열쇠를 떨어뜨린다. 정선, 보는. 현수, 겸연쩍은 미소로 주워서 다시 열쇠로 문을 연다. 자신 있게 들어가는 현수. 정선, 현수 들어간 거 확인하고 뭔가 자유로워진. 현수, 문에 기대 긴장이 풀어진. 뭔가 이게. 이 감정이. 자신의 집으로 올라가는 현수. 2층으로 올라가는 계단, 정선의 모습이 멀리 보이고. 현수와 정선 한 프레임에. 각자의 감정을 갖고.

씬3. 현수 집 거실

현이, 테이블에 빈 소주 병 있고. 3병 정도. 울고 있다. 준하, 있다. 현수, 준하가 티슈 줄 때 들어온다.

준 하　그만 울어라. (티슈 주며)
현 이　(받아서 눈물 닦으며) 그만 울라구…. 해서… 그만 울어지믄 걱정이…

없겠다.

준 하   (현이가 그만 울라고 해서 할 때 현수 보고) 왔냐?

현 수   어! 쟤 왜 저래?

준 하   구남친이 결혼하신댄다!

현 이   (그 와중에 준하 입 막으며) 말하지 마 쟤한테! 무시한단 말야!

준 하   (치우며) 아씨 드럽게!

현 수   결혼하는 건 어떻게 알았어?

현 이   (징징대며) 저거 봐 저거 봐! 이 상황에 팩트 체크하잖아.

현 수   (한술 더 떠) 팩트 체크하구 상황 정확히 판단한 담에 행동해야지!

준 하   (O.L) 잘났다! 누구나 너처럼 맺구 끊을 수 있는 게 아니라니까!

현 이   저러면서 무슨 드라말 쓴다구!

준 하   멜론 못 쓰잖아. 지가 장르물 쓴다 하니까

현 수   (O.L) 둘이 쿵짝 잘 맞는다 아주. 사겨!

현이·준하   (동시에) 싫어!

현이 준하, 얼굴 본다.

준 하   우린 (어깨 안으며) 브라더지 브라더!

현 이   시스터거든 시스터!

현 수   금방 좋단다 둘이!

준 하   어디 갔다 와?

현 수   (어디가 아니라 뭘 했는지 퍼뜩)

(flash back 1부 씬48. 현수 정선 키스 장면)

현 수   (N. 씬4까지) 그때두 몰랐다. 그게 사랑인지. 왜 사랑은 사랑이라구 확실
하게 방문 시간을 알려주지 않는지.

씬4. 동 욕실 안

현수, 거울 보고 있다. 샤워하려고 머리 올린 상태. 키스 장면 생각나 설레는. 문이 벌컥 열리고, 현이 들어온다. 현수, 아 깜짝이야. 현이, 변기통을 껴안고 토하기 시작한다. 준하, 뒤에서 와서 등을 쳐주려는.

현 수   내가 할게. (하면서 현이의 등을 쳐준다)

현 이   죽구 싶어. 죽어버릴 거야! (하면서 변기에 얼굴 처박는다)

현 수   (변기에서 몸 떼게 하며) 그만해. 이제 그만할 때두 됐잖아. 벌써 1년이다!

현 이   니가 남자 땜에 눈물 질질 흘리구 서울 시내 온 동네 헤매구 다니길 바래!

준 하   바랄 걸 바래라! 현수가 그럴 일은 없다. 현수한테 사랑은 잘 다려진 와이셔츠야!

씬5. 2부 현수 거리 몽타쥬

씬58, 현수, 걸어오고 있다. 감정을 추스르고. 안 울려고. 이젠 다시 시작이다. 근데 왜 자꾸 정선이 보고 싶지? 눈물이. 현수, 뛴다. 씬60 연남동 골목 현수, 뛰고 있다. 정선의 집을 향해. 씬62 연남동 골목. 정선 집 앞. 현수, 왔다. 눈물범벅. 추스르고. 정리하고. '아아' 목소리 정리하고. 정선의 집 현관 벨을 누른다.

타이틀 오른다.

씬6. 정선 집 안/ 밖

2부에 이어

영미, 현관벨 소리 듣고 밖으로 나간다. 영미, 계단을 내려간다. 현수, 문 앞에서 망설이다 발길을 돌린다. 영미, 대문을 열고 나온다. 현수, 가는 모습이 들어온다. 영미, 어떻게 할까.

영 미　저기요!

현 수　(자신을 부르는 줄 모르고 가는)

영 미　(가며) 저기요!!!

현 수　(보는, 의아) 저요!

영 미　네 그쪽! 혹시 우리 아들 만나러 왔는지 해서요.

현 수　아드님이 누구신데요?

씬7. 거리/ 핸드폰 가게 앞

정선, 걷는다. 시계 본다. 9시 1분이다. 뭔가 생각났다. 걷는다. 핸드폰 가게 있다. 정선, 들어간다. 종업원, 어서 오세요!

정 선　핸드폰 좀 개통하려구요!

종업원　찾으시는 모델 있으세요?

정 선　(전시된 핸드폰 보는)

씬8. 동네 카페

현수와 영미, 앉아 있다. 교양 있고 우아하게. 커피 마시는. 아메리카노.

영 미　(한 입 마시고) 케냐 드블루 아 맞네.

현 수	그걸 아세요?
영 미	(미소. 그 질문 쉽고) 정선이랑 어떻게 알아요? 걔 친구는 내가 다 아는데.
현 수	알게 된 지 얼마 안 됐어요. 동호회에서 만났거든요.
영 미	몇 살이에요?
현 수	스물아홉입니다.
영 미	스물아홉이면 우리 아들보다 많네요. 갑자기 안심이 되네. 만나서 반가웠어요. (일어나는)
현 수	(당황) (같이 일어나는)
영 미	(악수 신청하는) 난 사실 한 번 맺은 인연하곤 오래가거든요. 근데 이번엔 그렇게 안 될 거 같아 섭섭해요.
현 수	(이게 뭐지. 이 서늘함은. 악수하는)

씬9. 현수 집 거실/ 도로

현수, 들어온다. 소파에 드러눕는다. 핸드폰 E 현수, 발신자를 본다. 모르는 번호다. 정우, 운전하고 있다. 컵홀더엔 아메리카노.

현 수	(받는) 여보세요?
정 우	박정웁니다.
현 수	네?
정 우	(못 알아들었나) 박!정!우!입니다.
현 수	네?
정 우	저 기억 못 해요? 준하 선배면서 이현수 씨 선배기두 하죠.
현 수	아 네에! 안녕하세요? 근데 제 전화번호는 어떻게 아셨어요? (준하 선배가 가르쳐줬구나)
정 우	머리 좋은 사람인줄 알았는데 질문 레벨이 너무 낮네요.
현 수	(O.L) 제가 오늘 기분이 엄청 안 좋거든요.
정 우	(O.L) 내가 민원을 하나 접수받았거든요. 이현수 씨에 대해서.

현 수   (내가 이 인간을) 준하 선배요!

정 우   짤렸다구 들었어요.

현 수   (자기도 모르게 소리가 나오는) 아 진짜 이 인간!

정 우   (미소) 제 사무실루 5시까지 나오세요.

현 수   싫어요.

정 우   어렵게 비워둔 시간이에요. 기횔 줄게요. 나오지 않음 열등감으루 똘똘 뭉친 사람으루 기억할 겁니다.

현 수   어떻게 기억되든 상관없습니다. (끊는) 아 이 김주나안주나김주나 증말!

씬10. 도로

달리는 정우 차. 정우, 아메리카노 마시는.

씬11. 홍대 프랑스 식당 아르누보 주방

정선, 오븐 트레이에 씻은 감자를 놓고 오븐에 넣으려는데. 수셰프, 브라운스톡 만들다 정선을 보고 참견하러. 막내, 콜리플라워 씻고 샬롯 껍질 까고 깨끗이 씻는다. 라인1, 씻은 콜리플라워를 적당한 크기로 잘라 버터를 후라이팬에 녹인 후 콜리플라워를 약하게 볶는다. (콜리플라워 파나코타) 라인2, 파리지앵 스쿱을 이용해 씨 부분이 들어가지 않게 오이를 원형으로 파서 피클 물에 넣는다. (오이피클) 라인3, 만돌린을 이용해 샐러리악을 얇게 채 썬다. 정선, 오븐에 넣고 온도 맞추는.

수셰프   뭐야 너! (하면서 오븐을 끄고 트레이를 꺼낸다) 퓨레 만들 때 감자 수비드 하랬잖아.

정 선   감자가 잘라보니 물기가 많아서 오븐에 구워서 수분을 좀 더 빼는 게

수셰프   (O.L) 또 또 말 안 듣구 자기주장이다.

정 선   전번엔 수비드루 했어요.

수셰프	그래서 지금 나한테 대드는 거야?
정 선	수셰프 말씀 존중하구 있다는 말씀드리는 겁니다. 전번엔 수분이 적어 수 비드로 했구
수셰프	(O.L) 그니까 니 말은 내가 감자 수분 따라 퓨레 방법 다르게 해야 되는 데 못 한다는 거 아냐?
정 선	(잠시 생각) 그러네요!
다 들	(놀람. 사실이어도 그렇게 말해서).....
수셰프	(기막힌) 그러네요! 그러네요!! 그러네요!!! (하면서 정선을 밀고)
정 선	(눈 하나 깜짝 안 하고. 밀리지도 않는다)
셰 프	(들어와서) 뭣들 해?
정 선	(나간다. 화내고 나가는 게 아니라. 셰프한테 눈인사하고)
수셰프	어디 가? 준비하다 말구!
셰 프	살살해라 살살해!
수셰프	살살하면 애들 해이해지구 엉망돼요! (애들한테) 뭐해 니들 서비스타임 얼마 안 남았어!
셰 프	(수셰프한테 버럭) 너 내 말이 우스워?

모두들 정적.

셰 프	왜 말 돌려? 왜 말 끊어?
수셰프	죄송합니다!

씬12. 동 주방 밖 마당―낮

정선, 나온다. 셰프, 따라 나온다. 정선을 보러. 정선, 셰프 본다.

셰 프	너 이런 식으루 행동할래? 저번에두 말했잖아. 팀하구 잘 지내는 것두 실력이라구.
정 선	잘 지내라는 건 결국 무조건 참으란 건가요?

셰 프	나하구 일 안 할래? 니가 아무리 실력이 뛰어나두 아직 애송이야. 내 도움 없이 여기서 자리 잡을 수 있을 거 같아?
정 선	(보는. 말이 안 통하겠구나.)
셰 프	낼부터 수셰프 나오는 시간에 나와 개 보조해.
정 선	....
셰 프	왜 대답이 없어?
정 선	......
셰 프	정선아.. 내가 너 예뻐하는 거 알잖아. 이게 다 널 위해 그러는 거야.
정 선	셰프님이 수셰프 보조하라구 할 때까진 어떻게든 참아보는 게 그동안 셰프님이 나한테 보인 호읠 갚는 거라구 생각했어요.
셰 프	근데?
정 선	다 널 위해 그러는 거야,에서 깼어요. 제가 지금까지 살면서 얻은 교훈 중에 하나가 누군가가 널 위한다며 힘든 걸 강요한다면 그건 사기란 거예요.
셰 프	....
정 선	생각해볼게요. 제가 이곳에 계속 있어야 하는 일이 정말 날 위한 일인지! 날 위한 행동은 내가 잘 아니까요. (가는)

씬13. 홍대 아르누보 식당 안—낮

정우, 들어온다. 그 뒤에 영미, 들어온다. 들어오다 서로 부딪치는.

영 미	어머!
정 우	(살짝 에스코트 해주고) 괜찮으세요?
영 미	네!
정 우	그럼! (가는)
영 미	(나한테 관심이 없나..)

서버, 정우를 보고 안내한다. 정우가 매번 앉는 자리다. 영미, 다른 서버의

안내로 자리에 앉는다. 정우의 앞 테이블. 정우, 회중시계 꺼내 테이블 위에 놓고.

영 미 (서버에게) 온정선 씨 있죠?

서 버 네.

정 우 (온정선이란 말에 영미 보고)

영 미 엄마가 왔다구 전해주세요.

정 우 (범상치 않은 분이 엄마군. 영미에게 시선이 가는 걸 영미가 의식할까 봐. 서버에게) 오늘부터 메인디쉬가 바뀌죠?

영 미 (도도하고 우아한)

씬14. 초등학교 운동장

정글짐에 올라타 있는 현수, 오랜만에 타니까 기분 좋은.

미 나 우리 딸 뭐 하나?

현 수 (소리 지르는) 나도 엄마 있다!!

미 나 무슨 일 있어?

현 수 아니! 아는 친구 엄말 만났는데 엄마 생각이 무지 나더라.

미 나 (웃는) 오랜만에 안아볼까?

현 수 좋죠!

씬15. 동 나무 그늘 벤치

미나와 현수, 포옹하고 있다.

현 수 이제 됐어. (뗀다)

미 나 이제 만족해?

현 수	어. 에너지 충전 다 했음. 집에 가겠음!
미 나	야아! 뭔지 얘기 안 할 거야?
현 수	엄마! 내가 재능이 있나?
미 나	당근 있지! 넌 다 있어 뭐든!
현 수	(미소) 고슴도치 사랑! 위로가 됩니다.
미 나	일도 일이지만 결혼을 잘해야 돼. 엄마 아빠 한 가지만 봐. 성장 배경! 화목한 가정에서 자란 남자!
현 수	그만하셔! 귀에 딱지 나겠어.

카톡음 E 학교 급식 사진 앞에서 찍은 민재. V 하고. 민재, 오늘 점심! 당신은?

미 나	(환하게. 카톡 울리자마자) 아빠다!
현 수	그렇게 좋아?
미 나	좋지 그럼. (사진 확인하는)
민 재	(E) 오늘 점심! 당신은?
미 나	(답신하는) 현수 왔어. 나도 급식. (현수 보며) 현수야 넌 점심 먹었니?
현 수	엄마 아빠 자식보다 서로가 먼저여서 좋아. 나만 잘 살면 되니까.
미 나	니들한테 부담 없는 인생 주려구! 우린 엄청 사랑한다!

씬16. 현수 집 거실/ 주방

현수, 라면 끓여 먹고 있다. 냄비째. 아까와는 다른 분위기.

현 수	먹는 게 남는 거지! 죽 쓰구 누워 있다구 뭐가 해결되니? 결국 나만 손해지! (국물 후루룩) 9월 공모하면 되구. 떨어지면 또 하면 되구. (면은 다 먹었다. 밥통에서 밥을 꺼내 냄비에 넣고) 라면 국물엔 밥 마는 게 최고지! (순가락으로 떠 먹고. 너무 맛있다. 리액션) 으음!!

핸드폰 문자음 E 현수, 가방에서 핸드폰 꺼낸다. 보려는데. 부재중 전화가 와 있다.

현 수   누구지? (하면서 확인하면. 02-000-0000) 이 번호 어디서 봤더라.

(flash back 2부 씬36. 현수, 청소기 밀고 있다. 핸드폰 E 발신자 02-000-0000)

현 수   (다시 전화 목록을 뒤진다. 저번에 받은 그 번호 목록이 있다) 나한테 전화했었네. (너무 아쉽다) 아아!! 못 받았네. 왜 전화했지? 8시 43분이면 아까 집 앞에 있을 땐데. 왜 전화했지? 공중전화루 전화할 수두 없구. 왜 할 수 없어? 하면 되지.

씬17. 연남동 공중전화 앞/ 현수 집

공중전화 벨이 울린다. 지나가던 덕후 남자, 전화벨 소리에 신기해서. 받는다.

남 자   여보세요? 여기는 지구입니다.
현 수   (받는 거에 신기해) 어머 뭐래! 근데 거기 위치가 어디에요?

씬18. 홍대 아르누보 식당 안

정우, 스파게티 먹고 있다. 아이패드로 신문 본다. 주위에 무심하게 보이지만 주위도 다 체크하고 있다. 그 앞 테이블에 영미, 스테이크 먹고 있다. 정선, 온다. 못마땅하다.

영 미   니가 한 거니? 잘 구워졌다.

정 선   (감정 누르며. 사람들 있으니까. 보는. 왜 왔냐는)

영 미   왜 여기까지 왔겠니? 아침 일 땜에 니가 미워할까 봐. 엄마가 원래 반성두 잘하구 사과두 잘하잖아.

정 선   (못 말린다. 연민이 인다) 먹구 가!

영 미   다 먹을 때까지 같이 앉아 있음 안 돼?

정선, 일어나는 주방으로 간다.

씬19. 동 카운터 앞

영미, 온다.

직 원   6만 원입니다.

영 미   우리 아들 앞으루 달아나 주세요.

직 원   (완전 난처) 그건 곤란

정 우   (뒤에서 자신이 계산하겠다는 사인 주고)

직 원   네 알겠습니다. 식사는 맛있게 하셨죠?

영 미   네. (하곤 간다)

정 우   (카드와 현금은 팁을 준다)

직 원   감사합니다.

씬20. 동 주방 안

서비스 타임 끝나고, 정선, 샐러리 당근 양파 건조 버섯을 잘게 다진다. 계란 흰자를 이용해 머랭을 친다. 모든 재료를 흰자와 섞는다. 그 위로 소리.

정 우   (E) 나두 머랭 칠 줄 아는데

정 선   (보는. 다시 자신의 일에 집중하며) 주방에 막 들어오시네요.

정 우   어디든 막 들어갈 수 있는 패스포트가 있어요 난!

정 선   대표님은 느끼한 게 트레이드마크 같아요. 어울려요.

정 우   칭찬인가 욕인가! 이럴 경우 난 칭찬으루 들어요! 자 이제 본론을 말하죠.

정 선   (브라운 스톡에 모든 재료를 넣고 잘 섞는다. 약불에 올려 서서히 끓인다. 끓이면서 어느 정도 저어준다.)

정 우   그때 내가 한 제안 생각해봤어요?

정 선   (받은 제안 없는 거 같은데) 무슨 제안이죠?

정 우   온정선 씨 식당에 투자하겠다구 제안했잖아요.

정 선   가볍게 들어서 정식 제안인 줄 몰랐어요.

문자음 E 정선, 자신의 핸드폰 꺼내 본다. 스팸 문자다.

정 우   핸드폰 없다구 들었는데. 있네요.

정 선   오늘 개통했어요.

정 우   줘봐요!

정 선   .....(주는)

정 우   (자신의 번호 찍고, 통화 누른다. 핸드폰 주며) 저장해요. 내가 1번인가!

정 선   (받는) 아니에요.

정 우   정식으루 제안해요.

정 선   정식으루 거절합니다.

정 우   (보는) 무슨 거절을 생각두 안 하구 하나?

정 선   충분히 생각했어요. 그러니까 대답이 금방 나온 거구요. 감사합니다. 대표님 호의!

정 우   난 될 때까지 제안해요. 내가 원하는 건. 그리구 갖죠.

정 선   (보는)

정 우   이제 시작입니다.

씬21. 강화도 보건소 — 낮

원준, 진료하고 있다. 할머니 앞에 있다. 청진기로 할머니 가슴에 대고 소리 듣는다.

할머니 이상한 소리 들리지? (트림한다)

원 준 아 증말 할머니! 앞에 대구 그럼 어떡해! 소리 좋아. 폐는 이상 없네.

할머니 히히! 참질 못했어. 자꾸 더부룩하구 트림만 나오네. 암 것두 안 먹었는데.

원 준 암 것두 안 먹긴 돼지족발 드셨구만. 과식이야 과식! 먹을 것 좀 줄여!

할머니 차라리 죽으라 그래. 맛있는 게 그렇게 많은데 어떻게 안 먹어!

원 준 역류성 식도염 증세 있으니까. 소화제랑 같이 지어드릴게요!

할머니 고마워 선상님! (나가는)

원 준 안녕히 가세요! (컴퓨터에 차트 작성한다)

홍 아 (와서 앉는다)

원 준 (홍아인 줄 모르고) 아 왜 가다 말구 오셨어 (보는데 홍아다) 뭐냐 너?

홍 아 호구 관리 차원에서 납셔줬다! 좋지!

원 준 (왜 좋을까 이런데도) 못 말린다 진짜!

홍 아 서울 가자! 차 안 갖구 왔어. 오빠 차루 가.

원 준 기다려야 돼. 근무시간 끝날 때까지!

홍 아 여기 있을게. 취재할 겸 온 거야. 노트북도 가져왔어. 주인공이 공중보건의거든.

원 준 그래 갖구 작가가 되긴 하겠냐?

홍 아 (날카롭게) 뭐야 그 말은?

원 준 (부드럽게 받으며) 니가 작가란 게 잘 상상이 안 가서. 우리가 생각하는 작가들의 얼굴이 있잖아.

홍 아 (미소) 이번 주인공 이름은 오빠 이름 써줄게.

씬22. 강화도 야외

원준, 엣지 있는 삼단 도시락 연다. 순무 김치와 인삼 양념구이. 장어 강정
이다. 홍아, 도시락 보면서. 젓가락 손에 들고 있다.

홍 아　누구 생일이야? 이걸 점심으루 먹겠다구 싸온 거야?

원 준　간호사들하구 나눠 먹으려구!

홍 아　(장어 강정 집으며) 이건 뭐야?

원 준　장어 강정! 강화도에 장어가 또 유명하잖냐!

홍 아　(먹는) 으음... 맛있다!

원 준　(흐뭇한) 맛있냐?

홍 아　그렇게 좋아 내가 먹는 게!

원 준　내가 만든 음식 맛있게 먹는 거 보는 게 젤 행복해 난! 꼭 니가 아니더
라두!

홍 아　아직 요리사 되겠단 생각 안 버렸어? 아서라! (먹으면서) 의사 타이틀하
구 요리사 하구 바꾸긴 너무 아깝다!

원 준　아깝긴 뭐가 아깝냐?

홍 아　용기두 없잖아. 집안 반대 헤쳐 나갈 수 있어? 정선이처럼 집안이 별 볼일
없는 애들이나 자기 맘대루 꿈을 선택하는 거지

원 준　(O.L) 걔가 왜 별 볼일 없냐? 걔네 아빠두 의사구 할아버지 안동 유진데.
할아버지한테 유산두 미리 받은 거 같던데.

홍 아　(몰랐다) 아 그래! 근데 왜 나한테 대실 못해? 자신 없어 그런 줄 알았는
데.

원 준　(O.L) 착각두 병이다 그냥 병두 아니구 중병이네. 남자들이 너 같은 타입
다 좋아하지 않아.

홍 아　오빠?

원 준　우리 관계 주도권 니가 쥐구 있다구 생각하지? 아냐 내가 쥐구 있어. 오늘
두 봐. 니가 날 찾아왔잖아. 잘해주다가 시큰둥하니까.

홍 아　(맞는 말이지만 인정하고 싶지 않은)

원 준　애정결핍 있어 너. 난 니 결핍이 좋아. 내가 채워줄 수 있다구 생각하니까.

하지만 정선인 달라.

홍 아   좀 잘해주니까 오빠야말루 착각하구 있네. 정선이가 날 좋아하는지 아닌
        지 나한테 넘어오는지 마는지 내기할래?

원 준   사람 갖구 내기 안 해 난. 먹어!

홍 아   성질 긁어놓구 뭘 먹으래? (일어나는) 다신 오빠 안 봐. 주도권! 오빠! 정
        신 차려! 나 지홍아야! (가는)

원 준   ....

전화벨 E

씬23. 연남동 공중전화 앞/ 안/ 밖/ 아르누보 일각

        공중전화 전화벨 울리고 있다. 현수, 자신의 핸드폰으로 공중전화에 전화
        했다. 전화벨은 울리지만 정선은 없다. 여기서 나한테 전화했구나. 핸드
        폰 끊는. 전화벨도 울리지 않는다. 걷는.
        핸드폰 E 010-0000-0000 모르는 번호다.

현 수   (받는) 여보세요?

정 선   여보세요?

현 수   (정선 목소리다. 철렁. 잘못 들었나) 여보세요?

정 선   핸드폰 샀어요.

현 수   (너무 좋은데 어떻게 할지. 최대한 상대방에게 감정 들키지 않으려) 아
        네에!

정 선   어디 아파요? 목소리가?

현 수   안 아파요. 갑자기 전화 받으니까 좋아 아니 흥분 아니 아니에요.

정 선   안 아프면 됐어요, 전 디너 준비해야 돼서 들어가 봐야 돼요.

현 수   네 저두 약속 있어서 가야 돼요. (상대방 전화 끊었다.) (기분 좋은 제스
        처) (전번 저장하며) 이런 느낌 처음이야!

씬24. 정우 사무실 안

정우, 동영상 보고 있다. 오디션 영상이다. 가수. 노크 E. 현수, 들어온다.
시계 본다. 5시다.

정 우 시간 잘 지키네요. 작가들은 좀 늦던데.

현 수 아직 작가 아니구 시간 약속 잘 지키는 거 좋아해요.

정 우 작가 하는 데 자격증 따야 돼요? 글쓰기 직업으루 갖구 일하면 작가 아닌
가! 외국은 책 하나 내두 작간데. 의식이 자유로워야 작가 아닌가요?

현 수 (맞는 말이지만 발끈) 저도 기존 사회 교육에서 못 벗어났거든요. 편견
강하고 남 눈 의식 안 한다면서 나이 먹을수록 위축되구

정 우 (O.L) 짤렸다더니 씩씩하네요.

현 수 제가 워낙 탄성이 좋거든요. 누르면 위로 금방 튀어오르죠!

정 우 (미소. 온엔터테인먼트 대표 박정우. 명함 준다) 회사 사무실은 옮길 거예
요. 오픈식은 멤버십으루 조용하게 할 거예요.

현 수 (그게 나랑 무슨 상관이지?) 근데요?

정 우 기획 작가가 필요해요. 지금 웹소설하구 웹툰 판권 몇 개 샀거든요. 그
걸 개발해줬음 해요. 한 달에 삼백! 토, 일 휴무! 특별히 요구하는 조건 있
음 얘기해요.

현 수 (명함 내밀며) 거절입니다.

정 우 (황당) 좋은 제안을 왜 거절해요?

현 수 너무 좋아서요 조건이. 학교빨루 채용되는 거 같아서요.

정 우 학교빨 맞구 본인 입으루 좀 전에 기존 사회 교육에서 못 벗어났다구 했
구 그럼 받는 게 상식적이에요.

현 수 기존 사회 교육 못 벗어난 거 맞지만/ 자유로워지려구 노력하구 있단 말
씀드리려했는데/ 제 말 끊으셨잖아요.

정 우 우린 우리 식으루 합시다, 학연 지연 팽배한! 말 놓게. 불만인가?

현 수 아뇨! 그럼 전 가보겠습니다 선배님! (일어나는)

정 우 가 그럼! 언제든 와! 니가 거절하니까 더 흥미가 생겨서 그래. 뭔가 있어
보이잖아.

현 수	제가 좀 그래요. 없는데 있어 보이는 거! 선배님 속지 마세요!
정 우	속든 속지 않든 내가 선택할게. 근데 날 속이긴 쉽지 않을 거야. 노력해봐.
현 수	(진짜 만만치 않다 이분은)

씬25. 연남동 현수 집 앞—밤

현수 오는. 노래 흥얼흥얼! 집 앞에 홍아 있다. 검은 비닐봉지 들고.

홍 아	(비닐 봉투 든다) 서프라이즈!!
현 수	(다가가며)

씬26. 현수집 안 거실

현수와 홍아, 잔을 부딪친다. 소주와 안주. 안주는 골뱅이 소면. 잔 부딪치며. 한 병은 벌써 마신. 빈 소주병. 조금 흐트러진. 테이블엔 노트북. 스테이크 사진. 스테이크 먹는 남자 사진. 펼쳐 있다. 메모지 노트와 펜. 스테이크. 미디엄 레어 웰던. '레어스테이크를 먹는 남자'

현 수	꿈은!
홍 아	이루어진다!

현수, 홍아 마신다.

홍 아	너무 쌩쌩한 거 아냐? 풀 팍 죽어 있을 줄 알았더니!
현 수	그러게. 웬일인지! 의욕이 솟는다! 요즘 이상한 거 같아.
홍 아	이상한 건 박 작가님이지! 사람은 역시 겪어봐야 돼.
현 수	온에어 중인데 쉰다구 한 내가 잘못이지 뭐.
홍 아	근데 어떻게 쉴 맘을 먹었어?

현 수	답답해서.
홍 아	치이! (하면서 테이블 위에 있는 사진 본다. 메모지도. 레어스테이크를 먹는 남자) 이게 드라마 제목이야?
현 수	아니.. 제목은 스테이크. 레어 스테이크를 먹는 남자 얘기야.
홍 아	레어 스테이크 먹는 남잔 특별한 성격이 있는 거야?
현 수	그건 아니구 취향 차이래. 정선 씨한테 취재했어.
홍 아	(진짜 둘이 사귀나) 정선 씨? 연락은 어떻게 했어? 쪽지 보냈어?
현 수	아니.. 이젠 핸드폰 있어!
홍 아	(심상치 않네) 둘이 사겨?
현 수	(찔리니까 더 과하게 리액션) 아니이! 나이두 나보다 한참 어린데.
홍 아	역시 언니야. 난 언니의 현실 감각이 좋다니까. 설혹 걔가 언닐 좋아한다구 해두 언닌 받아주면 안 되지.
현 수	왜?
홍 아	그렇잖아. 걔 바람둥이야. 어릴 때부터 외국에서 공부했잖아. 더구나 프랑스는 우리보다 훨씬 리버럴하지.
현 수	아아! 그거 편견 아닐까! 개인 차이야.
홍 아	노는 물은 무시 못 한다 언니. 걔 첨에 나한테 얼마나 끼부렸는데.
현 수	(실망스런) 그래?
홍 아	어어. 내가 안 받아줬어. 친하잖아 나 걔랑. 귀엽더라구. 나랑 맞아. 리버럴한 게.
현 수	그렇구나.
홍 아	정선이 전화번호 좀 가르쳐줘.
현 수	(엥? 가르쳐줘야 돼 이거? 좀 아닌 거 같은데)
홍 아	어차피 걔가 가르쳐주나 언니가 가르쳐주나. 런닝동호회 장소 모임 바뀐 거 얘기해줘야 돼.
현 수	그래. (하면서 핸드폰에서 정선 번호 찾아 홍아에게 보낸다)
홍 아	(그 위로 소리 E) 제목/ 스테이크보다/ 레어스테이크 먹는 남자가 더 나아.

씬27. 정선 2층 발코니

영미, 나와서 하늘을 보고 있다. 야경. 화이트 와인 마시는. 약간 취한. 영미는 항상 예쁜 옷을 입는다. 옷에선 흐트러지지 않는다. 삶은 흐트러지지만. 평상엔 와인병과 간단한 안주. 치즈 정도. 와인잔 있다. 정선을 기다리는 듯. 정선, 올라온다. 영미, 본다. 정선, 온다.

영 미   엄마 있다! 니가 나가라 했는데 있어. (아무렇지 않은 척했지만 그 말이 걸렸다)

정 선   (와인잔에 와인 따르면서. 말을 어떻게 꺼낼지 고르고 있다.)

영 미   (구질구질해 화제 돌리며) 하늘 정말 예쁘지 않니? 어떻게 서울 하늘이 이렇게 이쁘니? 니가 키우는 애들두 이쁘구. (정선, 와인 마시고)

정 선   엄만 가만히 있을 때가 젤 이뻐!

영 미   (O.L) 죽으라구? 니가 죽으라면 죽을게. 엄마 니말 잘 듣기루 했잖아.

정 선   맘에 없는 말해서 날 괴롭힐 생각이라믄 그만해. (영미에게 가는) 이젠 약발 안 먹혀.

영 미   나두 이 집에 있기 싫어. 답답해. 하루 종일 여기서 내가 뭘 하니?

정 선   (가방에서 봉투 꺼낸다) 나 찾느라구 든 비용 갚아. 집 구해줄게. 엄마랑 같이 못 살아.

영 미   그러지 말구 우리 파리 가자! 너 공부두 마치구 좋잖아. 르꼬르동블루 마치면 좋은 식당에 취직할 수 있어. 지금 어리잖아. 미랠 위해 꿈을 위해 현잴 살아야 되잖아.

정 선   (피식) 엄마가 그런 말 하니까 웃긴다!

영 미   느이 아빠가 젤 후회한 게 뭔지 알아? 서른 전에 결혼한 거야. 난 니가 느이 아빠처럼 여자한테 손댈까 봐

정 선   (버럭) 엄마!!

영 미   결국 아들은 아빠 삶 따라가는 거야.

정 선   아빠 삶에 날 엮지 마.

영 미   엄마 말 들어. 나두 엄마야. 니가 좋은 미래 가질 수 있게 뭔가 하구 싶어. 이젠 헛짓 진짜 안 해.

정 선	사람은 안 변해.
영 미	(보는) 그 여자애 봤어. 집에 찾아왔더라.
정 선	(당황) 그 여자 근처엔 가지 마.
영 미	내가 갔니? 걔가 왔다니까! (와인 마시고)
정 선	(나한테 왔었구나).........
영 미	(시선 돌려 하늘 보며) 엄만 누굴 찾아가는 스타일 아냐. 누가 건들지 않음 건들지 않는다구!
정 선	(아니잖아).....

서울 하늘 아래 동상이몽 두 모자. (F.O)

씬28. 연남동 현수 집 앞 (F.I) ─ 어스름한 새벽

현수, 가방 메고 나온다. 조용히 문 닫는다. 현수, 가는데 정선이 자전거 타고 내려온다. 정선, 현수 보고 선다.

정 선	벌써 출근해요?
현 수	아뇨! 짤렸어요!
정 선	(그때 벌교 간 거 때문에 잘못됐나)
현 수	그런 표정 짓지 마시구요. 짤릴 만해서 짤렸구 그 덕에 제 삶에 비상계엄령 울려서 도서관 갑니다. 공모 준비하려구!
정 선	어디 도서관이요?
현 수	모교요! 12학번 애들하구 파이팅 하는 거죠!
정 선	타요!
현 수	싫어요!

씬29. 연남동 골목/ 버스정류장 앞

정선, 현수를 자전거 뒤에 태운 채 달린다. 현수, 자전거 뒤에 타니까 좋다.

현 수 좋아요!
정 선 싫다구 할 땐 언제구!
현 수 제가 좀 그렇습니다! 왔다 갔다!

정선, 힘차게 바퀴를 굴리는. 현수, 본의 아니게 정선의 허리 뒤를 잡는다. 옷을 살짝 잡고. 자전거 타고 버스정류장으로 향하는 두 사람. 정선, 버스 정류장 앞에 선다. 현수, 내린다.

정 선 밥은 어떻게 해요?
현 수 아무렇게나! 양만 많음 되죠! 학식!
정 선 (저렇게 먹음 안 되는데) 대학 식당 밥 궁금해요.
현 수 와요 그럼! 내가 쏠게. 근데 올 순 있어요?
정 선 브레이크 타임이 있습니다! (가는)
현 수 (가는 정선 보는. 심장이 뛴다)

씬30. 아르누보 앞/ 필라테스 센터 안

정선, 자전거로 도착해서 세워놓는다. 홍아, 캐딜락 필라테스 하고 있다. 필라테스 하다 잠깐 쉬는 타임에 전화. 핸드폰 E

정 선 (모르는 번호지만 받는) 여보세요?
홍 아 나야 홍아!
정 선 어어!
홍 아 넌 전화가 생겼음 바루 가르쳐줬어야지. 현수 언니한테 따게 만드니?
정 선 (의아) 너한테 바루 가르쳐줘야 되는 거야?

홍 아   그래야. 넌 사람 사이에 기본적인 예의두 모르니? 현수 언니보다 내가
        널 먼저 알구 친군데 그 정돈해야 되는 거 아냐? 현수 언니한테 내가 뭐
        가 돼?

정 선   이런 게 예의에 들어가는지 몰랐다!

홍 아   몰랐음 이번 기회에 좀 알아.

정 선   왜 성질이야?

홍 아   성질이 나니까!

정 선   왜 성질이 나지? 이해가 안 되네.

홍 아   나두 이해가 안 되는데 성질이 나네.

정 선   용건이 뭐니?

홍 아   너랑 나랑 용건이 있어야 만나는 사이니?

정 선   너 자꾸 이럼 내가 성질난다!

홍 아   니네 식당 금요일 밤에 가려고 하는데 예약 좀 해줘.

정 선   그런 건 나한테 하지 말구 식당에 전화해 바루.

홍 아   넌 왜 나한테 한 번도 뭘 봐주질 않니?

정 선   편하니까! 친구잖아. (끊는)

        홍아, 기분 나쁘. 캐딜락 필라테스 한다. 유연한. 운동으로 푸는. 너 어디
        두고 봐.

씬31. 00대학 도서관 안―낮

        현수, 노트북에 글 쓰고 있다. 머리는 질끈 묶고. 씬21 윤하 방.
        심플하고 깔끔하게 꾸며져 있다. 방 전체 가구 중 화장대가 젤 큰 비중을
        차지하고 있다. 윤하, 차분하게 화장대에 앉아 자신을 보고 있다. 엄마가
        무슨 얘길 하더라도 흔들리지 말자. 문 열린다. 혜수, 들어온다. 윤하, 움
        찔한다.

현 수   (대사, 중얼거리며 쓴다. 혜수, 뭘 그렇게 놀래?) 뭘 그렇게 놀래? 뭘 그렇

게 놀래?... 뭘 그렇게 놀래... (윤하, 잘못했어요) 잘못했어요. (혜수, 형식적으루 잘못했다 그러는 게 더 꼴 뵈기 싫어. 뭘 잘못했는지 들어보자.) 형식적으루 잘못했다 그러는 게 더 꼴 뵈기 싫어. 뭘 잘못했는지 들어보자. 형식적으루 잘못했다 그러는 게

앞에 학생, 현수 앞에 쪽지 놓는다. '도서관에선 조용히' 현수, 미안해서 앞에 학생한테 목인사하고, 노트북 들고 나온다.

씬32. 동 도서관 앞

현수, 가방 메고 나온다. 정선, 도서관 로비로 들어가려고 걸어오다 현수, 본다.

정 선 왜 가방까지 들고 나와요?
현 수 딴 데 가려구요! 대사 쓸 때 자꾸 입으루 말하게 되니까 후배들한테 민폐예요.
정 선 ......

씬33. 동 학생 식당 안

현수, 정선과 밥 먹고 있다. 현수는 치즈 불닭 도리아. 정선은 단호박 영양밥. 현수, 치즈 쭉쭉 늘려가며 먹는. 정선, 냄새 맡고 먹어보는.

정 선 싸요 밥! 4천 원이면!
현 수 3천 원짜리 먹으려다 오늘은 사치 좀 부려봤어요!
정 선 우리 집 와서 일해요. 어차피 난 식당 나가니까 집이 쭉 비어요 밤까지.
현 수 어머니 가셨어요? 너무 예쁘구 젊어서 놀랐어요. 저하구 언니 동생해두 믿겠어요.

정 선　　우리 집 비밀번호는

현 수　　(O,L) 제가 신세지는 거 안 좋아해서요.

정 선　　갚아요 그럼!

현 수　　뭘루요?

정 선　　테스터! 음식 뭘 좋아해요?

현 수　　국! 엄마랑 같이 살 땐 많이 먹었거든요!

씬34. 정선 현수 밥 먹으며 친해지는 몽타쥬

　　1. 정선 집 안 식탁. 낮.

정선, 모시조개로 끓인 된장국와 오므라이스 현수에게 주는. 정선, 티 뒤집어 입고.

현 수　　(모시조개 떠먹는. 리액션. 눈이 크게 떠지는) 우와!!! 시원하다!

정 선　　머릴 많이 쓰는 사람들한텐 조개가 좋아요.

현 수　　(오므라이스도 먹는) 이것도 맛있어요. 어릴 때 엄마가 해준 거보단 못하지만. 물론 엄마가 해준 음식엔 스토리가 있어서 더 맛있게 느껴지는 걸 거예요.

정 선　　음식에 이야기가 있으니까. 더 맛있게 느껴진다구요?

현 수　　네. 정선 씨두 나중에 자기 식당 갖게 되믄 스토리가 있는 자신의 음식 꼭 하나 넣어요. 대박날 거예요.

정 선　　(보는)

현 수　　(그 눈빛에 압도되며) 저 오늘 밥값 했나요?

정 선　　했어요.

현 수　　그럼 이 오므라이스 나중에 온정선 셰프님 메뉴에 오르나요?

정 선　　아니요!

2. 정선 집 식탁. 낮. 다른 날.

정선, 설렁탕을 내놓는. 깍두기. 정선과 현수, 반말과 존댓말 섞는. 티 뒤집어 입고. 현수,

현 수   (설렁탕 국물 떠먹는. 정선 보지 않고) 옷 뒤집어 입었어요. 전부터 말해주려구 했는데 민망해할까 봐 못 했어.

정 선   일부러 뒤집어 입었는데.

현 수   (호기심 발동) 왜에?

정 선   옷 솔기가 닿는 게 거슬려서!

현 수   진작 말할걸. 괜히 쫄았네. 준하 선배가 (모르지) 대학 선배 있어요. SBC 피딘데. 그 선배가 나보러 말을 너무 돌직구루 한다구 언젠가 짱돌 맞아 죽을 거라구 했거든요.

정 선   나한테 짱돌 맞을까 봐 참았어요?

현 수   네. 아 시원하다 궁금해서 죽을 뻔했네. 패션일지 모른다구 생각하기두 했어. 왜냐면 볼 때마다 뒤집혀 있으니까.

정 선   진작 물어보지 뭘 죽을 뻔할 때까지 참나?

현 수   그러니까! 근데 왜 난 자꾸 정선 씨가 메뉴 개발 목적이 아니라 내가 국 좋아한다니까 만들어주는 느낌이 들까?

정 선   느낌이 잘 맞아?

현 수   아니.

정 선   (부담스러울까 봐) 이번에두 틀렸어!

현 수   매운 거 먹구 싶다.

3. 정선 집 발코니. 밤. 다른 날

밥상엔 매운 닭개장. 밥과 함께. 현수 일단 국물 마셔보는. 소주 1병과 잔 둘. 정선, 있다. 서로 반말. 의식하지 못하는 사이 자연히. 정선, 술 따라 준다.

현 수   너무 맘에 들어. (병 받아 정선에게 따라준다)

정 선   부딪칠까?

현수, 정선 눈 맞추고. 정선, 현수 잔 부딪치는. 마시는. 정선, 닭개장에 고
기를 건져 현수 그릇에 놔주는. 현수, 그 모습 보고.

현 수   이렇게 여자 꼬셔?

정 선   이렇게가 어떤 건데?

현 수   너무 다정하잖아. (하면서 고기 먹는)

정 선   여자한테 다정하지 않아.

현 수   뭐야 그럼! 내가 여자가 아니라서 다정하단 거야?

정 선   여자루 대해줘? (지금도 충분히 여자로 대하고 있지만)

현 수   (마음 들킬까 봐. 두 사람 키스한 이후로 키스에 대해 얘기한 적이 없다)
아니. 난 지금 사랑보단 일이야. 알랭 파사르한테 연락 왔어?

정 선   메일 또 보냈어.

현 수   가면 한 5년 걸린다 그랬지! 그럼 내 나인 몇 살이지? 서른넷이네! 결혼
했을 수두 있겠다.

정 선   (철렁) 가지 말라구 하면 안 갈게.

현 수   푸후! 내가 뭐라구 안 가?

정 선   키스했잖아. (둘 사이에 금기어를 꺼냈다.)

현 수   책임감 없는 키스에 의미 둘 필요 없잖아. 우리 둘 다 그날의 분위기에 취
한 거잖아. 그냥 그렇게 정리했어. 인생에 한 번 정돈 가볍게 돼보는 것두
좋다!

정 선   되게 쿨하시네.

현 수   쿨한 척 하는 거야. 내가 나이가 많으니까 왠지 가이드라인을 제시해줘야
할 거 같은 책임감 들어서.

정 선   척하지 않는 게 매력인데. 매력 떨어졌어 지금.

현 수   다시 주우면 되지 뭐.

정 선   말은 잘한다.

현 수   그래서 좋아?

정 선	어!
현 수	뭐는 싫겠니!
정 선	잘난 척두 하는구나!

핸드폰 E 감정 깨는. 평상에 놓여 있는 정선 핸드폰. 현수 정선, 보면. 발신자 '홍아'

현 수	(의아) 홍아네!
정 선	그러네! (시큰둥)
현 수	안 받아?
정 선	(안 받고) (잔 내밀며) 한 잔 더 줘!
현 수	(홍아의 바람둥이란 말 떠오르며. 술 따라준다)

현수와 정선, 대작하며. (F.O)

씬35. 아르누보 식당 안─낮 (F.I)

홍아, 노트북으로 뉴스 검색하고 있다. 수셰프, 본다. 브레이크 타임이다.

씬36. 동 주방 안 냉장고 안

저녁 서비스 전 사전준비하고 있다. 라인들 오전에 끝내지 못한 준비하고 있다. 각자. 정선, 건조기에 말려놓은 포르치니 버섯을 소금을 넣고 분쇄기로 곱게 간다.

수셰프	야 또 왔다! 아주 재주 좋아! 남자나 여자나 홀리는 데 뭐 있나 부지!
라 인1	디게 이쁘던데.
라 인2	내 타입은 아니에요.

라 인 3   야 없어 보여! 공용타입이야 저 분은! 여신이야 여신!

정 선   (일만)

수셰프   (정선에게) 야! 오늘부터 니가 발주해!

정 선   수셰프님 일이잖아요.

수셰프   셰프님이 내 보조 하랬잖아. 까먹었냐?

정 선   ……

수셰프   꼽냐? (라인들한테) 니들 체크한 거 애한테 얘기해!

라 인 1   컬리플라워랑 성게!

라 인 2   연어 다 써가는데. 캐비어두.

정선, 종이에 체크하면서 받아 적는.

정 선   필요한 양도 말해주세요!

씬37. 현수 집 안 거실/ 박 작가 오피스텔 안

프린터기에서 인쇄된 대본 나오고 있다. 나올 때마다 현수, 한 장씩 한 장
씩 받는다. 다 받았다. 맨 앞장 제목 SBC 단막극 공모작 '레어스테이크를
먹는 남자' 작가 이현수
현수, 겉장 보면서 뿌듯하다. 핸드폰 E 현수, 발신자 보면.
황보경. 경, 옆에 은성 있다.

현 수   (받으며) 어 경아!

경   언니! 작가님이 내일부터 다시 나와달래요.

현 수   어?

경   기다 언니 자기 작품 방송해야 된다구 못 나온대요.

현 수   못해 난. 내가 어떻게 나왔는지 너두 알잖아.

경   (은성 눈치보고, 은성 자신을 바꾸라는) 작가님 바꿔드릴게요.

현 수   아냐.

은 성	현수야!
현 수	네 작가님!
은 성	나와서 좀 도와줘야겠다.
현 수	......
은 성	너 나한테 꽁해 있는 거야? 화나면 무슨 말을 못 하니? 다 내가 너한테 애정이 있어서 얘기한 거야.
현 수	....
은 성	나두 너한테 연락하기 얼마나 힘들었겠니! 근데 너두 알다시피 경인 에피소드가 뭔지두 모르잖아. 말 그대루 막내 일 하는 애잖아.
경	......
은 성	이렇게까지 말하는데 거절할 거야? 너 나 좋아하구 존경했다며? 그거 거짓말이었어?

씬38. 박 작가 오피스텔 안

경, 라면을 끓이고 있다. 수영, 노트북 뭔가 쓰고 있다. 현수, 은성 앞에 있다.

은 성	그동안 뭐 했니?
현 수	공모 준비했어요.
은 성	보여줘. 얘기해줄게. 기다 공모 당선된 거 봤지? 걔 낼 때두 내가 봐줬었어.
현 수	감사합니다!

경, 끓인 라면 갖고 와서 은성 앞에 놓는다. 은성, 라면 한 젓가락 먹고. 현수, 일어나 자신의 노트북 있는 곳으로 가고. 경, 자신의 자리에 앉는데.

은 성	(경에게) 넌 라면 하나두 제대루 못 끓이니? 이게 죽이니 라면이니?
경	소화 잘되게 하려구/ 작가님 요즘 소화 안 돼서 고생하시잖아요. 근데 라면 드신다구 하니까.

은 성   그런 거야? 그런 깊은 뜻이 있었던 거야? 그럼 뭐 하니? 맛이 없어서 먹
         질 못하겠는데.

경   죄송합니다.

은 성   넌 글이 안 느니 어떡하니/ 이런 쓸데없는 데 신경을 쓰니까 그렇지.

현 수   (야단맞는 거 보는 거 불편하다)

정 선   (E) 안녕하세요? 아르누보 온정선이에요.

씬39. 아르누보 주방 일각

         정선, 전화 통화하고 있다. 수셰프, 정선 통화하는 거 듣고 있다.

정 선   발주 오늘부터 제가 넣게 됐어요. 우리 캐비어 30g 1팩 주시구요. 컬리플
         라워 2kg 주세요.

씬40. 아르누보 안

         홍아, 차 마시고 있다. 책 읽고 있다. 에밀리 브론테의 《폭풍의 언덕》.
         정선, 온다. 손엔 디저트 접시.

정 선   (내려놓으며) 넌 종일 뭐하냐?

홍 아   책 읽잖아.

정 선   친구두 없냐?

홍 아   너 있잖아.

정 선   매일 출근하는 거 같다.

홍 아   여기가 편하구 좋아서. 너두 좋잖아. 매상 올려주는데. 그래서 이거 주는
         거잖아.

정 선   내가 주는 게 아니라 셰프님이 갖다 주래. 좋아하신다 아주!

홍 아   (먹는) 몇 시에 끝나?

정 선   왜?

홍 아   넌 뭘 물으면 순순히 대답을 안 하니?

정 선   널 보면 누군가 떠올라서 그런 거 같아.

홍 아   누가 떠오르는데?

씬41. 해경 치과 안—낮

영미, 들어온다. 해경, 스케일링해주고 있다. 환자, 누워 있고. 끝났다. 깔끔한 내부. 그림 몇 점 걸려 있고. 해경, 책상엔 가족사진 놓여 있다. 딸 둘 (고등학생 중학생)과 아내. 화목해 보이는. 해경의 진료하는 사진도. 아내가 찍어준.

해 경   다 됐어요. (의료용 장갑 벗어버리고. 영미 본다. 찾아올 줄은 몰랐다)

환 자   (양치하고 일어나는)

환자, 간호사 따라 나가고. 영미, 들어와 해경 책상에 앉는다.

해 경   (간호사에게) 내가 부를 때까지 오지 마.

간호사   네!

영미, 책상에 있는 가족사진 보고

영 미   가족사진 새로 찍었네. 사이좋은가 봐. 화목해 보여!

해 경   여긴 왜 왔어?

영 미   왜 전화 안 받았어?

해 경   전활 왜 받아? 이미 끝난 사인데!

영 미   자식이 있는데 어떻게 끝나?

해 경   자식 이용해 엉겨 붙는 거 좀 그만해!

영 미   (가족사진 벽에 던져버린다. 박살나고)

해 경	야아!
영 미	왜? 때리게? 때려! 오랜만에 같이 살았던 기분 좀 느껴보게.
해 경	(한숨) 가라!
영 미	니가 가란다구 내가 가? 내가 아직두 너한테 처맞구 울던 유영미루 보이니?
해 경	대체 원하는 게 뭐야?
영 미	왜 나만 때렸어? 왜 이 여잔 안 때려?
해 경	언제까지 이럴 거야?
영 미	전화 받아. 한 번 남편은 영원한 남편이야.
해 경	계좌번호 불러. 그게 니가 원하는 거잖아.
영 미	내가 행복할 때까지 넌 절대루 행복해선 안 돼. (가는)
해 경	(미치고 팔짝 뛸 노릇)

씬42. 아르누보 밖─밤

홍아, 나온다. 정선, 그 뒤에.

정 선	넌 의외루 한군데 진득하니 있다. 놀게 생겨 갖구!
홍 아	(뒤돌아 정선 보며 걷는) 책 보구 집에 있는 거 좋아해. 그러니 글 쓴다 하지! 남들은 내가 외향적인 줄 아는데 사실 내향적이야.

뒤로 걷다 앞으로 걷는 남자랑 부딪치는. 남자, 홍아 부축해주면서 '너무 예뻐요' 레이저 눈빛 쏘며.

홍 아	(뿌리치며) 뭐예요? 내가 댁 보라구 예쁜 줄 알아?
남 자	(황당한) 아 씨!! 내가 뭘 어쨌다구! 지가 먼저 부딪쳐놓구! 예쁜 게 승질만 드러워 갖구!
정 선	(당황한)
홍 아	뭐 성질만 드러워 갖구? 이거 성희롱이야. 좀 전에 쳐다보는 눈빛 얼마나

불쾌했는지 알아?

남 자 　왜 반말이야? (하면서 홍아에게 위협적으로 다가오면서) 누군 성질 없는
　　　　줄 알아?

　　　　정선, 두 사람 사이에 들어온다.

홍 아 　성질 있음 어떡할 건데?

　　　　정선, 홍아의 가슴을 긴 팔을 뻗어 막고. 홍아, 정선의 팔이 보호대가 되어
　　　　주는 느낌. 정선의 손이 홍아의 팔뚝을 잡고. 뭔가 다른 느낌이 오는.

정 선 　(남자에게) 죄송해요. 얘가 지금 좀 예민해서요.
남 자 　(억울한) 아니 예쁜 걸 예쁘다 한 게 죕니까?
정 선 　죄는 아니지만 상대방이 불편하다구 하잖아요. 우리도 과했으니까 이만
　　　　하시죠!(부드러운 제압)
남 자 　아 씨이!
정 선 　제가 저 식당에서 일하는데 한 번 오세요! 맛있는 식사 대접할게요.
남 자 　(정선 맘에 드는. 참자. 홍아에게) 세상 다 가졌네! 남자 친구두 멋있어!
　　　　(가는)
홍 아 　.........
정 선 　넌 왜 그러냐? 왜 지나가는 사람한테 시비야?
홍 아 　눈 아래위루 훑는 거 당하는 거 얼마나 기분 나쁜 줄 알아?
정 선 　기분 나빠두 참아. 사람들 대부분 기분 나쁜 거 참으면서 살아.
홍 아 　피이! 데려다줘.
정 선 　그럴 줄 알구 택시 불렀어. 왔다!

　　　　택시, 오고 있다. 홍아, 정선을 다시 보는. 택시, 정선과 홍아 앞에 서는. 정
　　　　선, 택시 문을 연다.

정 선 　타!

홍아, 타면서 정선을 지나가는. 정선, 홍아를 잘 태워준다. 머리가 부딪칠까 봐 머리를 살짝 누르는. 홍아, 심쿵! 정선, 홍아를 안으로 잘 태운다. 정선, 택시 문 닫는. 택시 떠나는. 정선, 서 있는. 홍아, 택시 안에서 백미러로 정선이 멀어지는 것을 본다.

씬43. 박 작가 작업실 안

현수, 노트북 앞에 있다. 멍하니. 경, 옆에 있다. 자료 찾고 있다.

현 수 안 되겠다. (일어나는)

경 어딜 가?

은 성 (나오며. 손엔 대본 들고 있다. 제목은 아직 안 보이지만 현수의 '레스테이크를 먹는 남자' 다.) 커피 한 잔만 줘라.

경 네.

현 수 작가님! 드릴 말씀이 있습니다.

은 성 해 여기서!

현 수 죄송합니다. 보조 작가 일 못 할 거 같습니다. 이미 올핸 제 글 집중해서 쓸려구 결심해서 작가님 작품에 집중이 안 돼요.

경 (눈치 보는)

은 성 (기막힌. 대본 던지는. 단막극 공모작 이현수 레스테이크를 먹는 남자 제목) 이걸 글이라구 쓰구 잘난 척하는 거야?

현 수 (철렁)

은 성 난 니가 하두 남의 작품 보구 분석을 해대서 잘 쓸 줄 알았어. 근데 이게 뭐니? 캐릭터! 구성! 대사! 어느 것 하나 숙성된 게 없잖아.

현 수 그렇게... 엉망이에요?

은 성 공모 당선이 뉘집 개 이름인 줄 알아? 내가 작년에 SBC 공모 1차 심사 본 거 알지? 1차에서 떨어뜨리는 작품이야 니 작품은!

현 수 (어떡하나. 눈물은 흘리지 말자. 꾹 참는)......

은 성 주제 파악 똑바루 하구 살아. 시건방 떨지 말구!

경   (커피 가져와 놓는)

은 성   (마시는) 왜케 달구 진해?

경   피곤하신 거 같아 2개 넣었어요.

은 성   아후! 진짜 년 어째 제대루 하는 게 없니? 시키는 대로 하면 되지 왜 생각
        을 해?

경   저두 그만두겠습니다.

은 성   뭐?

경   저두 제 생각이 있는데 맨날 혼만 나구 정신병 걸릴 거 같아요. 작가님께
        도움두 못 드리구 더는 못하겠어요. (짐을 싸는 경)

현 수   (의외의 상황에. 슬프다 당황)

은 성   너 갈 데나 있어?

경   고시원 가면 돼요.

은 성   (기막힌) 머리 검은 짐승은 거두는 게 아니라더니! 갈 데 없는 거 재워주
        구 먹여줬더니! (현수에게) 너 애한테 좋은 거 가르쳤다!

현 수   (이 상황 보는. 어떡해야 하나)

은 성   내가 니들 둘은 이 바닥에 발 못 붙이게 할 거야. 그 정도 힘은 나한테 있
        어.

현수·경   ......

씬44. 정선 집 앞 — 밤

        정선, 오고 있다. 집 앞에 누군가 서 있다. 해경이다.

해 경   연락할 방법이 없어서 왔다.

정 선   들어가실래요?

해 경   잠깐 얘기하자 여기서. 느이 엄마 왜 들어왔나?

정 선   들어오면 안 돼요?

해 경   니가 들어올 때 불안했어. 따라 들어올까 봐. 오늘 나한테 와서 한바탕 하
        구 갔어.

정 선	(또).....
해 경	제발 느이 엄마 좀 데리구 다시 나가. 우리 가족 좀 맘 편히 살자!
정 선	(우리 가족?) 제가 뭘 어떻게 하겠어요?
해 경	니 말은 듣잖아. 미친 여자야 느이 엄만!
정 선	누가 그렇게 만들었어요?
해 경	오죽 못났으면 남의 탓이나 하면서 살겠어! 내가 괜히 그랬어? 성질 건드리니까
정 선	(O.L. 단호한) 전 현장에 있던 사람이에요.
해 경	부탁한다!
정 선	......

씬45. 정선 집 안

정선, 샤워하고 나오고. 식탁위에 핸드폰 알림음 E 메일 왔다는. 정선, 확인한다. 메일 왔나. 메일 왔다. 알랭 파사르의 답신이다. 정선, 기다렸던 메일이지만 현실로 잘 안 와닿는다. 알랭 파사르 귀하의 열정에 마음이 움직였습니다. 함께 일해보고 싶습니다. 정선, 기쁨의 미소가 배어나온다.

씬46. 현수 집 안 마당.

현수, 들어와 이층으로 가려는데. 주인, 부른다.

주 인	아가씨! 부동산에서 연락왔어. 집 낼 보러 온대. 곧 나갈 거 같아.
현 수	그게 무슨 말씀이세요?
주 인	동생이 집 내놓는다면서 보증금 빼 달라 하던데.

씬47. 현수 집 안 거실

현이, 예능 보면서 낄낄거리고 있다. 과자 먹으며. 현수, 들어온다.

현 수　집 내놨어?

현 이　어. 언제까지 내 등골 빼먹으면서 살라 그랬어?

현 수　무슨 말이야?

현 이　혼자 살 집 구했어. 보증금 반은 내 거니까 갖구 나갈 거야. 너두 니가 먹
　　　　구 살아.

현 수　(기막힌)

현 이　내가 이렇게라두 해야 정신 차려서 땅에 발 붙이구 살거다 넌!

현 수　.......

씬48. 정선 집 발코니 — 밤

정선, 서 있고. 핸드폰 본다. 현수의 전번이다. 누른다.

씬49. 현수 집 거실/ 정선 발코니

현수, 컴퓨터 모니터 앞에 있다. 글을 쓰려고 하는데. 서럽다. 은성과 동생
의 콜라보 폅박이다. 눈물이 쏟아져 내린다. 소리 내고 싶지만 현이가 들
을까 봐 입을 막으면서 운다. 눈물은 눈으로 쏟아 내리고. 테이블 위에 핸
드폰. 진동 E 발신자 '온정선' 온정선 이름 보자 전화는 받아야 하는데. 감
정은 멈춰주지 않고. 하지만 받는다. 어떻게든 멈춰본다.

현 수　(받는) 어!

정 선　잤어?

현 수　아니!

정 선	근데 목소리가 왜 그래? 울었어?
현 수	(울었냔 말에 더 슬퍼지지만) 아니! 왜 전화했어? 시간 되게 늦었는데.
정 선	당첨됐어 현수 씨가! 나한테 아주 기쁜 일이 생겼는데. 함께 기뻐해줄 사람에!
현 수	(그 와중에 뭔지 알겠다. 기뻐) 알랭 파사르한테 연락 왔구나!
정 선	(활짝 미소) 어!
현 수	축하해!
정 선	지금 만날래?
현 수	안 돼.
정 선	동네잖아. 내가 집 앞으로 갈게. 잠깐 볼 수 있잖아.
현 수	(자신도 모르게 밑바닥에 눌렀던 자신의 나쁜 상황이 감정으로 드러나 나오는) 안 된다니까. 이럴 때 어린 거 티 난다! 막 떼쓰구 그러네.
정 선	(어리다는 거에) 미안해. 그럼 자.
현 수	어 다시 축하해! (하곤 전화 끊고, 계속 운다) (F.O)

씬50. 아르누보 안 (F.I)

정선, 출근한다. 셰프, 테이블에 앉아서 한 달 명세표 보며 정산하고 있다. 셰프, 심각한 표정이 된다. 수셰프 말이 맞다. 정선, 인사하고 지나가려는데. 수셰프, 주방에서 안을 보고 있다.

셰 프	이리 좀 와봐! 니가 이번 달에 발주했었지?
정 선	네! (오는)
셰 프	이거 어떻게 된 건지 설명해봐.

하면서 장부를 보여준다. 보면 7월 31일 명세표에 명시된 캐비어 30g× 2, 8월 7일 30g×2, 그리고 8월 14일, 21일, 28일 모두 똑같이 적혀 있고 30g에 15만 원, 각 날짜마다 30만 원씩이라고 적혀 있다. 그리고 그 옆에 −75라고 적혀 있고 빨간색 강조 표시 동그라미 그려져 있다.

정 선   (자세히 살펴보는데, 뭔가 이상하다.) 이거 이상한데요. 이거 딱 1팩씩만
       주문했어요!

셰 프   발주처에서 온 정산표엔 왜 2개야?

정 선   왜 2개죠?

셰 프   그걸 왜 나한테 물어? 니가 주문해놓구! 내가 너한테 좀 싫은 소리했다구
       이런 거야?

정 선   (기막힌) 제가 물건을 빼돌렸단 건가요?

셰 프   모든 정황이 널 가리키구 있어.

정 선   제가 이곳에 온 건 셰프님에 대한 신뢰 하나였는데. 그게 오늘 깨졌네요.

셰 프   니가 아니란 거야?

정 선   아닙니다 전.

셰 프   그럼 누구야?

정 선   이곳에서 잘 끝내구 싶었습니다.

셰 프   그건 또 무슨 말이야?

정 선   그만 두겠습니다.

셰 프   (기막힌) 뭐? 어떻게 니가? 어떻게 니가 나한테 이럴 수가 있니? 내가 널
       얼마나 아꼈는데!

정 선   그 부분은 감사하게 생각합니다.

셰 프   감사는 감사구 이건 어떻게 책임질래?

정 선   제가 발주한 게 잘못된 거니까. 배상하겠습니다.

셰 프   너 부잣집 아들이란 소문이 맞구나. 그러니까 이렇게 싸가지가 없지!

정 선   인신공격까진 하지 않아야 나중에 다시 만날 수 있지 않을까요?

셰 프   (황당) 하아!!

씬51. 아르누보 앞 — 낮

       정선, 나온다. 크락션 E 정선, 보면. 정우다.

정 우   같이 갈 데가 있는데.

씬52. 정우 집 엘리베이터 밖/ 안

정우와 정선, 탄다. 정우, 맨 꼭대기 층을 누른다. 정선, 있다.

정 선   제일 위층에 사시네요.

정 우   난 맨 꼭대기 층 아님 안 살아요.

씬53. 정우 집 안

가구는 별로 없고. 심플하고 현대적. 아일랜드 주방에 큰 테이블. 식탁으로 쓰기도 하고. 정우, 프라이팬에 오일 파스타 만들고 있다. 왼손으로 프라이팬 전체를 사용해서 밀어서 볶는다. 정선, 집 구경을 한다. 독립유공자 표창장. 국가유공자 증서. 본다.

정 선   조상들이 나랄 위해 일하셨나 봐요.

정 우   조상들! 웃기네. 우리 할아버지! 우리 아버지! 나하구 그리 멀지 않은 관곈데! (팬 밀며) 이거 맞는 거야? (팬 밀며) 이렇게 하는 거?

정 선   맞는 게 없는 거예요.

정 우   온정선 씬 어떻게 해?

정 선   전 좀 다르게 하죠. 다르게 배웠으니까요. (하면서 와서 정우에게 프라이팬을 넘겨받아 잡고 손목 스냅을 이용해 팬 끝 일부를 사용한다)

정 우   (옆에서 보는. 와인 마시며) 식사 예약하려다 관둔단 얘기 듣구 나한테 기회다 싶었어.

정 선   (불 끄고) 뭐든 제가 원하는 걸 줄 수 있어요?

정 우   뭘 원하는데?

정 선   대표님이요!

정 우   (황당. 얘 뭐야)

정 선   (웃는) 느끼한 건 중독이 잘 돼요. 잠깐 중독됐어요.

정 우   아 이런 기분이구나. 내 말 듣는 기분이! (미소)

정 선	지금은 거절입니다.
정 우	형이라구 부를래? 이런 제안은 아무나한테 안 해.
정 선	몇 년 후가 될지 모르겠지만 식당을 차리게 된다면
정 우	……
정 선	형이랑 할게요.
정 우	(포크 주며) 이거 먹어봐. 맛있나. 온정선 셰프한테 평가 좀 받아보자.
정 선	(포크 받아 먹고) 면을 좀 많이 볶았는데요.
정 우	(자신도 먹으며) 내가 좀 많이 볶은 걸 좋아하거든!
정 선	(미소)

씬54. 정선 집 안—밤 (다른 날)

정선, 짐을 정리하고 있다. 원준, 서재 방에서 책을 넣은 박스를 들고 나온다.

원 준	이거 부쳐줘?
정 선	아니! 당분간은 형이 보관해줘.
원 준	알았어. 현수 누난 뭐래?
정 선	지금 상황이 안 좋아. 현수 씨두 현수 씨 인생이 있으니까.
원 준	너 기다려달라구 안 했구나! 넌 진짜 여잘 모른다. 여잔 어떤 상황에서두 사랑이야! 누나 지금 알바 구하러 다니느라 정신없잖아. 이 시점에 니가 기다려달라구 하면 좋아할 거야.
정 선	그건 형이 그 여잘 몰라서 하는 말이야. 사랑보단 일이 더 중요한 여자야.
원 준	물어봤어?
정 선	물어봤어.
원 준	한 번 물어보니까 그렇지! 두 번 물어봐야지. 누나가 너보다 나이두 많은데 넙죽 받겠냐! 넌 애가 그렇게 눈치가 없냐?
정 선	그런 거야?
원 준	그런 거야. 떠나기 전에 연락해봐. 누나가 받나 안 받나?

정 선   전화 안 받는 사람 아냐. 받아서 거절을 하면 했지.

씬55. 카페 앞―낮

현수, 전화하고 있다. 신호음 들리고, 상대방이 받는다.

현 수   안녕하세요? 저 이현순데요. 드릴 말씀이 있어서 전화드렸습니다. 언제 시간 되시나요? 밤 아홉 시 넘어서요? 괜찮아요. 어디서요?

씬56. 운동장―밤

정우, 자동 공 던지기에서 나오는 공을 받아치고 있다. 시원하게 날아가는 공. 현수, 온다.

정 우   미안! 여기까지 오라구 해서.
현 수   괜찮아요. 아쉬운 사람이 우물 파야죠!
정 우   (미소) 뭔 우물을 팔 건데? (하면서 공 날린다)
현 수   (좀 결심하고) 음음.. 전에 말씀하신 제안 받겠습니다. 한 달에 삼백!
정 우   (보는)
현 수   (보니까 쫄아서) 아직 유효하다면요?
정 우   내일부터 출근할 수 있어?
현 수   물론입니다.
정 우   (야구 방망이 주면서) 한번 쳐볼래?
현 수   아뇨! 제가 그럴 기분이 아니라서!
정 우   기분이 아니라두 오너가 시키면 해야 되는 거 아닌가!
현 수   (보는)
정 우   직장이 그런 데잖아. 기분이 드러워두 시키면 해야 되는 곳!
현 수   하겠습니다!

정 우   (야구 방망이 준다)

현수, 폼을 잡고 선다. 공이 온다. 헛스윙이다!

현 수   (또 하고 싶은. 좀 전에 하고 싶지 않다던 사람 어디 갔나) 한 번 더 해보
         면 안 돼요?
정 우   안 돼?
현 수   왜요오? (어쩌다 보니 귀엽다.)
정 우   하구 싶어 하니까!
현 수   (입 삐죽)
정 우   가서 뭐 좀 먹자.
현 수   꼭 먹어야 돼요? 먹기 싫은데.
정 우   (좀 전에 내가 뭐라 했지?)
현 수   아니이.. 시켜서 억지루 하는 거 보면 불편하지 않으세요?
정 우   (가며) 안 불편한데. 하기 싫은데 내가 싫어할까 봐 억지루 하는 거잖아.
         그거 내가 권력이 있어야 가능한 거잖아.
현 수   아아 권력 좋아하시는구나.
정 우   어 좋아해.
현 수   기꺼이 먹겠습니다. 억지루 먹는 게 아니라.

씬57. 이자카야 안

정우, 고로케 먹고 있다. 현수, 나가사키 짬뽕 덜어 먹고 있다.

현 수   대표님 어린애 취향이시네요.
정 우   어릴 때 어머니가 잘 만들어주셨거든. 엄마 보구 싶을 땐.
현 수   보구 싶음 보러 가심 되잖아요.
정 우   (보는. 보고 싶어 볼 수 있음 뭐가 문제겠니)
현 수   (알겠다.) 죄송해요. 또 질문 레벨이 떨어졌네요. 어머닌 돌아가셨어요?

정 우   어!

현 수   몇 살 때요?

하는데 핸드폰 E 현수, 핸드폰 본다. 발신자 '온정선' 현수, 정우를 본다.
허락 맡고 받아야 할 거 같아서. 정우, 본다.

현 수   안 받을게요.

정 우   받구 싶어?

현 수   (어떻게 대답을 해야 할까?)........

씬58. 인천 공항 안

영미, 우아하게 앉아 있고. 한편에 정선, 전화하고 있다. 신호음 떨어지고
있다.

정우, 현수 보고 있고. 정선, 핸드폰 들고 있는 한 화면.

4부

07

난 사랑이 시시해

08

왜 후회하고 아팠어?

씬1. 정선 발코니/ 현수 집 거실 (3부 씬49)

정선, 현수와 전화 통화하고 있다.

정 선 당첨됐어 현수 씨가! 나한테 아주 기쁜 일이 생겼는데. 함께 기뻐해줄 사람에!

현 수 (그 와중에 뭔지 알겠다. 기뻐) 알랭 파사르한테 연락 왔구나!

정 선 (활짝 미소) 어!

현 수 축하해!

정 선 지금 만날래?

현 수 안 돼.

정 선 동네잖아. 내가 집 앞으로 갈게. 잠깐 볼 수 있잖아.

현 수 (자신도 모르게 밑바닥에 눌렀던 자신의 나쁜 상황이 감정으로 드러나 나오는) 안 된다니까. 이럴 때 어린 거 티 난다! 막 떼쓰구 그러네.

정 선 (어리다는 거에) 미안해. 그럼 자.

정선, 현수의 반응에 포기할 수 없다. 현수를 만나러 움직인다. 나간다.

씬2. 현수 집 앞—밤

정선, 현수 집 앞에 서 있다. 현수, 나온다. 정선, 손 흔드는. 현수, 어이없는.

정 선   어리다구 놀리믄 안 올 줄 알았지!

현 수   (어이없는 웃음. 왠지 싫지 않다)

정 선   왜 울었어?

현 수   알았어?

정 선   어! 나두 그렇게 운 적 있거든.

현 수   남자는 인생에 딱 세 번 우는 거래. 부모님 돌아가셨을 때 한 번!

정 선   (현수가 했던 말 그대로 O.L) 남자나 여자나 슬프면 우는 거지 왜 슬픔에
        차별을 둬? 그건 구시대적 발상이구

현 수   (O.L) 알어알어알어 우리 아빠 잘 울어서 나두 안다구! 근데 심술부리구
        싶었어!

정 선   왜?

현 수   몰라.

정 선   내가 슬플 때 어떻게 했는지 가르쳐줄까?

씬3. 남산 둘레 길/ 석호정/ 남산 국립공원 앞

정선, 뛰고 있다. 그 뒤에 현수, 뛰고 있다. 정선, 속도를 늦춘다. 현수와 맞
추기 위해. 현수, 정선의 속도보다 빨리 뛰어서 정선 옆에 와서 선다. 두
사람 눈빛 서로 교환하고, 함께 뛴다. 현수, 오늘 무슨 일이 있었는지 잊었
다. 이래서 사람들이 운동을 하나. 뛰면서 뭔가 새로 각오가 다져지는 느
낌이다. 정선, 숨 고르기 하면서 뛴다.

씬4. 남산 국립공원 앞

정선, 다 뛰고 스트레칭 중이다. 현수, 스트레칭 안 하고 숨 고르기만.

정 선   스트레칭해야 돼. 안 그럼 근육통으루 낼 못 일어나.

현 수   은근 잔소리!! (정선, 말대로 스트레칭)

정 선	그러구 따라 하는 건 뭐니!
현 수	(웃는) 그러게!!

점프 짧은 O.L 시간 경과

정선과 현수, 청량음료 마시면서 바람을 맞는

정 선	기다려줄래?
현 수	(보는. 이건 무슨 말이지)
정 선	알랭 파사르 메일 받구 젤 먼저 현수 씨 얼굴이 떠올랐어. 어떻게 해야 하나.
현 수	요즘 내가 꽂혀 있는 노래 있는데 들어볼래? (핸드폰에서 노래 찾는다) 에이미 와인하우스 알아?
정 선	(왜 딴소리) 알아. 27살에 약물 중독으루 요절한 영국 싱어송라이터!
현 수	난 천재라구 생각해 그 여자!

점프 시간 경과

에이미 와인하우스의 '백 투 블랙(Back to Black)' 흘러나오고. 현수, 노래에 맞춰 걷는. 핸드폰 들고. 넓은 광장을. 그 옆에 정선. 함께 걷는. 걷거나 앉거나. 상황에 맞춰.

현 수	드라마 작법 수업 들을 때 선생님이 그랬어. 남녀 간의 사랑은 헤어지자, 그럴 때부터 드라마 시작이라구.
정 선	.....
현 수	이 가사 있잖아. We only said good-bye with words. 무슨 뜻인지 알아?
정 선	듣구 금방 해석할 정돈 안 돼 영어 실력.
현 수	우린 말로만 이별을 했을 뿐이야.
정 선	(근데).......
현 수	어떻게 말로만 이별을 할 수 있어? 끝이라구 하면 끝이었어 지금까지 내

연애.

정 선 ....

현 수 난 사랑이 시시해. 우리 엄마 아빠 결혼한 지 30년이 넘었는데 지금까지 사랑해. 두 사람 보면 별거 없어. 그 별거 없는 사랑에 청춘의 중요한 시길 써버리면 안 되잖아.

정 선 시시한 거구나 현수 씨한테 사랑은.

현 수 오늘 울었어 정선 씨 말대루. 또 내 꿈이 현실에 부딪쳤어. 오늘은 강도가 훨씬 쎄.

정 선 어렵다 이현수 씨는.

현 수 어려워 난. 온정선 씨는 쉽나?

정 선 난 다른 쪽으루 어렵지.

현 수 미안해.

정 선 아냐 기다려달란 말에 대한 대답 충분히 알아듣게 했어.

씬5. 인천공항 밖—다른 날. 노을

3부 씬57 앞 연결. 원준의 차 와서 선다. 차 트렁크 열리고. 정선, 내린다. 원준, 내린다. 정선, 차 트렁크로 가서 짐을 꺼낸다. 원준, 와서 도와주며.

원 준 주차하구 따라갈게.

정 선 고마워 형. 내려만 줘도 되는데.

원 준 고객 감동 서비스! 하나 더 한다. 핸드폰 줘. 내가 해지해줄게.

정 선 통화 하나만 하구!

씬6. 이자카야 안—밤

3부 씬57 연결

정우, 고로케 먹고 있다. 현수, 나가사키 짬뽕 덜어 먹고 있다.

현 수	대표님 어린애 취향이시네요.
정 우	어릴 때 어머니가 잘 만들어주셨거든. 엄마 보구 싶을 땐.
현 수	보구 싶음 보러 가심 되잖아요.
정 우	(보는. 보고 싶어 볼 수 있음 뭐가 문제겠니)
현 수	(알겠다.) 죄송해요. 또 질문 레벨이 떨어졌네요. 어머닌 돌아가셨어요?
정 우	어!
현 수	몇 살 때요?

하는데 핸드폰 E 현수, 핸드폰 본다. 발신자 '온정선' 현수, 정우를 본다.
허락 맡고 받아야 할 거 같아서. 정우, 본다.

현 수	안 받을게요.
정 우	받구 싶어?
현 수	(어떻게 대답을 해야 할까?)........
정 우	......
현 수	안 받을게요. 이따 하면 돼요. (전화를 받지 않는다)

씬7. 인천 공항 안

영미, 우아하게 앉아 있고. 한편에 정선, 전화하고 있다. 신호음 소리. 전화
를 받지 않는다는 안내음이다. 원준, 온다. 정선, 핸드폰을 원준에게 준다.

정 선	휴가 때 놀러와.
영 미	(오는) 정선아 이제 들어가자. 면세점에서 볼 거 있어. 보기만 할 거야. 안 사구.
정 선	(퍽도 그러시겠다) 알았어. 형! 그럼 우리 가요.
원 준	그래! 연락하자!

정선, 영미와 함께 게이트로 가고. 원준. 있고.

씬8. 버스 안—밤/ 비행기 안

현수, 집에 가는 길이다. 고단한 하루였다. 핸드폰에서 정선 번호 찾아 통화 버튼 누른다. 전원이 꺼져 있다는 안내음 들린다. 창문으로 들어오는 바람에 마음을 맡기며.

비행기 안. 이코노믹 좌석. 거의 다 자고. 정선, 불 켜고 책 보고 있다.《태백산맥》. 영미, 안대 하고 자고 있다. 두 사람 한 화면에 들어오면서.

타이틀 오른다. (F.O)

씬9. 정우 사무실 밖—아침 (F.I)

현수, 들어온다. 활기차게. 앉아 있는 사람들에게 목례하면서 들어온다. 위층 정우 사무실에서 정우 컴퓨터에 앉아 있는 모습 보인다. 현수, 정우 사무실로 올라간다.

씬10. 정우 사무실 안

정우, 컴퓨터에 앉아 있다. 현수, 들어온다. 소파 테이블 위엔《미생》,《치즈인더트랩》, 김언수《설계자들》, 정세랑《지구에서 한아뿐》, 장강명《표백》, 정유정《7년의 밤》《내 인생의 스프링캠프》, 구병모《아가미》있다.

정 우   (앉아서) 거기 있는 책들 검토해. 판권 사야 될지 말지 결정해야 돼. 판단 잘해.

현 수   네.

정 우   (인터폰 누르고. 비서에게) 새로 온 기획 작가 이현수 씨! 자리 안내해줘요.

현 수   (책을 든다. 다 들려고 한다. 손에 다 들려지지가 않는다.)

정 우   이미 판권 산 책들 중에 본인이 잘 쓸 수 있는 거 골라 시놉시스 작성해서 줘.

현 수   네! (그래도 다 올려들다가 다 무너뜨린다)

정 우   (보는. 오는)

현 수   (겸연쩍은 미소. 다시 들려고 드는)

정 우   설마 내가 지금 그걸 들고 가라구 하겠어?

현 수   그럼요?

정 우   자리에 가 있음 갖다 주라고 할게.

현 수   쇼핑백 같은 거 있음 담아서 들면 되는데.. 들 수 있습니다!

정 우   그래 그럼!

씬11. 동 사무실 안 현수 자리

비서, 현수를 현수 자리로 안내하고. 현수, 손엔 책을 담은 쇼핑백.

비 서   여기예요!

현 수   고맙습니다.

현수, 쇼핑백 책상 위에 올려놓는다. 한숨 돌린다. 위를 본다. 정우가 내려다보고 있다. 현수 정우와 눈이 마주친다. 목례. 정우, 받는.

씬12. 정우 회사 로비—낮

홍아, 현수를 기다리고 있다. 현수, 나오는. 홍아, 손 흔드는. 홍아, 손엔 샌드위치 들고 있다.

현 수   왜 왔어? 공모 준비하느라 바쁠 텐데!

홍 아   다 썼어 난. 미닐 단막으루 줄였거든. 이미 냈어. 내일이 마감이잖아.

현 수   좋겠다!

홍 아	이거 먹어! 나올 시간 없다구 해서 사왔다! 근데 언닌 요즘 인덕이 없나 봐.

정우, 나오는. 정우도 현수 봤다.

홍 아	계속 악덕 상전들을 만나네. 뭔 일을 그렇게 많이 시켜서 나와서 밥 먹을 시간두 없니!
현 수	(정우 보고 홍아에게 눈 찡긋) 하지 마!
홍 아	왜 말을 못 하게 해? 나한테두 언론출판 집회결사의 자유가 있어!

정우, 현수와 홍아 앞에 왔다.

현 수	(정우에게 미소 띠며) 음!!
홍 아	(정우 본다)
현 수	(홍아에게) 우리 대표님이셔! (정우에게) 후배예요. 드라마 공부하면서 만난.
홍 아	(밝고 건강하게) 안녕하세요? 대표님이 되게 젊으시네요 잘생기시구!
현 수	(말리며) 아아!
정 우	(목례) 그럼 전 (가려는)
홍 아	점심 사주세요!
현 수	(황당. 얘가 왜 이러나) 야아!
정 우	(보는) 선약이 있어서요. 기회가 되면 다음에 하죠! (가는)
홍 아	네에!
현 수	야 너 왜 그랬어?
홍 아	어떤 남잔지 시험해봤어. 언니 좋아하는 거 같아서. 난 언니가 좋은 남자 만나길 바라거든.
현 수	(O.L) 전혀 아니거든. 나 안 좋아해. 좋아하는데 괴롭히니?
홍 아	괴롭히긴 일자리 주구. 것두 파격적인 제의루. 언닌 왜케 눈치가 없니? 백 퍼 좋아하는 거야.
현 수	(O.L) 백퍼 아니거든!

홍 아   저 남자 잡아! 목표 외엔 아무것두 안 보는 남자야. 시시껄렁한 남자면 아까 내가 끼부렸을 때 딱 물었다구!

현 수   어이구 잘났다! 내가 지금 남자 타령할 때니? 먹구사는 문제로만 머리가 아프다구! 너와 난 상황이 다르다구!

씬13. 정우 회사 현수 자리 ─낮

현수, 샌드위치를 먹으면서 구병모의 《아가미》 읽고 있다. 직원들 있고.

씬14. 정우 회사 현수 자리 ─다른 날 밤

다들 퇴근했다. 사장실에 정우만 있다. 현수, 컴퓨터 켜져 있고. USB 꽂혀 있다. 화면엔 SBC 단막극 공모 응모 페이지다. '레어스테이크를 먹는 남자' 파일 첨부하고. 응모 완료를 누른다. 응모됐다는 메시지 뜬다.

현 수   미션 클리어! (왠지 클리어 하지 못한 느낌이다. 정선인 뭐 하나. 그날 밤 이후로 계속 정선이 걸린다. 정선 때문에 맘이 약해질까 봐 공모전까진 자신을 몰아붙였다. 핸드폰을 꺼내 정선 번호를 찾아 누른다. 안내음 나온다. 없는 국번이라는) 이상하다! 왜 없는 국번이지? (설마 벌써 떠났어? 아님 그날 밤 전화 안 받아서 삐쳤나)

정우, 컴퓨터 모니터 보고 있다. 현수, 의자에 등을 기댄다. 정우가 눈에 들어온다. 정우, 핸드폰으로 전화 거는.

현 수   워커홀릭이시네!

핸드폰 E 발신자 '박정우'

현 수	(발신자 보고 놀라) 들었나! (받는) 네 대표님!
정 우	왜 아직 퇴근 안 해?
현 수	지금 할 거예요. (USB 뺀다. 일어선다)
정 우	잘 가요! (전화 끊는)
현 수	갑자기 웬 존댓말!

씬15. 정선 집 앞―다른 날 노을

현수, 와 있다. 현수, 정선 방 이층을 올려다본다.

현 수	내가 빚지곤 못 사는 성격이라 이러는 거야. (괜한 변명) 니가 여러 번 우리 집 앞으루 왔으니까 나도 한 번은 와야 되잖아.

현수, 벨을 누른다.

남 자	(안에서 F) 누구세요?
현 수	(누구지?) 온정선 씨 계신가요?
남 자	전에 살던 사람 찾으시면 아래층 주인한테 물어보세요. (끊는)
현 수	(정선이 없다)........ (없구나)

씬16. 현수 집 안―밤

현이 짐 싸고 있다. 현수, 들어온다.

현 이	낼 이사 가야 되는데 짐 안 싸구 뭐해?
현 수	(대답도 안 하고. 소파에 눕는다)
현 이	취직됐다구 살판났구나. 계약직이 언제까지 갈 거 같아?
현 수	(벌떡 일어나며. 정선에게 하는 말이다) 어떻게 나한테 이럴 수 있어? 어

떻게 이렇게 사라져버릴 수 있냐구?

현 이   이젠 아예 미쳤구나! 그래 미쳐라! 미쳐야 살지 어떻게 살겠냐!

현 수   (현이 말 들리지 않고)

          (flash back 씬4. 정선, 기다려줄래?)

현 수   (소리 지르는)

현 이   왜 그래 진짜?

          (flash back 씬4. 현수, 난 사랑이 시시해.)

현 수   (눈물 또르르)

씬17. 정우 회사 현수 자리 (계절이 바뀐. 두꺼운 옷. 11월 말.) ―또 다른 날 밤

다들 퇴근했다. 사장실에 정우만. 현수가 써온 리포트 들고 현수 내려 다보고 있다. 현수는 그 시선 모르고. 현수, 컴퓨터 자판을 치고 있다. selling point 1. 평범한 사람들의 평범한 이야기. 공감을 불러일으켜 감 동 선사. 2. 회사에서 연애하는 드라마가 아닌 회사에서 일하는 사람들의 고민과 희로애락을 보여주는 진짜 오피스 드라마. 3. 무조건 사야 합니다. 판권. 현수, 눈이 뻑뻑하다. 인공눈물 넣는다. 너무 피곤하다. 눈 감았다.

정 우   다 읽었어. 꼼꼼히 잘 썼어. (리포트 내민다)

현 수   미생 쓰고 있는 중인데 빨리 써서 드릴게요.

정 우   그건 쓸 필요 없어. 이미 다른 데서 판권 샀어.

현 수   아 네에. (아쉬운)

정 우   밤에 회사에 늦게까지 남아서 일하는 거 하지 마. 전기세 많이 나와.

현 수   대표님두 늦게까지 일하시잖아요.

정 우   내가 쓰구 내가 내잖아.

현 수   아 네에!

정 우   밥 먹을래?

현 수   (어떻게 해야 되지) 안 먹을래요 아니 기꺼이 먹을게요.

정 우	그래 그럼 가자!
현 수	(안 가려고) 기꺼이 먹는다니까요!
정 우	그러니까 먹자구! 어디서 잔머리야? 내가 억지루 시키는 거 좋아한다니 까 머리 쓴 거야?
현 수	(미소) 네!
정 우	단순히 먹기 싫다 1번. 상대가 맘에 안 들어 먹기 싫다 2번. 몇 번이야?
현 수	1번!
정 우	정리 잘하구 들어가 그럼.
현 수	밥 먹구 싶어졌어요.
정 우	(어이없어 보는)
현 수	제가 좀 그래요. 이랬다 저랬다!
정 우	(미소)

씬18. 설렁탕 집 — 밤

현수, 설렁탕 앞에 놓고. 정우도.

현 수	와 맛있겠다! (하면서 국물 뜨고 먹는데) (flash back 3부 씬34-2. 정선, 설렁탕 내놓는)
현 수	(국을 넘기고. 씁쓸)
정 우	맛이 없어?
현 수	아뇨! 맛있어요. (하면서 한 술 뜨는데 그 위로 소리 E)
현 수	(E) 근데 왜 난 자꾸 정선 씨가 메뉴 개발 목적이 아니라 내가 국 좋아한 다니까 만들어주는 느낌이 들까?
현 수	(수저 내리는)
정 우	(뭔가 있다) 왜 그래? (flash back 3부 씬34-2. 정선, 느낌이 잘 맞아?)
현 수	아니에요. 못 먹겠어요.
정 우	(보는)

(flash back 3부 씬34-2. 현수, 아니)

현 수   왔다 갔다 해요 제가! 드세요 대표님!

정 우   .....(먹는)

(flash back 3부 씬34-2. 정선, 이번에두 틀렸어!)

현 수   매운 거 먹구 싶다.

정 우   뭐?

현 수   아니에요. (어색한 것 피하려 물 마시는)

씬19. 정우 집 다른 날—밤

정우, 소파에 누워 있다. 와이셔츠 입은 채로. 단추 몇 개 풀러져 있는. 재킷은 테이블에 걸쳐져 있고. 비밀번호 누르는 소리 나고, 문 열리고 준하 들어온다.

준 하   형! 나 왔어! 이 근처서 촬영 끝났거든. 잘 거야 여기서!

정 우   냉장고에서 캔맥주 하나 갖구 와!

준 하   아아씨! 지금까지 감독 수발들다 온 사람한테 아주 잘하는 짓이다!

정 우   싫어?

준 하   아니이! (냉장고에서 캔맥주 두 개 꺼내 가져온다) 좋지! 형 수발든다는 것 자체가 영광이지 나한테!

정 우   ....

준 하   (와서 캔 따고 정우의 자태 쭉 훑으며) 섹시해! 형은 퇴폐미가 있어!

정 우   (일어나며) 미친놈!

준 하   (캔 주며) 미친놈이라구 해두 좋아 형이니까!

정 우   (어이없는 마시는.)

준 하   (같이 마시며) 현순 잘 있나?

정 우   잘 있지 그럼!

준 하   애 괜찮지?

정 우   아니. 아주 좋아!

준 하	그건 뭔 뜻?
정 우	좋아해.
준 하	현수두 알아?
정 우	이제 알게 되겠지! 고백할 거니까! (일어나는. 한쪽 기지개 피며 창 쪽으로 가는)
준 하	(먹다가 켁켁 대는) 혀어엉! 순간 끌리는 감정이면 내비둬. 걔 진지한 애야. 형 타입 아니라구!
정 우	(창가에서 준하 보며) 내가 순간 끌리는 감정으루 여자한테 고백할 거 같냐?
준 하	아니지 형은 철저한 비즈니스맨이니까 그렇지 않지!
정 우	(창가 보며) 계속 지켜봤어. 관찰은 끝났다구! 내 여자야! (F.O)

씬20. 현수 원룸—아침 (F.I)

현수, 소파 침대에서 자고 있다. 핸드폰 E 발신자 02-000-0000

현 수	(받으며. 잠결에) 여보세요? 네 제가 이현순데요. SBC라구요? (정신 차리는) 네?
담당자	(F) 이현수 씨가 이번 단막극 공모에 당선되셨다구요!
현 수	(일어나는) 아 그래요?
담당자	시상식은 12월 15일에 있을 예정입니다. 변동 사항 있음 다시 연락드리겠습니다.
현 수	(의외로 담담한) 감사합니다. (끊는) (이게 뭐지. 왜 이렇게 아무렇지도 않지. 이상하다. 무지 기뻐서 날뛰어야 되는 거 아닌가. 원하는 것을 얻었는데 왜 이러지)

씬21. 잠실 롯데 타워 엘리베이터 안 ─ 밤

정우, 타고 있다.

씬22. 동 로비/ 홍아 집 방

현수, 들어오고 있다. 핸드폰 E 발신자 '홍아'

현 수   (받으며) 어 홍아야!
홍 아   언니 들었어? 오늘 공모 당선자들한테 연락 왔대!
현 수   (어떻게 말해야 할지) 어.
홍 아   알았어? 언니두! 우린 어떡하냐! 아니 난 괜찮지만 언니 어떡하니? 난 나
         이라두 어리지!
현 수   ...연락 받았어.
홍 아   연락.. 받았어? 그럼 언니 당선된 거야?
현 수   (기쁨) 어!
홍 아   그걸 왜 인제 말해? 사람 무안하게! 첨에 말했어야지!
현 수   미안. 말하려 했는데 니가 어떻게 된지 모르구
홍 아   (O.L) 난 괜찮다구 했잖아. 아직 어린데 뭐. 언니 축하해! 한 턱 크게 쏴!
         지금 어디야?
현 수   대표님이 만나자구 해서 가는 중이야.
홍 아   인기 좋다 언니! 난 지금 집인데. 일찍 끝남 전화해. 늦더라두.
현 수   알았어. (시계 보고 엘리베이터를 향해 뛰는)

씬23. 잠실 롯데 타워

정우, 있다. 사람들 별로 없다. 끝 시간이다. 정우, 창밖을 보고 있다.
현수, 온다. 정우를 보고 조심스레 온다. 현수, 정우 옆에 선다.

정우, 현수를 본다.

현 수 　늦지 않았어요. 대표님이 일찍 오신 거예요.

정 우 　........

현 수 　하실 말씀이 뭔데 이곳으루 부르신 거예요?

정 우 　(농담조로) 난 높은 빌딩 성애자야!

현 수 　네?

정 우 　높은 곳에서 아랠 내려다보는 걸 좋아해.

현 수 　(같이 보는)

정 우 　우리 아버진 실패한 사업가였어. 실패의 대가루 젤 먼저 엄말 잃으셨지. 그 담엔 병을 얻구. 아들인 내가 자신의 인생을 닮을까 봐 두려워하셨어.

현 수 　.........

정 우 　전 재산을 털어 나한테 주면서 미국으루 가라구 했어. 큰물이 큰 사람을 만들 수 있다면서!

현 수 　........

정 우 　난 성공했구 돈을 무지 벌었지만 아버진 안 계셔. 내 성공을 못 보구 돌아가셨어. 이순신 장군두 아닌데 자신의 죽음을 자식인 나에게 알리지 말라구 하셨대.

현 수 　.......

정 우 　가족을 만들구 싶어. 이제 나한테 가족은 선택이야. 너하구라면 즐겁게 살 수 있을 거 같아.

현 수 　(보는. 감정이 오르는)

정 우 　왜 그래? 내 얘기가 그렇게 슬펐어?

현 수 　(눈물 흘리는)

정 우 　너 감정 이입 엄청 잘하는구나.

현 수 　(눈물 닦으며) 공모 당선됐어요. 오늘 연락 왔어요.

정 우 　축하해! 잘했다! 언제 공모했어?

현 수 　근데요. 기쁘질 않아요. 굉장히 원하던 일인데. 평생 이거 하나만 목표루 달려왔는데 기쁘질 않아요.

정 우 　(왜 그러지?)

현 수	사랑하는 남자가 있어요. 그걸 너무 늦게 알았어요. 사랑하는 게 이런 건지 그 남자가 사라져버리니까 알았어요. 그 남자가 내 인생에
정 우	(O.L) 너 지금 나한테 무슨 짓을 하구 있는지 알아?
현 수	기다려달라구 했는데! 전화했었는데 그때 대표님하구 있느라 전화두 못 받구 그게 마지막 전화였는데... 받았어야 했는데.... 받았어야 했어요. 그 남자 이제 어디 가서 만나요?
정 우	(어이없는. 고백하는 날 다른 남잘 사랑한단 고백 듣고 있는 자신이. 어이없는 웃음)

현수는 울고, 정우는 웃고. 정우, 현수의 어깨를 감싸준다. (F.O)

씬24. 백화점 가전제품 매장 (현실. 1부 씬5) ─ 낮 (F.I)

5년 후 자막
정선, 웍에 해물볶음면이 거의 완성되고 있다. 불고기 양념과 굴 소스를 넣는다.

정 선	사실 전 간편하고 간단한 요리 별로 안 좋아하는데요. 오늘은 특별히
현 수	(E) 찍지 마세요!
정 선	(이건 또 뭔가 보면)
현 수	(사람들 헤치고 들어온다. 촬영장 조명 온몸으로 받으며) 찍지 마세요 이거! 이건 제 대본 아니에요!
민 감독	(성질나는. 카메라 보다가 나가는) 뭐야 저 또라이!
정 선	(현수를 보고. 그녀다. 그녀가 왔다. 여기 왜 왔지?. 작가는 촬영장에 오지 않는다고 하던데. 당황스럽다. 아는 척을 해야 하나 마나. 계속 현수를 주시한다)
조연출	(현수에게 달려와서) 작가님! 여기서 이러심 안 돼요.
현 수	제가 작가긴 해요? 어떻게 이럴 수 있어요?
민 감독	(버럭. E. O.L) 어떻게 이럴 수 있어??!!! (성질내며 오며) 이 작가야말루

어떻게 이럴 수 있어?

현 수   (감독이다. 사즉생! 생즉사!)

민 감독   이렇게 신인 티 낼래요? 입봉 티 낼래요? 이러니까 신인 작가들하곤 하는
         게 아닌데 내가 미쳤지!

현 수   (O.L) 제가 미쳤죠! 입봉 해볼려는 욕심에 감독님 평판/ 귀 닫았어요. 딴
         작가들 대본은 고치지만 나한텐 안 그렇겠지 했어요.

민 감독   (O.L) 고치지 않게 대본을 잘 써요 그럼. 시청률 나오게. 그나마 내가 손
         대서 시청률 십 프로라도 나오는 거야.

현 수   제가 쓴 대로 찍어두 십 프로 나와요.

민 감독   (O.L) 아 진짜 말이 안 통하는구만!

현 수   제 작품 그렇게 맘에 안 드시면 그만 찍으심 되잖아요.

민 감독   지금 날 까겠단 거야?

현 수   (답답) 제가 어떻게 감독님을 까요? 진짜 말 안 통한다.

민 감독   누가 할 소릴! (스텝과 배우들 가리키며) 50명 넘는 스텝하구 배우들 있
         어. 물어봐. 한 사람이라두 이 작가가 맞다구 생각하는 사람이 있는지.

         현수, 스텝들 본다. 민 감독도. 갑자기 자신들에게 시선이 오자 곤란한 스
         텝들과 배우들. 신하림. 딴짓하는. 그중에 정선 있다. 정선, 현수와 민 감
         독을 보고 있다. 현수는 정선을 못 봤다. 정말 내가 한 행동이 함께 일하
         는 동료들에게 한 표도 지지받지 못하는 일인가.

민 감독   (기세등등) 자 봐봐! 한 사람두 없잖아. 이제 나가 여기서! 우리 일 좀 하
         자구! 한심하다 진짜 내가! 중2병 감성 가진 작가 대본 갖구 일해야 되는
         내가!

현 수   (사람들 본다. 아 진짜. 끝까지 간다) 정말 아무도 없어요?

민 감독   (O.L) 없다니까 뭘 물어!

현 수   ...알겠습니다. 오늘 제가 한 행동에 대한 책임은 지겠습니다.

민 감독   괜찮아 술 취해서 한 행동에 뭘 일일이 책임져!

현 수   (버럭) 감독님!!

정 선   있습니다!

현수, 민 감독과 소리 나는 쪽 보면.

정 선 (한쪽 손 들고) 있어요 저!

정선, 현수에게로 다가온다. 현수, 그제야 정선을 본다. 그가 왜 여기 있지. 이게 뭐지. 아니다. 그가 아니다. 그가 여기 있을 리가 없다. 아니다 분명 그다. 뭔가 잘못된 같다. 잘못돼도 많이 잘못됐다.

민 감독 뭐야 당신은 우리 스텝 아니잖아!
정 선 스텝입니다 오늘은!

현수, 정선하고 만나선 안 된다. 아니 지금 이 자리에선 만나선 안 된다. 내가 원한 그림이 아니다. 뒷걸음질 친다. 정선, 현수의 태도를 보고 자신이 당황하게 한 거 같아 진정시켜 주려고 하는데. 현수, 달린다. 정선을 남겨둔 채. 정선, 현수를 따라간다. 현수, 뛰고 있다. 그 뒤를 따라 뛰는 정선을 뒤로 한 채. 정선, 현수 뒤를 쫓고 있다.

씬25. 백화점 일각

현수, 뛰는. 뒤쫓는 정선. 정선, 뛰어가는 현수 보며 저러다 넘어지겠다. 쫓아가지 말아야겠다. 선다. 현수, 뛰어가는.

정 선 안 쫓아가 뛰지 마!
현 수 (들었는지 못 들었는지 뛰는)
정 선 그러다 넘어진다구! (혼잣말) 잘 넘어지면서!
현 수 (뛰는)
정 선 (N) 작가는 촬영장에 나오지 않는다고 했다. 예상을 깨고 등판하신 애인도 있고 작가도 된 이현수 씨! (씬25까지)

씬26. 백화점 다른 일각

현수, 뛰다가 멈춘다. 뒤를 본다. 정선 없다. 헉헉대는.

경   (뒤에서 잡는 E) 언니이!
현 수   아 깜짝이야!
홍 아   기다리다가 올라왔어. 진짜 촬영장 갔었어?
현 수   ....
경   결국 저지른 거야?
현 수   지금 그게 문제가 아냐!
경   그럼 뭐가 문젠데?

씬27. 백화점 일각

정선, 입고 있는 앞치마를 벗고.

스 텝   (오는) 셰프님 여기 계심 어떡해요? 촬영 시작한대요.
정 선   안 해.
스 텝   네?
정 선   작가가 동의하지두 않은 씬 촬영 안 해 나두. (앞치마 스텝에게 주는)
스 텝   그러심 안 돼요. 대표님 화내요.
정 우   (E) 감독님 지금 가고 있어요. 잠깐 기다리세요.

씬28. 백화점 입구

정우 차, 들어온다. 운전기사 있고. 뒷좌석에 앉아 있는 정우. 정우 차 선다.

정 우   (전화 통화하고 있는) 지금 왔어요. 올라갑니다. (문 열고 내리는)

씬29. 백화점 가전제품 매장

매장엔 촬영 팀 철수하고 있다. 민 감독, 있다. 정우, 왔다. 정우 옆에 스텝.

정 우   감독님! 지금 이렇게 접으면 어떡합니까?

민 감독   누군 접구 싶어 접어요? 신하림이 이런 개판에서 촬영 못 하겠다구 갔어요.

정 우   제가 데려올게요.

민 감독   데려올 수 있음 데려와 봐요 그럼. 나두 짜증나니까. 어떻게 작가가 현장에 와서 깽판을 치니까 깽판을 치길!

정 우   그러니까 바꿔서 찍지 않음 되잖아요.

민 감독   지금 작가 편드는 거예요?

정 우   바꿔 찍음 찍는다구 미리 얘길 해주시던가! 매번 이게 뭡니까? 첩보 영화 찍는 것두 아니구!

민 감독   당신 뭐야? 당신 제작사 대표 맞아? 드라마 제작 하겠단 거야 말겠단 거야?

정 우   우리 예의는 지키죠!

민 감독   신인 작가가 뭘 믿구 배짱이 두둑한가 했더니 대표 믿구 까불었구만!

정 우   감독님!!

민 감독   아 몰라! 시발(묵음) 나두 안 찍어! (가는)

정 우   ....

씬30. 굿스프 테라스─노을

정선, 비트와 허브를 따고 있다. 한쪽 바닥엔 바구니에 허브를 말리고 있다. 먼지 걸러지게 망으로 씌워 놨다.

정 우   신선놀음이네! (하곤 의자에 가서 앉는다)

정 선   신선놀음 맞아! 낼 쓸 재료 준비하구 있으니까!

정 우	촬영 접었어 오늘. 얼마나 손해 봤는지 알아? 스텝들 경비만 기본 천에다 무술 배우들두 있는 설정이라 1명당 기본 백이야. 장소 사용료두 300만 원으루
정 선	(O.L) 요즘 돈 얘기 많이 한다. 쪼이나 봐!
정 우	찔리나 봐! 굿스프 계속 적자라.
정 선	원래 1년 정돈 투자기라 생각했잖아. 굿스폰 나한테 맡겨. 내가 손해 보는 한이 있어두 형 손해 보게 하진 않아.
정 우	감동인데! 그래서 오늘 촬영두 허락해준 거구! 생색내두 돼.
정 선	드라마 제작두 장난 아닌가 봐. 감독이 왜 작가가 써준 대루 안 찍어?
정 우	스타 감독이시잖아. 원래 신인 작가하구만 일해. 자기 입맛 대루 고치려구. 근데 복병을 만난 거지. 이현수라는!
정 선	이현수 작가 글 좋던데 난. 레어스테이크 먹는 남자!
정 우	봤어?
정 선	어 프랑스 있을 때 VOD루! 홍아가 알려줘서.
정 우	홍아 씨랑 친하다구 했지 니가? 그럼 현수 씨두 알겠네.
정 선	알아. 애인 있는 것두 알아.
정 우	(콧방귀) 누가 그래 애인 있다구?

씬31. 파리. 카페 안―낮 (회상. 4년 전)

정선, 홍아와 있다. 원준도. 여름이다. 차 앞에 놓고 있고. 에스프레소다.

원 준	(마시며) 이 맛이야! 커피는 역시 에스프레소지!
홍 아	진짜 같이 못 다니겠다. 촌스러워서. 파리 처음 와본 사람처럼.
원 준	너랑은 처음이잖아. 정선이하구두 처음이구.
정 선	난 내일은 못 만나. 학교 끝나구 식당 가야 돼.
원 준	식당루 갈게. (일어서는)
정 선	어디 가?
원 준	안에 있으니까 답답해서. 나가서 좀 둘러보면서 신변 정리 좀 하려구.

홍 아 또 본병 도졌다! 의사 관두구 셰프 될 궁리하는 거지?

원 준 (나가면서) 넌 좀 빠져! (정선에게) 자리 잡아 놔. 나 공보의 끝나구 너한
테 튀어올지두 몰라. (나간다)

홍 아 절대 오빠 안 돼! (정선에게) 넌 1년 사이에 많이 달라졌다. 마시는 물이
달라져서 그런가.

정 선 살이 좀 빠졌어. 하루를 48시간으루 쓰구 있다 지금. 넌 요즘 뭐 하니?

홍 아 일찍두 물어본다. 나 대학 졸업한 건 알지?

정 선 졸업했어?

홍 아 졸업했어. 계속 드라마 공모하구 있어. 계속 떨어지면서. 현수 언닌 공모
됐어.

정 선 됐어? 잘됐다!

홍 아 되게 좋아하네. 언니 당선에 나두 일조했어. 제목 내가 바꿔줬거든.

정 선 레어스테이크 먹는 남자 아냐?

홍 아 어떻게 알아?

정 선 그때 그 제목 어떠냐구 나한테 물어봤거든. 근데 니가 뭘 일조했단 거야?

홍 아 그때가 언젠데?

정 선 그걸 왜 니가 알아야 돼?

홍 아 너 진짜 언니 좋아한 거야?

정 선 아니. 사랑했어. 거절당했지만.

홍 아 당연히 거절당하지. 언니랑 너랑 말이 되니? 언니 지금 되게 잘나가는 남
자랑 사겨. 그 남잔 언니보다 나이두 많구 돈두 많구 잘생기구 언니밖에
몰라. 여자들이 완전 원하는 완벽한 남자야!

씬32. 도로/ 홍아 차 안—밤

홍아, 운전하고 있고. 조수석엔 경. 경, 핸드폰으로 인스타 검색하고 있다.
뒷좌석엔 현수, 착잡하다.

홍 아 (눈치 보며) 다시 한 바퀴 돌까?

현 수	작업실루 가. 일해야 돼.
경	벌써 떴어! (인스타 영상 튼다. 흔들리는 초점) 내가 누군가 찍어 올릴 거라 했지!

영상엔 현수, 딴 작가들 대본은 고치지만 나한텐 안 그렇겠지 했어요. 민 감독, 고치지 않게 대본을 잘 써요 그럼. 시청률 나오게. 그나마 내가 손대서 시청률 십 프로라도 나오는 거야. 현수, 제가 쓴 대로 찍어두 십 프로 나와요.

현 수	(아아 어쩌나)
홍 아	(운전하다 보다가) 대박! (뒤에서 클락션)
경	넌 운전이나 해! (현수에게) 그러니까 내가 하지 말라구 했잖아 언니.
홍 아	하지 않음 계속 이렇게 어떻게 하니? 이게 작가야? 이러려구 작가 됐어 언니가?
경	넌 운전이나 하라니까. 왜 부추겨?
홍 아	부추기긴 뭘 부추겨? 언니 의견 따라준 거뿐이야.
현 수	근데 오늘 촬영장에 나온 셰프 누가 섭외한 거야?
홍 아	이 와중에 그게 중요해? 누가 나왔는데?
현 수	...정선 씨!
홍 아	(정선이란 말에)........
경	정선 씨가 누군데?
현 수	(홍아에게) 너두 몰랐구나. 하긴 알았음 얘기해줬겠지 나한테. (머릴 흔들며) 아우 쪽팔려!! 왜 시련은 한꺼번에 오는 거니!

씬33. 굿스프 테라스/ 정선 집/ 굿스프 홀/ 주방

정선, 바닥에 말리려고 펼쳐놓은 바구니에 담긴 허브를 잘 말랐나 만져보고 허브 바구니를 들고 집으로 들어간다. 거실 테이블 위엔 반칙형사 6부 대본 놓여 있다. 정선, 아래층으로 내려간다. 정선, 홀에 들어선다. 홀에 불 켠다. 주방 안에서 뭔가 만드는 소리 들린다. 누구지? 누가 있나 해서 주방으로 들어간다. 그 시선으로. 원준, 고수 간 걸 체에 넣고 건더기를 걸러 액체만 남게 한다.

정 선   뭐야? 쉬는 날 왜 나온 거야?

원 준   (보는) 집에 있어 뭐하냐! 심심해서. 넌 뭐냐? (액체에 레시틴을 넣고)

정 선   허브 말린 거 갈아놓으려구.

원 준   너두 참 정성이다. 건조기에 말림 될 걸 갖구. (블렌더로 섞어 거품을 낸다.)

정 선   거기서 정성이 포인트야! 음식은 과정에서 결과가 나온다구 생각하니까! 고수루 폼소스 만드는 거야?

원 준   언젠가 내 메뉴에 고수 넣으려구.

정 선   벌써 메뉴 개발하시게요 수셰프님!

원 준   네 셰프님! 제가 좀 성격이 급해서요. 현수 누나한테 연락해봤어? 니가 자기 드라마에 나오는 줄 알면 깜짝 놀랄 거다.

정 선   만났어 오늘.

원 준   만났어? 너 보구 뭐래?

정 선   도망가던데!

원 준   도망가? 왜?

정 선   몰라. (쓸쓸) 내가 그렇게 현수 씨 인생에 최악이었나? 아무리 뒤집어 생각하구 바루 생각해두 잘못한 거 없는 거 같은데.

원 준   물어봐 만나서. 같은 소속사니까. 박 대표님한테 자리 마련해달라고 해두 되잖아.

정 선   만나구 싶음 직접 만나자구 하지. 중간에 누구 껴서 만나는 거 안 해.

원 준   연락처 가르쳐줘?

(flash back 2부 씬29. 정선, 그럼 말해요 외울게요. 현수, 보는. 정선, 현수의 눈빛 고스란히 받는.)

정 선   아니. 추접스러워. 싫단 여자한테 들이대는 거.

씬34. 굿스프 테라스

정선, 서 있다. 핸드폰 전화번호 버튼 누른다. 현수 번호다. 전화번호 이현수로 저장하려다 말고. 다시 전화번호 누르고. 통화 버튼을 누를까.

경   (E) 온정선 셰프 온엔터테인먼트 소속이야. 굿스프 몰라? 거기서 전에 대표님이 회식하자구 하셨잖아.

씬35. 현수 작업실 안/ 정우 차 안

현수, 노트북 모니터 보고 있다. 온엔터테인먼트 아티스트 명단에서 온정선 '굿스프 오너 셰프' 란 이력을 보고 있다. 온정선 출생 1990년 8월 31일 소속 굿스프 학력 Le Cordon Bleu 요리과정 수료 경력 2017. 00 ~ 굿스프 오너 셰프 L'Arpège. 정선의 환한 모습. 테이블엔 반칙형사 1-16부 대본 있다. 책 대본 아닌 현수가 쓴 A4 용지. 책 대본 반칙형사 1-6부 대본. 핸드폰 E 발신자 '박정우'

현 수   (발신자 보고 받는) 네 대표님!
정 우   사고 친 기분이 어때?
현 수   죄송해요.
정 우   유홍진 씨피님 만났구 기산 막느라구 막았는데 요샌 SNS 땜에 조용히 넘어갈 순 없어. 각오하구 있어.
현 수   각오하구 시작한 일이에요.
정 우   오늘은 쉬어. 낼부턴 쉴 수 없는 날들이 시작될 테니까. (끊는)
현 수   ....(끊는. 한숨. 괴롭다. 모니터를 본다. 정선의 환한 얼굴이 있다. 눈물이 또르르) 되게 좋아 보인다. 나쁜 놈! (F.O)

씬36. 굿스프 락커룸 — 아침 (F.I)

정선, 요리복으로 갈아입고 있다. 하루하루 결의를 다진다. 좋은 음식으로 사람들을 기쁘게 하겠다.

씬37. 굿스프 주방

원준, 능이와 송이, 양송이를 적당한 사이즈로 자르고 있다. 버섯 타르트 할 예정. 경수, 가지의 위아래를 자르고 가지에 미소 양념을 바른다. 미소 가지 만드는. 하성, 생선을 포를 떠서 껍질과 잔가지를 제거한다. 날 생선 준비. 민호, 야채(가지, 당근, 비트, 샐러리악, 레디쉬, 파스닙 등) 씻고 있다.

하 성   (민호에게) 야! 다시마부터 닦아줘.
민 호   (들은 척도 안 하고 씻기만)
하 성   저 자식이 진짜!
정 선   (들어오며) 내가 해줄게. 쟤 바쁘잖아. (청주 찾아 마른 다시마 닦는)
하 성   셰프가 자꾸 쟤 일 해주니까 쟤가 지가 잘난 줄 알구 내 말은 안 듣는다구요!
원 준   막내 들어온 지 일주일 됐다! 너 자꾸 갈굼 쟤 나간다!
하 성   나갈 거믄 일찍 나가줌 좋죠!
민 호   재수없어! (씻은 야채 경수에게 주러 가고)

정선, 닦은 다시마 하성에게 주고. 하성, 다시마 밑에 두고 생선을 올린 후 다시 위를 다시마로 덮는다.

경 수   민호 짱! 너 어쩜 나랑 생각이 똑같냐!
민 호   (경수에게 앞에 놓고) 형 좋으라구 한 말 아니니까! 좋아하지 마!
원 준   아 귀여워! (민호 따라 하며) 좋아하지 마!

민 호　아 진짜 이 사람들이! 내가 왜 귀여워요? 남잔데!

정 선　그만합시다! 아무리 애가 귀여워두 애가 싫어함 그만해야죠! 귀엽긴 귀여워 너!

민 호　셰프!!

정 선　(빠스로 가서 서며) 런치 예약 5명! 손님 숫자에 연연하지 말구! 원칙 준수하자! 청결! 정성! 집중!

원 준　집중!

모 두　집중!

하면서 각자 일 하는. 경수, 민호가 가져다준 야채 썰고.

정 선　(하성에게) 경수랑 같이 야채 썰어놔.

경 수　내가 다 할게요 셰프! 쟤 못해요. 미국에서 뭘 배운 건지.

하 성　여기 미국이 왜 나오냐? 암튼 열등감 있는 애들하곤 상종을 말아야 돼. (하면서 당근 가져다 썬다)

하성, 경수처럼 날렵하게 썰지 못한다. 경수, 보란 듯이 써는.

정 선　안 되겠다. (원준에게) 수셰프가 똑같이 썰죠! 하성! 칼 넘겨! 주방은 수련하는 곳이 아냐. 프로가 일하는 데지.

수정, 밖에서 안을 들여다보며.

수 정　어머님 오셨어요 셰프님!

씬38. 굿스프 홀

영미, 천일홍 꽃다발 한 다발 들고 서 있는. 정선, 나오는. 수정, 빈 꽃병들과 가위 갖고 와 테이블에 놓고.

영 미   너무 예쁘지 않니? 천일홍! 꽃말이 지하구 딱 맞아. 매혹! 변치 않는 사
       랑!

정 선   (퉁명) 어쩐 일이야?

영 미   얼마 만에 보는 엄만데 좀 상냥하게 맞아줌 안 돼? (수정에게) 허브 티 좀
       줘.

수 정   드릴려구 했어요! 페파민트! (가는)

영 미   쟤 센스 있다! (앉는. 꽃 꽃병에 꽂으려고 하고)

정 선   (따라 앉는) 혼자 왔어?

영 미   아니 다니엘 10월에 서원 갤러리에서 전시회 할 거야. 나 여기 내려주구
       큐레이터 만나러 갔어.

정 선   여기 올 거야?

영 미   오지 그럼. 점심에 4명 예약해줘. 다니엘이 2명 더 데리구 온다고 했어.
       다니엘 아는 사람들 다 수준 있는 사람들이야.

정 선   그누무 다니엘 소리 좀 그만해. 이왕 사는 거 같이 오래 살구.

영 미   고마워. 축복해줘서.

정 선   (어이없다) (일어나는) 나 바쁘니까 부르지 마.

영 미   다니엘 오면 얼굴은 비춰줘. 니가 엄마한테 친정이잖아. 친정이 부실하면
       남자가 깔본단 말야.

정 선   (정말 어떻게 할 수가 없다) (들어가려는데)

영 미   다니엘 전시회 하는 데 협찬 좀 해주면 안 되니?

정 선   좀 적당히 해! 흥해! (가는)

영 미   암튼 말을 참 예쁘게 해 쟤는. 엄마가 결혼해서 잘 살면 달라 빚을 내서라
       두 응원해주겠다! 니가 그러니까 여자 친구가 안 생기는 거야. 근데 여자
       친구는 안 생겨두 돼.

씬39. 현수 작업실 욕실 안

현수, 머리 감고 수건으로 감고 거울 본다. 수건으로 머리 터는. 바닥에 떨
어지는 머리카락들.

경	(E. 밖에서) 언니 샌드위치 사왔어.
현수	알았어. (하면서 바닥에 떨어진 머리카락 한 움큼 줍는다. 우울함이 몰려온다)
경	(문 여는) 나오라구!
현수	(감정 숨기며 밝게) 이러다 드라마 마치면 민머리 작가 되겠어!
경	줘 내가 버릴게.
현수	아냐. 내가 버릴게. (하면서 휴지통에 버리는)
경	(안쓰럽다)

씬40. 현수 작업실 안

홍아, 태블릿 PC 앞에 놓고. 뉴스 보고 있다. 기사 제목. 반칙형사 작가. 촬영장 난입 고성. 제작진 불협화음. 시청률은 하향세. 홍아, 샌드위치 먹고 있다. 댓글 보고 있다. 1. 이래서 얘기가 산으로 갔나. 공감 1285. 비공감 398. 2. 작가 글은 안 쓰고 왜 촬영장에서 ㅈㄹ이야? 공감 785 비공감 125 홍아, 공감 누른다. 현수, 나오는. 뒤에 경, 현수 보고. 뒤에서 백허그한다. 그리고 '반칙형사' A4 용지 대본 전회.

경	기운 내!
현수	어우 야아!
홍아	영화 그만 찍으시구 현실루 오시죠! 언니 기사 베스트에 올랐어.
경	(오며) 그거 보여주지 말라니까! 일단 먹구 알려줘두 되잖아.
홍아	넌 진짜 왜 그러니? 매두 일찍 맞는 게 낫잖아. 왜 언닐 애 취급이야?
경	지금 멘탈이 정상이겠냐? 여러 가지루 스트레스 장난 아닌데.
현수	그만들 해! 왜 그래 니들은 틈만 나면 싸우니?
홍아	충성경쟁하는 거 같아 기분 나빠 난.
경	넌 왜 보조 작갈 하니? 집에 돈 많은데 먹구 놀겠다!
홍아	남이야 먹구 놀든 글을 쓰든 니가 무슨 상관이야?
현수	(경과 홍아 실랑이하는 틈에. 샌드위치도 먹고, 모니터도 보고 있다)

경   상관이 왜 없어? 비교되니까 그렇지.

홍 아   나하구 왜 비꼴 해 니가? 나이 같은 거밖에 공통점이 없는데.

경   그 말은 난 너한테 비교 상대조차 안 된단 거야?

현 수   (기사 읽는다. SBC 미니시리즈 〈반칙형사〉 촬영장에 작가가 난입해 촬영
            이 중지되는 해프닝이 일어났다. 지난 18일, 모 백화점에서 촬영 중이던
            드라마 〈반칙형사〉 촬영장에 극본을 맡고 있는 이현수 작가가 갑작스럽
            게 등장해 촬영 중지를 요구한 것.) SBC 미니시리즈 〈반칙형사〉 촬영장
            에 작가가 난입해 촬영이 중지되는 해프닝이 일어났다.

홍아·경   (보는)

            현관벨 E

현 수   (몸서리치며) 아 이제 헬게이트 시작이다!

경·홍아   (문 열어주러 가는)

현 수   (일어나는)

            유홍진 씨피, 들어온다.

경·홍아   안녕하세요?

유홍진   네에. (현수에게) 잘 잤어요?

현 수   기사 읽구 있었어요.

유홍진   (앉는. 샌드위치 보고) 아침 먹는 데 방해한 거 아닌가?

현 수   좀 드실래요? (앉는)

유홍진   아니에요.

경   (음료수를 홍진 앞에 갖다 놓는다)

            경, 홍아와 방으로 들어간다.

유홍진   이복이하구 얘기해봤어 어제 이후루?

현 수 아뇨.

유홍진 이 자식은 진짜! 얘기 좀 해봐 둘이!

현 수 지금까지 얘길 안 해봤겠어요? (앞에 있는 16부까지 쓴 대본 내밀며) 전 회 대본이에요. 완벽하진 않지만 수정할 수 있는 데까지 수정하구 낸 완고예요. 씨피님 대본 좋다구 하셨구 만들어보자구 하셨어요.

유홍진 (O.L) 난 맘에 들어. 작품 좋아. 근데 내가 만드는 게 아니잖아. 이복이가 만드는 거지. 걜 설득시켰어야지.

현 수 (울면 안 되고, 감정이 동요되어서도 안 되고, 침착하고 조용하지만 뜻은 강한) 민 감독님은 제 작품 한다구 하면 안 됐어요. 맘에 들지두 않는 대본을 왜 한다구 해서 이렇게까지 난도질해놓는지 모르겠어요. 주제가 달라졌어요. 길을 잃었어요 제가.

민 감독 (E) 길을 잃었어 작가가. 헤매고 있다구!

씬41. 박 작가 작업실 안/ 현수 작업실 안

은성, 있고. 수영 있다. 테이블엔 반칙형사 책 대본 1-6부까지. 민이복 있다.

민 감독 신인들은 이래서 문제야. 순발력이 없어. 거기다 지들이 쓰는 글이 대단한 줄 알아! 내가 쓴 게 아니네 기네! 지가 쓰던 안 쓰던 그게 뭐가 중요해! 작품만 잘 빠지믄 돼지!

은 성 현수가 좀 융통성이 없긴 해요.

민 감독 박 작가! 나 이번 한 번만 도와주라.

은 성 근데 내가 내 보조 작가하던 애 일 뺏어서 할 순 없구. 우리 수영이가 내 밑에서 5년 더 있었는데. 공모 당선만 안 됐지 잘 써.

수 영 ......

민 감독 골 아픈데 또 신인은.

은 성 내가 좀 봐줄게요. 수영이가 일하는데 내가 봐줘야지.

수 영 감사합니다 작가님!

은 성   전회 대본 다 나와 있다구 했죠! 암튼 걔는 왜 전회까지 대본을 다 써? 드라만 생물인데 과정에서 변수가 얼마나 많아?

민 감독   (O.L) 그러니까

은 성   (O.L) 대본 다 부쳐요 수영이한테. 그럼 나랑 수영이가 검토해보구 감독님 원하는 대루 고쳐줄게.

민 감독   아! 이게 바루 프로지! 나두 다음엔 네임밸류 있는 작가랑 일할 거야.

은 성   감독님하곤 안 하지 네임밸류 있는 작가는!

민 감독   뭐요?

         핸드폰 E

은 성   그렇다구! 수영아 커피 한 잔 마시자.

수 영   네 작가님!

민 감독   (전화 받는. 발신자 보고) 네 형!

유홍진   어디냐?

민 감독   촬영 나갈 거 준비하구 있어.

유홍진   지금 이 작가 작업실인데 이리루 와.

민 감독   할 얘기 없어.

유홍진   내가 있어. 와! 까불지 말구!

민 감독   이 작가 작업실룬 안 간다니까! 내가 왜 기어들어가야 돼?

유홍진   그럼 회사루 와! (끊는)

민 감독   아 씨! 나한테 열등감 있어 갖구! 사사건건 태클이야 진짜!

씬42. 굿스프 주방

정선, 빠스에 서서 버섯 타르트 마지막 플레이팅하고 있다. 원준, 성게 샌드위치에 성게를 올리고 있다. 경수, 스테이크를 굽고 있고. 하성, 생선을 얇게 썰어 레체 드 티그레에 담가두는, 민호, 설거지 중이다. 세척대에서 그릇 대충 헹궈, 식기세척기에 넣고, 식기세척기 계속 돌아가는.

정 선	(접시에 묻은 지문까지 닦고. 벨 누르고)
수 정	(오는)
정 선	고대로 잘 들구 가. 5번 테이블!
수 정	(들고 가는)

씬43. 굿스프 홀

30대 여자와 남자. 앉아 있다. 수정, 버섯 타르트 놓는다. 여자, 버섯 타르트 나온 거 사진 찍고. 한편에 영미와 다니엘 있다. 스테이크 먹고 있다, 두 사람.

영 미	(수정에게) 온 셰프 잠깐 나오라 그래! 인사는 해야지.
수 정	네! (가는)
다니엘	인사는 무슨 인사! 안 그래두 나 못마땅해하는 거 같은데.
영 미	다니엘 아냐! 우리 온 셰푼 엄마의 행복이 자신의 행복이라구 여기는 애야.
다니엘	애라구 하지 마. 자기 나이 무지 많아 보여.
영 미	자식이 아무리 나이가 많아두 엄마 눈엔 애잖아. 자기가 자식이 없어서 모르는 거야.
다니엘	내가 지금까지 살면서 젤 잘한 게 자식 안 낳은 거야.
영 미	그러니까 결혼을 두 번이나 했는데 아이 없기가 쉽지 않아. 문제가 없는데.
다니엘	내가 문제가 있어서 지금까지 애가 없단 얘기야? 지금이라두 어디서 낳아올까?
영 미	(심기를 건드렸구나. 다니엘은 예술가라 그런지 말 하나 걸리는 게 많다) 아니. 내가 잘 알지 자기가 문제없는 건. 대단하단 말을 하는 거야. 얼마나 의지가 강하면 결혼을 두 번이나 했는데 애를 안 가졌나. 다니엘은 결심하면 그대루 실행하는 사람이다 역시 대단하다! 내가 하구 싶은 말은 이 말이야.

다니엘   내가 왜 영미 씨하구 함께 사는 줄 알아? 내 가치를 바루 꿰뚫구 있어서.
　　　　남잔 자길 인정해주는 여자한테 모든 걸 바칠 수 있어.

영 미   (미소) 자긴 나보다 나이가 어린데 결혼두 한 번 더 했잖아. 여러모루 내
　　　　가 배울 게 많아.

씬44. 굿스프 홀

　　　　정선, 나오는. 수정 있다. 남녀, 커플 스테이크 먹고 있다. 와인과 함께.

정 선   (수정에게) 손님들 불편한 거 있나 잘 살펴봐.

수 정   네.

남 자   이거 먹구 나가서 라면 하나 사 먹어야겠다. 간에 기별두 안 가.

여 자   난 딱 좋은데.

남 자   난 여기 다신 안 와.

여 자   오구 싶어두 못 올 수 있어. 곧 문 닫을 거야. 손님이 별루 없어.

정 선   안녕하세요?

여 자   (환하게) 안녕하세요? 맛있어요.

정 선   감사합니다. (영미에게 가는)

　　　　영미와 다니엘, 디저트 먹고 있다.

정 선   음식 괜찮으셨어요?

영 미   오! 온 셰프! (다니엘에게 내 아들 봐라. 얼마나 멋지니)

다니엘   괜찮았어요.

정 선   그럼 즐거운 시간 보내세요! (가는)

다니엘   나 전시회 하는 거 얘기했어?

영 미   얘기했지 그럼.

다니엘   근데 왜 암말두 안 해?

영 미   쟤는 날 닮아서 과묵해!

다니엘	영미 씬 과묵하진 않은데!
영 미	(그냥 넘어가주지) 나한테 얘기했어. 협찬 얘기두 하던데. 근데 내가 하지 말라 그랬어. 다니엘이 부담스러워할까 봐.
다니엘	(좋은. 먹는) 부담되긴 하지만 성의 무시하믄 안 되지. 자식인데.

씬45. 현수 작업실 밖

현수, 나온다. 정우, 차에서 내려 현수 기다리고 있다.

정 우	타! 같이 가 방송국.
현 수	아직 한 시간 정도 시간 있어요.
정 우	그럼 차 한 잔 하면서 얘기 좀 하다가 들어가자.
현 수	학부모 같아요 말썽 피워 교무실 불려가는 학생.
정 우	내가 해결해준다구 했잖아. 왜 기다리질 못하니? 민 감독이 말을 안 들으면 윗선을 움직여서라두
현 수	(O.L) 제가 해결해야 될 문제예요. 전 학생 아니구 대표님두 학부모 아니에요. 감독과 작가가 작품에 이견은 항상 있어요. 그 이견을 합의하는 것두 작가 일이에요.
정 우	합의를 수월하게 해낼 때까지 도와주겠단 것두 잘못이야?
현 수	잘못이 아니라 결국 절 나태하게 만드시는 거예요.
정 우	너 많이 컸다! 한마디두 안 진다.
현 수	커야죠! 시간이 있는데. 대표님 많이 약해지셨네요!
정 우	(미소) 여전하다. 밟으면 튀어 오르는 건.
현 수	저 들어가요. 4부 방송 한 번 더 보려구요. 배우 감독 작가가 소통이 안 될 때 극이 어떤 식으루 나오나 냉정하게 보려구요.
정 우	어차피 다른 사람들은 안 바뀔 거야.
현 수	같은 생각이에요. 제가 바꾸는 쪽으루 바꿀 수 있는 쪽으루 생각을 바꿀 거예요.

씬46. 굿스프 홀

핸드폰 화면에서 나오는. 반칙형사 4부. 비오는 밤이다. 준기(신하림), 운전하고 있다. 조수석엔 동생 준수. 경찰차에게 쫓기고 있다. 경수 폰이다. 스텝밀 시간이다. 큰 그릇에 매운탕. 버섯 불고기. 김치. 샐러드. 각각 담겨 테이블 중앙에 있고. 각자 개인 접시에 음식을 덜어 먹고 있다. 경수, 하성, 민호, 정선, 수정, 원준, 서버1,2 밥 먹고 있다. 화면 안에서.

원 준   반칙형사네! 너 저거 잘 본다.

정 선   (반칙형사란 말에 신경 쓰이고)

하 성   드라마 볼 시간에 메뉴 개발할 생각이란 걸 해봐라.

경 수   개취 존중! 너나 잘해. 야채 하나 제대루 못 썰면서! (TV 속으로)

씬47. 도로. 하림의 차 안—밤

비오는. 경찰차 하림을 쫓고 있다.

준 기   (얼굴에 상처 있고. 옷에 피 묻어 있고. 땀에 범벅. 룸미러 보면서) 야 이 개자식아! 어떻게 니가 나한테 이럴 수 있어?

준 수   잘못했음 벌을 받아야지. 난 대한민국 검사야. 형이라 봐주는 거 안 해.

준 기   너 나 끝까지 안 믿는구나! (하면서 차를 거칠게 몰기 시작한다)

준 수   야! 야! 조심해! 나 다쳐어!

준 기   다치는 게 무서워? 아예 죽여줄게! (차 모는)

경   (E) 또 대사 지가 맘대루 고쳤네.

씬48. 현수 작업실 안/ 하림 집 안

현수와 경, TV 보고 있다. 반칙형사. 준기, 다치는 게 무서워? 아예 죽여줄게! 이 장면에서 일시정지 되어 있다.

현 수   남자답지 못 하다잖아 내가 준 대사는.

경   남자다운 게 뭔데? 암튼 허세 잔뜩 들어 갖구. 지 혼자만 튈려 그래.

현 수   연기 잘하잖아.

경   아유.. 자기 새끼라구 쉴드 쳐주는 거야?

핸드폰 E 발신자 '신하림'

현 수   (발신자 보면 '신하림'. 받는) 여보세요?

하 림   (대본 7부 앞에 놓고 있다) 작가님!

현 수   네.

하 림   7부 다 읽었는데요. 준기가 다쳐서 아프다구 죽겠다구 하면서 엄살 피우는 장면 있잖아요.

현 수   엄살 아니구 진짜루 아픈 건데요.

하 림   뭐 그 정도루 아파요? 남자가!

현 수   남자두 손톱에 낀 가시만으로두 아픈 사람 많아요.

하 림   작가님! 이러지 말아요. 저 올해루 배우루 일한 지 20년째예요. 작가님보다 훨씬 오래 일했어요. 제 말 들어요. (전화 끊는)

현 수   (황당).......

경   아유! 입봉한다구 마냥 좋아할 게 아냐. 언니 보면. 사방에 개진상들이야.

현 수   그 다음 틀어봐.

경   (일시정지 푼다.)

씬49. 굿스프 홀

경수, 하성, 민호, 정선, 수정, 원준, 서버1,2 밥 먹고 있다. 경수, 아직도 핸드폰에 코 박고.

하 성	(경수 머리를 핸드폰으로 민다) 그만해라 좀!
경 수	이게 밥 먹을 땐 개두 안 건드려!
하 성	지금 니가 밥 먹냐?
민 호	맨날 싸워 둘이!
하 성	너 지금 둘이라 그랬어? 형들한테?
민 호	아 나 진짜 성질 많이 죽었다! 옛날에 만났어야 됐는데. 길거리에서! (자기 먹은 접시 들고 가는)
정 선	쟤 진짜 귀여워!
원 준	반칙형사 재밌어?
경 수	신하림 땜에 보는 거예요. (신하림 흉내 내는) 너 나 끝까지 안 믿는구나!
원 준	작가가 내가 아는 누난데.
경 수	그럼 위로 전화 해줘요. 인터넷에서 욕먹구 있던데.
정 선	(욕먹고 있단 말에)
원 준	(정선에게) 뭔 일 있었어?

씬50. 굿스프 테라스

정선, 핸드폰으로 현수의 기사에 댓글 달고 있다. 이현수 작가님 응원합니다.

씬51. 방송국 대본 리딩룸 안

현수, 민이복, 유홍진 있다. 민이복, 선글라스 쓰고 있다. 테이블엔 대본 있다.

유홍진	(침묵을 깨고) 너 그 썬글라슨 벗어라!
민이복	얘기해요. (선글라스 벗으며) 촬영 나가야 돼. 작가가 깽판을 쳐두 난 일 해. 왜냐 시청자에 대한 애정과 책임감 때문에.

유홍진	(O.L) 여기 애정과 책임감 없는 사람이 어딨어? 이 작가 어떻게 했음 좋겠어?
현 수	감독님 수정 받아들일게요. 어차피 제가 말해봐야 감독님 마음대루 하실 테니까. 대신 수정한 거 얘기라두 해주세요.
민이복	이 작가! 정 못 하겠음 지금이라두 수건 던져! 내가 지금까지 작가들하구 많이 일했거든. 근데 다른 작가들은 이런 상황에서 다 써냈어.
현 수	수건 안 던져요! 짤릴 때 짤리더라두 그런 행동은 안 해요.
유홍진	짤리긴 누가 짤려? 난 이 작가가 얘길 끌고 가는 방식이 좋아. (이복에게) 넌 너무 깨부시는 거 아니냐? 제작비만 많이 들구.
민이복	그러니까 형이 연출을 못 하구 데스크에 앉아 있는 거야.
유홍진	(앞에 있는 대본을 이복에게 집어던진다)
현 수	(놀라는)
민이복	(빗맞는. 기막힌) 제작사한테 뭐 먹었어? 그렇지 않구야 왜 이렇게 작갈 싸구 돌아?
유홍진	야 너 눈에 뵈는 게 없어?
민이복	뵈는 거 없어. (선글라스 쓰고 나가는)
현 수	....

씬52. 방송국 앞―노을

현수, 나온다. 클락션 소리 E 현수, 소리 나는 쪽 본다. 정우다.

정 우	학부모루 온 건 아냐.
현 수	대표님은 안 바쁘신가 봐요?
정 우	바빠두 밥은 먹어야 되잖아.

씬53. 굿스프 앞─밤

차에서 내린 정우 앞장서고. 현수, 뒤에서 따라오는. 현수, 굿스프를 보는.

정 우 내가 여기 오자구 몇 번 했는데. 매번 이 작가가 시간이 안 돼서 못 왔어.

현 수 (굿스프 본다. 굿스프! 정선이다. 두근거린다. 안 된다) 안 들어갈래요.

정 우 왜?

현 수 피곤해서.

정 선 (E) 피곤해두 밥은 드셔야죠!

정 우 어? 너 어디 갔다 오니?

정 선 (손에 쇼핑백 들며) 재료가 하나 떨어져서 나갔다 왔어.

현 수 (보는. 어쩔 수 없이 목인사 하는)

정 선 (보는)

핸드폰 E 발신자 '국제 전화'

정 우 (발신자 보고) 먼저 들어가 있어. 전화 받구 들어갈게. (한편으로 빠지면
       서 전화 받는. 일본어로) 여보세요? 네 안녕하세요?

정선·현수 ....

정 선 왜 도망 안 가?

현 수 도망가야 돼?

정 선 도망갔잖아. 내가 뭘 그렇게 잘못했나 이현수 씨한테?

현 수 누가 잘못했대?

정 선 근데 왜 피해?

현 수 상황이 좀 그랬잖아. 자기 같음 그 상황에 아는 척 하구 싶었겠어?

정 선 자기라 그러지 마. 친한 거 같잖아.

현 수 (기막힌) 이 자긴 그 자기가 아냐.

정 선 이 자긴 그 자기가 아님 뭐야? (데자뷰다. 1부. 둘이 만났을 때)

현 수 2인칭 대명사! 당신! 유! 남자 여자 연인 사이에 부르는 자기가 아니 (어
       디서 들었던 말이다. 생각났다. 피식)

정 선	(피식)
현 수	축하해 셰프가 됐네.
정 선	축하해 작가가 됐네.
현 수	축하받기엔 너무 후져 난.
정 선	나두 축하받기엔 일러. 산을 하나 넘으니까 산이 하나 기다리구 있더라구.
현 수	어른 다 됐다.
정 선	(O.L) 내가 어른 됐음 현수 씬 늙었구나!
현 수	늙었다는 말이 심장에 와서 꽉 꽂히네.
정 선	(O.L) 예나 지금이나 나이에 못 벗어나는 건 똑같네.
현 수	(은근 부화) 안 보는 새 성질 돋구는 지수가 높아졌네.
정 선	(O.L) 뭐든 높아지면 좋잖아.
현 수	진짜 나한테 왜 그래? 연락두 없이 사라져서 갑자기 나타나 갖구 한다는 말들이 죄다 비아냥이야.
정 선	전화 안 받은 건 잊었나 봐.
현 수	(철렁) 어떻게 잊어? 얼마나 후회했는데! 얼마나 아팠는데! 그걸 잊니?
정 선	(의아) 왜 후회하구 아팠어?
현 수	(이 남잔 날 완전 잊고 있었구나. 충격)........
정 선	....
현 수	됐어 다 지난 일이야.
정 선	(아직 의문이 안 풀렸다) 잘나가는 애인두 있구 작가가 되겠단 꿈두 이룬 이현수 씨가 왜 후회하구 아팠냐구?
현 수	(애인이 있다구 내가? 이건 뭐지?)
정 우	(E) 왜 안 들어가구 있어?
정선·현수	(보면)
정 우	모르는 사람이 보면 둘이 사랑싸움 하는 줄 알겠다!

정선, 현수, 정우, 한 프레임에 들어오면서. 정선, 현수에 대해 자신이 알고 있는 것과 다른 것이 있나. 현수, 내가 애인 있다는 건 뭐지. 정우, 두 사람 뭔가 있다. 뭐지. 내가 모르는.

5부

씬1. 잠실 롯데 타워 로비/ 홍아 집 방―밤

현수, 들어오고 있다. 핸드폰 E 발신자 '홍아'

현 수   (받으며) 어 홍아야!

홍 아   언니 들었어? 오늘 공모 당선자들한테 연락 왔대!

현 수   (어떻게 말해야 할지) 어.

홍 아   알았어? 언니두! 우린 어떡하냐! 아니 난 괜찮지만 언니 어떡하니? 난 나
        이라두 어리지!

현 수   ...연락받았어.

홍 아   연락.. 받았어? 그럼 언니 당선된 거야?

현 수   (기쁨) 어!

씬2. 홍아 집 방―밤/ 원준 진료실 안

홍아, 전화 통화하고 있다.

홍 아   그걸 왜 인제 말해? 사람 무안하게! 첨에 말했어야지!... 난 괜찮다구 했잖
        아. 아직 어린데 뭐. 언니 축하해! 한 턱 크게 쏴! 지금 어디야? ......인기 좋
        다 언니! 난 지금 집인데. 일찍 끝남 전화해. 늦더라두. (전화 끊는.)

        홍아, 기분 묘하다. 이 언니는 됐구나. 잘됐네. 근데 왜 기쁘기만 하진 않

다. 기쁘지만 않은 마음이 싫다. 열등감같이 느껴져서. 난 아직 어리고 기회는 많다. 털어버리려는 전화를 건다. 신호음 가고. 상대방 받는다.

원 준 어 홍아야!

홍 아 서울루 와. 성질 다 부리면서 놀 사람 필요해.

원 준 알았어. (끊는)

홍 아 (너무 순순히 온다. 만나기 싫다. 다시 전화한다)

원 준 (다시 받는) 어 홍아야! 가려고 하구 있어.

홍 아 오빠 왜 이렇게 바보같이 착해? 오란다구 바로 오니? 이용당하기 딱 십상이다 진짜!

원 준 너한테만 그러는 거야. 지금부터야 성질부리는 거?

홍 아 오빠 내가 왜 좋아?

원 준 남자 여자 좋아하는 데 이유가 있음 비극이 없다.

홍 아 혼자 있을래.

원 준 무슨 일 있어?

홍 아 공모 떨어졌어.

원 준 아아. 또 하면 되지 뭐. 너 재능 있어 사람 열 받게 하는! 너같이만 쓰면 대박날 거야.

홍 아 (피식) 그게 위로니? 칭찬이니?

원 준 비루함이지. 이 상황에서두 어떻게든 니 맘에 들려는!

홍 아 (끊는) 그래 공모 떨어진 게 뭐가 대수라구!

홍아, 드레스 룸에서 옷을 고른다.

씬3. 클럽 안

홍아, 음악에 맞춰 춤추고 있다. 유쾌한. 남자들이 주위에 몰려든다.

씬4. 클럽 일각

홍아, 술 마시고 있고. 남자들 있다. 낄낄거리고 웃으면서. 남자들하고. 원준, 들어온다. 그 시선으로.

남 자 1 대학 졸업하면 뭐 해요?
홍 아 놀구 먹어요. 집에 돈이 많아요!
남 자 1 우와 멋있다!
남 자 2 이 근처에 해물찜 맛있게 하는 데 있는데 갈래요?
홍 아 (원준 봤다. 손 흔든다) 오빠아!!!
원 준 가자!
홍 아 어 가! (일어나는) 여러분 안녕! (가는)
원 준 (따라가면서) 공모 떨어질 수두 있어. 작가 쉽게 되는 거 아닌 거 알잖아.
홍 아 알았어 내가 왜 괴로운지!
원 준 (보는)
홍 아 현수 언니 당선된 게 내가 떨어진 거보다 더 괴로워. 그걸 더 괴로워한다는 내가 후져. 후져서 괴로워. (보는)

씬5. 홍아 방―밤

자막 5개월 후
홍아, 컴퓨터를 통해 드라마 보고 있다. 화면에 '레어스테이크 먹는 남자' SBC 단막극 당선작. 기획 남건 극본 이현수. 홍아, 극본 이현수에서 일시 정지시킨다. 본다.

씬6. 홍대 아르누보 안―낮

현수, 있다. 코스 요리 먹고 있다. 뇨끼와 비스크 소스, 블랙 올리브 파우

더를 곁들인 새우 요리. 홍아도. 테이블엔 꽃 놓여 있다. 붉은 장미꽃. 현수 앞 테이블엔 예약 테이블. 정우가 앉는 자리다.

현 수 (먹다가 장미 향 맡으며) 으음!! 너무 좋다.

홍 아 좋지! 당선되구 입봉하구 작가 되구

현 수 (O.L) 너한테 여기서 밥 사줄 수 있어서 좋다구!

홍 아 (여기서 밥 사준다 했다. 공모 떨어졌을 때) 그걸 기억해?

현 수 그럼! 공모 떨어지구 의기소침했을 때 니가 나한테 여기서 밥 사줄려구 했잖아. 그때 무지 고마웠어 너한테.

정우, 들어오는. 유홍진 피디랑 같이. 서버의 안내에 따라. 홍아, 계속 자신이 소외되는 듯한. 아무에게도 주목받지 못하는. 대화가 계속될 때까지 뻘쭘 서서.

정 우 (현수와 홍아 보는) 어?

현 수 (보고) 어? 여기서 식사하세요? (유홍진 보고) 안녕하세요?

유 씨피 어어! 이 작가! 방송 잘 봤어. 맘에 들어?

현 수 네. 제가 젤 못한 거 같아요. 연출두 좋구 배우들두 잘하구.

유 씨피 너무 겸손하다! 가식 아냐?

정 우 가식 좀 떨었음 좋겠어요. 우리 회사하구 계약했어요.

유 씨피 잘해줘. 우리 공모 작가야.

홍 아 (뭐지. 정우는.. 유홍진도)

정 우 이제 가시죠! 두 사람 식사해야 되잖아요.

유 씨피 식사 맛있게 해요! (가는)

현 수 (목례)

정 우 (현수에게) 계산은 내가 할게. 안 된다구 하지 마. 화낸다.

현 수 (미소)

정 우 (미소, 홍아에게 목례 가는)

현 수 내가 내야 되는데. 오늘은 무효! 오늘 말구 다른 날 또 사줄게.

홍 아 푹 빠졌네 언니한테. 좋겠다! 제작사 대표가 애인이라서.

현 수   아냐 그런 거!

홍 아   프로포즈 받았다며! 거기다 계약까지 하구. 박정우 대푠 완벽한 왕자님
       아냐?

현 수   내가 신데렐라가 아니잖아. 계약은 어쩔 수 없었어. 제일 먼저 날 알아봐
       준 사람이잖아. 남자 여자하곤 다른 문제야.

홍 아   그렇게 시작해 다들 사랑!

정 선   (E) 사랑했어. 거절당했지만.

씬7. 파리. 카페 안─밤

4부 씬31
정선, 홍아와 있다.

홍 아   당연히 거절당하지. 언니랑 너랑 말이 되니? 언니 지금 되게 잘나가는 남
       자랑 사겨. 그 남잔 언니보다 나이두 많구 돈두 많구 잘생기구 언니밖에
       몰라. 여자들이 완전 원하는 완벽한 남자야!

정 선   (남자도 생겼고. 작가도 됐고. 잘 지내는구나).........

홍 아   왜 말이 없어? 충격 받았어?

정 선   (씁쓸) 각오하구 있었어. 예쁘잖아 성격두 좋구. 오랫동안 혼자일 리가 없
       잖아.

홍 아   성격 좋구 예뻐서 남자들이 가만 안 두겠단 말은 내가 맨날 듣는 말이거
       든. 언닌 수수하구 얌전한 얼굴이야.

정 선   넌 얼굴부심 쎄더라. 니가 예쁘다구 생각한 적 없어.

홍 아   너처럼 나한테 막 대하는 남자 처음이야. 근데 그게 싫지 않아. 편하구. 사
       궐래 우리?

정 선   (날 좋아하는 줄 알았지만 의외) 뭐?

홍 아   너하구 나랑은 비슷한 면이 많은 거 같아.

정 선   (어이없는. 농담조로 무안하지 않게) 너 진짜 좋아하는구나. 나 너하구 하
       나두 안 비슷하거든.

홍 아   (이런 반응일 줄 몰랐다).......

정 선   가슴 뛰는 상대랑 사겨. 난 아냐 너한테.

홍 아   현수 언니 땜에 그래? 다른 남자 사귄다구 말했잖아.

정 선   그 여자가 딴 남자 사귄다구 내가 딴 여자 만나란 법 없잖아.

홍 아   넌 어떻게 나한테 이렇게 못되게 구니? 여자가 먼저 사귀자구 했음 적어두 생각하는 척이라두 해야 되는 거 아냐? 어떻게 사람 앞에 두구 거절을 확실하게 하니?

정 선   거절은 확실해야 하니까. 남녀 사이에는.

홍 아   잘났다 정말. 재수 없어 진짜!

원 준   (E) 니들 왜 싸우냐?

정 선   아 형!

원 준   나 결심했어. 공보의 끝남 요리사가 될 거야.

홍 아   꿈이 그렇게 쉽게 이뤄질 줄 알아?

씬8. 현수 작업실 (4부 씬40)

홍아, 태블릿 PC 앞에 놓고. 뉴스 보고 있다. 기사 제목. 반칙형사 작가. 촬영장 난입 고성. 제작진 불협화음. 시청률은 하향세. 홍아, 샌드위치 먹고 있다. 댓글 보고 있다. 1. 이래서 얘기가 산으로 갔나. 공감 1285. 비공감 398. 2. 작가 글은 안 쓰고 왜 촬영장에서 ㅈㄹ이야? 공감 785 비공감 125 홍아, 공감 누른다. 현수, 나오는. 뒤에 경, 현수 보고. 뒤에서 백허그 한다. 4부 씬40 대사는 말고 영상은 흘러가고. 홍아, 두 사람 본다. 경은 그렇게 현수가 좋을까. 현수는 모든 걸 다 가진 것 같다. 어려운 일이 있다곤 하나 믿고 사랑해주는 사람이 많다. 현수, 이 상황에서도 힘이 되어주는 경과 홍아가 고맙고. 투닥거리는 애들이 오히려 신경을 분산할 수 있어 좋고. 현수, 태블릿 PC를 보면서 기사를 본다. 읽는다. 현수, 홍아 보고. 홍아, 현수 본다. 언니 너는 그걸 태연하게 읽을 수 있는 거니. 현수, 자신이 지켜줘야 하는 경과 홍아. 내가 의지할 수 있는 내 편 보면서.

현 수   (N) 홍아와 난 드라마 작가가 되는 것을 목표루 많은 시간과 감정을 공유
        했다. 홍아를 사랑했다. 홍아가 나한테 왜 적대적이 됐는지 난 알구 싶지
        않다. 알구 싶지 않아두 때가 되면 드러나는 일들이 있다.

        타이틀 오른다.

씬9. 굿스프 앞—밤

        4부에 이어
        현수와 정선, 실랑이하고 있다.

정 선   (의아) 왜 후회하구 아팠어?
현 수   (이 남잔 날 완전 잊고 있었구나. 충격)........
정 선   ....
현 수   됐어 다 지난 일이야.
정 선   (아직 의문이 안 풀렸다) 잘나가는 애인두 있구 작가가 되겠단 꿈두 이룬
        이현수 씨가 왜 후회하구 아팠냐구?
현 수   (애인이 있다구 내가? 이건 뭐지?)
정 우   (E) 왜 안 들어가구 있어?
정선·현수   (보면)
정 우   모르는 사람이 보면 둘이 사랑싸움 하는 줄 알겠다!

        정우, 와서 한편엔 정선의 어깨에 손 얹으며.

정 우   (현수에게) 내가 젤 좋아하는 남자야.
정 선   아 느끼해!
정 우   (한쪽에 현수의 어깨를 감싸며) 여긴 내가 젤 좋아하는 여자!

        현수, 정선을 보는. 정선, 현수를 보는.

정 우   내가 젤 좋아하는 둘하구 같이 있으니까 기분 되게 좋다.

정우, 한편엔 정선 한편엔 현수를 끼고 안으로 들어간다. 정선과 현수 이 게 무슨 시추에이션인지 모르겠지만 따라 들어가는.

씬10. 굿스프 홀

정우와 현수, 앉아 있다. 수정, 와서 물을 따라준다. 홀 테이블엔 아무도 없다. 현수, 식당 안을 둘러본다. 자신의 물 따라주는 수정에게 눈인사.

정 우   어때?
현 수   좋아요.
정 우   단답형 말구 미사여굴 동원해서 표현 좀 해봐. 작가가 맨날 좋아요 싫어 요야!
현 수   (주방 쪽 보는) 그래두 좋아요!
정 우   (치이! 미소)

씬11. 굿스프 주방

원준, 경수, 하성, 민호. 안에서 홀에 손님 온 거 보고 있다. 정우와 현수를.

경 수   대표님 또 여자가 바꼈네.
하 성   너 같은 애 땜에 루머가 만들어지는 거야. 여자가 아니라 비즈니스 상대 들이잖아.
경 수   넌 대표님 엄청 쉴드 치더라. 나중에 투자두 받아서 독립하려구 밑밥 까냐?
하 성   이 자식은 드라마만 처 보더니 드라마 쓰구 있어.
원 준   (가운데 끼며) 니들은 단 1분이라두 붙어 있음 안 돼.

민 호	저 분이 누구예요 근데? 기생오라비 같이 생겼는데. 대표예요? 어디 대표
	예요?
원 준	아 우리 막내! 말 막 하는구나! 많이 맞았겠다!
경 수	생긴 건 미국에서 온 애 같이 생겨 갖구. 쓰는 말들은 저렴하구 올드해!
	우리 흰둥이! (하면서 엉덩이 두드리려는데)
민 호	(피하며) 왜 이래! 징그럽게!
하 성	우리 흰둥이 징그러웠어요! 형이 혼내줄까? 누가 그랬어?
민 호	(기막힌. 우씨)....
원 준	(경수와 하성의 머리 팔에 끼며) 니들은 막내 놀릴 때만 한편이구나!
정 선	(들어오는. 사온 것 테이블에 올려놓는다) 이제 구경들 그만하구 자기 자
	리루 가자! 디너 첫 손님이야!

일동, 흩어지고.

| 원 준 | (정선에게) 잠깐 봐! |

씬12. 동 테라스

정선과 원준 있다.

원 준	현수 누나랑 어디서 만난 거야?
정 선	이 앞에서!
원 준	이번엔 안 피해?
정 선	피할 수가 없지. 정우 형이 딱 버티구 있는데 도망칠 데가 없잖아.
원 준	대표님하구 현수 누난 어떤 사이야?
정 선	나하구 같겠지. 계약자와 피계약자!
원 준	너보구 뭐래? 왜 도망쳤대? 누나두 너한테 아직 맘 있으니까 도망친 거
	아냐?
정 선	홍아 말 못 들었어? 애인두 있구 결혼까지 갈 거 같다 그러잖아. 행복해서

세상을 다 가진 거 같이 산다잖아. 지켜줘야 돼.

원 준 그건 홍아 말이구 당사자한테 직접 확인한 건 아니잖아. 개두 현수 누나 많이 못 본다잖아. 상황이 달라졌을 수두 있어.

정 선 (O.L) 날 거절한 건 팩트야. 현수 씨한테 난 과거야. 나한테두 마찬가지구. 우린 어긋났어.

원 준 근데 아직 니 맘에 있잖아.

정 선 지금 난 굿스프 직원 생켤 책임지구 있어. 식당 연 지 8개월인데 아직까지 적자야.

원 준 박정우 대표님은 일과 사적인 영역 철저히 구별하는 분이구. 1년 투자 기간 끝남 굿스프 직원들 중 몇 명 짜르겠지. 널 짜르진 못할 테니까.

정 선 짜르구두 남을 사람이지 우리 대표님은.

원 준 니가 방송 출연하면 이슈두 되구 굿스프두 알려질 거야. 근데 싫지?

정 선 싫어. 요리 외에 다른 걸루 주목받는 거.

원 준 단호박이네 온 셰프님! 현수 누나 아나? 이런 고고한 온 셰프가 그 싫어하는 방송 출연을 오직 누나 땜에 한

정 선 (O.L) 응원해주구 싶었어. 다른 뜻 없으니까 다른 쪽으루 엮지 마. 지금 나한텐 굿스프뿐이야.

원 준 아 왜 사람들이 파인다이닝을 못 알아주지? 고깃집에선 몇 십만 원어치 턱턱 쓰면서.

정 선 그런 푸념은 아마추어나 하는 거야. 우리가 사람들한테 인상 깊은 음식을 주지 못하는 거야. 더 노력하자 형!

원 준 네 셰프! (손가락 경례하는)

정 선 (미소, 가려다) 어제 갈아놓은 허브가루 좀 갖다 줘. 우리 집에 있어.

씬13. 동 홀

수정, 버섯 타르트 놓는다. 현수와 정우에게. 테이블엔 메뉴 적은 종이 놓여 있다. 현수, 메뉴 적은 종이 보고. 버섯 타르트 보고.

현 수	(가방에서 카메라 꺼내며) 이런 건 기록해야 되는 거네요.
정 우	(미소, 수정에게) 온 셰프 좀 나오라 그래.
수 정	네.
현 수	버섯 타르트! (사진 찍고) 맛은 어떤가?
정 우	(먹으며. 현수 식대로) 좋아요.
현 수	(자기 놀리는 거 알고) 놀리기 없기! (하면서 먹는)

씬14. 정선 집 거실

원준, 허브 가루 갖구 나가려다. 테이블에 있는 반칙형사 6부 대본 본다. 대본 넘기면 스텝들 이름에 보조 작가 지홍아가 눈에 들어온다.

| 원 준 | 홍아가 보조 작가였어? |

씬15. 현수 작업실 안/ 정선 집 거실

경, 라면 끓이고 있다. 홍아, 경 방에서 나온다. 집에 가려고. 테이블엔 김치 놓여 있고.

경	라면 먹구 갈래?
홍 아	어.
경	넌 하지두 않으면서 먹구 가라구 하믄 마다하는 적이 없더라.
홍 아	(자리에 앉으며) 마다하기 바라면서 먹으라 그런 거야?
경	아니. 팔자란 게 있나 해서. 넌 태어날 때부터 남이 모든 걸 해주는데 익숙하구 난 태어날 때부터 내가 뭘 하질 않음 살 수가 없었잖아. 같이 있음 내가 니 시중들구 있구
홍 아	(O.L) 결론은 같은 보조잖아. 내가 지금 너보다 난 게 뭐 있니?
경	(라면 놓는) 그러네.

홍 아 내가 더 비참하지. 너보다 많이 갖구 태어났는데 지금 똑같잖아.

경   그러네! 기분 나아지네! (먹는) 먹어라!

홍 아 갑자기 기분 나빠지네! (먹는)

핸드폰 E '원준'

홍 아 (받으며) 왜 오빠?

원 준 너 현수 누나 보조 작가였어?

홍 아 (경 보고) 어떻게 알았어? (하면서 구석으로 가는데)

원 준 좀 보자. (끊는)

홍 아 (황당) 뭐야?

경   (보면서) 뭔데?

홍 아 (말 돌리는) 현수 언닌 씨피 만나러 간다 그러더니 밥까지 같이 먹나 부다. 은근 영업 잘해.

경   영업? 지랄 쌈 싸먹는 소리하구 있다!

씬16. 굿스프 홀

현수와 정우, 메인 디시 먹고 있다. 스테이크 먹고 있는. 손님 한 테이블 있고. 세 사람. 여자 3명. 성게 샌드위치 나와 있다. 음식 사진 찍고. 인스타그램 올리려고. '예쁘다' '맛있나' 먹어보는. 정선, 주방에서 나온다.

현 수 (맛있게 먹는. 먹는 것만 보면 오늘 즐거운 날)

정 우 (보면서) 내가 5년을 봤잖아. 한결 같다! 바닥 치구 해맑은 건!

현 수 (웃으며) 그럼 어떡해요! 살아야 되잖아요!

정 우 (미소) 살아야지!

정 선 (와서. 정우에게) 괜찮아?

정 우 뭐가?

정 선 음식!

정 우	나한테 묻지 말구 이 작가한테 물어야지. 여기 첨 왔는데.
현 수	(정선 봤지만 어떻게 아는 척 해야 할 지 몰라 먹다가 묻지 않았지만) 맛 있어요.
정 선	다행이네요.
현 수	웬 존댓말?
정 선	먼저 하셨거든요.
정 우	대체 뭐야 두 사람? 아까랑 왜케 온도 차가 나?
정 선	(정우에게) 할 말 있어?
정 우	아니. 앉아!
정 선	영업시간인데 손님 테이블에 앉을 순 없지. 예의야.
정 우	예의 좋아. 친한 사이라두 지키는 거.
정 선	형두 좀 지켜. 할 말두 없으면서 왜 부르니?
정 우	아 죄송합니다 온 셰프님! 제가 잠깐 일이 아닌 동생으루 생각했네요.
정 선	아 그러세요! 그럼 전 들어가 보겠습니다. (가는)
현 수	(좀 섭섭한 눈길도 제대로 안 주고)
정 우	자 이제 우리 일 얘기 좀 할까?
현 수	대본 얘기해야 돼요?
정 우	아니.
현 수	대본 얘기 아님 하구 싶지 않아요. 비지니슨 대표님이 하세요.
정 우	이제 작가두 글만 쓰던 시대 지났어. 비지니슬 알아야지. 물론 나랑 종신 계약하면 알 필요 없어. 종신 계약할래?
현 수	이 와인 이름 알아요? (와인 들며)

씬17. 동 주방

하성, 마지막 디저트(아시안 페어) 3인분 플레이팅하고 있다. 정선, 빠스
를 정리하며 하성을 기다리는. 민호 설거지하는 중이다. 경수도 자신의
자리 뒷정리하며 마감하고 있다.

정 선	(하성에게) 다 됐어?
하 성	네 셰프! (완성된 접시 가지고 빠스에 놓는다.)
정 선	(밑에 깔린 배의 배열을 보고) 위치 틀렸어. (위치를 바꾼다. 아까와 약간 차이 난다.)
하 성	(보는)
정 선	(매의 눈으로 다시 보고. 접시 지문 닦고. 호출 벨 누른다)
정 선	(하성에게) 원준 수셰프 어디 갔니? 허브 가루만 놓구.
하 성	후배 잠깐 만난다구 하던데요.
정 선	지금 영업시간인데. 무슨 후배?
경 수	손님두 없구. 널럴하잖아요. 잠깐 볼일 보는(정선의 경직된 얼굴 보고)
민 호	(진짜 손님 없는데. 잘못될 수 있나)
정 선	손님이 있던 없던 우린 할 일 한다!

씬18. 굿스프 홀

홍아, 들어오는. 그 시선으로. 현수와 정우가 디저트 먹는 거 보인다. 홍아, 현수와 정우에게 눈에 띄지 않게 테라스로 올라간다.

씬19. 굿스프 테라스

원준, 있다. 반칙형사 6부 대본 들고. 홍아, 올라온다. 원준, 보는.

원 준	빨리 온다!
홍 아	비아냥대지 마. 무슨 약점이나 잡은 거처럼 굴지두 말구.
원 준	니 약점으루 작용할 만큼 현수 누나 보조 작가란 게 알려지면 큰일인 거야?
홍 아	어떻게 알았냐구?
원 준	(대본 내민다.)

홍 아	(아 이거! 받는) 정선이두 알아?
원 준	걔가 아는 게 겁나?
홍 아	어. 내가 나쁜 년인 걸 조금이라두 모르는 게 낫잖아.
원 준	나쁜 짓이라구 생각해?
홍 아	아니. 남들은 그렇게 생각할 수도 있겠지만. 그냥 말을 안 했을 뿐이야. 거짓말한 건 아니잖아.
원 준	너 현수 누나랑 어쩌다 한 번 만나는 것처럼 얘기했구. 우리 다 그렇게 알구 있었어. 곧 결혼두 할 것처럼 말했어. 나쁜 짓 맞아.
홍 아	그걸루 손해 본 사람 있어? 내가 누구한테 폐라두 끼쳤어?
원 준	정선이한테두 얘기할게. 정선이랑 현수 누나 썸 탄 거 알잖아.
홍 아	(버럭) 창피했어. 언니랑 나랑 같이 시작했어 드라마 공부. 난 공모만 하면 떨어져. 언니가 제안했어. 드라마 제작 과정 보면 드라마 쓰는 데 도움될 거라구 해보지 않겠냐구. 그 제안 받았어. 지푸라기라두 잡을 수 있음 잡구 작가가 되구 싶었으니까.
원 준	그래두 이건 아냐!
홍 아	(O.L) 어떻게 말해? 니가 좋아하는 아니 사랑했던 여자 시다바리한다구 어떻게 말해? 내가 갖구 싶은 남자한테!
원 준	.....(이해는 된다)........(가려는데)
홍 아	오빠가 덮어줘.
원 준	(보는)
홍 아	호구잖아 내 하나뿐인 호구!
원 준	(내려간다)
홍 아	....

씬20. 굿스프 홀/ 현수 작업실

정우 현수, 다 먹었다. 핸드폰 E 발신자 '준하'

| 정 우 | (받는) 어! |

준 하	(술 마신. 혀 꼬인) 괜찮아?
정 우	취했냐?
준 하	어 한잔했어. (경, 500미리짜리 생수병째 주는. 뚜껑을 따라는 시늉한다. 경, 입 나오고 뚜껑 여는. 준다) 현수 없네 작업실 왔더니. 형이랑 같이 있어?
정 우	어.
준 하	이복이 형이 나한테 비팀 해달라는데. 어떻게 해?
정 우	해. 니가 들어옴 현수가 심리적으루 든든할 거야.
현 수	(누구지?)
준 하	근데 형! 이복이 형이 작가 붙였어. 이런 거 얘기해주믄 안 되는데. 현수 어떡하냐?
경	(옆에서. 놀라며) 작가 붙였어요?
준 하	(조용히 하라는)
정 우	(이건 또 뭔가.. 내색 않고) 알았어. 암튼 민 감독은 버라이어티하다! (끊는)
현 수	(보는. 뭐예요?)
정 우	별거 아냐. 인제 우리 일어나자. 가서 일해야지.
현 수	네! (일어나는)
정 우	(안쓰러운) 힘내!
현 수	(별거 있구나. 또 무슨 일인가. 티 내지 않고) 대표님두 힘내세요!

씬21. 굿스프 앞

현수, 정우와 나온다. 정우, 자신의 차로 가는데.

현 수	전... 오늘 집에 가서 잘래요.
정 우	그럼 집까지 데려다줄게.
현 수	걸어 가두 되는 거리잖아요. 혼자 걸으면서 생각 좀 정리하구 싶어요.
정 우	(말릴 수 없다.) 그래 그럼!

현 수	가세요.
정 우	먼저 가.
현 수	(이것마저 안 하면 안 될 거 같아. 목례하고. 자신의 집 방향으로 걷는)

씬22. 굿스프 주방

마무리 다 끝났다. 정선. 있고. 원준. 경수, 하성, 민호 있다. 각자 제스처.
기지개를 편다든지. 스트레칭을 한다든지.

정 선	오늘두 수고 했다. 민호야?
민 호	(보는) 네!
정 선	할만 해?
민 호	지금까지 한다구 결정하구 안 한 건 없어요.
경 수	아 멋진데 짜식! (하면서 하성에게) 만 원 내놔라!
하 성	아아 씨! (만 원 꺼내 주는)
원 준	뭐냐 니들?
경 수	만 원빵 했거든요. 우리 횐둥이 일주일 안에 나간다에 하성이가 빵했죠!
민 호	(경수가 받은 돈 뺏으며) 그럼 이건 내 거네. (하면서 저편으로 간다)
경 수	야아! (하면서 쫓아가는)
하 성	(박수 치며 응원) 막내 화이팅!!!
정선·원준	(웃는. 애들 노는 거 귀여워 웃는)

민호, 주방 밖으로 나가려다 들어오는 홍아와 부딪친다. 홍아, 넘어질 뻔
하고. 민호, 잡아주고. 뒤에서 경수. 홍아, 손엔 쇼핑백. 쇼핑백 안엔 빵과
아이스 바 들어 있다.

경 수	누나! 오랜만이다.
홍 아	안녕! 얜 누구야? 새로 온 막내?
민 호	왜 반말이야 첨 보자마자!

하 성   (민호 밀치고 홍아 앞에 서며) 얘 신경 안 써두 돼. 다음 주면 없을지두 몰
　　　라.

민 호   아 진짜 형들만 아님!

경 수   넌 애가 너어무 유머가 부족해! (하면서 어깨 감싸는)

민 호   (떼며) 붙지 좀 말라구! 기지배처럼! (몸 빼려는데)

경 수   (꽉 잡고)

하 성   (와서 민호 한쪽 어깨 감싸고. 민호 못 나가는) 내가 하극상은 못 본다!

홍 아   (쇼핑백 들며) 내가 뭐 사왔게? (하곤 빠스 자리에 쇼핑백에 든 거 꺼낸
　　　다. 빵과 아이스 바) 수정 씨 왜 안 오지? 내가 들어와서 같이 먹자구 했
　　　는데.

　　　하성 경수 민호, 와서 각자 집어 들고. 각자들 먹고.

경 수   역시 누난 얼굴만큼 맘두 (엄지척) 최고! (아이스 바를 정선과 원준에게
　　　준다)

원 준   (홍아 보고)

정 선   넌 안 먹니? (하면서 자신에게 준 아이스 바 홍아에게 주는)

홍 아   (받으며) 웬일루 챙겨주냐? (뜯는)

정 선   이거 챙겨주는 거 아냐. 그냥 준 거야.

홍 아   말을 해두 꼭! 고맙다 그럼 어디가 덧나냐?

정 선   고맙다! (미소)

홍 아   (그 말에 풀어지는) 금방 말두 잘 듣는다. (살짝 부딪치며) 미워할 수가
　　　없어 암튼!

　　　원준, 그런 홍아 보고. 정선 보고. 연민과 동시에 두려움. 정선, 아이스 바
　　　먹는.

홍 아   (정선에게) 나 너한테 부탁 있어. 애들 간식까지 사다 바쳤는데 거절 안
　　　할 거지?

씬23. 북촌 골목

현수, 걷고 있다. 뒤에서 정우 차 오고. 현수, 정우 차인 줄 모르고 옆으로 비키고. 차 창문 열린다.

정 우   내가 그냥 갈 줄 알았지?
현 수   (어이없지만 웃는)
정 우   타!
현 수   고마워요 대표님!
정 우   넌 선 긋는 데 뭐 있더라. 꼭 대표님이래!
현 수   그럼 뭐라 그래요?
정 우   어.. 오빠?!?!
현 수   (웃으며) 오옵빠!
정 우   (웃으며) 하지 마라 닭살이다!
현 수   보여줄 거 있어요. 따라와요!

씬24. 정선 집 거실

정선, 들어오는. 뒤에 따라 들어오는 홍아.

정 선   왜 따라 들어와? 식당에 있음 갖다 준다니까.
홍 아   기다리는 거 싫어. 요즘 내 인생에 화가 나 있거든.
정 선   (주방 수납장을 연다. 수납장엔 밀봉되어 포장된 봉투들이 가지런히 놓여 있다. 봉투를 몇 개 꺼낸다. 봉투엔 '블루멜로우' '루이보스, 레몬그라스' '과일 블랜딩 차'라고 써 있다.) 화가 오랫동안 나 있다. 내가 한국 들어와 서 첨 만났을 때두 화나 있던데.
홍 아   난 내가... 내 인생이 이렇게 시궁창이 될 줄 몰랐어.
정 선   니 인생에 대해 니가 그렇게 느낀 다면 시궁창 맞아.
홍 아   (발끈) 야아!

정 선　(루이보스, 레몬그라스. 라고 쓰인 봉투와 과일 블랜딩 차를 주면서) 뭐든 중독되는 건 안 좋아. 내가 블랜딩해서 만든 차가 너한테 맞는다구 이거 없이 못 자구 그럼 안 되지.

홍 아　(받으며) 시궁창은 아냐. 재능 있구 서른 전엔 반드시 작가 될 거야.

정 선　루이보스하구 레몬그라스, 8대 2루 블랜딩했어. 릴렉스되면서 잠 잘 올 거야.

홍 아　(괜히 부아) 난 왜 너한테 고분고분해지는 걸까? 이해가 안 돼 진짜. 잘해 주지두 않는데.

정 선　내가 만든 차 받아가면서 잘해주지 않는다는 건 뭐야?

홍 아　그러네. 근데 왜 난 니가 잘해주지 않는 거 같지?

정 선　현수 씨 만났어.

홍 아　(안다.) 그래서 좋았냐?

정 선　너 현수 씨랑 이제 안 친하니? 지난 몇 년간 거의 현수 씨 얘기 안 하더라.

홍 아　언니하구 난 이제 친하냐 안 친하냐 그런 거 물을 관계 아냐. 가는 길이 같아. 가는 길이 같은 거만큼 유대감이 강한 건 없어.

씬25. 북촌 골목 (1부 씬30. 북촌 다른 일각 막다른 골목)

현수, 앞장서고 살짝 뒤처져 걷는 정우.

정 우　(의아) 길이 없잖아.

현 수　길을 찾아 온 게 아니에요. (벽으로 간다.)

벽 사이로 핀 꽃. 1부 5년 전과 같은 꽃이 피어 있다.

현 수　(꽃 보고) 안녕! (정우 보고) 얘는 씩씩이에요.

정 우　(벽 사이에 난 꽃 보고 신기) 여기서 이쁘게 자랐네.

현 수　그죠 예쁘죠!

정 우　(보는)

현 수	얘 본 지 5년 됐어요. 해마다 이맘때 저한테 '너도 나처럼 잘 살아 있지?' 하면서 인사해요. 그럼 난 그러죠. 어 잘 살아 있어. 살구 있어가 아니라 살아 있어.
정 우	(팔로 벽을 짚는다) 바닥을 쳐두 밝은 이유가 이거였어?
현 수	(아 이거 뭐지. 이런 일이 있었어) (멜로적 긴장감)

(flash back 1부 씬30. 팔이 휙 들어와 벽을 짚는다. 정선이다. 팔뚝에 '소금' 타투가 돋보이는.)

현 수	(정선 생각이 난다. 벽에서 빠져나오는)
정 우	(현수가 자신을 피하는 거 같아) 이 정도믄 나 훌륭하지 않아?
현 수	(뒤돌아보는)
정 우	근 오년 착하게 있었어. 눈앞에 고백까지 한 여자 두구.
현 수	고마워요.
정 우	(오며) 뭐가 고맙단 거야? 포기해줘서? 그런 거라면 고마워하긴 일러.
현 수	내 재능 처음 알아봐줬구 지금까지 믿어줬어요.
정 우	또 선 긋는다. 대표님과 작가루! 그어놓은 선 언제 치울 거야?
현 수	(보는. 치울 생각이 없으니까).....
정 우	여자라서 그런 거야. 작가라 그런 거 아냐. 나 작가 안 좋아해. 또라이들 많아서.
현 수	(미소) 나두 또라인데. 몰랐어요?
정 우	몰랐어. (현수 얼굴로 훅 들어가며)
현 수	(훅 들어와 놀라는)
정 우	(뒤로 오는. 귀엽다 놀라는 거) 뭘 그렇게 놀래?
현 수	준하 오빠 뭐래요? 이제 알려주세요. 전 제가 처한 상황 제대루 알구 대처하구 싶어요.
정 우	.....(그래 어차피 알 거) 작가 붙었대!
현 수	(철렁).....
정 우	살아! 저 꽃처럼.
현 수	난이도 너무 높은데요.

씬26. 굿스프 홀 — 밤

정선, 있다. 매출 전표 보고 있다. 태블릿 PC 이용해서. 핸드폰에 메모란에 쓰고 있다. 적자 1600. 인건비 2000. 적자다. 인기척 소리 낸다 누군가. 보면. 민호다.

정 선 왜 안 가구?
민 호 제가 셰프 좋아해서 이 식당 온 거 아시죠?
정 선 알아.
민 호 부양가족이 있어요. 아무리 좋아해두 최저 생활비 보장 안 되면 못 해요.
정 선 (미소) 안 망한다 나. 쓸데없는 걱정하는 거 보니까 할 일이 없구나. 일 빡세게 시켜줄게!
민 호 (이런 말을 기다렸다) 네 셰프! (손가락 경례하는)
정 선 딴 애들은 다 갔지?

씬27. 굿스프 주방

하성, 당근을 썰고 있다. 쥘리엔느(julienne)로 썰어놓은 것을 브뤼누아즈(brunoise)로 썰고 있다. 3mm가 되어야 되는데 2mm, 4mm 들쭉날쭉이다. 경수, 집에 갈 차비 다 하고 들어온다.

경 수 야 너 식당 재료루 연습하는 거야? 지금 식당 어려운데
하 성 (O.L) 내가 사왔어. 가! 왜 들어와서 참견이야?
경 수 내가 가르쳐줄게. 형이 하는 거 봐봐! (하면서 칼을 달라고 손을 내미는)
하 성 형 같은 소리하지 말구 가! 써는 거 잘한다구 니가 뭐라두 된 거 같냐? 단순 무식해 갖구 무슨 파인다이닝을 하겠다구!
경 수 됐다! 도와줄라 그랬더니! (나가며) 미국 CIA 나왔다구 어깨뽕 들어 갖구 기본적인 것두 못하는 자식이 무슨 파인다이닝을 하겠다구!
하 성 야아!!! (경수 나갔다. 다시 써는데)

정 선 (들어온다. 하성이 써는 거 보고) 그러다 다쳐. 슬라이스할 때 손톱 다치
지 않게 손가락을 움켜쥐듯 잡구 해.

하 성 네 셰프!

정 선 망친 거 당근 버터 만들 때 써.

하 성 네 셰프!

정 선 뒷정리 잘하구 가.

하 성 네 셰프! 근데 미슐랭 가이드 발표 11월에 있는 거 아시죠?

정 선 (보는)

하 성 제가 셰프하구 일하기루 결정한 건 단 하나예요. 셰픈 미슐랭 스탈 받을
거란 확신 하나!

정 선 미슐랭 스탈 못 받으면.

하 성 나갈 거예요. 미련 없이. 어차피 내가 나가기 전에 식당이 문 닫겠지만.

정 선 하성인 승부욕 강하구나. 좋아! 니가 가진 확신 나두 믿어볼게.

씬28. 현수집 앞—밤

미나와 민재, 집 앞에서 현수 기다리고 있다. 미나, 으스스 떠는.

민 재 추워? (하면서 어깨 감싼다)

미 나 (팔짱끼며) 몸이 온도 조절을 못 해. 뜨거워졌다 식었다 갱년기 재미없어.

민 재 현수한테 전화해서 비밀번호 가르쳐달라 그럴까?

미 나 아냐. 아무리 자식이래두 지 사생활이 있잖아. 우리가 그렇게 키웠잖아.
독립적으루. 우리가 어김 안 되지.

민 재 당신 불편하잖아.

미 나 괜찮아. 당신 옆에 있구. 요 시기만 지나면 몸이 지 온돌 찾을 거구. 우린
퇴직하구 크루즈 여행 가구. 조금만 참자구요! 내일을 위해!

민 재 (미소) 퇴직하구 당신하구 크루즈 여행 갈 생각하믄 너무 좋아.

차 들어오는 소리. 정우 차 들어온다. 미나 민재 본다. 그 시선으로.

차에서 내리는 현수. '나오지 마세요' 하면서.

미 나   현수다! (가려는데)

정우, 나온다. 미나, 가려다 말고. 가는 민재 막고 숨는. 현수 볼까 봐.

미 나   우리가 가면 산통 깨지잖아.

정우, 들어가라는 손짓. 현수, 인사하고. 먼저 가라는. 정우, 차 타고 떠나는.

민 재   무슨 산통?
미 나   뭐야? 19금일 줄 알았는데. 시시하다.
민 재   (어이없어) 아이구! 박미나 씨!

현수, 오다가 미나와 민재 발견한다.

미 나   서프라이즈!!!!!
현 수   (오는) 엄마!!... 아빠!!!
미 나   니 기사 봤어. 경이가 너 집에서 잔다구 해서 여기루 왔어.
현 수   (미나 허리 안고 안기는)
민 재   너 아빠는?
현 수   아빠두 붙어.
민 재   (미나와 현수 안고) 손이 안 닿는다!

넘어지려면서 균형 잡는. 셋이 웃는.. 가족.

씬29. 굿스프 테라스

정선, 야경 보고 있다. (flash back 씬26. 민호, 부양가족이 있어요. 아무리 좋아해두 최저 생활비 보장 안 되면 못해요.)
정선, 머리 쓸어 넘긴다. (flash back 씬27. 하성, 나갈 거예요. 미련 없이. 어차피 내가 나가기 전에 식당이 문 닫겠지만.)
정선, 핸드폰에서 정우를 찾는다. 핸드폰 통화 버튼을 누른다.

씬30. 도로. 정우 차 안/ 굿스프 테라스

정우, 음악 들으면서 운전하고 있다. 핸드폰 E 발신자 '온정선'

정 우   (받는) 어.
정 선   할 얘기 있어. 내일 아침에 올래?
정 우   지금 갈게. (예전 처음 봤을 때 느끼 버전으로) 니가 보자면 언제든 어디 있든 간다!
정 선   (느끼해서) 아아.. 형!
정 우   (웃으며) 옛날 생각나서 한번 해봤어. (차 돌린다)

씬31. 굿스프 테라스

정선, 허브티를 준다. 정우, 받는다. 두 사람 앉아 있다.

정 우   맥주 마시구 싶은데.
정 선   운전해야 되잖아.
정 우   마시구 싶다구. 누가 마신댔냐? (하면서 차 마시는)
정 선   식당 연 지 8개월이구 지금까지 계속 적자야. 앞으로 투자기 1년까지 4개월 남았어.

정 우	4개월 후엔 결정해야죠! 온정선 셰프에게 굿스프 경영을 계속 맡길 건지 말건지.
정 선	굿스프 식구들 지키려면 내가 하구 싶지 않은 일을 해야 된다구 결정했어.
정 우	예능 프로 나갈 거야?
정 선	머리 좋아 암튼. 바루 알아듣네.
정 우	난 니가 이래서 좋아. 현실 감각!

씬32. 현수 집 거실

미나, 티백차를 세 잔 만들고 있다. 옆에 민재 도와주고 있다. 현수, 방에서 옷 갈아입고 나오고.

미 나	샤워하라니까!
현 수	엄마 아빠 가면.
미 나	엄마 아빠 오늘 안 갈 건데. 우리 딸이 위기상황인데 같이 있어야지.
민 재	그럼 이럴 때 쓰라구 가족이 있는 거야.
미 나	(차 주며) 일 얘긴 하지 말자 우리. 니가 알아서 해. 우린 잘 모르니까. 너 데려다준 남자 누구야? 키 크구 잘생겼더라.
현 수	우리 대표님이야. 제작사.
민 재	니네 제작사 대표야? 젊던데! 능력 있는 남자다!
미 나	결혼은? 했어?
현 수	아니.
미 나	한 번두 안 했어?
현 수	(어이없는) 한 번두 안 했어.
미 나	부모님은? 부모님은 뭐 하셔? 부부 사이는 좋대?
현 수	부모님은 두 분 다 돌아가셨어. 돌아가시기 전/ 부부 사인 모르구.
민 재	(O.L) 우리 현순 진짜 곧이곧대루다. 일일이 하나하나 대답해주구 있네. 이런 애가 촬영장까지 쫓아가서 난리칠 정도면 그 감독이 너한테 어떻게

한 거냐?

현 수 (아빠의 공감에 눈물이)

미 나 일 얘기 하지 말라니까 당신은 왜 해?

민 재 지금 일 얘기가 애한테 가장 큰 문젠데 덮어만 두면 어떡해! 애두 풀 데가 있어야지. 그런 데 써먹으라구 부모가 있는 거야.

현 수 (계속 우는)

미 나 (마음이 아픈. 같이 우는) 울잖아 그러니까. 나 애 우는 꼴 보기 싫어 말하기 싫었단 말야.

민 재 (같이 눈물. 눈물이 나오지만) 우리하구 있을 때 울어야지. 그 감독 앞에 가서 울면 되겠냐! 울어 실컷 울어!

현수, 우는. 따라 미나 우는. 따라 민재 우는.

현 수 (N) 사랑스런 우리 가족이다. 여기서 함정은 일 때문에 울면서두 머릿속을 꽉 채우고 있는 건 단 한 남자뿐이었다. (씬33까지 계속)

씬33. 굿스프 밖 거리 — 이른 아침

현수, 뛰고 있다. 운동복 차림이다. 굿스프를 향해서. 정선 차, 현수를 지나간다. 정선, 운전석 창문을 연 채로. 1부 씬18 연남동 현수 집 골목에서 정선이 자전거 타고 지나간 것처럼. 현수, 차가 지나가니까 비킨다. 정선, 현수인 줄 모르고. 현수, 정선을 봤다.

현 수 (급하니까) 저기요! 저기!

정 선 (무슨 소리 들리는 거 같아 백미러를 본다. 현수다. 왜 저기 있지. 차는 멈추지 않고)

현 수 (쫓아가며) 정선 씨! 야 온정서언!!!!

정 선 (차를 멈춘다. 창밖으로 고개 내밀며) 왜 남의 이름을 그렇게 크게 불러?

현 수 들으라구!

정 선   (나온다) 들었어. 여긴 웬일이야?

현 수   할 얘기 있잖아. 어제 얘기 하다 말았잖아. 벌써 출근하는 거야?

정 선   아니. 여기서 살아.

씬34. 굿스프 주방/ 냉장고 밖/ 냉장고 안

정선, 손에 장 봐온 것 들고 들어오고. 현수, 따라 들어온다. 두리번대면서. 정선, 냉장고로 간다.

정 선   왜 따라 들어와? 밖에서 기다리라니까.

현 수   심심해서 혼자 있기.

정 선   (어이없는 웃음, 냉장고 문 열고 들어가는)

현 수   (멈칫멈칫 보면서 따라 들어가는)

문 닫힌다.

씬35. 동 냉장고 안

정선, 장 봐온 도미와 랍스터를 수납 칸에 넣는다. 현수, 구경한다.

현 수   (신기한) 이렇게 생겼구나. (요리조리 뜯어보는)

정 선   (그런 현수 보고) 여전하네 호기심 많은 건.

현 수   (할 말이 이거다) '잘나가는 애인두 있구 작가가 되겠단 꿈두 이룬 이현수 씨가 왜 후회하구 아팠냐구'가 무슨 뜻이야?

정 선   그 말에 무슨 뜻이 있어? 말 그대루야.

현 수   아니아니... 잘나가는 애인이 있어 내가? 나도 모르는 잘나가는 애인을 정선 씨가 어떻게 알아?

정 선   (아닌가) 들었어.

현 수   누구한테? 아니 누가 그런 개소릴 정성껏 전하구 다녀?

정 선   (피식)

현 수   정선 씨 그렇게 안 봤는데 경솔하다. 그런 건 본인한테 확인해야지. 왜 남
        한테 들은 말을 믿어?

정 선   본인한테 어떻게 확인해? 전활 안 받는데!

현 수   내가 언제 전화 안 받았어? (안 받았다. 그 마지막이 떠오른다) 아니 아니
        그땐 사정이 있었어.

정 선   누구나 다 사정이 있어. 그래두 해. 사정보단 신뢰가 더 중요하니까.

현 수   (또 한 방 먹은)

정선, 냉장고에서 나가려는. 현수가 가로막고 있다. 정선, 현수 보는

현 수   왜?

정 선   안 나가? 춥지 않아?

현 수   다정하게 말하지 마. 기분 좋아.

정 선   (또 어이없다) 진짜 엉뚱한 것두 똑같다 옛날이랑.

현 수   냉장고 문이 닫혀서 못 나갈 수두 있어? 드라마에서 보니까 못 나가던데.

정선, 긴팔을 이용해 현수 옆을 거쳐 문을 민다. 현수와 밀착된다.
현수, 두근두근. 아 그리웠다. 그러다 문이 열리면서 감정 깨진다. 밖이 보
이는. 현수, 아쉽다.

정 선   되게 아쉬운 얼굴이다. 여기 갇히구 싶어?

현 수   나 잘나가는 애인 없어.

정 선   좀 전에 말했어.

현 수   알아들은 거야?

정 선   어.

현 수   사귀는 여자... 있어?

정 선   없어.

현 수   (일단 안심이다) 왜 없어?

정 선   없는 데 이유가 있어?

현 수   (보는) 내가 전화 안 받아서 많이 화났었어?

정 선   난 현수 씨한테 한 번도 화난 적 없어. 화가 안 나. 이제 나가면 안 돼?

현 수   돼. (하고 비켜준다)

정 선   (나간다)

현 수   (정선이 사귀는 여자가 없다. 나한텐 화난 적이 없다. 그가 아직도 나를 좋아하고 있는지 모른다).....

정 선   (밖에서) 안 나올 거야? 냉장고 문 열어놓으면 온도 올라가 식재료 상해.

현 수   (나보다 식재료를 더 신경 쓴다. 날 식재료보다 좋아하지 않는다.)

씬36. 굿스프 테라스/ 현수 작업실

정선, 올라오고. 그 뒤에 현수, 따라 올라오는.

현 수   우와!! 좋다! (전경 보는) 예나 지금이나 집 볼 때 뷰를 최우선으루 보는 건 같네.

정 선   이 동넨 왜 온 거야?

현 수   이제야 나한테 관심을 갖기 시작했네.

정 선   지금 방송 중이구 상황 안 좋은 거 같던데.

현 수   (O.L) 여기서 한가하게 이러구 있을 시간 되냐구? 안 돼 옛날 같음.

정 선   (무슨 말이지)

현 수   달라졌어 가치관이. 꿈을 이루면 모든 것이 달라지는 줄 알았어. 이전과는 다른 세상이 펼쳐지는 줄 알았어.

정 선   ......

현 수   근데 막상 꿈을 이뤘는데 꿈을 이루기 전 상황과 똑같은 삶이 계속돼. 후회했어. 아팠어. 꿈을 이루기 위해 내가 포기한 것들이.

정 선   (포기한 것 중에 내가 있다?)......

현 수   나두 이 동네 살아. 작업실은 여의도. 혹시 정선 씨 만날 수 있나 해서 온 거야.

정 선   (나도 있었구나)

현 수   사과하구 싶었어. 생각해보니까 누군가한테 마음을 고백한다는 일이 쉬운 일이 아니더라구.

정 선   마음 쓰지 마. 어차피 다 지나간 일이야.

현 수   (지나간 일? 난 현잰데)......

정 선   그때두 이해한다구 했어. 지금두 이해해. 난 지금 내가 원하던 오너 셰프가 됐어. 지금 온통 굿스프 생각밖에 없어.

현 수   (그게 아닌데?)

정 선   과거에 미안할 필요 없어. 현재가 중요하잖아. 각자 자기 삶에 충실하면 돼.

현 수   각자? 각자 자기 삶에 충실하잔 얘기하러 내가 여기 왔겠어? 후회한다구 했어. 아파한다구 했어. 그게 무슨 뜻이겠어?

정 선   그때두 지금두 이해한다구 했어. 온통 굿스프 생각밖에 없다구 했어. 그게 무슨 뜻이겠어?

현 수   (황당) 날 거절하겠단 뜻이야?

정 선   (허 찔린) 역시 이현수 씨네! 직설적이구 허를 찌르는 질문이었어.

현 수   예나 지금이나 한마디두 안 져.

정 선   질 이유가 없잖아. 거절이야.

현 수   뭐? (충격)

정 선   거절당할 줄 몰랐지? 후회한다구 아파한다구 하면 다 돼? 이미 지나간 시간을 되돌릴 수 있어? 누군 그 시간 동안 룰루랄라했는지 알아?

현 수   뒤끝 있구나!

정 선   뒷북치는구나! 누군가한테 마음을 고백한다는 일이 쉬운 일이 아니더라구! 그걸 이제 알았어?

현 수   (이제 알았다.)

정 선   모든 걸 받아주는 남자 기대하지 마. 여자들이 만들어낸 환상에만 있어.

현 수   그러구 보니까 그랬네.

정 선   인정은 빨라서 좋아 항상. 난 현실 남자야. 현실 남자루 대해줘.

현 수   현실 남자루 대하는 게 어떤 건데?

정 선   현수 씨가 생각해봐. 생각 잘하잖아. 머리두 좋구. 지금 이 상황에 날 만날 수 있어? 말은 달라졌다구 하지만 사람 달라지기가 쉬워?

현 수 우와 잘났다 진짜!

정 선 그러니까 사랑할 때 고백할 때 매달릴 때 받아줬어야지.

현 수 뭘 얼마나 매달렸다구?

정 선 더 매달리면 스토커구. 범죄잘 원해?

현 수 졌어!

정 선 됐어! 아침 먹구 갈래? 안 먹었잖아.

현 수 (기막힌) 하아! 지금 뭐 해? 거절하려면 확실히 해. 꼬리 남기지 말구.

정 선 진짜 확실히 해?

현 수 (얘 좀 만만하지 않다)..아니.

핸드폰 E 발신자 '경'

현 수 (전화 받는) 어 경!

경 (컴퓨터 앞에 앉아 있다. 모니터엔 반칙형사 스텝 카페. 있고.) 8부 대본
이 올라와 있어. 우리가 주지두 않았는데. 작가 붙였어.

준하, 소파에서 아직도 자고 있다. 쌕쌕 코골고.

현 수 (올게 왔다.) 갈게. (끊는)

정 선 무슨 일 있어?

현 수 무슨 일 많아. 간다. (하면서 뛰는)

정 선 넘어진다 조심해.

현 수 안 넘어져!

정 선 뛰는 것만 보믄 무슨 신나는 일 생긴 줄 알겠다.

현 수 신나. 확실히 거절하지 않았잖아.

정 선 (그 말 훅 들어오는. 정말 사랑스러운 여자다)

씬37. 굿스프 앞

현수, 나오는데. 원준, 들어온다. 서로 마주친다.

원 준　누나?

현 수　원준? 너 왜 여기 있어?

원 준　여기가 직장이니까. 정선이 밑에 있어.

현 수　요리하구 싶다 그러더니 니가 원하는 걸 하구 있구나.

원 준　운이 좋았지.

현 수　나 지금 바빠서 긴 말은 못 하구. 나중에 올게. (가다가) 참! 너 내 전화번호 알지?

원 준　어 있어.

현 수　정선 씨 전화번호 좀 문자루 보내줘.

원 준　알았어.

현 수　(가는)

씬38. 박 작가 작업실 주차장 안 현수 차 안/ 박 작가 작업실 안—낮

현수 차, 들어온다. 현수, 운전하고 있다.

경　　(E) 수영 언니가 자기가 반칙형사 쓰게 됐다면서 연락 왔어. 미안하게 됐다면서. 박은성 작가님이 감수해준대.

현수, 번호 목록에서 민이복 감독님 찾아 버튼 누른다. 신호음 간다.

이 복　(F) 네 민이복입니다.

현 수　감독님 좀 만나요.

이복, 있고. 은성과 수영 있다. 차 마시고 있는. 대본 앞에 놓고. 반칙형사

8부.

이 복   나 만날 시간에 대본 써요.

현 수   8부 대본 올린 거 읽어봤어요. 제가 쓴 거 아니던데요.

이 복   그게 조연출이 실수루 올렸어요.

현 수   조연출이 없는 대본을 실수루 올려요?

이 복   홍진이 형한테 뭐라 했어요? 형이 나한테 뭐라 하던데.

현 수   얘기 좀 해요.

이 복   할 얘기 없어요 난.

현 수   전 있어요. (하곤 전화 끊는다)

주차 끝내고 차에서 내리는 현수.

씬39. 은성 작업실 안/ 방송국 사무실

이복, 은성, 수영 있다.

이 복   (전화 끊어서 전화기 들고) 뭐야? 그냥 끊네! 암튼 시건방져!

은 성   어차피 잘됐어요. 우리 수영이 쉐도우루 일하는 거보다 다들 알게 일하는
         게 좋아요.

수 영   ......

이 복   지금 이 상황에 자기들 이익만 생각하지 맙시다 박 작가! 도와주는 거 확
         실하게 도와줘요.

핸드폰 E '홍진 형'

이 복   (발신자 보고. 한숨) 아이씨! (하면서 전화 받는) 네 형!

홍 진   너 어딨냐? 들어오라니까 어디서 뭐해?

이 복   일하구 있어요. 대본 손보구 있어요. 작가들이 글을 못 쓰니 내가 쓰려구요.

홍 진   들어와 일단 들어와. (끊는)

이 복   (또 상대편에서 말하다 끊었다) 아 진짜! 뭐야 왜 말하는데 끊어! 아 진짜 내가 작가 하나 잘못 선택했다가 이게 무슨 꼴이냐!

현관벨 E 수영, 누군지 문 열어주러. 스크린폰 본다. 현수다. 대박!

은 성   우리가 준 대본 뭐가 맘에 안 든다는 거예요? (수영 보며) 넌 또 뭐가 대박이야?

수 영   현수예요.

은 성   (난감) 뭐? (하며 스크린폰 보러 가고)

이 복   (이렇게까지 할 줄은 몰랐다) 미치겠네 진짜!

은 성   (스크린폰으로 현수 보며) 어머 진짜네! 가슴 떨려! 뭐 이런 개 같은 경우가 다 있어!

수 영   (문 열어주러 간다)

은 성   아 진짜! 불륜하다 본처한테 현장 걸린 기분이야!

수 영   (문 앞에 다 와서) 불륜해보셨어요?

은 성   수영아! 넌 왜 애가 말귈 못 알아듣니? 문이나 열어줘.

수영, 문 여는. 현수다. 은성과 이복 계속 얘기 중.

현 수   오랜만이에요 언니!

수 영   어 들어와.

현 수   (들어온다. 민 감독과 은성 본다)

은 성   도와달라구 해서 도와주긴 했는데. 왜케 주변 정릴 못 해요?

이 복   지금껏 작가 대본 많이 고치구 작가두 붙여봤지만 저렇게 돌발 행동하는 작간 처음이라니까요! 대철 할 수가 없어요. 일반적으루 행동을 해야 대처가 되지!

현 수   (은성에게) 안녕하세요 작가님?

은 성   좋은 일루 봐야 되는데. 내가 참 난감하게 됐다.

현 수   감독님하구 할 얘기가 있어서 왔어요.

은 성   니가 얘기하기 전에 내 얘기 먼저 끝낼게. (이복에게) 민 감독님! 내가 웬만하면 도와줄라 그랬는데 웬만하지가 않네요. 후배 작가 보기 내가 불편해서 못 하겠어요.

이 복   알았어요. 어차피 8부 대본 나온 거 다 고쳐야 돼요. 그거 갖구 안 돼요!

은 성   어머! 지금 나한테 뭐하는 거예요 민 감독? 도와 달라 사정사정해서 밤까지 새우구

이 복   (O.L) 미안해요 박 작가님! (현수에게) 나갑시다 이 작가! (나가면서) 나가서 얘기해요!

은 성   (기막힌) 어머머머! 이게 뭐야! 그게 다예요?

이 복   (신발 신으며) 다음에 내가 술 살게요!

은 성   내가 술 못 얻어먹어서 환장한 줄 알아요?

현 수   (은성에게, 인사하는. 목례. 가는)

은 성   나중에 보자. 니가 좀 정상으루 오면.

현 수   작가님 전에 말씀하셨죠? 작가 생활 10년에 너 같이 사악한 앤 첨 본다구!

은 성   화나서 무슨 얘길 못하니? 다 지난 일이야. 이제 작가두 됐구

현 수   (O.L) 또 이런 말씀두 덧붙이셨죠? 아마 될 거다. 원래 이 바닥이 못돼 처먹은 것들이 성공해.

은 성   너 뒤끝 있구나!

현 수   (O.L) 그때 되게 억울했거든요. 착하게 살았는데 열심히 살았는데 진심으루 작가님 잘되길 바랐는데. 존경하는 작가님이 절 그렇게 생각한다는 게 충격이었어요. 근데 작가님이 잘 보신 거 같아요. 못돼 처먹은 거 맞아요. 다신 안 봤음 좋겠어요. 지금부터 작가님 욕하구 다닐 거예요.

은 성   ········

씬40. 정우 회사 복도. 정우 사무실 앞.

영미, 오고 있다. 비서, 있다.

영 미	대표님 계시죠?
비 서	약속하구 오셨어요?
영 미	나 몰라요? 뭐 그렇게 일일이 물어봐? 피곤하게! 사회생활 하려면 융통성이 있어야지.
비 서	오늘은 더 이쁘세요.
영 미	예쁜 거야 말해 뭐해? 입만 아프지! (들어가는)
비 서	(뛰어가서 문 열어주고. 안에다) 온 셰프님 어머님 오셨습니다!

씬41. 정우 사무실 안

영미와 정우, 앉아 있다. 앞에 차 놓고. 마시고 있는.

영 미	박 대표한테 좋은 전시회 하나 알려주려구 왔어요.
정 우	(보는) 아 그래요? 저 전시회 좋아해요.
영 미	(가방에서 민다니엘 개인전 브로슈어 꺼내서 내민다) 우리 민 교수가 이번에 개인전 열어요.
정 우	(받는. 형식적으로) 아 네에!
영 미	와서 보구 그림 좀 사요.
정 우	(살 생각 없다) 전에 민 교수님 그림 봤잖아요. 작업실 가서.
영 미	그때두 안 사구. 난 박 대표랑 우리 정선이가 친형제 같이 지내서 박 대표에 대해서 무지 호감이야.
정 우	네. 그럼 그림은 못 살거 같구. 전시회 때 필요한 거 있음 말씀하세요.
영 미	물건 필요한 건 없는데.
정 우	그럼 제가 알아서 보낼게요.
영 미	우리 정선이한텐 내가 여기 왔다 간 거 얘기하지 말아요. 걔는 너무 깔끔해서 남한테 뭘 조금이라두 받음 큰일 나는지 아니까. 알면 나 혼나.
정 우	알았어요 어머니. 걱정하지 마세요.
영 미	우리 정선이한테 박 대표가 옆에 있어서 너무 든든해 난. 우리 민 교수 그림이 좋지 않아? 빈센트 반 고흐 같지 않아?

정 우   (전혀 아니다. 차 마시는)

씬42. 굿스프 홀―밤

손님 두 명 앉아 있다. 디저트 먹고 있다. 비프텐던. 맛있게. 정선, 주방 문 앞에서 손님들이 맛있게 먹나 보고.

손 님 1   쇠심줄이 이렇게 맛있나!
손 님 2   초콜렛을 입혔으니까 맛있지. 완전 예술이야.
손 님 1   어떻게 쇠심줄루 디져틀 만들 생각을 했지?
손 님 2   셰프 봤어? 너무 잘생겼어.
손 님 1   그러니까! 다음에 우리 또 오자. (둘 다 그릇을 싹싹 비우는)
정 선   (손님 접시 확인하며 미소)

씬43. 굿스프 주방 안

빠스엔 손님들이 음식 먹은 빈 접시가 네 개가 쫙 놓여 있다. 접시엔 손님들이 남긴 글자 있다. 음식 남은 소스로 만든. '주세요' '맛있어요' '다음 메뉴 주세요' 원준, 경수, 하성, 접시 앞에 서 있다. 민호, 설거지하고 있다.

경 수   (접시 보며) 아 귀여워!
원 준   우리 음식이 디게 맛있었나 봐.
하 성   수셉 너무 유치해요.
원 준   뭐가?
하 성   자기가 확인 칭찬하구 있잖아요.
원 준   아 자식 까칠해 갖구!
민 호   (와서 접시 갖고 가 설거지 하려고 하는)
경 수   (말리며) 야아 하지 마. 사진 좀 찍구! (핸드폰으로 사진 찍는)

민 호	아씨! 빨리 찍어요 그럼!
하 성	(사진 찍는)
원 준	(민호 어깨 감싸며) 우리 막내 로맨틱을 모르는구나!
정 선	(들어오는)
원 준	다 먹었어?
정 선	디저트까지 클리어!
모 두	(좋아하는)
정 선	그렇게 좋냐?
원 준	좋지 그럼.
정 선	오늘 끝나구 약속 있는 사람?

다들, 손들지 않는.

정 선	우리 그럼 오랜만에 몸 좀 풀자! 단합대회 겸!
하 성	이슈 있어요?
정 선	있어! TV 출연 결정했어! 이제 다들 정신 바짝 차려야 돼. 내가 자리 비우는 날이 있을 거야. 수셰프하구 너희들이 내 빈자릴 채워야 돼. 할 수 있겠어?
모 두	(E) 할 수 있습니다!

씬44. 운동장 (3부에 나온)

정선, 하성, 원준, 민호, 경수, 맨발로 달리고 있다. 경주한다. 제일 앞선 경수, 막상막하 민호. 정선 그 뒤. 원준. 제일 뒤처진 하성.

씬45. 방송국 복도

현수 있다. 창밖을 보고 있다가 복도 끝을 본다. 이복과 홍진 있다. 현수 있는 쪽까진 얘기 들리지 않는다. 홍진, 8부 대본 들고 있다. 프린트 된.

홍 진 이 대본으루 하겠단 거야? 미쳤냐 너?

이 복 아 이 대본으론 안 해.

홍 진 그럼 어떻게 할 거야? 이 작가 대본두 싫다! 딴 작가 붙여서 대본 뽑고서 이것두 아니다!

이 복 드라마 작가 수업을 들어서 내가 쓰던지 해야지. 발루 써두 이것보단 내가 낫겠다!

홍 진 너 이거 끝나구 회사 나갈 거냐? 몸값 올려서 나가려구 필사적인 거냐?

이 복 혀엉!

홍 진 이 작가랑 타협 봐. 이 작가 대본 다 나와 있잖아. 대본에 일관성은 있잖아. 그거 갖구 잘해볼 생각을 해야지. 좀 더 시간 끌면 초치기 생방이야!

이 복 작가가 말을 안 듣는다니까!

홍 진 말 잘 듣는 작가치구 글 잘 쓰는 작가 못 봤다!

이 복 신하림은 또 어떻구! 현장에서 지가 감독이야 아주! 내가 아주 죽겠다구!

홍 진 힘든 거 누가 몰라! 니가 더 힘들게 만들잖아. 이 작가 보통 아니잖아. 너두 겪어봤으니 알잖아. (현수 쪽 보며)

이 복 그러니까 여리여리 생겨 갖구 생글생글 웃어서 착한 줄 알았지. 촬영장까지 와서 난리치구!

현수, 두 사람 쪽으로 걸어온다.

홍 진 제발 속 좀 썩이지 말구. 맞춰서 좀 해라. 내가 아주 제명에 못 죽겠다! 위에선 위에서대루 시청률 갖구 난리구. 광고 안 붙는다구 난리구.

이 복 아 미치겠다! 낼 새벽부터 촬영 있는데.

현 수 두 분 말씀 아직 안 끝나셨어요?

홍 진 아냐 우리 얘기 다 끝났어. 둘이 얘기해 이제. 내 얘긴 다 했어 민 감독한테.

현 수 드릴 말씀이 있어요 씨피님께. 감독님두 계시는 게 좋을 거 같아요. 본인 얘길 나중에 다른 데서 들음 기분 나쁘잖아요.

이 복   또 뭔 얘길 할려구 그래요?

현 수   씨피님께서 저한테 민 감독님하구 잘 맞을 거 같다구 함께 일해보면 좋을
          거 같다구 엮어주셨잖아요.

홍 진   근데?

현 수   감독님 바꿔주세요!

홍진·이복   (황당한)

이 복   보자 보자 하니까 뭐하는 짓이야 지금!!!!

현 수   (차분하게) 전 감독님처럼 뒤통수치진 않잖아요!

          이복, 현수 긴장감으로 팽팽하게. 홍진 황당한.

씬46. 운동장

          정선, 있고. 원준 경수 민호 있다. 마지막으로 하성 들어온다. 뛰고 나서
          헉헉대고. 기분 좋은.

경 수   (하성에게) 입만 살아 갖구! 저질 체력이다!

하 성   머리 달린 짐승보단 낫다! 몸만 좋은 게 자랑이냐!

원 준   니들은 또 시작이냐?

정 선   니 둘만 다시 뛸래?

민 호   좋아요! 난 경수 형한테 만 원!

원 준   어디서 못된 것만 배워 갖구!

정 선   안 되겠다! 다 같이 한 번 더 해야겠다. 꼴등은 일주일간 설거지 전담!!

민 호   앗싸!! 이런 게 있어야 뛸 맛이 나지!

하 성   뭐 저런 게 다 있냐!

          정선, 시작 선에 선다. 뒤 따라 시작 선으로 가는 일동.

정 선   굿스프!!

경수·민호   굿스프!

정 선   소리가 작습니다! 굿스프 화이팅!!

일 동   굿스프 화이팅!!!!

정 선   시작!! (달린다)

일동, 허 쩔린. 이건 아니잖아. 그래도 질까 봐 따라 달리는 굿스프들..
청춘의 싱그러움.

이복, 현수 긴장감으로 팽팽하게. 홍진 황당한. 굿스프의 싱그러움 한 화
면에 들어오면서. 끝.

6부

11

집중과 선택

12

겁나?

씬1. 잠실 롯데 타워 — 밤

4부 씬23에 이어
정우, 현수와 얘기 중이다.

정 우 난 성공했구 돈을 무지 벌었지만 아버진 안 계셔. 내 성공을 못 보구 돌아 가셨어. 이순신 장군두 아닌데 자신의 죽음을 자식인 나에게 알리지 말라 구 하셨대.

현 수 ....

정 우 가족을 만들구 싶어. 이제 나한테 가족은 선택이야. 너하구라면 즐겁게 살 수 있을 거 같아.

현 수 (보는. 감정이 오르는)

정 우 왜 그래? 내 얘기가 그렇게 슬펐어?

현 수 (눈물 흘리는)

정 우 너 감정 이입 엄청 잘하는구나.

현 수 (눈물 닦으며) 공모 당선됐어요. 오늘 연락 왔어요.

정 우 축하해! 잘했다! 언제 공모했어?

현 수 근데요. 기쁘질 않아요. 굉장히 원하던 일인데. 평생 이거 하나만 목표루 달려왔는데 기쁘질 않아요.

정 우 (왜 그러지?)

현 수 사랑하는 남자가 있어요. 그걸 너무 늦게 알았어요. 사랑하는 게 이런 건 지 그 남자가 사라져버리니까 알았어요. 그 남자가 내 인생에

정 우 (O.L) 너 지금 나한테 무슨 짓을 하구 있는지 알아?

현 수   기다려달라구 했는데! 전화했었는데 그때 대표님하구 있느라 전화두 못
      받구 그게 마지막 전화였는데... 받았어야 했는데.... 받았어야 했어요. 그
      남자 이제 어디 가서 만나요?
정 우   (어이없는. 고백하는 날 다른 남잘 사랑한단 고백 듣고 있는 자신이. 어이
      없는 웃음)

      현수는 울고, 정우는 웃고. 정우, 현수의 어깨를 감싸준다.

씬2. 도로. 정우 자동차 안

      정우, 운전하고 있고. 현수, 조수석에 있다. 음악 흘러나오고. 에이미 와인
      하우스의 '백 투 블랙'

정 우   뭐 하는 남자야? (혼잣말) 내가 왜 이길 왜 묻구 있나? 알아서 뭐하겠다구!
현 수   미안해요.
정 우   미안해하지 마. 미안하다는 건 끝이란 거잖아.
현 수   (어떡하지)
정 우   그렇다구 겁내지두 말구. 불편하게 하지 않을 거야.
현 수   고마워요.
정 우   (음악 볼륨 올린다) 이 노래 나 좋아해.
현 수   (나도 좋아한다).......
정 우   싫으면 끌까 (끄려는데)
현 수   아니에요! (하면서 끄려는 버튼에 손이 가는)

      끄려는 정우의 손에 현수의 손이 잠시 부딪치는. 현수, 당황하는 아무것
      도 없다는 듯. 정우도. 정우, 운전하는. 달리는 정우 차.

씬3. 정우 집 거실―낮

정우, 창밖을 보고 있다. 집에서 입는 옷. 회중시계 만지작대면서. 비밀번호 누르는 소리 들리고. 준하 들어온다. 정우, 보는. 테이블엔 술 마신 흔적. 컵라면 먹은 흔적.

준 하   (전화 통화하면서 들어오고 있다.) 오빠가 다 알아서 할 테니까 걱정 마. 오빠 믿지!! 나만 믿으면 돼. (정우 보고) 정우 형 보구 있다. 끊을게. 어어! 그래! 오빠두! (끊는)

정 우   이번 여자애하곤 오래간다!

준 하   결혼할 거야. 얘는 내가 팥으루 메주를 쏜대두 믿는다니까.

정 우   머리가 나쁘구나.

준 하   그게 아니라 날 완존 믿는다니까

정 우   (O.L) 그러니까 머리가 나쁘지.

준 하   (테이블 보며) 요즘 회사 출근 잘 안 한다며? 오늘두 안 하구. 아주 완전 맘대루네.

정 우   성공한 사람의 특권이야.

준 하   나한텐 그렇게 포장 안 해두 돼. 현수한테 까였지?

정 우   (실소) 그래 까여서 아프다!

준 하   그럴 줄 알았어. 내가 그때 말해주려다 안 했어. 현수 걔는 아무나 안 사겨. 내가 걔랑 사겼던 애 알거든. 친구로 1년 지내다 사겼었어.

정 우   ......

준 하   소개팅이나 그냥 저냥 아는 남자랑 안 사겨. 기지배가 의심이 많아 갖구

정 우   (O.L) 신중한 거지.

준 하   친구로 지내다 연애하다 헤어졌음 도로 친구루 지낼 수 있잖아. 헤어질 땐 칼 같아. 남자애가 헤어지구 나서 한동안 폐인 됐었잖아.

정 우   왜 헤어졌어?

준 하   존경할 수 없어서. 사랑은 이성이래. 자신을 존중할 수 있는. 자기가 존경할 수 있는 남자랑 결혼하구 싶대.

정 우   좋아하는 남자 있다던데?

준 하	없어 내가 장담한다. 요즘 행복한 고민 중이야. 당선돼 갖구 여기저기 제
	작사에서 계약하잔 제안받아서.
정 우	넌 모른단 거지?
준 하	있어두 별거 아냐. 폴 오스터 이런 애들이야.
정 우	그게 누군데?
준 하	소설가. 무슨 식빵 쓴 애 있어. 암튼 현수랑 사귀려면 옆에서 신뢰 쌓는
	게 중요해. 좋은 팁 가르쳐줬지? 나 결혼할 때 뭐 해줄 거야?

핸드폰 E 발신자 '이현수'

| 정 우 | (핸드폰 보는) |

씬4. 아르누보 안―낮

현수와 정우, 앉아 있다. 밥 먹고. 차 마시는 중.

현 수	격조했어요. 대표님이 해외 일정 많으니까 회사에서 잘 못 뵙네요.
정 우	이제 회사 그만 나와두 되잖아.
현 수	그만 나와두 돼요? 대표님이 그런 말씀 없어서.
정 우	언제부터 내 말을 그렇게 잘 들었다구?
현 수	헤헤... 왜 저한테 작가 계약 하자고 안 하세요?
정 우	여러 군데서 제안 많잖아. 나하곤 불편하잖아.
현 수	불편하지 않게 해주겠다고 했잖아요.
정 우	(미소. 오른쪽 입꼬리 올라가는)
현 수	지금 그거 그거!
정 우	(보는. 뭐?)
현 수	웃을 때 오른쪽 입꼬리 올라가는 거! 엄청 섹시해요.
정 우	(멋쩍어) 내가 그런가!
현 수	그래요.

정 우   나랑 계약하자.

현 수   네. 대표님 돈 많이 벌어드릴게요.

정 우   돈은 많이 벌었어. 너 아니어두 더 벌 수 있구. 니가 하구 싶은 작품 써.

현 수   감사합니다!

정 우   파리 가야 돼. 한 한 달 정도. 일도 보구 사람두 만나구! 선물 사다 줘?

현 수   네!

정 우   (아니라고 할 줄 알았는데) 웃긴다 너!

현 수   제가 아니라구 할 줄 알았죠! 그래서 네라구 해본 거예요.

정 우   (좋은 사람이다 얘는. 미소. 오른쪽 입꼬리 올라가는)

씬5. 파리 호텔 로비 카페 — 낮

정선, 서서 누군가를 찾는다. 찾았다. 정우다. 정우, 정선 알아보고 손든다.
정우에게 가는 정선. 맥주 마시는 정우.

정 우   키가 더 큰 거 같다!

정 선   나이가 몇인데 키가 커요? 군대두 갔다 왔는데.

정 우   (맥주 준다) 넌 은근 할 걸 다 했더라! 이제 될 일만 남았다. 학콘 내년이
        면 졸업이지?

정 선   졸업하면 한 2년 정도 더 레스토랑에서 일할 거예요. 여기서두 셰프루 인
        정받구 싶어요.

정 우   일만 하구 연앤 안 하니?

정 선   (맥주 마시며) 내가 할 소린데 그건! 여자들이 엄청 좋아할 거 같은데 많
        이 가리나 봐!

정 우   가리긴 얼마 전에 여자한테 까였다. 딴 놈을 좋아한대.

정 선   나두 파리 들어오기 전에 까였어요. 일이 중요하대요 사랑보다.

정 우   야망 있는 여자네! 맘에 든다!

정 선   맘에 든다니 다행이다! 한국 들어감 언젠간 꼭 다시 한 번 만날 거예요.
        그때 소개해줄게요.

정 우   내가 뺏으면 어떡하려구?

정 선   뺏는다구 뺏길 나두 아니구. 그 여잔 지금 다른 남자랑 연애 중이구 결혼
         할지두 모른대.

정 우   (안됐단 눈빛) 어우!

정 선   그런 눈빛 나빠요!

         하면서 정선과 정우, 잔 부딪치고 술 마시는.

정 선   (N) 우리 둘이 한 여자를 놓구 이런 대활 나눈다는 걸 짐작도 못 했다. 내
         가 먼저 이 사실을 알았으면 형의 분노를 조금이나마 잠재울 수 있었을
         까. 아직두 의문이 든다.

         타이틀 오르고. 내레이션은 씬6까지.

씬6. 운동장

         5부 씬45에 이어.
         정선, 시작 선에 선다. 뒤따라 시작 선으로 가는 일동. 정선, 경수, 민호, 원
         준.

정 선   굿스프!!

경수·민호   굿스프!

정 선   소리가 작습니다! 굿스프 화이팅!!

일 동   굿스프 화이팅!!!!

정 선   시작!! (달린다)

         일동, 허 찔린. 이건 아니잖아. 그래도 질까 봐 따라 달리는 굿스프들..
         청춘의 싱그러움.

씬7. 방송국 복도

현수, 이복과 대치 중이다. 홍진, 있고.

현 수   (홍진에게) 감독님 바꿔주세요!

홍진·이복   (황당한)

이 복   보자 보자 하니까 뭐하는 짓이야 지금!!!!

현 수   (차분하게) 전 감독님처럼 뒤통수치진 않잖아요!

이 복   이게 무슨 뒤통수예요? 초짜들이랑 하면 이런다니까! 별것두 아닌 거 갖
         구 난리야! 방송 하다 보믄 이런 일 다반사지.

현 수   (O.L) 이런 일 다반사니까 감독님두 겪어보시라구요! 전 감독님 연출이
         맘에 들어서 가만있는 줄 아세요? 디테일이라곤 눈꼽 만큼두 없구

홍 진   (O.L) 아유! 내가 전생에 무슨 죄가 있어서 씨피가 됐냐!!!!!

현 수   (미안한)

이 복   ......

홍 진   당신들 둘이 머리끄덩일 잡구 싸우던 쥐어 패서 얼굴이 밤탱이가 돼서 경
         찰서 가든 알아서 해.

현 수   ....

홍 진   이 작가가 말끝마다 내가 엮어줘서 했다구 나 끌어들이는데. 중매쟁이는
         중매 서면 임무 끝이야. 살고 안 살구는 둘이 결정해야 되는 거야.

현 수   죄송합니다.

홍 진   (이복에게) 방송은 해야 되잖아. 나두 많이 해봤어. 작가두 붙여보구 별짓
         다해봤는데 될 놈 되구 안 될 놈 안 돼! 같은 편끼리 싸워봐야 전력소모
         야. 나 좀 살려주라 이복아!!!!

이 복   ......

홍 진   낼 시청률 떨어지믄 당신들 둘 다 아웃이야!

씬8. 운동장

정선, 원준, 경수, 하성, 민호.. 누워 있다.

정 선	맥주 마시구 싶다!
원 준	(정선 쪽으로 몸 돌리며) 맥주 받구 후라이드 치킨!
하 성	(원준 쪽으로 몸 돌리며) 맥주 받구 후라이드 치킨 받구 뚝뜨!
경 수	(하성 쪽으로 몸 돌리며) 아 이 자식은 또 잘난 척해. 근데 나두 먹어봤다 뚝뜨! 맛있엉어!
하 성	만들 줄두 알거든 난.
경 수	(놀리며) 함 만들어주라! 먹구 시퍼 먹구 시퍼!
하 성	(뒤로 밀리면서) 야아!
민 호	(자기한테까지 밀리니까) 아 진짜 왜들 그래! 애들처럼!
경 수	애들처럼 애들처럼 애들처럼 (하면서 민호에게 엉기는데)
배달원	(E) 여기 치킨 시키셨죠? (오는)
일 동	(일어나 보면)
정 선	누가 시켰어?
원 준	호랑이두 제 말할라 그럼 온다더니 온다!

정우, 오고 있다.

씬9. 운동장 한편

정선과 정우, 캔맥주 마시면서. 앞엔 치킨 놓여 있고. 다른 애들이 먹은 흔적 있고. 운동장 안에서 원준, 하성, 민호, 경수 넷이서 축구하고 있다.

정 우	(애들 보면서) 자알 논다!
정 선	잘 놀아야지 내 새끼들!
정 우	넌 은근 정 많더라. 그러다 다친다!

정 선	형은 은근 철벽 치더라. 다치는 일 별루 없겠어.
정 우	많이 다쳐보구 내린 결론이야. 옆에 둘 사람과 안 둘 사람 나누기.
정 선	영광입니다 옆에 둬주셔서.
정 우	잘해라! 너한테 실망할 사람한테 곁 주는 일 아주 줄어들 거야.
정 선	알겠습니다 대표님! 근데 어쩐 일루 대표님께서 귀한 시간 내서 오신 겁니까?
정 우	스타의 인생메뉴라구 들어봤어? SBC에서 하는 예능프로야.
정 선	들어는 봤는데 한 번두 본 적이 없어.
정 우	봐라! 이번에 프렌치 셰프 대결인데 섭외한 셰프가 갑자기 해외 가는 일 정이 생겨서 대타루 들어가게 됐어. 운이 좋아.
정 선	운이 좋다구 하긴 아직 이르구. 상대 셰픈 누구야?
정 우	안 가르쳐줘. 가보면 알거야. 게스트는 이들래! 아직까지 스타성을 갖구 있는 중년배우야! 니 요릴 선택해주면 너한텐 아주 좋은 기회가 될 거야.

씬10. 방송국 사무실 안

현수, 이복과 앉아 있다. 큰 테이블을 앞에 두고. 서로 건너기 어려운 강을 둔 것처럼. 핸드폰 E 이복 받지 않고. 또 핸드폰 E 이복 받지 않고.

현 수	감독님! 어떻게 하면 되겠어요? 감독님하구 합의점을 찾을 수 없나요?
이 복	내 말 들어요. 그게 합의점이야.
현 수	어차피 감독님 이제 작가 붙이구 싶어두 못 붙이시잖아요. 장르물이에요. 앞뒤가 맞아야 되구 취재두 해야 돼요.
이 복	지금 협박하는 거야?
현 수	감독님 존중해요. 저도 존중해달라는 거뿐이에요. 현장 사정에 맞게 대본 수정하는 거 좋아요. 잘하세요.
이 복	내가 대본 토씨 하나 안 빼고 고대로 찍어줄게. 담 주에 몇 프로 나오는지 봐! 그때 가서 후회하지 마! (일어나 나가는)
현 수	왜 자꾸 안 되는 쪽으루만 생각하세요?

씬11. 도로 현수 차 안

현수, 운전하고 있다. 음악 튼다. (flash back 2부 씬1. 현수, 여의도가 좋아요. 드라마 공모 당선되면 여의도 공원에서 춤춘다 그랬는데 그럴 기회가 없을 거 같아요.) 현수, 핸드폰 연락처에서 정선을 찾는다. 통화 버튼 누른다.

씬12. 정선 집 거실/ 도로 현수 차 안

거실 테이블 위에 놓인 정선 핸드폰. 현수의 전화번호. 뜬다. 안내음 나온다. 전화를 받을 수 없다는. 현수, 전화를 끊는다.

현 수 너 얄밉다 좀! 내가 한 대루 고대루 나한테 하는 거야?

(flash back 4부 씬4. 현수, 오늘 울었어 정선 씨 말대루. 또 내 꿈이 현실에 부딪쳤어. 오늘은 강도가 훨씬 쎄. 정선, 어렵다 이현수 씨는.)

운전하는 현수, 달리는 현수 차.

씬13. 정선 집 거실

정선, 들어온다. 피곤하다. 냉장고에서 물을 꺼내 마시면서 TV를 켠다. 테이블 앞에 있는 핸드폰에서 불빛 반짝. 정선, 핸드폰 본다. 부재중 전화 있다. 본다. 010-0000-0000 현수 번호다.

씬14. 현수 작업실 거실 안

현수, 컴퓨터 보고 있다. 6부 대본. 가전제품 앞 시연. 보고 있다. 경, 커피 타고 있다. 믹스 커피.

경   아까 스텝 카페 보니까 널 새벽부터 촬영 있어. (커피 갖고 오며) 널 방송 보충 씬두 찍나 봐.
현 수   얘기 들었어 감독님한테. 다들 힘들겠어.
경   여기 안 힘든 사람 어딨니? (커피 주며) 앞으루 어떡하겠대?
현 수   (마시는) 으음!! 이 맛이야! 이 시간 때 마시는 커피 너무 좋다!
경   현실도피!
현 수   (미소) 빙고!
경   (마시는. 현수 흉내 내며) 으음! 이 맛이야!
현수·경   (웃는)

핸드폰 E 발신자 '온정선'

현 수   (발신자 보고) 어머!
경   왜?
현 수   아냐! 나 들어가서 받을게! (안으로 들어가는)
경   (왜 저러지)

씬15. 동 현수 방/ 정선 집 거실

현수, 들어오는

현 수   (받으며) 여보세요? 이 현수입니다.
정 선   압니다.
현 수   (의외) 알았어? 내 번혼 줄!

정 선	내가 할 질문 같은데. 내 번호 어떻게 알았어?
현 수	원준이한테. 디게 따진다. 번호 알 수두 있지.
정 선	무슨 일 있어?
현 수	아니! 아니 아니 무지 많아. 감독님 만났거든.
정 선	내가 그 분얄 잘 몰라서 무슨 말을 할지 모르겠어요.
현 수	그냥 들어만 주면 돼.
정 선	그냥 들어만 주는 거 어려워. 남자잖아. 뭔가 해결해주구 싶다구 본능이!
현 수	(어머!) 알았어 그럼 그건 여자랑 할게. 그냥 들어만 주는 거 우린 잘하거든.
정 선	그럼 특별한 용건은 없는 거지?
현 수	어.
정 선	그럼 잘 자. 잘 먹으면서 일해야 돼.
현 수	어. 정선 씨두 잘 자. (끊는. 정선 흉내 내며) 잘 먹으면서 일해야 돼! 끼부리구 있어. 그럼 나두 부려야지.

(flash back 4부 씬2. 정선, 내가 슬플 때 어떻게 했는지 가르쳐줄까?)
현수, 핸드폰에 문자 메시지 쓰기 시작한다. '해결해 줄래?' 쓴다. 애원하는 표정 그리고.

씬16. 정선 집 거실

정선, 이제 티셔츠를 뒤집어 입지 않는다. 정선, 샤워하려고 욕실로 들어가려는데 문자음 E 정선, 확인한다. 현수. '해결해 줄래?' 정선, 문자 쓴다. '어떻게?' (F.O)

씬17. 압구정 토끼굴 — 이른 아침, 6시 (F.I)

원준, 있다. 스트레칭 하면서. 하성, 오고 있다. 살짝 뛰면서.

원 준   왔냐?

하 성   아직 아무두 안 왔어요?

원 준   어. 이 자식들 빠져 갖구! 이래서 내가 집합시킨 거야.

하 성   갑자기 단체채팅방 열어 나오라 그러는 것 좀 하지 말아요.

경수와 민호, 오고 있다. 천천히 걸어서.

원 준   안 뛰냐 니들!

경수, 민호 뛰는 시늉하면서 오는. 뛰는.

경 수   피곤한 데 왜 불러요?

민 호   난 안 피곤한데.

경 수   (어깨 끌어당기며) 아 나 진짜 애 맘에 들어!

민 호   근데 어쩌냐 난 형 맘에 안 드는데!

하 성   아 이 자식 진짜! (민호 어깨 안으며) 딱 내 맘에 들어!

원 준   민호 인기 좋네!

민 호   이게 인기 좋은 거예요? 형들 감정싸움에 저 이용하는 거잖아요.

하성·민호   (놀란. 어떻게 알았지. 둘 다 민호에게서 손 떼는)

원 준   야아 진짜 저 자식 맘에 드네! 각설하고! 정신일도하사불성!

경 수   정신.. 정신일.. 정신일도

하 성   아 자식 정신일도하사불성!

민 호   수셰프! 늙은 말 좀 하지 말아요.

원 준   아우 (머리 짚으며) 무식한 자식들! 고사성어야!

하 성   정신을 한 곳에 모으면 무슨 일이든 할 수 있다!

원 준   고맙다 하성! 셰프 방송 나가면 우리끼리 해내야 돼! 정신을 한 곳에 모
        아서 으샤으샤 해보자구 모이라구 했다.

하 성   셰프는 요?

경 수   셰프는 왜 없어요?

원 준   안 불렀어. 셰픈 좀 쉬어야지. 심기일전!

민 호   아 또 늙은 말!

원 준   고사성어라구!!!

씬18. 서울 숲 일각

정선, 뛰고 있다. 혼자 뛰는 것이 아니다. 그 뒤에 현수 뛰고 있다. 헉헉대다 선다. 예전하고 크게 달라진 게 없다. 정선, 뒤돌아본다.

정 선   포기할 거야?

현 수   아니! (가면서)

정 선   힘들면 그만 뛰어도 돼?

현 수   아냐 뛸 거야. 뛰구 들어가서 일할 거야.

정 선   드라만 제작하는 거랑 보는 거랑 갭 차이가 크더라. 장난 아니게 빡세던데.

현 수   이따 찍지! 알았음 뛰자구 안 했어. 그때 작가가 난 줄 알구 깜짝 놀랐지? 혹시 알구 나온 거야?

정 선   (대답 안 하고) 가자! 들어가서 일해야 된다며! (뛰는)

현 수   왜 대답을 씹어어? (하면서 뛰는)

씬19. 서울 숲 다른 일각

정선, 기다리고 있다. 현수, 걸어서 온다.

정 선   중간에 쉬면 더 힘들어. 관성으루 뛰어야 돼.

현 수   예나 지금이나 잔소리 똑같아.

정 선   이걸 잔소리루 받아들이니까 맨날 똑같지.

현 수   (O.L) 맨날 똑같아? 그 말 되게 싫어하는 말인데. 난 맨날 맨날 성장하는 성장캐이구 싶다구!

정 선	주입식 교육. 성취 지향적 교육 문제야. 왜 맨날 성장해야 되는데?
현 수	(맞다. 이 남자 많이 자랐구나) 그래 왜 맨날 성장해야 되지?
정 선	변했다 그건!
현 수	변했네 그건.
정 선	그러니까 힘들겠다. 시청률 계속 올라야 되구 작간 됐으니까 더 이름 난 작가가
현 수	(O.L 억울한) 그건 아니거든. 더 이름 얻을려구 하지두 않구 시청률 계속 올라야 된다구 생각 안 한다구. (서러움에 눈물이 나오려는) 난 단지 내가 쓴 드라마가 사람들이 하룰 견디게 하는 즐거움이 됐음 한다구!
정 선	거짓말! 그럼 힘들 이유가 없잖아.
현 수	(확 깨는) 억울하다 진짜! 되게 못됐다! 안 보는 사이 진짜 까칠해졌어.
정 선	나 원래 까칠해. 몰랐구나. 나한테 관심 좀 가져줘! (스트레칭 살짝)
현 수	(보는)
정 선	안 뛸 거야? (뛰려고 하면서) 뛰는 건 본인 의지가 가장 중요하지! 나 먼저 간다!
현 수	(우씨) 뛸 거야! (뛰는)

정선, 뛰는. 그 옆에 현수 따라 붙는. 현수, 절대 지지 않을 거야.

씬20. 서울숲 다른 일각/ 서울숲 또 다른 일각

원준, 하성, 경수, 민호, 뛰고 있다. 원준, 페이스메이커.
정선과 현수, 뛰고 있다. 정선, 현수의 페이스에 맞게 뛰어주고 있다.
원준, 하성, 경수, 민호 뛰면서 오는데 맞은편에서 정선과 현수 뛰면서 오고 있다.
원준 일행, 정선과 현수 본다.

민 호	셰프다!
정 선	(원준 일행 본다. 활짝)

현 수   (뭐지 하면서 보면 원준과 남자들이다)

일동, 정선에게 달려가는. 원준, 현수에게 오는.

정 선   오늘 뛰었어?
민 호   수셰프가 정신을 하사해야 된다구. 하사해서 일도를 한다구
하 성   (O.L) 아우 얘 너무 무식해!
경 수   (모른 척하며) 나 저 정돈 아니다!
원 준   누나!
경 수   수셰프 누나예요?
일 동   (현수에게 관심)
원 준   아냐. 반칙형사 작가님이셔! 내가 안다구 했잖아.
경 수   우와 진짜예요?
현 수   안녕하세요?
일 동   안녕하세요?
하 성   우리 셰프님하곤 무슨 사이예요?
현수·정선   ......
원 준   밥 뭐 먹을까 우리?

씬21. 샌드위치 전문점 주문대/ 좌석

정선과 현수, 주문하고 있다. 원준도. 하성, 경수, 민호 좌석에 앉아 있다.

정 선   샌드위치(하면서 숫자 세는데)
원 준   6개!
정 선   샌드위치 6개 세트루 주세요.
현 수   (옆에서) 빵 따뜻하게 데워주세요.
경 수   (현수와 정선 보며) 둘이 좀 이상하지?
하 성   이상하긴 뭐가 이상해!

민 호	썸 타네!
하 성	뭐?
민 호	내가 촉이 좀 있어. 둘이 썸 탄다구!
경 수	셰프가 훨씬 어리지 않아?
하 성	어린 게 뭔 상관이야? 남자 여자에!
경 수	누가 뭐래? 셰프 취향에 대해 말하구 있잖아.
하 성	홍아 누난 뭐야? 난 둘이 썸 타는 줄 알았는데.
민 호	둘은 아냐.
하 성	그럼 홍아 누난 내꺼!

정선, 현수, 원준 왔다. 정선과 원준, 주문한 것 들고 왔다. 테이블에 놓는
다.

원 준	니들 뭐 재밌는 얘기했냐?
일 동	(샌드위치 가져와서 먹으며)
경 수	작가님! 팬이에요.
하 성	넌 신하림 팬이잖아.
경 수	암튼 이 자식은 도움이 안 돼.
현 수	괜찮아요. 고맙죠 제가. 우리 배우 팬인데. 본방사수해주세요!
경 수	작가님이 너무 예쁘신 거 아니에요?
현 수	(O.L) 감사합니다. 딴말 나오기 전에 빨리 받을래요!
정 선	(현수 보는)

일동. 웃으면서. 먹는.

씬22. 도로 홍아 차 안/ 현수 작업실 안

홍아, 운전하고 있다. 조수석에 서류 봉투 있다. 봉인된. 핸드폰 E 발신자
'경'

홍아	(받는) 왜?
경	너 보조 작가 맞냐? 어떻게 코빼기두 안 비추냐? 지금 비상사탠데!
홍아	할 일이 없잖아. 언니가 어차피 다 쓰잖아.
경	그래두 같이 있어주면 심리적으루 든든하잖아.
홍아	박정우 대표 있잖아. 감독이 아무리 난리 쳐두 제작사가 작가 편인데 뭐.
경	암튼 빨리 와!
홍아	어디 좀 들렀다 갈게.
경	어디?
홍아	넌 몰라두 돼.

씬23. 현수 작업실 안

경, 있고. 준하, 컴퓨터에 앉아서 게임하고 있다.

경	(전화 끊으면서) 대체 뭘 하구 다니는 거야?
준하	라면 하나만 끓여줄래요?
경	내가 왜 감독님 라면을 끓여요?
준하	배고파서.
경	배고픈데 아침부터 라면을 먹음 어떡해요?
준하	밥 있어요?
경	있어요.
준하	그럼 좀 줘요.
경	알았어요. (하다가) 아 또 말렸네. 감독님 여기 밥 맡겨 놨어요?
준하	서루 돕구 삽시다!
경	서로는 (손 제스처 하며) 쌍방이에요! 상식적으루 감독님이 날 도와줘야 죠. 연봉 일 억이!
준하	세금 떼면 얼마 안 남는 데다
경	(O.L) 엑스 와이프한테 돈 주구 있구. 엑스 와이프한텐 지금까지 돈 뜯기면서 가난한 보조 등을 치냐 등을 치길! (밥을 차리는 자신의 손을 때리

며) 근데 밥 차리는 너는 뭐니! 시녀 병을 갖구 태어난 거니? 생각해봐! 넌 모든 사람의 시다바릴 하구 있어. 보조 시다바리까지!

준 하   (웃으며) 귀엽다!

경   역시 변태야! 여자 보는 눈이 그러니까 이상한 여자랑 결혼해서 털리구 지금까지 돈 대주구 있죠!

준 하   (암말도 못 하고. 평소 준하 답지 않은).....

경   (그러니까 미안한) 계란 있는데 후라이 해줄까요?

준 하   나두 상처받아요.

경   그러니까 후라이 해주냐구 물어보잖아요.

준 하   후라이 말구 삶아주면 안 돼요? 두 개!

경   언니는 왜 안 와? 홍아는 왜 안 와?

씬24. 정우 사무실 안

정우, 자신의 자리에서 소파로 나온다. 홍아, 소파에 서 있다. 서류 봉투 들고. 정우, 앉으라는 제스처. 홍아, 앉는다.

정 우   이제 해요 할 얘기.

홍 아   (서류 봉투를 내민다.) 제가 쓴 일일드라마예요. 이번 HNC 공모에도 냈어요.

정 우   (보는)

홍 아   검토해보시구 제작해주세요. 지금 저 놓치시면 나중에 후회하실 거예요.

정 우   일단 근거 없는 자신감은 흥미롭네요.

홍 아   현수 언니 글 마이너해요. 아시잖아요. 그러면서 제작하시잖아요. 제 글은 스피드하구 대중성 있어요.

정 우   이 작가 까면서까지 자신을 어필할 필욘 없잖아요.

홍 아   언니 글 마이너하다는 건 언니한테두 하는 얘기구. 보통 사람들이 자신을 어필할 때 품성이 좋은 걸 보여주는 쪽을 선택하잖아요. 근데 전 위악을 선택했어요. 강렬하잖아요.

정 우　　강렬하긴 하네요!

홍 아　　친한 언닐 밟고서라두 올라가구 싶은 강한 욕망이 대표님께 전해지는 게
　　　　제 목적이었어요.

정 우　　목적 성공했구 검토해볼게요.

홍 아　　감사합니다.

씬25. 굿스프 홀

영업하기 전이다. 영미와 다니엘, 들어온다. 성장했다. 수정, 맞이한다.

수 정　　안녕하세요? 일찍 나오셨네요.

영 미　　낼 전시회라 이것저것 소소하게 할 게 있어.

수 정　　축하드립니다. 교수님!

다니엘　　시간되면 보러 와요.

수 정　　차 드릴까요?

영 미　　테라스로 올려다 줘. 우리 정선이 있지?

씬26. 정선 집 거실

정선, 촬영하고 외출 차림 들어오는. 원준, 소파에 앉아 있다. 이들래에 대
해 찾은 잡지와 인터뷰 기사 뽑은 페이퍼 보고 있다.

원 준　　촬영하구 온 거야?

정 선　　어. (외출하고 들어와서 하는 행동. 옷을 갈아입던지. 뭘 마시던지)

원 준　　이러다 온정선 우주대스타 되는 거 아냐? (이들래 기사 보며) 옛날에 우
　　　　리 삼촌이 엄청 좋아했었는데. 그때랑 똑같네. 끝나구 사인 좀 받아다 줘
　　　　라. 삼촌 갖다 주게.

정 선　　그런 거 안 하는 거 알면서!

원 준	알지 안 하는 거! 요린 뭐 만드는 거야?
정 선	안 알려줘. 재룐 준비해놓는대.
원 준	짜구 치는 고스톱인 줄 알았더니! 어렵다! 상대 프렌치 셰푼 누굴까. 우리가 아는 셰프겠지. 바닥 좁으니까.
정 선	이들래 씨 뭘 좋아하는지 예상 요리나 뽑아봐. 고객 취향이 뭔진 알구 나가게.
원 준	네 셰프! (일어나며) 현수 누나하곤 뭐야? 사귀는 거야?
정 선	아니. 집중과 선택! 지금 선택은 굿스프! 집중은 굿스프!
원 준	그러다 현수 누나 놓치면?
정 선	한 번 놓쳐봤어. 그러니까 더더욱 이번엔 쉽게 시작 안 해.

씬27. 굿스프 테라스

영미와 다니엘, 차 마시고 있다. 정선과 원준, 나온다. 원준, 두 사람 보고 목례하고 영미 미소로 답하고. 원준, 식당으로 내려가고. 정선, 온다.

다니엘	볼 때마다 멋져지네. 운동해?
정 선	네.
영 미	앉아. 수정이한테 들었는데 너 테레비 나간다며?
정 선	(앉는) 어어.
다니엘	TV 출연하면 유명해지겠네. 젊구 잘생기구. 내 젊은 시절 보는 거 같아.
영 미	지금두 안 빠져! 나 잘생긴 남자 좋아해. 정선 아빠두 잘생겼구 그 전에 만났던 남자두 다 잘생(하다가 뭔가 잘못됐다 화제 바꾸며) 너는 엄마한테 진짜 고마워해야 돼. 니 외모 그거 누가 줬니 너한테!
정 선	점심 먹구 갈 거야?
영 미	여기서 먹구 가려구 시간 맞춰 나온 거야. 차 한 잔 하구.
정 선	그럼 잘 먹구 가서 일 봐. (다니엘에게 목인사하고 일어나려는데)
다니엘	아 참! 고마워. 매번.
정 선	(매번?)

영 미	(눈치 챘다. 말 못 하게 하려고) 그런 애길 뭐 하러 해. 애는 그런 말 듣는 거 싫어해.
다니엘	그래두 사람이 그런 게 아니지 난. 난 나대루 차릴 건 차려야지.
영 미	글쎄 괜찮다니까!
다니엘	사기 이런 건 좀 아니다. 왜 내가 하구 싶은 말을 못 하게 해? 너군다나 자기 아들 앞에서.
영 미	못 하게 한 게 아니라. 필요하지 않으니까.
다니엘	그건 내가 결정하는 거지.
정 선	(이런 거 정말 곤욕스럽다. 슬며시 일어나는)
다니엘	이런 모습 불편하지! 정선이두 이제 성인이니까 이해하리라 생각해.
정 선	(성인이어도 이해 안 된다)
다니엘	고맙단 얘기하려구 했어. 매번 내 전시회할 때 마다 성월 보여주니까 인사는 해야 되겠어서.
정 선	(이건 또 무슨 말? 영미 본다)
영 미	(딴청)
다니엘	무슨 말인지 몰라?
정 선	아니에요. 괜찮아요.
다니엘	(괜찮아요? 이건 또 뭐지. 애가 돈 보낸 게 아니다.)

씬28. 굿스프 밖 주차장

다니엘, 나오는. 차로 가는. 영미, 따라 나오는.

영 미	왜 그래?
다니엘	(뒤돌며) 돈 어디서 났어? 정선이가 보낸 거 아니지? 왜 거짓말해? 왜 등신 취급해? 내가 정신이 앞에서 뭐가 돼?
영 미	정선이!
다니엘	뭐?
영 미	정신이 아니구 정선이라구! 화났다구 남의 아들 이름을 막 바꿔 부르구

그럼 안 되잖아.

다니엘 (기막힌) 알았어 정선이. 사랑하는 사이에 서로 속이는 거 있음 안 되잖아.

영 미 속인 게 아니라 좀 바꾼 거뿐야. 박 대표가 보냈어. 박 대표랑 우리 정선 이랑 친형제나 마찬가지야.

다니엘 그럼 자기 아들이 보냈다 그러면서 아들 위신 세워준 거야? 그럼 난 뭐가 돼? 내 위신은 왜 안 세워줘?

영 미 자기 위신은 계속 세워주구 있잖아. 아들 선배까지 엮어서. 더 어떻게 해?

다니엘 그래두 삐졌어.

영 미 자긴 참 이상하다! 삐지는 타이밍이 웃기잖아. 바로 삐지는 것두 아니구. 밥까지 다 얻어 먹구 삐지니?

다니엘 밥은 먹어야 되잖아. 나 혼자 갈래. (가는)

영 미 (기막힌) 저런 것두 남자라구 같이 살아보겠다구 애쓴다 진짜!

씬29. 굿스프 홀

영미, 들어온다. 정선, 영미보고 손가락을 위로 가리킨다. 테라스로 오라 는 거다. 점심 마감이다. 손님 없다.

영 미 (산 너머 산이다) 그냥 넘어갈 리가 없지 니가!

씬30. 굿스프 테라스

정선, 테라스에 기대고 서 있다. 영미, 올라와 선다.

영 미 아들이 어렵다. 잘못해서 선생님한테 불려온 기분이야.

정 선 그런 식으루 슬쩍 넘어갈 생각하지 마. 잠깐 생각해봤거든 엄마가 손 벌 릴 데가 어딜까. 최악은 나랑 얽힌 사람! 그것만 아님 좋겠어.

영 미	그건 아냐. 내가 왜 너랑 얽힌 사람한테 손을 벌려? 다니엘이 생활비 줘. 교수 월급 얼마 안 되지만 받구 있다구. 꿍쳐놓은 돈 있어.
정 선	꼭 그렇게 남자가 있어야 돼?
영 미	니가 나랑 평생 살아줄 거야?
정 선	혼자 살면 안 되니?
영 미	혼자 살기 싫어. 너 나랑 같이 살기 싫지! 근데 남잔 달라. 잠깐이라두 날 사랑해주잖아. 그것두 아주 뜨거운 온도루.
정 선	뜨거운 거 좋아하다 그렇게 혼나구 또 뜨거운 거야?
영 미	구더기 무서워 장 안 담글 거야? 남자 여자 사는 건, 한때 뜨거운 걸로 사는 거야. 어떤 관계든지 다 밍밍해. 근데 남자하곤 한때라두 뜨겁잖아.
정 선	알았어 길게 얘기해봐야 평행선이야. 자 이제 말해봐. 누구한테 꾼 거야?
영 미	아니라니까!!! 왜케 엄말 못 믿어?
정 선	(아닌데).......

씬31. 정우 사무실 안 ─ 저녁

정우, 홍아가 주고 간 서류 봉투를 연다. 열면 A4 용지 7묶음 나온다. HNC 연속극 공모작 제목 상류사회. 작가 지홍아. 연락처 010-0000-0000. 정우, 표지를 본다.

씬32. 현수 작업실 안 ─ 저녁

현수, 경과 테이블에 앉아 있다. 앞에 노트북 있다.

현 수	오늘 방송 보고 시청률 떨어지면 큰일 날 거 같아.
경	말하는 것만 보면 소풍 앞둔 사람 같아.
현 수	웃으면 복이 와요 그거 하는 거야! 홍아는 뭐 해?

비밀번호 누르는 소리 들리고.

경   왔다. 양반은 못되네.

홍 아   (손에 쇼핑백 들고 들어온다. 화장품 산 거) 안녕!

경   넌 뭐냐? 니가 이러고두 온에어 중인 보조 작가냐?

홍 아   (쇼핑백 현수 앞에 놓으며) 언니 선물! 꺼내봐.

현 수   뭔데에? (하면서 안의 내용물 꺼내면 화장품 나온다. 세럼과 아이크림)
        아아. 나 아직 있어.

경   (구경하는. 난 못 주는데. 난 왜 안 주는데)

홍 아   언니 요즘 피부 거칠해졌어. 드라마두 안 되는데 피부까지 망가지면 너무
        손해잖아.

경   너는 말을 해두 꼭!

홍 아   팩트잖아. 너는 꼭 언닐 신주단지 모시듯이 덜덜 떠니까

현 수   (O.L) 알았어 쓸게. 그럼 니네 안 싸워두 되지? (하면서 세럼 바르고)

홍 아   (물티슈로 손 닦고. 아이크림 열어 손에 던다)

경   (현수에게) 세수 안 해두 돼?

현 수   바르구 세수하구 또 바르려구!

홍 아   이건 내가 해줄게. (손에 던 크림 현수 눈가에 발라주며) 언니!

현 수   어?

홍 아   보조 작가 이름에서 내 이름 빼줘.

경   왜? 그거 올릴려구 다들 보조 작가하는 건데.

홍 아   난 아니거든!

현 수   그래 그럼. 경아! 조연출한테 연락해서 홍아 이름 빼달라 그래.

경   알았어. 암튼 희한하다 넌!

홍 아   방송 할 때까지 아직 시간 있잖아. 뭐 시켜 먹자. 내가 쏠게.

경   너 무슨 기분 좋은 일 있었냐?

현 수   반대야. 홍안 기분 나쁘거나 마음 상하는 일 있음 뭘 사거나 뭘 사줘.

경   얘가 지금 기분 나쁠 일이 뭐가 있어?

홍 아   니가 나에 대해 다 알아?

경   하루 24시간 중에 10시간 이상 붙어 있잖아.

홍 아	같이 있는다구 그 시간이 다 공유된 시간이라구 착각하지 마.
현 수	자매님들! 이제 그만들 하세요. 제가 쏠게요. 뭐 먹을래?
경	해물볶음면!
정 선	(E) 해물볶음면은

씬33. 백화점 가전매장 행사장―낮 (감독 버전)

정선, 요리 시연 하고 있다. 해물볶음면이다. 웍에 재료 넣고 볶는. 불 붙는.

정 선	간단하고 손쉽게 만들 수 있는 요리 중 하나인데요.

요리 시연 보려고 한 사람 한사람 모여들고. 준기, 사람들 틈을 빠르게 헤치고 가려다가

정 선	저한텐 해물볶음면 하면 엄마가 떠오릅니다. 엄마가 야식으루 해주시던 요리거든요.

준기, '엄마'라는 소리와 지글지글 볶는 면 소리에 시선을 뺏긴다. 셰프, 요리 계속하고. 준기, 사람들 틈에서 요리 시연 보고.

정 선	저한텐 스토리가 있는 요리죠!

조폭들 중 하나 사람들 틈에 있는 준기를 발견한다. 조폭들 중 하나 준기에게 다가와 옆에 선다. 준기, 옆에 다가온 조폭 보고. 조폭 준기 보고. 서로 미소. 준기, 아무렇지도 않게 인사하고. 조폭도 인사. 준기, 조폭 밀고 도망치는. 어느 새 와 있던 조폭들 다 준기를 쫓고 있다. 준기, 필사적으로 도망친다.

씬34. 풍광이 멋진 공터

준기, 도망치는. 조폭들 따라오고 있다. 준기, 이제 도망만 갈 수 없다. 준기, 뒤돈다. 자세를 가다듬는다. 한번 붙어보자. 조폭들, 준기를 에워싸는. 감독이 심혈을 기울여 액션씬을 찍는 것이 느껴진다.

경   (E) 갑자기 저기루 왜 튀어?

씬35. 현수 작업실

현수 경 홍아, 해물볶음면과 피자 먹고 있다. TV 화면에선 준기와 조폭들 각양의 자세로 싸우고. 준기, 수세에 몰리면서. 끝. 스텝 스크롤 오른다.

경   저게 말이 돼?
홍 아   그림은 좋잖아 확 트여서.
경   이야기하구 튀잖아. 그림하구.

문자음 E

현 수   (확인한다. 유홍진이다. 실시간 시청률 그래프 보냈다. 수도권. 7에서 시작해서. 내려갔다 올라갔다. 2등이다. 1등과 5프로 정도 차이. 중간에 들쭉날쭉 하다가 백화점 싸움씬에서 좀 올라가고. 공터 싸움씬에서 더 올라간다.)
홍 아   (문자 오자마자 바로 옆에 와서 보며) 시청률이야? 거봐 확실히 싸움씬 시청률 좀 올라갔잖아.
경   저렇게 찍어놓으면 극 전체 리얼리티가 떨어진다니까. 드라마 같잖아.
홍 아   드라마잖아.
현 수   지난 주보다 떨어질 거 같지?
경   아냐 아직 몰라. 이 실시간 정확하지두 않더라.

홍 아   정확하진 않아두 비슷하던데.

현 수   잘게. (일어나 방으로 가며) 홍아는 잘 가라.

홍 아   안 가. 나두 오늘 여기서 잘게.

씬36. 동 현수 방 안—밤

현수, 잠자려고 누워 있다. 시계를 본다. 2시 10분이다. 눈을 감는다. 뒤척
인다. 시계 초침소리 크게 들린다. 정자세로 눕는다. 눈 다시 뜬다. 일어난
다. 시계 본다. 3시 15분이다. 핸드폰에서 반칙형사 기사 4부 씬50에 있
는 기사 댓글 본다. 정선이 댓글 단 거. 이현수 작가님 응원합니다. 공감3
있다. 공감 누른다.

현 수   이런 공감은 10개쯤 할 수 있었음 좋겠다. 이현수 작가님 응원합니다! 감
         사합니다!

씬37. 굿스프 주방

정선, 숫돌에 칼을 갈고 있다. 칼 가방 옆에 있고. 여러 용도의 칼들 꽂혀
있고. 칼이 잘 갈렸나 본다. (F.O)

씬38. 여의도 공원—아침 7시 (F.I)

현수, 걷고 있다. 밤새 못 잤다. 문자 E 보면 민이복이 보낸 문자. 본다. 실
시간 시청률 그래프 보냈다. 본다. 바로 전화 온다. 핸드폰 E 발신자 '민이
복 감독님' 이복, 연출 봉고차 타려고 기다리고 있다.

현 수   네 감독님!

이 복   봤어요? 시청률! 이 작가 찍으란 대루 고대루 찍은 백화점 씬! 시청률 내
        려갔어. 내가 필 받아서 공터루 빼서 찍은 액션씬! 올라갔어. 이게 프로와
        아마의 차이야! (끊는)
현 수   ....

씬39. 정우 사무실 안

        정우, 차 마시고 있다. 앞에 직원.

정 우   촬영은 어디까지 하구 있어?
직 원   7부 반 정도 찍었구 작가님 8부 대본 주시면 담주 방송엔 지장 없어요.
정 우   방송 연예 담당 기자들하구 빠른 시일 내에 점심 약속 잡아. 일주일 내내
        잡을 수 있음 잡아. 김영란 법 안 걸리는 선으루.
직 원   반칙형사 자체 최저 시청률이에요. 안 좋은 기사들 많이 나올 거 같은
        데요.
정 우   그러니까 밥 먹잖아. 밥은 어떤 관계에서두 힘이 쎄.

씬40. 국밥 집

        현수, 국밥 먹고 있다. 먹어야 한다. 핸드폰 E 박정우

현 수   (심호흡하고. 받는) 네 대표님!
정 우   씩씩하다! 시청률표 안 봤니?
현 수   봤어요. 죄송해요. 저 땜에 손해보시게 생겼어요.
정 우   이현수 씨! 이럴 땐 남이 아니라 자신을 젤 먼저 생각하는 게 맞습니다.
현 수   지금 회피 중이에요. 막 먹구 있어요.
정 우   먹는 걸루 회피하는 거 보니까 괜찮네.
현 수   사실.... 겁나요.

정 우	이거 여자 짓이야? 그럼 받아줄게.
현 수	아닙니다!
정 우	똑바루 봐! 그래야 넘어져두 다시 일어날 수 있어
현 수	.......(눈물 글썽)

씬41. 현수 작업실 안/ HNC 방송국 사무실 안

홍아, 경과 기사 보고 있다. SBC 월화극 '반칙형사'가 자체 최저 시청률을 갱신. 이란 제목. 지난 화요일 방송된 '반칙형사' 6회는 7.7%의 시청률을 기록했다. 이는 지난 방송분(9.6%)보다 1.9% 하락한 수치다. 시청률 9% 대를 회복한 지 한 회만에 7%대로 추락하며 좀처럼 반등의 기미를 보이지 못하고 있다. 한편, '반칙형사'는 최근 극본을 맡은 이현수 작가가 촬영장에 난입해 촬영이 취소되는 등 제작진 간의 불화로 한바탕 홍역을 치렀다. 현재 '반칙형사'의 시청률 추락은 이러한 내홍의 결과가 아니냐는 의견도 나오고 있다. '반칙형사'가 남은 방송 동안 이 난관을 어떻게 수습해 나갈지 귀추가 주목된다.

경	어떡하니? 언니 확인하구 나가 돌아다니나 봐.
홍 아	암튼 겁두 많으면서 일을 왜 저질러? 독박 쓰게 생겼다!
경	무슨 독박?
홍 아	이렇게 시청률이 떨어지면 희생양이 필요하잖아. 누구 잘못인가?
경	왜 언니 잘못이야?
홍 아	언니가 촬영장 갔잖아. 내부 문젤 밖으루 표출시켰잖아. 타겟이 될 거야.
경	(설득력 있다) 넌... 인정! 지홍아 너 가끔 보면 비상한 데 있더라.
홍 아	가끔 아니라 원래 그래.

비밀번호 누르는 소리 E

| 경 | 언니다! (어쩔 줄 모르는) |

현수, 들어온다.

홍 아 침착해.

현 수 나 니들한테까지 아무렇지두 않은 척 못 해.

핸드폰 E 홍아 발신자 본다. 모르는 번호다. 일반 번호. 경과 현수, 대화
계속. 홍아 대화와 물려서.

경 언니 차라두 한잔 줄까?

현 수 주면 좋지! 8부 대본 보내구 나올게.

홍 아 (받는) 네 제가 지홍안데요.

직 원 축하드립니다. 이번 HNC 연속극 공모 내신 거 당선되셨습니다.

홍 아 (미소.. 활짝. 드디어 내 때가 왔다) 아 그래요? 시상식은 언제 하나요?

현수와 경, 시상식이란 소리에 홍아 본다.

홍 아 알겠어요. 감사합니다.

경 무슨 시상식?

홍 아 (활짝) 나 HNC 연속극 공모 당선됐대.

경 (어안이 벙벙) 너 공모 냈었어? 언제? 대단하다!

현 수 축하해!

홍 아 언니이! (하면서 와서 현수에게 안기고)

현 수 이제 시작이네.

경 축하해!

홍 아 (몸 떼며) 고마워. 너두 열심히 해!

경 나 지금두 너무 열심히 하는데.

현 수 공몬 운두 있어야 돼. 글 잘 쓴다구 되는 거 아니야. 최종심에 오르는 작
품들 비슷비슷해. 거기서부턴 심사위원들 취향이야. 그러니까

홍 아 (O.L) 언니? 내 축하에만 집중해주면 안 돼? 지금 운이라 그럼 내 노력이
폄하되는 거 같단 말야. 나 죽을만큼 노력했다구!

현 수	아 미안!
경	나두 미안해.
홍 아	뭐가?
경	잠깐 질투 났어. 좋겠다 지홍아! 넌 이제 다 가졌구나! (환하게) 지 작가 님두 차 한 잔 드릴까요?
현 수	역시 경! (하면서 엄지 올린다)
홍 아	나 가도 되지? 알릴 사람이 많아.
현 수	그래 어머니 좋아하시겠다. 가!
홍 아	고마워 언니 힘든 거 알지만 나두 내 인생을 존중해야 되잖아. 이런 날 기뻐해야 되잖아.
현 수	그래서 니가 좋아. 내 눈치 보면서 기뻐하지 않았음 더 자괴감 들었을 거 같아.

씬42. 굿스프 밖

홍아, 차 놓고 기쁘게 안으로 들어간다. 들어가기 전에. 춤추고.

씬43. 굿스프 홀

원준, 경수, 하성, 민호, 수정, 스텝밀 먹고 있다. 면 파티다. 파스타, 짬뽕, 비빔소면. 맛있게. 각자 취향에 맞게. 원준, 비빔소면. 경수, 파스타. 민호, 짬뽕과 파스타. 수정, 짬뽕과 비빔소면. 하성, 파스타와 짬뽕.

원 준	(비빔소면 먹으며)경수야 맛있다!
하 성	(수정에게) 누나! 왜 파스타 안 먹어?
수 정	먹어야 돼?
하 성	구색이 안 맞잖아. 짬뽕두 맵구 비빔소면두 맵잖아. 일부러 내 요릴 피한 다는 강한 의구심이 드네.

수 정	난 내가 먹구 싶은 거 먹어. 꼬아서 생각하는 버릇 있다. 고쳐!
민 호	사이다!
일 동	(웃고)

홍아, 들어온다.

하 성	누나!
원 준	(홍아에게로 온다)
홍 아	어어! 다들 밥 먹는구나.
원 준	어쩐 일이야?
홍 아	정선이 없어? 안 보이네!
원 준	걔 오늘 스타의 인생메뉴 녹화 갔어. 왜?
홍 아	(실망스런 김새는) 그냥.
원 준	같이 먹을래?
홍 아	아냐. 갈래.

씬44. 굿스프 밖

홍아, 나오는. 원준, 따라 나오는.

원 준	무슨 일 없는 거지?
홍 아	오빤 진짜! 너무 좋은 사람이야. 이렇게 좋은 사람인데 왜 감정이 안 생기니?
원 준	(가슴에 총알 맞은 듯. 가슴 부여잡고) 팩트 폭격!
홍 아	오빠! 나 당선됐어. HNC 방송국에서 연락 왔어.
원 준	(활짝) 진짜? (정말 기뻐해주는) 야아! 지홍아! (와서 안아서 한 바퀴 돌린다)
홍 아	(뭔가 좋다. 진심으로 축하받는)
원 준	(내려놓고) 으이구 해냈네!

홍 아	해냈어.
원 준	이제 착하게 살아.
홍 아	잘 나가다가! 언젠 내가 착하게 안 살았어? 정선인 몇 시에 촬영 시작해?

씬45. 방송국 복도/ 출연자 대기실 앞/ 홍아 집 방

정선, 칼 가방 메고 걸어오고, 그 옆에 작가. 가이드라인 주며.

작 가	일단 메이크업 받으시구요. 진행은 여기 적힌 대루 할거구요. 상대 셰프님은 먼저 와 계세요.
정 선	요리는 스타가 원하는 요리랑 자유 요리 2개 하는 거죠?
작 가	네. 순발력이 많이 필요하실 거예요. 녹화 들어가야 원하는 메뉴가 밝혀지니까요. (대기실 앞까지 왔다)

핸드폰 E 발신자 '홍아'

작 가	그럼 녹화 들어가기 전에 올게요.
정 선	네. (하곤 전화 받는) 어!
홍 아	아직 녹화 안 들어갔어? 혹시나 해서 해봤어.
정 선	혹시나 하면 하질 말아야지 왜 해?
홍 아	나 당선됐어! HNC 연속극 공모!
정 선	그래? 축하해!
홍 아	(너무 담담한 거 같아) 리액션이 맘에 안 든다. 너한테 젤 먼저 축하받구 싶어서 굿스프까지 갔었단 말야.
정 선	잘했어 지홍아! 축하한다.
홍 아	말로만 하지 말구 이따 맛있는 거 사줘. 굿스프에서 기다릴게.
정 선	알았다. (전화 끊고)

정선, 대기실 문을 연다.

씬46. 출연자 대기실 안

홍대 아르누보 셰프 이진욱, 메이크업 받고 있다. 거의 끝났다. 정선, 본다. 셰프도 본다.

진 욱   (약간 황당) 니가 나랑 오늘 겨룰 상대야?

정 선   (놀랐지만 침착하게) 안녕하세요 셰프님?

진 욱   넌 예나 지금이나 운이 참 좋구나. 어떻게 여기까지 왔어? (메이크업 끝났다)

정 선   잘 부탁드립니다.

진 욱   그래 해보자! 니 운이 어디까지인지 나두 보고 싶어.

메이크업   (정선에게) 이쪽으루 앉으세요!

정 선   (가서 앉는. 거울 보면서 호흡한다. 메이크업 받는)

씬47. 현수 작업실 안

현수, 있고. 그 앞에 홍진 있다. 긴장감 있다. 경, 커피 놔주고 간다.

홍 진   잠 못 잤나 봐요. 얼굴 푸석푸석하네.

현 수   이 상황에서 어떻게 잠을 잘 자요?

홍 진   (피식) 너무 마음 상하지 말구 들어요. 성적이 나쁘면 과월 붙이던지 공부 방법을 바꿔보잖아.

현 수   (보는)

홍 진   이 상황에서 작가랑 감독이 맞아서 같이 해보겠다 그럼 건드릴 수가 없어. 근데 감독이 대본을 문제 삼으면서 성적이 나쁘니까 나두 어떻게 해볼 수 없어.

현 수   ....

홍 진   작갈 하나 더 들이자. 이 작가 친한 작가 누구 있어? 같이 일할 만한 작가!

현 수	생각해볼게요.
홍 진	현장 얘기 못 들었지? 신하림이 지금 어떡하구 있는 줄 알아?

씬48. 촬영장. 벤 안/ 벤 밖

신하림, 있다. 8부 대본 만지작대면서. 벤 문 열려 있고. 벤 밖에 민이복 있다.

이 복	몇 시간째 이러구 있음 어떡하냐?
하 림	(대본 좌석에 던진다) 고쳐달라구 했더니 고쳐주지두 않구!
이 복	고쳐서 찍어준다구 내가!
하 림	(머리 넘기는) 감독님! 내가 지금 감정이 도저히 잡혀지지가 않아. 낼 하자!
이 복	담주 방송이야.
하 림	재미가 있어야 찍을 맛이 나지! 이틀째 잠 못 잤다구요!
이 복	우리 중에 잠 잘 자는 사람이 어딨냐?
하 림	딴 사람부터 찍어요.(하고 문을 닫는다)
이 복	(황당한) 아아!

벤, 떠난다. 이복, 남겨진.

씬49. 녹화 스튜디오 안

'스타의 인생메뉴' '셰프 대결' 녹화 중이다. MC와 이들래 같이 앉아 있다. 요리 대결할 정선과 셰프, 자신의 조리대 앞에 서 있다. 들래의 영상보여주고.

M C	똑같네요 지금이랑! 식상한 질문이지만 동안을 유지하는 비결 같은 거

있으세요?

들 래   (생각하는 척) 어어! 남편의 사랑?

M C   어우! 비호감 적립되는 소리 들린다!

들 래   (웃는. 애교스럽게) 잘못했어요. 그게 희망사항이에요!

일동·MC   (웃고) 역시 센스 있으시네요! 오늘은 방부제 미모와 탄탄한 연기력으
루 데뷔부터 대중들의 사랑을 받는! 책으루 말하면 스테디셀러 같은 대
표 여배우 이들래 씨 모시구 스타 인생메뉴 진행하구 있는데요. 드시구
싶은 음식이 프랑스 음식이라면서요?

들 래   부야베스라구 신혼여행으루 프랑스 갔을 때 먹었던 요린데요. 그때 되게
행복했던 거 같아요. 남편 없음 죽을 거 같았구 지금은.. 생략할게요. (방
청객 웃음)

M C   부야베스 먹으면서 행복한 기억 떠올리구 싶다! 이거거든요! 우리 프로
가! 셰프님들 들으셨죠?

정선, 진욱, 있다. 정선, 셰프. 앞에 재료를 보면서 어떻게 만들지 계산.

M C   이들래 씨가 신혼여행 때 드셨던 부야베스와 부야베스와 어울리는 요리
하나씩 만들어주시면 됩니다! 앞에 재료 있습니다. 두 가지 요리! 지금부
터 시작합니다!

정선, 파와 마늘을 편으로 자른다. 기름을 두른 팬에 야채를 볶고 홍합을
넣는다. 홍합이 입을 벌리자 홍합을 건져내 살만 따로 빼낸다.
정선, 랍스터를 데쳐 껍질을 벗긴다. 셰프, 새우 홍합 낙지 바지락 볶는데
화이트 와인으로 플람베를 한다. 정선의 부야베스 끓고 있고, 정선 두 번
째 요리한다. 양고기 손질하는. 양고기 포토푀. 진욱의 부야베스 끓고 있
고. 진욱도 두 번째 요리. 도미 카르파쵸.

M C   벌써 뭔가 끓기 시작하네요. (숟가락 들고) 무슨 맛인지 제가 한번 맛보
겠습니다! (진욱 거 먼저 먹는. 맛있다.) 오우! 어 이거 익숙한 맛인데요.

진 욱   프랑스식 부야베슬 우리 식으루 해석해봤어요.

M C   매콤하면서 입맛 당기는 맛인데요.

들 래   기대돼요.

M C   그럼 (정선 거 맛본다. 갸우뚱. 잘 모르겠다.) 아직 잘 모르겠네요.

정 선   (요리 집중. 손질한 고기 수비드 기계에 넣고 섭씨 60도 온도 설정)

M C   온 셰프님 얼굴 표정이 굳어지는데요. 더 끓으면 맛이 나오겠죠!

정선을 클로즈업하러 다가온 카메라 스텝, 수비드 기계 전원 코드에 발이 걸린다. 카메라 스텝, 넘어지지 않으려 그대로 발로 중심을 잡으면서 수비드 기계 코드가 그만 뽑히고 만다. 정선, 그 사실 모르고 계속 요리에 집중.

씬50. 홍아집 홍아 방

홍아, 예쁜 옷을 입고 거울을 보고 있다. 정선과 만나러 가려고. 향수 뿌린다.

홍 아   온정선! 기다려!

씬51. 녹화 스튜디오 안

진욱, 마무리 플레이팅하고 있다. 정선은 익힌 양고기만 있으면 된다. 정선, 수비드 기계에 넣은 고기를 꺼내려는데 기계 전원이 꺼져 있다. 왜 그러지. 고기 꺼낸다. 고기가 익지 않았다. 당황하는 정선. 기계 코드가 뽑혀 있는 거 발견한다.

M C   자 이제 마무리해주세요. 7분 남았습니다. 이진욱 셰프님 거의 다 하셨네요. (정선 상황 눈치 채고) 온정선 셰프님 무슨 문제가 생겼나요?

정선, 서둘러 양고기를 버터와 함께 팬에 올리고 굽기 시작한다. 땀 흘리고.

M C 수비드 기계에 넣은 양고기가 안 익었네요. 시간 안에 요리 완성하실 수 있나요? 이렇게 되면 이진욱 셰프 날로 우승인가요!

진욱, 요리 완성됐다는 종 친다.

M C (E) 5. 4. 3. 2. 1. MC와 들래, 방청객이 카운트를 센다.

정선, 뜨거운 양고기를 썬다. 가니쉬와 함께 플레이팅한다. 정선, 1과 함께 종 친다.

씬52. 현수 작업실 안

현수, 방에서 나온다. 가방 들고. 경, 컴퓨터 모니터 자판 치고 있다.

현 수 뭐해?
경 신하림 악플 남기구 있어. 신고 당했네! 씨이! 아우 지네 오빠가 개진상인 걸 알아야 되는데. 이 상황에 지가 촬영 안 하믄 어떡하겠단 거야?
현 수 나 오늘 집에 갈게.
경 그래 가서 그냥 푹 자. 어차피 다른 작가가 지금 쓰구 있단 거잖아.
현 수 그런 거지. 경아... 나는 지금
경 (O.L) 괜찮아. 이거 망해두 담에 쓰면 돼. 이거 안 돼두 언닌 돼.
현 수 망했단 거구나 벌써.
경 아냐 아냐 그게 아니라 (하다가) 이 상황에선 위로란 걸 시도하는 게 아닌 거 같다.
현 수 니가 있다는 거 자체가 위로야. 난 절망에 빠져 있을게.
경 언니이!!!

씬53. 녹화 스튜디오 안

들래 앞에 진욱과 정선의 요리가 놓여 있다. 들래, 요리를 눈으로 맛보고 있다. 정선, 진욱... 앞에서 긴장하고 있다.

들 래   맛볼게요. (하면서 맛보는. 진욱 음식 맛볼 때는 으음.. 맛있다. 익숙한 맛이구나. 깔끔하면서 맛있다. 정선, 음식 맛볼 때는 이게 뭐지 그 맛이다. 남편과 프랑스에 있는 느낌. 배시시 웃음)

M C   오늘 관전 포인트 하나. 이진욱 셰프님과 온정선 셰프님은 사제지간이랍니다.

진 욱   사제지간은 아니구 제 밑에서 라인쿡 했었습니다.

M C   아아 제자 급두 안 된다는 말씀인가요?

진 욱   아니에요 그건!

M C   이들래 씨! 이들래 씨 손에 온정선 셰프가 청출어람이 되느냐 이진욱 셰프가 당연히 승리하냐가 달려 있는데요. (들래 정선 요리 먹을 때 배시시 웃는 거 보고) 이들래 씨 저 표정 뭡니까? 그렇게 맛있어요?

들 래   그게 아니라

M C   (O.L) 너무 맛이 없어 기가 막혀 웃었구나. 아 이제 선택의 시간입니다. 이들래 씨 결정하셨습니까?

들 래   (갈등된다) 아 잠깐만요. 좀 어려워요. 그리구 사과하구 싶어요.

M C   누구한테요?

들 래   온정선 셰프님이요. 젊구 잘생겨서 얼굴루 출연하신 줄 알았어요.

일 동   (웃는)

M C   이들래 씨 끝까지 매력 발산하시네요. 그럼 보나마나 온정선 셰프 음식이 맛있다는 거네요.

들 래   그건 아니에요. 이제 결정했어요. 누를게요.

들래, 버튼 누른다. 긴장되게 보고 있는 진욱. 정선.

씬54. 녹화 스튜디오 안

방송 끝났다. 다들 치우는 분위기. 정선, 칼 챙기고 있다. 정선, 가슴에 승자가 다는 배지 달고 있다. 들래, 오는.

들 래 맛있기는 이진욱 셰프님 요리가 더 맛있었어요.

정 선 이진욱 셰프님 잘하시는 분이세요.

들 래 잠깐 행복했어요. 이십대가 돼서 남편이랑 파리 거릴 다녔던! 피곤하지만 들떴던 기분 느낄 수 있어서!

정 선 (미소) 감사합니다. 제가 요리하는 이유예요. 잠깐이라두 행복하게 해주는 거.

씬55. 방송국 복도

정우, 걸어오고 있다. 전화하면서. 정선, 온다.

정 우 그래서 신하림 씨 어디 있어 지금? 알았어.

정 선 형은 여기 웬일이야?

정 우 반칙형사 땜에 본부장님 만나러 왔어! 축하한다 일승 올린 거!

정 선 반칙형산 왜?

정 우 방송국에선 작가 붙인다구 하구 배우는 촬영 안 한다구 가버리구. 기산 전부 부정적이야. 이러기두 쉽지 않아.

정 선 그래서 지금 어디 가?

정 우 신하림 씨 만나러. 어떡하든 촬영장에 복귀시키려구! 안 되면 패서라두 데려와야지.

정 선 맞지나 마.

정 우 넌 현수랑 연락 안 해? 그때 보니까 친한 거 같던데. 이럴 때 맛있는 거라두 해다 주면 얼마나 좋아? 하지두 않겠지만!

씬56. 굿스프 홀/ 현수 집 앞 골목

홍아, 있다. 물만. 핸드폰 검색하고 있다. 핸드폰 E 발신자 '착한 스프'

홍 아   (받는) 왜 안 오구 전화야?
정 선   미안하다. 갑자기 약속이 생겨서 너랑 저녁 못 먹겠다.
홍 아   축하해준다며! 기다릴게.
정 선   미안해. 기다리지 마. 나중에 맛있는 거 해줄게.
홍 아   대체 누구 만나는데?

씬57. 현수 집 문 앞.

정선, 있다. 문 열린다. 그 시선으로. 현수 있다.

씬58. 현수 집 안 거실

정선, 있고. 현수, 차를 끓이려고 한다. 현수, 감정 들키지 않으려고 누르고 있다.

현 수   내가 불쌍하다는 소문이 거기까지 난 거야? 꼬리 남긴 거절하더니 이럼 꼬리가 너무 길잖아. (컵 꺼내다가 손에 기운이 없으니까 놓치는)
정 선   (옆에 있다가 컵 받는다)
현 수   어머!
정 선   저리가 내가 할게.
현 수   내가 할래 우리 집이잖아. 정선 씨한테 맨날 얻어먹기만 했잖아. 내가 할 거야.
정 선   잘하는 사람이 하면 되는 거야. 이런 건 내가 잘하니까 현수 씬 현수 씨가 잘하는 걸루 하면 돼.

현 수	잘하는 게 없는 거 같아.
정 선	(보는)
현 수	젤 잘해 글 쓰는 거. 근데 지금 어떻게 됐어?
정 선	(보는)
현 수	그렇게 보지 마. 자존감 바닥이야.
정 선	(현수의 손을 잡는)
현 수	(더 이상 감정을 누를 수 없을 거 같다) 겁나. (눈물 주르륵)
정 선	(마음 아프다. 현수 뺨에 흐르는 눈물을 닦아주는데)
현 수	(정우 말 생각나서) 이거 여자 짓이야! 이 상황에서 여자 짓을 한다 내가! 위로받구 싶어.
정 선	(현수를 번쩍 안아 들어 소파로 간다)
현 수	(정신 번쩍 드는) 아 뭐 하는 거야?

정선, 현수를 소파에 놓고 눕히는

현 수	(바짝 긴장한)
정 선	겁나?
현 수	(겁난다)......

정선, 현수 귀엽다. 현수, 초긴장.

씬59. 현수 집 문 앞

홍아, 온다. 문 앞에 서서 벨을 누르려고 한다.

정선, 현수 귀엽다. 현수, 초긴장. 홍아, 벨 누르려는. 화면 동시에 들어오고.

7부

13

현수 씨한텐 누구든 밀려

14

뭘 믿고

다시 시작해야 되니?

씬1. 남산 국립공원 앞 (4부 씬2)

현수, 정선과 걷고 있다.

현 수 난 사랑이 시시해. 우리 엄마 아빠 결혼한 지 30년이 넘었는데 지금까지 사랑해. 두 사람 보면 별거 없어. 그 별거 없는 사랑에 청춘의 중요한 시길 써버리면 안 되잖아.

정 선 시시한 거구나 현수 씨한테 사랑은.

현 수 오늘 울었어 정선 씨 말대루. 또 내 꿈이 현실에 부딪쳤어. 오늘은 강도가 훨씬 쎄.

정 선 어렵다 이현수 씨는.

현 수 어려워 난. 온정선 씨는 쉽나?

정 선 난 다른 쪽으루 어렵지.

씬2. 굿스프 주방 (4부 씬37)

원준 자신의 일하고 있고. 하성, 경수처럼 날렵하게 썰지 못한다. 경수, 보란 듯이 써는.

정 선 안 되겠다. (원준에게) 수셰프가 똑같이 썰죠! 하성! 칼 넘겨! 주방은 수련하는 곳이 아냐. 프로가 일하는 데지.

수정, 밖에서 안을 들여다보며.

수 정   어머님 오셨어요 셰프님!

정 선   ......(후우)......

씬3. 굿스프 홀

정선, 나오고 있다. 그 시선으로. 영미, 천일홍 꽃다발 한 다발 들고 서 있는.

영 미   너무 예쁘지 않니? 천일홍! 꽃말이 지하구 딱 맞아. 매혹! 변치 않는 사랑!

정 선   (N) 부모는 선택할 수 없다. 내가 선택할 수 없는 일로 벌어지는 일은 내 책임이 아니다. (씬4까지 계속)

씬4. 정선 집 거실

영미, 씬3 천일홍을 화병에 꽂아 테이블에 올려놓는다. 정선, 들어온다. 주방 수납장을 연다. 수납장엔 밀봉되어 포장된 봉투들이 가지런히 놓여 있다. 봉투를 몇 개 꺼낸다. 봉투엔 '블루멜로우' '루이보스, 레몬그라스' '과일블랜딩 차'라고 써 있다.

영 미   (환하게. 화병 보고) 여기두 어울릴 줄 알았어. (정선 보고) 예쁘지! 엄마 잘했지!

정 선   (N) 세상에서 엄마가 제일 예쁜 줄 알았다.

영 미   왜 보구 있어? 엄마 아직 예뻐서? (하면서 자세 잡는다)

정 선   (N. 인써트에) 엄만 항상 아빠한테 자신을 맞췄다.

인써트 과거. 영미(35세) 청순한 원피스 입고. 자세 잡으면서. 배우처럼. 이 시기만 해도 행복한 척이라도 하는. 아들에게 말한다.. 정선은 보여주지 않고. 오직 영미에게만 포커스. 모노드라마처럼.

영 미   엄마는 행복해. 아빠가 엄말 너무 사랑해주니까.

정 선   (감정 깨며. 현재.) 아직두 예쁜 게 중요해?

영 미   (현실) 중요하지 그럼. (하면서 정선에게 팔짱낀다)

정 선   (빼며) 하지 마 징그러.

영 미   (맘 상한) 뭐가 징그러? 엄마하구 아들인데. 내가 너 낳았어. 세상에 나만
        큼 널 사랑하는 사람이 있을 거 같아?

정 선   있을 거 같아.

영 미   아아!! 아니거든. 남자 여자 좋아하는 거 잠깐이야. 그건 내가 잘 알아. 헤
        어지면 그만이라구!

정 선   (어이없는. 그걸 그렇게 잘 아는 사람이) 그걸 그렇게 잘 아는 사람이 그
        렇게 살아?

영 미   내가 사는 게 어때서? 잠깐이라두 즐거운 게 쉬운 줄 알아? 넌 왜 그렇게
        엄마에 대해서 부정적이야? 물론 내가 전에 사고 친 거 많아. 근데 지금은
        안 치잖아.

정 선   보통 자식이 사고 치구 부모가 수습하는 거 아냐?

영 미   우린 보통 아니구 특별하잖아. 스페셜하잖아. 얼마나 독특하구 좋으니?

정 선   (어이없어) 특별한 건 고통스런 거야.

        핸드폰 E '내꺼'

영 미   다니엘이다. 왔나 봐! (받는) 어 나야. (아들은 안중에 없는. 내려간다.)

정 선   (N. 쓸쓸한. 뒷모습보며) 지금 맞춰주는 상댄 전화 온 구본호다. 우리 아
        빠가 아니라. (씬5까지 계속)

씬5. 굿스프 테라스 — 낮

        해경, 앉아 있다. 교양 있고 품위 있는 중년의 모습. 앞에 차 놓여 있고. 옆

엔 잡지 있다. 잡지 중간에 클립 끼워져 있다.

해 경   (차 마시는. 그 위에 소리)

정 선   (N 앞에 있고. 차 마시는) 우리 부자는 만나도 할 말이 없다.

해 경   다음 주말엔 안동 가려구. 벌초할 겸.

정 선   제가 전 주에 다녀왔어요.

해 경   그래? 그럼 벌초는 안 해두 되겠구나.

정 선   네. 근데 어쩐 일이세요?

해 경   아아. (잡지 중간에 클립 끼워진 페이지 편다. 정선의 CF 지면 광고. 냉장
         고와 전기 오븐. 정선의 약력. 종로구 북촌에 혜성처럼 등장한 '굿스프'의
         온정선 오너셰프. 이곳에 문을 열기 전 미슐랭 3스타 레스토랑 라르페주
         에서 일했다. 이후 한국으로 돌아와 프랑스에서 한 경험을 바탕으로 네오
         비스트로 '굿스프'를 오픈. 온정선 셰프는 자신의 요리를 어려운 프렌치
         가 아닌 쉽고 단순한 요리라고 강조한다. 기사. 환한 얼굴. 흐뭇한 미소 숨
         기지 않는) 윤선이가 오빠 기사 났다구 나한테 보여주더라.

정 선   (미소) (N) 어릴 적 내가 기억하던 아빠가 아니다.

해 경   니 동생들이 너 보구 싶어 해. 연말에 여기서 우리 식구 가족 모임 하자.

정 선   (가족?.. 어렵다) 네.

해 경   느이 엄마는 잘 지내지?

정 선   (고개 끄덕이는).....

해 경   맞지 않는 사람들이 있어. 느이 엄마하구 내가 그랬어.

정 선   (보는. N) 폭력에 대한 변명이 너무 비루하다.

해 경   (일어서는) 이제 가봐야겠다. (오른쪽 어깨를 만진다. 아픈지) 오른쪽을
         많이 써서 그런지 이쪽부터 고장이 오나 봐.

정 선   (그러니까 안쓰러운) 병원에선 뭐래요?

해 경   늙어가는 걸 어쩌겠니 병원에서. (전경 보고) 여기 좋다! 서울 오면 여기
         서 쉬면 좋겠는데 느이 엄마만 아니면.

정 선   ......

해 경   간다. (가다가) 할아버지가 주신 땅 팔지 마.

정 선   (긍정의 살짝 끄덕임).......

해경, 내려가는. 정선, 따라가면서. 그 시선으로. 아버지의 늙어가는 뒷모습.

정 선 (N) 엄마 아빠 보면 개운하지가 않다. 두 개 이상의 감정이 마음에서 충돌한다. 마음이 복잡하다. 복잡한 건 어렵다. 어려워서 주저한다. 주저하기 싫어 오버한다. 오버하구 싶지 않아 누른다. 그게 나다. (씬6까지 계속)

타이틀 오른다.

씬6. 방송국 로비 앞─밤 (6부 씬55 다음부터)

6부에 이어

정선과 정우, 걸어 나온다. 남자끼리의 다정함이 깔린. 정선과 정우, 선다.

정 선 (걸어 나오면서 말하는) 이 밤중에 신하림을 만나서 어쩌겠단 거야?
정 우 어쩌긴 촬영장에 복귀시켜야지.
정 선 그게 쉽겠어?
정 우 어렵겠지. 그러니까 내가 가잖아.
정 선 아 또 시작이다! 닭살!
정 우 (웃는) 가!
정 선 어. 형 차 오는 거 보구 갈게. (정우 차 온다. 본다) 아 오네!
정 우 근데 넌 어디루 가냐?
정 선 전화해보구 결정할 거야.
정 우 여자 생겼냐?
정 선 나 여자 생긴 거 체크 말구 형이나 좀 어떻게 해봐. 언제 형수님 데리구 올래?

정우 차 와서 서고 기사 나와 뒷문 연다.

정 우 쫌만 기다려. 얼마 안 남았다. (하고 차에 타는)

정 선   꼭 뭐 있는 사람처럼 말한다.

정우, 손들어주고, 문 닫히고. 정선, 있고. 차 떠난다.

씬7. 방송국 주차장/ 현수 집 거실

정선, 걸어오고 있다. 핸드폰에서 현수 연락처 찾아 통화 버튼 누른다. 신
호음 간다. 현수, 샤워하고 나왔다. 냉장고 문을 연다. 먹을 게 없다. 김치
담은 밀폐 용기. 생수만 잔뜩. 현수, 물 꺼낸다. 핸드폰 E 발신자 '온정선'

현 수   (이름만 봐도 따뜻해지는) 여보세요?
정 선   (차 문 열면서) 어디야?
현 수   집.
정 선   집 주소 좀 문자로 보내줘. (차문 닫고)
현 수   왜?
정 선   정우 형 만났어. 우리가 서로 인생을 응원하는 사이 정돈 되잖아.
현 수   나두 더 이상 사귀자구 안 매달려. 그렇게 선 그을 거까진 없잖아.
정 선   그래서 안 가르쳐줄 거야? (누가 안 가르쳐준대?) 알았어. (전화 끊는)

씬8. 현수 집 현수 방

현수, 거울 보고 있다. 옷은 바꿔 입었다. 자연스러운.

현 수   옷은 됐구. 생얼은 아니다. 화장을 좀 해야지. (하면서 파운데이션 하려
          다) 이건 좀 오바구. (립스틱 고른다. 환한 색으로. 바른다.) 너 쫌 아니지
          않냐. 지금 니가 어떤 상황이니? 이런 상황에 남자 만나구 그럼 돼? 돼!
          (음악 튼다. 백 투 블랙.) 근데 이젠 남자가 뜨뜬미지근하잖아!

씬9. 현수 집 안 거실

6부에 이어
정선과 현수 있다.

현 수 (더 이상 감정을 누를 수 없을 거 같다) 겁나. (눈물 주르륵)
정 선 (마음 아프다. 현수 뺨에 흐르는 눈물을 닦아주는데)
현 수 (정우 말 생각나서) 이거 여자 짓이야! 이 상황에서 여자 짓을 한다 내가! 위로받구 싶어.
정 선 (현수를 번쩍 안아들어 소파로 간다)
현 수 (정신 번쩍 드는) 아 뭐 하는 거야?

정선, 현수를 소파에 놓고 눕히는

현 수 (바짝 긴장한)
정 선 겁나?
현 수 (겁난다)......
정 선 뭘 상상하는 거야?
현 수 암 것두 상상 안 해.
정 선 저녁 먹었어?
현 수 아직.
정 선 (일어나며) 쉬구 있어. 내가 맛있는 거 해줄게.

씬10. 굿스프 홀 (6부 씬56이후)

홍아, 정선과 통화 후 핸드폰만 만지작. 어떡하지. 수정, 온다.

수 정   주문할래요?

홍 아   아니에요 언니.

수 정   기다리시는 분 올 때까지 뭐라두 줄까요?

홍 아   아뇨. 갈래요. (일어나는) 이 근처에 친한 언니 살아요. 거기 가서 같이 먹
         을래요.

씬11. 현수 집 거실

정선, 냉장고 문을 연다. 먹을 게 없다. 김치 담은 밀폐 용기. 생수만 잔뜩.
토마토소스. 그 위로 소리.

현 수   (소파에 있으면서 E) 작업실에서 거의 지냈어.

현 수   그래두 물은 많잖아. 즉석밥두 있어.

정 선   (이미 냉동실 문 열었다. 냉동만두와 소세지. 피자치즈 있다. 냉동만두와
         소세지 꺼내고) 혹시 당면 있어? (하면서 현수 본다)

씬12. 현수 집 주방

정선, 김치를 썰어 볶고. 익으면 소시지 넣고 함께 볶는다. 소시지 익어 물
조금 많이 붓고 끓인다. 냉동만두와 당면 넣는다. 그릇에 만두 넣고 토마
토소스와 피자치즈 올린다. 부대찌개 완성. 전자렌지 알림음 E. 정선, 전
자렌지에서 완성된 만두 그라탕 꺼낸다. 먹음직스러운.

현 수   (와서 완성된 요리 보고. 냄새 맡으며) 우와! 대단하다! 이게 다 내 냉장
         고에 있던 거였다구!

정 선   (가라고 하며) 가만있으라니까! 플레이팅 다 하구 부르면 와서 숟가락만
         들라구!

현 수   그렇겐 못 하지! (하면서 방으로 간다)

정 선   뭐할 건데?

씬13. 현수 집 앞

홍아, 온다. 대문으로 간다.

씬14. 현수 집 주방

테이블에 플레이팅돼서 놓인. 부대찌개와 만두 그라탕. 현수, 카메라로 사진 찍고 있다.

현 수   이런 건 기록으루 남겨놔야 돼.
정 선   별거 아닌데!
현 수   온정선 셰프한텐 별거 아닌 일이 저한텐 아주 특별하답니다! (사진 찍은 거 보여준다)
정 선   (같이 보는)
현 수   (사진 넘기는데 굿스프에서 먹은 음식 사진 나온다)
정 선   이것두 찍었어?
현 수   그럼 누가 만든 건데!
정 선   (얘는 정말 훅 들어온다. 자연스럽게) 자 인제 말해봐. 해결 말구 들어줄 게.
현 수   (얘는 진짜 훅 들어온다. 본다)
정 선   우선 내가 아는 팩트 말해줄게. 본인 입으루 말하기 어려울 거 같아서. 방송국에서 작가 붙이구 배우는 촬영
현 수   (O.L) 안 한다구 가구 기산 너무 공격적이야 댓글두. 절필하래. 본인 입으루 말하기 어려운 걸 얘기하면서 푸는 거야.
정 선   아아 그런 거구나!
현 수   네에 그런 겁니다! (감정이 온다.. 눈물 나오려고) 그래서 슬프구 괴롭구

아파.

정 선   울구 싶음 울어.

현 수   (눈물 벌써 나면서) 나 그럼 진짜 운다.

정 선   (현수 뺨에 흐르는 눈물 닦아주려는데)

현관벨 E

현 수   (눈물 닦으며) 누구 왔다! (미소 지으며) 쫌 나졌어!

정 선   (어이없지만 귀여운) 왔다 갔다 진짜 잘해!

씬15. 현수 집 앞

홍아, 서 있다. 문 열린다. 그 시선으로. 정선이다. 홍아, 놀라는.
정선, 이미 알았다. 안에서 스크린으로 봐서.

홍 아   (황당한) 니가 여기 왜 있어?

정 선   ....(좀 미안한. 그 위로 소리 E)

현 수   (안에서 E) 들어와 홍아야!

홍 아   (진짜 말도 하기 싫다. 안으로 들어간다)

정 선   (어쩔 수 없다)

씬16. 현수 집 거실 주방

식탁 테이블에 플레이팅된 부대찌개와 만두 그라탕. 현수, 홍아 자리까지
세팅하고 있다. 홍아, 들어온. 정선, 뒤에.

현 수   니가 먹을 복은 있나 부다! 정선 씨가 요리했어. 대단하지 않니? 김치 냉
         동만두 소시지루

홍 아	(O.L) 언니 엄청 좋은가 부다.
현 수	(기분 나빠야 되나. 맞아. 나쁜 일 있었지) 잠깐 까먹었다.
정 선	이제 먹자. 너두 앉아.
홍 아	여기가 너네 집이니? 왜 앉으라 마라야? 내가 더 잘 알거든 이 집에 대
	해선.
현 수	(놀란. 왜 저러지.).......
정 선	그럼 알아서 앉든 서 있든! (현수에게) 나 어디 앉아?
현 수	아무 데나 앉아.

점프 시간 경과 짧은 O.L

식탁에 앉아 있는 현수 옆에 정선 앉고. 앞에 홍아. 현수, 부대찌개에 그라
탕 맛있게 먹는. 정선도. 홍아, 깨작깨작.

현 수	좀 짜게 먹음 안 될까? 부대찌갠 짜고 매워야 제 맛이지!
정 선	안 돼. 밤이잖아. 낼 얼굴 붓는다 짜구 매운 거 먹음.
현 수	부어두 돼. 어차피 갈 데두 없어.
정 선	(일어선다)
현 수	어디 가?
정 선	짜구 매운 버전으루 다시 끓여줄게 남은 걸루. (가는)
홍 아	(지금 뭐 하니. 온정선. 내 앞에서. 니들 뭐 하니)
현 수	됐어 하지 마. 일이 커지잖아 그럼.
정 선	안 커 하나두.
홍 아	나 갈게.
현 수	너두 매운 거 좋아하잖아. 먹구 가.
홍 아	아냐 언니. (일어난다) 갈게.
현 수	너 기분 안 좋은 거 같아. 무슨 일 있었어?
홍 아	그러게. 지금 언니랑 나랑 기분이 바뀌어 있어야 하는데. 상황으루 보면.
현 수	....
홍 아	(정선에게) 넌 여기서 자구 갈 거니?

현 수	아니이! (정선보다 대답이 빨랐다)
홍 아	왜 언니가 대답해? 둘이 잘 어울린다. (나간다)
현 수	(정선과 홍아. 무슨 사이지? 정선 본다)

씬17. 룸살롱 복도/ 룸 밖

정우, 걸어오고 있다. 옆에 직원. 직원 안내하고. 직원, 룸을 노크한다. 직원, 문 열고. 정우, 들어간다.

씬18. 룸살롱 안

정우, 들어왔다. 그 시선으로. 하림, 술 마시고 있다. 매니저. 여자들 있고.

하 림	(좀 취한) 여기까지 웬일이야 박 대표가?
정 우	(여자들 보고) 좀 나가 있어요. 신하림 씨하구 할 얘기가 있어서.
여자들	(나가는)
하 림	야아 어딜 나가? (정우에게) 누구 맘대루 애들은 나가 있으래?
정 우	선배님! 촬영장 가셔야죠!
하 림	이 자식 건방지네! (하면서 정우를 한 대 친다)
정 우	(맞는다. 정확히 맞아준다.)
하 림	(다시 때리려는데)
정 우	(막고 손을 뒤로 꺾는다)
하 림	뭐야? 야 안 놔!
정 우	선배에 대한 예의루 한 대는 넘어갈게요. (하더니 풀고. 좌석 가리키며) 앉으시죠!
하 림	(앉는다) 이런다구 내가 갈 거 같아?
정 우	제가 선배님에 대해 좀 알아봤습니다.
하 림	(아직 꿀리지 않아) 알아보면? 내가 겁낼 줄 알아?

정 우	음주사골 좀 치셨네요. 예전 일 다 막았다구 생각하시죠!
하 림	(보는. 만만치 않구나)
정 우	당한 사람들은 선배님 마음 같지가 않습니다. 언젠간 터질 화약고예요.
	제가 당길 수두 있어요.

씬19. 룸살롱 앞

정우 차 서 있고. 정우 차 뒷좌석에 하림 탄다. 정우, 차 문 닫는다.

정 우	(기사에게) 촬영장까지 잘 모셔다 드려.

정우 차 떠난다.

씬20. 현수 집 주방/ 현수 집 앞

현수, 정선과 차 마시는.

현 수	퍼펙트하다 차까지!
정 선	푹 자. 아무 생각 말구. (일어나는)
현 수	있잖아 나 뭐 하나 물어봐도 돼? 좀 민감한 질문인데.
정 선	적자야 식당.
현 수	엥? 나 그거 물어보려는 거 아니었는데. 적자야? 그럼 어떡해?
정 선	걱정하지 마. 내가 알아서 해. 그럼 뭔데?
현 수	...홍아 있잖아.. (사실 물어보기 두렵다) 홍아랑 무슨 사이야?
정 선	무슨 사인 무슨 사이? 친구지.
현 수	아아 친구! 서루 합의된 친구야?
정 선	합의된 친구란 게 뭐지?
현 수	두 사람이 우리 친구 하자 그럼 합의된 거지.

정 선	그런 합원 본 적이 없어. 근데 친구에 왜 합의가 필요해? 사귀다 헤어진 사이면 모를까.
현 수	(안도) 그치! 나두 그렇게 생각해.

핸드폰 E 발신자 '박정우'

현 수	잠깐만! (전화 받는) 네 대표님!
정 우	뭐 하니? (현수 집 불 켜진 거 보며)
현 수	친구 와서 놀고 있어요.
정 우	역시! 넌!
현 수	무슨 일 있어요?
정 우	아냐. 잘 놀아. 신하림 촬영장 복귀했어.
현 수	아 그래요? 잘됐다. 그럼 안녕히 주무세요! (전화 끊는)
정 선	정우 형이야? 신하림 복귀했나 부지?
현 수	어떻게 알았어?
정 선	나두 이제 가야겠다.
현 수	어. 오늘 진짜 고마워.
정 선	뭐가?
현 수	말하기 싫어.
정 선	(어이없는 미소)

씬21. 현수 집 앞

정우, 현수 집 바라보고.

정 우	안녕히 주무세요? (어이없는. 그래도 좋은 미소)

정우, 간다. 정선, 나온다. 현수, 배웅한다. 손 흔드는. 정선, 정우와 반대
방향으로 간다. 한 프레임에 잡히는 사라져가는 정우. 정선, 가고 있고. 정

선을 바라보고 있는 현수.

씬22. 굿스프 앞—밤

정선, 집으로 들어가려는데.

홍 아 (E) 좋냐?

정 선 (보는)

홍 아 갑자기 약속이 생겼다는 게 현수 언니였어? 니가 어떻게 나한테 이럴 수 있어?

정 선 (보는)

홍 아 내가 너한테 어떻게 했는데?

정 선 어떻게 했는데? 뭘 했는데? 내가 너한테 뭘 하라구 한 적 있어?

홍 아 (하라고 한 적 없다. 혼자 다 했다) 그래서 잘했단 거야?

정 선 약속 취소한 거 이미 미안하다구 했어. 내가 니 약속 취소하구 현수 씨한테 갔다구 이렇게 화내는 거라면 이해는 해.

홍 아 이해는 해? 이해를 한다면서 왜케 당당해?

정 선 인생엔 우선순위란 게 있어. 니가 우선순위에서 밀렸어. 내가 널 이해해 줬으니까 니가 날 이해할 차례야.

홍 아 이해 못 해. 내가 왜 현수 언니한테 밀려야 돼?

정 선 현수 씨한텐 누구든 밀려.

홍 아 (충격) 너 알잖아 내 맘이 어떤지! 니 옆에서 빙빙 도는 거 왜 그런지 알잖아.

정 선 (O.L) 너두 알잖아 내 맘이 어떤지. 내 생각엔 한 번두 착각하게 한 적 없는 거 같은데. 있어?

홍 아 (감정 누르며) 없어.

정 선 난 니 감정에 내 책임 없어. 니 감정은 니가 책임지구 처리해야 돼. 더 이상 나한테 니 감정폭력 쓰지 마.

홍 아 (감정 더 이상 못 누른다) 폭력이라구!!!! 내 사랑이 너한텐 폭력이라구!!!! 야 이 개자식아! 그렇게 밖에 말 못 해? 좀 다정하게 말해주면 안 돼?

정 선   너한테 연민 있어. 선만 넘지 않음 우린 잘 지낼 수 있어.

홍 아   (소리 지르는) 너 오늘이 나한테 어떤 날인지 알아? 내가 가장 원했던 걸 얻었어. 너한테 젤 먼저 축하받구 싶었어. 근데 이렇게 잔인하게 굴어? 넌 거짓말두 못 하니? 날 위해 거짓말두 못 해주니? 연민 있다며? 니 연민은 이 정도밖에 안 돼?

정 선   (하아.. 정말 이렇게 감정기복 심한 거. 엄마를 보는 거 같은).......

홍 아   니가 나한테 대한 거 후회하게 해줄 거야. 니가 날 선택하지 않은 게 얼마나 어리석은 일이었는지.

정 선   ....

두 사람 서로 다른 생각으로 보면서. (F.O)

씬23. 현수 집 안— 이른 아침 (F.I)

현수, 컴퓨터 앞에 있다. 현수, 메일 보내고 있다. 반칙형사 9부 대본. 민이복. 박정우. 지홍아. 황보경에게. 기지개 켠다. 스트레칭한다.

씬24. 헬스 센터 장/ 굿스프 홀

정선, 러닝머신하고 있다. 핸드폰 E 발신자 '원준형'

정 선   (받는) 어 형!

원 준   전화했었더라. 못 받았어. 샤워하느라.

정 선   오늘 기자 인터뷰 있어서 아침 프렙 형이 좀 봐달라구.

원 준   바쁘시네 우리 셰프님!

정 선   비즈니스 계절입니다 수셰프님! 그래두 인터뷰 진행은 굿스프에서 할 거야.

씬25. 현수 작업실 안

현수, 커피 타고 있다. 경, 온다.

경   내가 탈게.

현 수   앉아 있어. 오랜만에 내가 타는 커피 마셔봐.

경   9부 대본은 왜 부쳤어? 딴 작가 쓰구 있는데.

현 수   냉정하게 생각해봤어.. 갑자기 들어와서 내용을 어떻게 이어 써? 어차피 내 이름으로 나가는 거잖아. 어떤 작간지 모르지만 내 대본이라두 있음 쓸 때 덜 힘들잖아.

경   대천사 나셨다! 언니이!

현 수   (커피 주며) 이거나 마셔봐! 맛있다!

경   벌써 냄새부터 맛있다. (마시는)

현 수   (미소. 마시는)

비밀번호 E 홍아, 들어온다.

경   (비밀번호 소리에) 홍안가 부다. (홍아 들어오고) 지 작가님! 웬일이세요? 이렇게 일찍 출근하시구?

홍 아   짐 가질러 왔어.

경   (놀라는. 현수 보는)

현 수   (놀랐지만) 어? 그래?

홍 아   어 언니! 이젠 보조 작가 할 수 없잖아.

경   야아 그래두.. 당선됐다구 당장 일을 하는 것두 아니구 이러구 나가버림 어떡해?

홍 아   지금까지 내가 있어봐야 언니한테 도움두 못 됐는데 뭐.

경   그건 맞는데. 그래두 심리적인 측면에선 니가 빠지면 좀 그렇지.

현 수   (O.L) 아냐 홍아야 그렇게 해. 너 좋을 대로 해.

홍 아   좋을 대루 하라는 건 가도 좋단 얘긴 아니잖아.

현 수   (얘 왜 이러지 진짜. 계속 걸리는 거 있었는데) 가도 좋단 말까지 듣구 싶
          은 거야?

경   (뭔가 이상하게 흐르는 긴장감. 둘 눈치 보고. 홍아에게) 내가 도와줄게.

홍 아   아냐 내가 챙길게. 너 부려먹었단 말 듣구 싶지 않아. (경 방으로 들어가
          는)

경   너 왜 그러니 진짜!? (하면서 눈치 보고 따라가는)

현 수   (찜찜한 게 너무 많다. 안 되겠다).......

씬26. 현수 작업실 경 방 안

홍아, 가방에 노트북하고 머그컵. 정선이 준 차 루이보스, 레몬그라스. 라
고 쓰인 봉투 있다. 경, 들어온다.

경   너 너무 심한 거 아니니?

홍 아   심하긴 뭐가 심해? 인생은 각자 가기 좋은 길 찾아 가는 거야. 남 배려한
          다구 기획 놓치면 누가 보상해줘?

경   (O.L) 남 배려해주구 당하면서 그런 말해라. 지가 언제 당해봤다구?

홍 아   너두 정신 차려. 돌아가는 상황 보니까 현수 언니 결국 짤릴 거야. 나하구
          같이 가자.

경   (황당) 뭐?

홍 아   언니가 주는 돈보다 많이 줄게. 내 보조 작가 해줘.

경   가라 너. 그래두 같이 지낸 정이 있어서 이해하려 했는데 너란 앤 진짜 이
          해가 안 돼.

홍 아   아님 말아. 뭘 그렇게 정색을 하구 그래? (다 챙겼다 나가려는)

경   (차 가리키며) 이건 안 갖구 가?

홍 아   너랑 언니 마셔!

경   어머! 그렇게 달래두 지 혼자 마셨으면서 왜 갑자기 선심 써?

홍 아   그게 과연 선심일까! (현수 나중에 정선이 준 거 알면 열 받을 걸)

씬27. 동 거실

현수, 테이블에 앉아 있고. 홍아와 경, 나온다.

홍 아   언니 나 갈게.
현 수   잠깐 얘기 좀 하자. 경아! 넌 자리 좀 비켜줘.
경   어어. (하더니 밖으로 나가고)
홍 아   (현수 자리로 온다) 무슨 얘기? 어제 한잠도 못 잤어 피곤해.
현 수   궁금한 게 있어서.
홍 아   피곤하단 사람 붙잡구 언니 궁금증을 꼭 풀어야겠어?
현 수   왜 이렇게 뾰족하니? 어제 우리 집에서 만난 다음부터. 니가 이러는 이유
        에 정선 씨가 포함되어 있니?
홍 아   정선이가 내 기분에 왜 포함되어 있겠어?
현 수   니가 지금 나한테 하는 행동! 니가 정선 씰 좋아하구 있었다면 다 이해가
        되거든.
홍 아   내가 왜 그런 앨 좋아해? 걔가 나하구 어울린다구 생각해?
현 수   아주 잘 어울린다구 생각해. 모든 면에서. 정선 씨두 널 좋아한다면.
홍 아   (열 받는) 걔가 언니한테 다 말했어? 지가 나 깠다구? 그러니까 언니한테
        염려하지 말래? 언니 진짜 나쁘다! 정선이가 언닐 좋아한다구 내 맘 같은
        건 안중에두 없어? 남자에 미쳐서 우리 우정 따윈 별거 아닌 거야?
현 수   (이건 또 뭐야) 홍아야!
홍 아   언니가 이겼어. 이제껏 언니가 다 이겼어 나한테. 그치만 앞으론 다를 거
        야. (나간다)
현 수   (충격)

씬28. 굿스프 홀

정선, 있고. 기자, 정선의 사진 찍고 있다. 홀을 배경으로. 수정, 한편에 있고.

기 자   (찍어놓은 거 확인하면서) 이제 여긴 다 된 거 같은데요. 주방에서 한 컷 찍었음 좋겠어요.

정 선   죄송해요. 주방은 공개할 수가 없어요. 서비스 타임 앞둔 주방은 많이 예민해요.

기 자   그러니까 더 보구 싶어요.

씬29. 굿스프 주방 안

원준, 버섯 타르트에 들어갈 버섯 볶고 있다. 경수 스테이크에 올라갈 가지 가니쉬 만들고 있고, 하성 냉장고에서 도미 가져온 후 도미살 다듬고 있다. 민호, 뿌리야채 씻고 있다. 한 프레임에서 동시에 분주히 움직이는.

원 준   (팬과 민호 보면서) 민호야! 마카다미아 퓨레 만들 수 있겠어? 전에 봤잖아.

민 호   할 수 있어요. (하면서 와서 다 끓은 마카다미아, 우유, 크림을 써모믹스에 넣는다.)

하 성   그걸 벌써 할 수 있겠어요?

경 수   할 수 있어 민호 머리 좋아.

하 성   가재는 게 편이라구 무식한 애들 둘이 벌써 베프 먹었냐?

경 수   이 자식이 진짜! 민호가 한다에 만 원!

원 준   (O.L 버럭. 평소의 원준이 아니다. 요리할 땐 진지하고 상남자) 야 니네 지금 장난쳐!!!!

하성·경수   (얼음)

원 준   (애들 너무 쫀 거 같아 풀어주려) 온정선 셰프 없다구 온정성으루 안 하는 거냐? 요리는 정성이 반이라구 몇 번을 말해?

민 호   (그 와중에 써모믹스 온도 설정하려는데. 중얼거림) 이거 어떻게 하는 거야? (어떻게 해야 할지 몰라 아무거나 누른다. 너무 높게 설정된 온도. 근데 돌아간다. 기쁘다. 자리도 모르게 소리) 앗싸 된다!

원준·하성·경수   (어이없는. 웃음)

원 준   똑바루 하자!

하성·경수·민호   네.

씬30. 굿스프 홀

수정, 차 갖고 와서 정선과 기자 앞에 놓는다.

정 선   (기자에게) 우리 소믈리에 임수정씨예요. 제가 스카웃했어요.

수 정   (미소. 가는)

기 자   (목례하고) 셰프님 요린 호불호가 있는 거 같아요. 다녀간 후기 보면. 근데 전 되게 새로웠어요.

정 선   감사합니다. 제 요리가 재료 본연의 맛을 살리구 미각을 자극하는 요리가 아니어서 우리한테 좀 낯설 수 있어요.

기 자   근데 집에 가면 생각나요.

정 선   기자님! 오늘 점심 꼭 드시구 가세요.

씬31. 굿스프 주방

씬29에 이은 작업. 원준, 버섯 타르트에 들어갈 버섯 볶고. 경수 스테이크에 올라갈 가지 가니쉬 만들고 있고, 하성 냉장고에서 도미 가져온 후 도미살 다듬고 있다. 민호, 써모믹스에 간 마카다미아 퓌레 그릇에 담는다.

정 선   (들어오며. 작업하는 걸 쫙 본다) 잘하구 있네!

원 준   그럼 우리가 셰프님 없이 못할 줄 알았습니까?

민 호   (마카다미아 퓨레 갖고 와 놓는다) 다 됐는데요.

원 준   (난감. 경수 하성도 슬쩍 본다. 잘못된 거 알았다. 모두.)

정 선   (어이없지만 부드럽게) 이거 몇 도루 갈았어?

민 호   (잘못된 거 알겠다)

정 선   (경수에게) 원준 수셰프가 만든 거 남은 거 없어?

경 수   있어요. (가져오는)

정 선   이건 (마카다미아 퓨레) 높은 온도에서 갈면 밑에 눌어붙구 계속 갈게 되
        면 니가 만든 것처럼 돼. (경수가 가져온 퓨레와 민호가 만든 퓨레 비교되
        게 옆에 놓고) 원준 셰프가 만든 거랑 확실히 다르지?

민 호   네.

정 선   모를 땐 물어봐. 질문하는 건 좋은 거야. 그만큼 관심 있단 거니까.

원 준   (자신 책임인 거 같아)

정 선   주방은 우리 모두가 즐겁게 일하는 곳이다! 누구든 존중받아야 한다! 존
        중!

모 두   존중!

정 선   (박수 치며) 자 이제! 시작합시다!! (원준에게 어깨 쳐주는)

        원준과 정선, 서로 통하는 미소.

씬32. 현수 작업실 안

        현수, 컴퓨터로 메일 보낸 거 수신 확인하고 있다. 9부 대본. 옆에 경. 경
        외에 열어보지 않았다.

경   (와서. 현수 기분전환 해주려고) 언니! 밥 안 먹어?

현 수   너밖에 안 열어봤어. 내가 보낸 9부 대본.

경   스텝 카페에 촬영 장소 보는데 언니가 준 8부 대본에 있는 장소랑 또
        달러.

현 수	다른 거야 항상 달랐으니까 새삼스럽지 않은데. 왜 메일 확인을 안 하는 거야?
경	다들 찍느라 바빠서 9부까진 여력이 없는 거야. 맛있는 거 먹자. 기분 전환할 겸. 내가 예약했어. 돈은 언니가 내. 비싼 데야.
현 수	너 땜에 내가 산다!

씬33. 굿스프 홀

현수, 경 들어온다. 수정, 본다.

수 정	안녕하세요?
현 수	네 안녕하세요? (수정의 안내에 따라 자리에 앉는다.)
경	언니 여기 왔었어?
현 수	어떻게 여길 예약할 생각을 했어?
경	(자리에 앉는) 언니가 가구 싶어 하는 거 같아서. 전에 나한테 온정선 셰프 알아보라 했잖아.
현 수	경아 넌! 우주가 뿌셔질만큼 사랑스러워!
경	헤헤.

씬34. 굿스프 주방 안

정선 빠스 앞에 서 있다. 나머지 각자 자리에서 일하고 있고, 빠스 위 프린터기에서 오더지(주문 내용) 나온다. O번 테이블 런치 코스 2인분.

정 선	(오더지 읽으면서) O번 테이블 런치 코스 둘! 스낵 금방 하니까 로우 피쉬 미리 들어가!
나머지	네!

곧이어, 수정 들어온다. 정선을 마주본 빠스 앞에 서서

수 정 방금 오더 들어간 테이블 손님, 이현수 작가님이에요.

정 선 ....

씬35. 굿스프 홀

현수와 경, 디저트 먹고 있다. 현수, 뿌듯하게. 마치 자신이 한 요리처럼.

현 수 정말 맛있지 않니?

경 언니 여기 데려오기 잘했다. 음식 먹는 내내 기분 좋아 보여.

현 수 순간에 집착하는 거야. 이 순간이 지남 언제 또 행복해질지 모르니까.

경 너무 슬프다 그 말. 바루 불행이 올 거 같아.

정 선 (와서) 맛있게 먹었어?

현 수 (정선 왔다. 얘기도 안 했는데. 환해진다) 어. 어떻게 알구 왔어?

경 어어? 언니 친하구나. 셰프님하구 반말하는 거 보니까.

현 수 어! (정선에게) 여긴 나의 사랑스런 후배!

경 (두 사람 보고 있다가) 언니! (일어나는)

현 수 왜 일어나?

경 나 갈래. (일어나며) 언닌 오늘 대본 쓸 일 없으니까 집으루 바루 가. 여기서 가깝잖아. 난 작업실 들어가서 바뀐 상황 알아내서 연락할게. (번개같이 사라진다)

현 수 쟤 왜 저러지?

정 선 여기 더 있으라는 거 같은데. 우리 집 안 와봤지?

씬36. 정선 집 안 거실

정선, 원두 갈고. 갈린 원두로 커피 내리고 있다. 드립 식. 현수, 앉아 있다

가 온다.

정 선	궁금해서 못 앉아 있지!
현 수	어떻게 알았어? (향 맡으며) 아아.. 좋다!
정 선	블루마운틴이야. 너두 비싸서 못 사먹어. 이건 선물 받은 거. 자 오늘 들어 주기 들어간다.
현 수	(보는. 홍아 생각난다. 정말 묻고 싶다. 물을까 말까)
정 선	말할까 말까 망설이는 거면 말해.
현 수	홍아한테 얘기 들었어. 홍아하구 정선 씨.
정 선	어떻게 들었는지 정확히 얘기해. 오해할 일 없게.
현 수	어떻게 그렇게 단호하구 명확해? 흔들리는 걸 별루 못 봤어. 목표가 분명하구 곁눈두 안 팔아. 진짜 부러워.
정 선	난 흔들려서 넘어지면 잡아줄 사람이 없어. 흔들려두 되는 인생이 아니란 거야. 그러니까 부러워하지 않아도 돼.
현 수	홍아하구 남자 놓구 실랑이하는 거 같아 마음 불편해.
정 선	그럼 포기해 날! 포기될 만큼 마음이라면! 지금 수건 던져!
현 수	....
정 선	난 감정 교란시키는 거 혐오해. 지금껏 만나면서 감정 혼란스럽게 한 적 없어. 왜 나만 확신을 줘야 돼?
현 수	(할 말이 없다)
정 선	인간은 모순덩어리라면서 왔다 갔다 하는 이현수 씨! 자신을 사랑하는 남잘 현실 때문에 밀어내는 이현수 씨! 내가 뭘 믿구 다시 시작해야 되니?
현 수	미안해.
정 선	겁나.. 한 번 밀어낸 여자가 두 번 못 밀어낼 리 없잖아. 현실은 언제나 빡세.
현 수	(내가 밀어낸 게 상처였구나. 그 정도일 줄 몰랐는데) 나만 생각했어. 사랑은 둘이 하는 건데 나만 생각했어. 내가 가벼웠어. 근데 내 진심은 그때나 지금이나 같아. 그럼 지금 내 진심을 나두 믿어선 안 되는 걸지두 모르겠다.
정 선	......

현 수	생각해볼게.

씬37. 정우 사무실 안

정우, 소파에 앉아 있다. 홍아, 앞에 서 있다. 차 마시고 있다.

정 우	축하해요! 내가 가겠다니까 굳이 왜 움직였어요?
홍 아	잠시두 앉아 있을 시간 없어요. 빨리 가구 싶어요.
정 우	(어딜?).....
홍 아	내 꿈이 실현되는 걸 빨리 보구 싶어요.
정 우	아아. HNC 공모 당선작이면 HNC에 저작권이 5년 동안 묶여 있잖아요. 이 작품으론 우리랑 일하면 좀 복잡해요.
홍 아	제가 하고 많은 제작사 중에 대표님을 왜 선택했겠어요?
정 우	알았어요. 생각해봅시다.
홍 아	작품 읽어봤어요?
정 우	술술 잘 읽혀서 좋았어요. 역시 출생의 비밀과 빈부 갈등은 봐두 봐두 안 질려요.
홍 아	노렸어요. 거기 상류층 거의 제 주위 사람들이에요. 다른 드라마보다 리얼할 거예요.
정 우	생각해봅시다. 계약할지 안 할지.
홍 아	계약 조건은 십 원이라두 현수 언니보다 많이 주세요.
정 우	(왜 이러지) 그건 좀 곤란하겠는데요.
홍 아	사심이죠? 언니 좋아하니까
정 우	(O.L) 지홍아 씨! 지홍아 작가님! 저랑 일하려면 지켜줘야 되는 것들이 있어요. 우선 신뢰가 있어야 돼요 저에 대해.
홍 아	......
정 우	이 작가는 공모 당선으루 시작했고. 그 뒤에 단막극 특집극으루 좋은 평가 받았어요. 지금 지홍아 씨에 대한 평가 자체가 안 되는 상태예요.
홍 아	언니는 단막극이지만 전 연속극 당선했어요.

정 우   (O.L) 드라만 글이 아니라 방송된 걸루 평가되는 겁니다.

홍 아   ....

씬38. 도로 정우 차 안/ 현수 집 거실 — 밤

정우, 있고. 현수에게 전화한다. 현수, 차 마시면서 거실을 걷고 있다.

현 수   (발신자 보고 받는) 네 대표님!

정 우   뭐 하니?

현 수   어어.. 생각해요.

정 우   생각은 무슨! 나와! 이럴 때 생각함 머리만 아파. 걷는 게 낫다구.

씬39. 북촌 틈새 꽃 골목

정우, 현수와 걸어오고 있다. 기분 좋은 산책 같은. 정우, 틈새 꽃 있는 곳
으로 가는. 꽃 없다. 여기 괜히 데려왔다. 어떡하나.

정 우   (현수 보며) 없다.

현 수   할 일 다하구 들어갔어요.

정 우   (안도) 죽은 게 아냐?

현 수   꽃이 필 때가 있는 거잖아요. 소임 다했으니까 쉬다가 또 나와요.

정 우   (미소. 걷는)

현 수   대표님한테 이런 모습 있는지 몰랐어요.

정 우   어떤 모습?

현 수   따뜻함? 쑥스러움?

정 우   왜 그런 생각을 하게 됐지?

현 수   누가 또 저한테 폭탄 던졌어요? 폭탄 맞기 전에 각오하라구 우리 씩씩이
         보여주면서.. 그러니까 너두 살아. 이거 하려구 하셨던 거 아니에요?

정 우	비슷해. 홍아 씨 얼마 전에 찾아왔었어 작품 갖구. 오늘두 만났어.
현 수	뭐래요?
정 우	계약하자는데?
현 수	하실 거예요?
정 우	반반! 작품이 재밌어서 반! 성격이 니무 강해서 반!
현 수	(하고 싶어 한다. 편하게 해주려고) 성격이 무슨 상관이에요? 같이 살 것 두 아닌데. 같이 살 거예요?
정 우	아니.
현 수	그럼 대표님 평소대루 해요. (하늘 보며) 우와... 하늘 참 좋다. 올해 들어 하늘이 이렇게 생겼는지 처음 봤네.
정 우	(같이 하늘 보며) 진짜 하늘 좋다!
현 수	물어볼 거 있는데 물어봐두 돼요?
정 우	언제 물어보구 물어봤니?
현 수	내가 좀 왔다 갔다 하구 좀 가볍죠?
정 우	누가 그래?
현 수	누가 그러더라구요.
정 우	별말 다하는구나 일 좀 안 풀린다구! 잘못 본 거야 그 사람이 널.
현 수	(이분도 확실하네)......
정 우	넌 너무 생각을 많이 해서 문제야. 특히 사랑에 대해. 마음 가는 대루 움 직이면 되잖아.
현 수	(그걸 못 했다고요)......
정 우	실체두 없는 감정 껴안구 언제까지 혼자 지낼래? 이제 그만해. 만날 수두 없는 남자 맘에 품는 거.
현 수	(그건 아닌데)
정 우	현실적이면서 현실적이지 못해. 사랑에 대해선. 지금 니 현실은 나야.
현 수	(어떡해)........

씬40. 굿스프 테라스—밤

같은 하늘 아래. 정선, 전경 보고 있다. 원준, 있다.

원 준 여긴 언제 봐두 좋아. 우리 여기서 늙어 죽을 때까지 식당했음 좋겠다.

정 선 형은 독립해야지. 이 근처루.

원 준 그것두 괜찮구! 굿스프 2호점!

정 선 형은 욕심이 없어? 자기 이름 갖구 싶지 않아?

원 준 굿스프 이름 좋잖아. 너한테 얹혀가는 게 좋아 난. 굿스프 2호점엔 1호점
엔 없는 최원준 셰프가 있다! 멋지지 않아?

정 선 (미소) 당장 이번 달부터 적자나 면했음 좋겠어. 애들 걱정 안 하게.

원 준 '스타의 인생메뉴'가 터져야 되는데. 음식보단 먼저 얼굴루 어필되는 거야.

정 선 내 얼굴이 뭐라구?

원 준 니 얼굴 뭐야. 잘생겼잖아. 거기다 인색해. 그래서 더 매력적으루 보여.

정 선 내가 뭐가 인색해?

원 준 여자한테. 감정이 헤프지 않다구.

정 선 감정 헤픈 사람들한테 양육돼서 그래. 감정 기복 있는 사람들 힘들어.

원 준 그래두 홍아한테 좀 심한 거 아니니? 너두 남잔데. 여자애가 그렇게. 것두
그냥 여자애니? 예쁘긴 좀 예뻐! 그런 애가 들이대면 곁눈은 줘야지.

정 선 책임두 못 질 곁눈은 왜 줘? 형은 진짜 희한해. 홍아 좋아하면서 어떻게
이런 말을 담담하게 해?

원 준 좋아하지 않아. 사랑해.

정 선 (보는)

원 준 기다리구 있어. 사실 니가 아주 잔인하게 대해줬음 싶다가두 보면 또 안
됐어.

정 선 갑자기 우리 엄마가 생각난다. 남자 여잔 신기한 거 같아.

원 준 홍아가 남자였음 벌써 끝났다. 두들겨 패구!

정 선 (웃는)

원 준 아아! 우리 잘됐음 좋겠다! 스타 인생 메뉴 떠라!!!!

두 사람 서 있는 데서. (F.O)

씬41. 녹화 스튜디오 (6부 씬53) (F.I) ― 1주일 후

선택 되려고 긴장하고 서 있는 정선, 진욱.

들 래   (갈등된다) 아 잠깐만요. 좀 어려워요. 그리구 사과하구 싶어요.

M C   누구한테요?

들 래   온정선 셰프님이요. 젊구 잘생겨서 얼굴루 출연하신 줄 알았어요.

일 동   (웃는)

굿스프 직원   (웃는 E. 모여서 TV 시청하고 있다.)

M C   이들래 씨 끝까지 매력 발산하시네요. 그럼 보나마나 온정선 셰프 음식이 맛있다는 거네요.

들 래   그건 아니에요. 이제 결정했어요. 누를게요.

들래, 버튼 누른다. 긴장되게 보고 있는 진욱. 정선.

경 수   (E) 지금 실검 1위가 온정선이에요.

씬42. 굿스프 홀

핸드폰이나 노트북으로 실시간 검색 순위 보고 있다. 1위 온정선. 2위 온셰프 5위 부야베스 6위 이들래 9위 카메라맨 엎치락뒤치락 하고 있다. 굿스프 식구들. 정선, 원준, 수정, 하성, 경수, 민호. 스타의 인생메뉴, 이들래 편. 훈남 온정선 셰프 승리. 댓글 저 얼굴 실화냐(좋아요 755) 거기 어디 식당인가요? 저 좀 찾아가고 싶은데요! (좋아요 669) 온 셰프님 팔뚝에 힘줄 개섹시.(좋아요 111) 1가정 1온 셰프 추진합시다.(좋아요 135) 굿스프 식구들 좀 흥분했고.

경 수	우리 식당 오구 싶대요. 왔음 좋겠다.
하 성	(실검 보면서) 대박이야 대박! 완전 터졌어 셰프!
정 선	헛된 희망은 금물!
원 준	그래두 어제와 다른 내일이 될 수 있다! 아자아자아자!
정 선	(웃는) 혹시 모를 일을 준비한다!
일 동	준비한다!
경 수	(TV 틀며) 나 인제 반칙형사 볼래!

씬43. 도로 — 밤

달리는 준기 차. 쫓아오는 경찰차. 중앙선 넘나들며 준기차 경찰차를 따돌리는. 그러다 앞에 오는 차를 피해 핸들 꺾는다. 도로 밑으로 굴러 떨어지는 하림의 차. 바닥에 처박힌다. 차 폭파한다.

경	(E) 이거 왜 또 보여줘?

씬44. 현수 작업실 안

TV 보고 있다. 불 끄고 TV만. 현수와 경 얼굴에 TV 조명만. 화면은 보이지 않고.

현 수	앞에 스토리 요약해주는 거잖아.
경	자기 공들여 찍은 거 아까워서 그러는 거겠지. 스토리 위주로 보여주지도 않잖아.

TV엔 6부 풍광이 있는 공터. 준기와 조폭들이 싸우는 장면 흘러나오고.

경	저거 봐! 또 싸우는 씬!

현 수	시청률 젤 많이 나온 데니까.

점프 짧은 O.L 시간 경과.

현수, 경 TV 보며 놀란 표정.

점프 짧은 O.L 시간 경과

현수, 경 TV 보며 당황스런 표정. 경, 현수 얼굴을 본다. 현수, 내가 쓴 게 별로 없다. 경, TV 끈다.

경	아 재미없다. 낼 아침 시청률 보면 푹 떨어질 거야. 뭔 놈의 드라마가 계속 터지구 불나구 패냐?
현 수	내가 쓴 건 거의 날렸어.
경	전부터 붙인 작가들이 있었어 언니. 그렇지 않곤 설명이 안 돼.
현 수	(그러네)......
경	버텨 언니. 어차피 언니 이름으루 나가잖아. 누가 알아?
현 수	내가 알잖아. 그럼 다 아는 거야. (일어나는)
경	어디 가?
현 수	자초지종은 알아야지. 짐작만으루 판단할 순 없잖아.

씬45. 방송국 복도

현수, 빠른 걸음으로 오고 있다. 유홍진, 걸어오고 있다.

홍 진	집에두 못 가구 편집 봤어. 내일 거. 완전 생방 들어가서.
현 수	방송 봤어요.
홍 진	이복이가 박 작가 외에 다른 작가들하구 작업하구 있었어.
현 수	그럼 진작 말씀해주셨으면 좋았을 텐데.

홍 진　현실적으루 생각해. 버텨. 어차피 이 작가 이름으루 나가잖아. 미니 하나
　　　한 작가 되잖아. 그럼 다음 작품은 지금보다 쉬울 거야.

현 수　.......

씬46. 정우 사무실 안

정우, 책상엔 실시간 시청률표. 9프로대로 올랐다. 반칙형사.

경　　대표님! 오늘 나온 드라마 언니 대본 아니에요.

정 우　(일어난다) 시청률이 전주보다 높아요. 좀 힘들어질 거 같은데 이 작가.

경　　짤릴 거 같아요?

정 우　아니. 이 작가 얘긴데 어떻게 짤라? 이름은 두구 고스트가 계속 쓸 거야.

경　　(안도) 다행이다 그럼. 하도 별일이 다 있으니까 짤릴까 봐 그런 조짐 있
　　　음 대표님이 막아달라구 왔어요.

준 하　(들어온다. 촬영하고 온. 파김치) 아 피곤해!!! (소파에 앉는다. 경 옆에)
　　　저리 좀 가봐요.

경　　(일어나는) 방송국 사람 다 싫어!

준 하　왜 나한테 이래요?

경　　(무시) 전 그만 갈게요.

준 하　경씨! 내 말 안 들려요?

경　　흥! (나가는)

준 하　하 참!!

정 우　누가 대본 쓰구 있어?

준 하　팀이 쓰구 있어. 3명. 현수가 그만두지 않는 한 짜르진 못해. 버티라구 해.
　　　나중에 이 모욕이 영광을 가져오게 될 거라구!

정 우　상해서 너덜너덜돼 영광 받음 그게 뭐가 좋겠니! 너 여기 있을 거야?

준 하　어디 가게?

정 우　만날 사람이 생겼어.

씬47. 정선 집 거실

정선, 샤워하고 나왔다. 캔맥주 꺼낸다. 현관벨 E 정선, 누군지 안다. 문 열어준다. 그 시선으로 정우다. 정우, 들어온다. 정선이 들고 있던 맥주 뺏는다.

정 우   축하한다! 반응 좋더라. 아직두 실검 떠 있어. 온정선 셰프!

정 선   (냉장고로 간다. 가서 맥주 꺼내며) 그게 축하 받을 일인 줄은 모르겠다.

정 우   축하 받을 일이야. 알지두 못하는 남자! 좋아해주잖아.

정 선   그런가!

정 우   그렇지. 노력두 안 하구 호감 받았잖아.

정 선   다 형 덕분이야.

정 우   엄밀하게 상품가치가 있어. 내 덕분 아니구.

서로 맥주 부딪치고.

정 선   나 축하해주려구 이 밤에 달려왔어?

정 우   그것두 있구. 부탁 하나 하려구.

정 선   뭐?

정 우   프로포즈를 하구 싶거든.

정 선   (놀라는. 그렇지만 축하해주고 싶은) 언제? 누군데?

정 우   원래 내가 아주 중요한 일은 혼자 결정해.

정 선   형한테 아주 중요한 일인 여자분 좋겠다.

정 우   진짜 그렇게 생각해?

정 선   어. 형 남자루 최고야.

정 우   (활짝 미소) 굿스프에서 하구 싶어.

정 선   해. 내가 근사하게 만들어줄게.

정 우   고맙다.

서로 맥주 부딪치는. 미소.

씬48. 북촌 골목

현수, 가벼운 조깅하고 있다. 흐르는 눈물. 닦으면서.

정 선   (E) 내가 슬플 때 어떻게 했는지 가르쳐줄까?
(F.O)

씬49. 현수 집 현수 방. (F.I) ─ 아침

현수, 자고 있다. 꿀잠. 현관벨 E 현수 뒤척이며 계속 잔다. 핸드폰 E 발신
자 '지랄' 현수, 깨우는 전화에 일어나야 한다. 으이유! 하면서 일어난다.

씬50. 현수 집 현관 거실

현수, 문 열면. 민재 미나 현이 보라(4살) 들어온다. 손엔 먹는 거 싸갖고
온. 알아서 자리에 앉으시고.

미 나   잤어?
현 수   어어! 어쩐 일이야? 다들 왜 출동했어? (보라 보고, 안는) 보라야!!
보 라   기사 났대 이모!
미 나   (그 말 하면 안 되는데) 보라야!!
현 이   엄마 애 놀래. 어머 우리 보란 어쩜 이렇게 말을 잘해? 이건 4살 애가 말
할 수준이 아냐. 그치?
미 나   어. 즈이 이모 닮았다. 현수가 그랬어.
민 재   그래 현수가 어릴 때 영특했어.
현 이   내가 이런 말을 결혼 전에 들었음 난리 났겠지.
미 나   그러니까. 민 서방하구 넌 천생연분이야.
현 수   난 제부는 정감 가구 좋은데 항상 의문이야. 왜 현이랑 결혼했을까?

현 이	(누르며) 언니이!
현 수	저거 봐! 옛날 같음 발차기 들어왔을 텐데! 내 기사 뭐 났어? (하면서 핸드폰으로 검색한다.)
현 이	언니 딴 사람이랑 같이 작품 쓴다며?
미 나	그래 우리 현이가 이런 건 잘해. 어려운 말 전달하기!
현 수	(기사 보고. 반칙형사 극약 처방 성공. 시청률 반등. 공동작가 추가 투입.)

현수, 심각해지고. 현이. 미나, 민재, 보라 현수 본다. 현수, 가족들 본다.

미 나	몰랐어?
현 수	알구 당하는 거야. 그래두 아프네.
현 이	언니 입봉은 했잖아. 옛날보다 훨씬 낫잖아. 엄마 우리 이거 먹자. 언니 먹여야 돼. 먹음 나아진다니까. 그치 보라야? (하면서 보라 뽀뽀)
	핸드폰 E

씬51. 굿스프 카운터/ 홀—낮

수정, 카운터에서 있다. 전화 받고 있다. 홀엔 손님들 반이 넘게 채워져 있다. 바쁜 서버들.

수 정	(전화 통화하고 있는) 네네. 알겠습니다. 그럼 ○월 ○○일 ○○시 디너 ○분 예약됐습니다. 네 감사합니다.

전화 끊자마자 바로 다시 벨소리 울린다.

수 정	(전화 받고, 친절하게) 네. 굿스프입니다.
손 님	(F) 몇 번이나 전화했는데, 계속 통화 중이네요.
수 정	죄송합니다. 저희가 갑자기 예약 전화가 많아져서요. 언제루 예약 잡아드릴까요? 네에! 일행 분 중에 알러지나 다른 특이사항 있으면 말씀해주세요.

씬52. 굿스프 주방 안

점심 서비스 타임. 갑작스레 워크인 손님이 늘어 바쁜 상황. 예상보다 손님이 몰리자 정선 제외 주방 인원들 전부 조금씩 허둥지둥하고 있다. 경수, 스테이크 굽고 있고. 하성, 리체드티그레 플레이팅. 민호, 부지런히 설거지. 동시다발로 생동감 있게 그려주세요.

정 선 (하성에게) 파이지 다 구워졌어?

하 성 거의 다 됐어요! (오븐으로 가서 파이지 다 구워졌는지 확인하고. 육안으로 보기에 다 구워진 것 같다. 꺼낸다.) 다 됐어요!

정 선 식혀!

경수, 스테이크 완성해 빠스로 가져온다. 정선, 미소가지 퓨레 없는데 미리 만들어둔 퓨레가 곧 바닥날 것 같다.

정 선 원준 수셉! 퓨레 모잘라. 지금 다시 만들어! 점심두 빠듯해!

원 준 예썰!

정선, 벨 눌러 수정 콜. 수정 온다.

정 선 O번 테이블! 스테이크 둘!

수 정 예 셉!

수정, 스테이크 들고 홀로 나가고. 정선, 조리대로 간다. 버섯 타르트 만들려고. 타르트 파이지 상태 확인해보면 덜 익었다. 덜 익어서 눅눅한 상태.

정 선 하성! 이거 왜 이래?

하 성 아... (자기가 보기에도 덜 익었다.)

정 선 2-3분만 더 두지! 2-3분 때문에 다시 구워야 되잖아!.

하 성 다시 할게요!

정 선	(수정 콜) 스낵 좀 늦어져.
수 정	네.

씬53. 현수 집 안 식탁

현수, 민재, 미나, 현이, 보라, 밥 먹고 있다.

현 이	버텨!
미 나	그래 버텨!
보 라	버텨!
현 수	(보라 보고) 아 귀여워! 이모 버텨?
보 라	버텨!
미 나	당신두 해야지.
민 재	니가 좋은 대루 해.
현 이	(O.L) 아 그럼 안 돼 아빠. 아빠가 언닐 몰라서 그러는데. 언닌 나처럼 엄마 아빠한테 공무원 디엔에일(DNA) 물려받질 못했다구! 여기서 버티지 않구 밀리면 또 몇 년 걸려.
현 수	니가 나에 대해 뭘 안다구?
현 이	언니! 언니가 그때 섭섭은 했겠지만 그때 내가 언닐 강하게 푸시 안 했음 지금의 언닌 없어.
현 수	엄마 얘 안 변했어. 내가 그때 얼마나 상처받았는지 알아? 가족이 내가 가장 힘들 때 등 떠밀었어. 이게 아주 계속 보구 사니까 다 잊은 줄 알아!
현 이	미안해. (밥 먹는)
미 나	넌 그때 왜 엄마 아빠한테 말을 안 하구 혼자 감당했니? 섭섭했어 그때.
현 수	미안해.
민 재	우리가 너무 독립을 강조해서 그런 거 같아. 얘가 기댈 줄두 알아야 되는데.
미 나	그러니까. 현수야.. 엄마가 살아 있음 니 나이가 백 살이 돼두 엄마한테 기대. 그게 엄말 사랑하는 거야.

현 이　　아아 보라 아빠 보구 싶다. 집에 가구 싶어.

일 동　　(웃는)

씬54. 굿스프 홀

서비스 타임 끝난 후. 스탭밀 시간이다. 정선, 원준, 경수, 하성, 민호. 수
정. 등. 다들 식욕 좋다. 일이 많았다.

원 준　　아... 입에서 단내 난다! 니들은 쌩쌩하다. 여기서 연식 차이가 나는 거야.

하 성　　쎌프디스 하시네 수셉!

경 수　　넌 그것 좀 고쳐. 꼭 확인 사살해.

원 준　　야 니가 더 나빠!

일 동　　(웃는)

정 선　　저녁 예약 다 찼다구 했지?

수 정　　일주일 예약까지 거의 다 찼는데요!

일 동　　(환호성)

원 준　　셰프! 이 역사적인 날에 그냥 넘어갈 수 있습니까?

정 선　　없습니다!

일 동　　(웃는)

정 선　　이따 땀 빼구 자축하자! 좋습니까?

일 동　　좋습니다.

씬55. 현수 집 안

가족들 다 가고. 설거지하고 있는 현수. (flash back 씬53. 현이. 미나, 보
라 버텨) 현수, 설거지하는. (flash back 씬45. 홍진, 버텨) 현수, 설거지
하는 (flash back 씬44. 경, 버텨) 설거지 다 했다. 현수, 결심이 섰다.

씬56. 방송국 안 복도/ 사무실 앞

현수 걷고 있다. 문 앞에서 노크한다. E

씬57. 사무실 안

현수, 홍진 앞에 앉아 있다.

홍 진　할 말이 뭐야?

현 수　그만둘게요. 반칙형사에서 빠질게요.

홍 진　(기막힌) 왜 그래 이 작가? 내가 현실적으루 생각하랬잖아. 잠깐 버티면
　　　돼.

현 수　못 버티겠어요. 왜 버텨야 되는지 모르겠어요. 죄송합니다. 씨피님 저 많
　　　이 배려해주셨는데 포기해요.

홍 진　(보는) 후회할 거야. 더 오래 살구 더 오래 이 바닥 생활한 내 말 들어.

현 수　(일어나는) 감사합니다.

씬58. 방송국 엘리베이터 안/ 밖/ 로비

현수, 타고 있다. 엘리베이터 액정 화면에선 반칙형사 방송되고 있다. 엘
리베이터 열린다. 현수, 내린다. 걷는다. 예전 생각이 난다. 감정이 올라온
다. (flash back 2부 씬58. 현수 뛰는 장면) 현수, 걷는다. 핸드폰 꺼내 정
선 이름을 찾아 버튼을 누른다.

씬59. 운동장―밤

굿스프 축구하고 있다. 정선 경수 하성 원준 민호 수정. 벤치에 정선 가방

안에 핸드폰 E 발신자 '이현수'

씬60. 방송국 밖/ 정우 사무실 안

현수, 전화기 들고 있다. 신호음. 안내음 들린다. 전화 온다. 발신자 '박정우'

현 수   네 대표님!

정 우   또 사고 치셨네 이현수 작가! 유홍진 씨피님 연락받았어. 너 진짜 이럴래? 사무실루 와! (끊는)

현 수   ....

씬61. 정우 사무실 안

정우, 창밖 보고 있다. 현수, 앞에 있다.

현 수   하실 말씀 있음 하세요. 빨리 혼나구 갈래요.

정 우   넌 왜 내가 혼낼 거라구 생각해?

현 수   못 버텼으니까!

정 우   난 너한테 버티란 적 없는데!

현 수   (없다)

정 우   내가 너한테 주는 호의 다 거절했어. 니가 해보겠다구 했어.

현 수   (O.L) 못 버티겠다는 거 했잖아요... 못 버티겠다구 하는 거 얼마나 힘든 줄 알아요? 다 버티래요. 근데 그건 내가 쓴 작품 아니에요. 내가 하구 싶은 얘기가 아니에요. 근데 버팀 해결된대요... (감정 오르는) 그게 말이 돼요? (눈물 참으며) 입봉하구 싶어 버텼어요. 민 감독님 여러 번 신호 보냈어요. 나하구 생각 다른 거. 근데 무시했어요. 입봉하구 싶었으니까. 극본 이현수! 이름 올라가면 엄마 아빠 기뻐하시구 친구들 날 보는 시선두 달라지잖아요. 내 얘길 하구 싶단 순수함을 버렸어요 버티면서. (눈물 주르륵) 이번에 버팀 진짜 내가 가장 원하는 내 모습으루 돌아오기 어려울 거 같았어요. 내가 그렇게 잘못했어요?

정 우   (현수 뺨에 흐르는 눈물 닦아주는)

정우, 현수 뺨에 흐르는 눈물 닦아주면서. 정선, 굿스프와 해맑게 축구하는 모습 한 화면에 들어오면서.

8부

| 15 |
| 안 버틸래요 |
| 16 |
| 사랑해. 사랑하고 있어 |

씬1. 정우 사무실 안

7부에 이어

정우, 현수 마주보고 있다.

현 수　(눈물 주르륵) 이번에 버팀 진짜 내가 가장 원하는 내 모습으루 돌아오기 어려울 거 같았어요. 내가 그렇게 잘못했어요?

정 우　(현수 뺨에 흐르는 눈물 닦아주는)

현 수　(이 와중에 이건 아니다. 자연스럽게 정우의 손 치우고) 안 울려구 했는데.

정 우　(치우는 손 잡는)

현 수　(보는. 이거 뭐지. 이러면 안 되지.) 대표님한테 제일 미안해요.

정 우　(손 놓는) 넌 이 순간에두 선을 긋는구나.

현 수　(허 찔린).........

정 우　같이 울어주는 건 여기까지! 이 상황을 어떻게 정리할지 생각 좀 해봐야겠다. 그러기 전에 확실하게 니 의살 얘기해줘.

현 수　.......

정 우　후회하지 않겠어 이 결정? 니가 나가구 이 작품 더 잘될 수두 있어. 이 바닥에서 이런 일 흔한 일이야. 지금 참으면 다음은 좀 쉬울 수 있어.

현 수　(다잡으며) 후회할 수두 있겠죠! 다시 작갈 못 하게 될 수두 있구. 그래두 안 버틸래요.

정 우　.......

현 수　버팀 자존심 찾기까지 백만 년 걸릴 거 같아요. 백만 년이면 전 세상에 없어요. 죽기 전에 다시 일하구 싶어요.

정 우   알았어. 집에 데려다줄게.

타이틀 오른다.

씬2. 호프 집 안

정선과 굿스프 직원들. 한창 진행에서 마무리로 가는 술판. 운동하고 난 후의 시원함. 마무리 중이다.

정 선   굿스프는 집이다!

일 동   집이다!

정 선   날 믿구 따라와준 여러분에게 오늘 이 자릴 빌어 감사하구 싶다.

일 동   (보고)

정 선   요 며칠 정신없이 바빴다. 일희일비 금지! 평상심 유지! 이틀 휴무 동안 충전하구 만나자! 마지막 잔을 부딪치며 오늘 마무리하자! 굿스프!

일 동   파이팅!

잔 부딪치는 일동.

씬3. 홍아 집 홍아 방

홍아, 방송 보고 있다. 정선 방송이다. 왜 이렇게 잘나가는 건지.

홍 아   (자신에게) 진짜 앨 좋아하는 거야? 아님 거절당했기 때문에 집착하는 거야? 방송 몇 번째 보구 있는 거야? (끈다) (핸드폰에서 연락처 찾는다. 전화하려고)

씬4. 북촌 골목 굿스프 가는 길

정선, 원준과 걸어가고 있다. 둘 다 취기 있다.

원 준   온정선! 온정신과 온정성을 다해 널 사랑해! (안는다)
정 선   (뿌리치며) 왜 이래! 아우 땀 냄새!
원 준   너두 나!
정 선   알아! 그러니까 난 안 껴안잖아.

핸드폰 E 발신자 '홍아'

원 준   (좋은) 홍아다! 이제 나한테 기회가 왔다! 니가 확실히 까줘서!
정 선   대단해 형 보면! 기분 나쁘지 않아?
원 준   기분 나쁜 걸 이겨 좋아하는 마음이! 이런 마음 주는 여자 있냐 넌? (받는) 어 홍아야!
정 선   있거든 나두! (하면서 핸드폰 꺼낸다. 현수 부재중 전화) 전화 왔었네!

씬5. 도로 / 정우 차 안

정우, 운전하고 있고. 그 옆에 현수. 둘 다 아무 말 없고. 침묵이 무거워.
정우, 현수 좋아하는 백 투 블랙 틀어준다.

현 수   (감상에 젖고 싶지 않다) 조용히 가구 싶어요.
정 우   (끈다)

핸드폰 E 현수 가방 안에서.

정 우   전화 안 받아?
현 수   (전화 받을 기분 아님) 이 시간에 올 전화 없어요.

씬6. 북촌 골목 굿스프 가는 길

정선, 전화하고 있다. 받을 수 없다는 안내음 E

원 준   (전화 통화하고 있다) 알았어 갈게. (끊는. 정선에게) 안 받아?
정 선   어.
원 준   난 콜 받았다! 간다!
정 선   나두 갈 거야. 콜 안 받아두.
원 준   전화 안 받는다며?
정 선   이렇게 기쁜 날 그냥 들어갈 순 없잖아. 집 앞에 불 꺼진 창이라두 보구 들어갈 거야.
원 준   (심장 부여잡는) 우아! 로맨틱! 근데 난 가기 전에 니네 집에서 씻구 갈래. 이런 몸으루 갈 순 없잖아.
정 선   (웃는) 난 이런 몸으루 가야지! (뛴다)
원 준   자신감 있는 놈!

씬7. 현수 집 앞

정우 차, 있고. 현수, 정우와 내려 있다.

현 수   내리지 않아도 되는데. 오늘 감사합니다.
정 우   (현수가 한 말) 죄송해요. 미안해요. 감사합니다.
현 수   (보는)
정 우   다음부터 이런 말 나한테 하지 마.
현 수   (왜?)
정 우   그 말 빼구 내가 너한테 준 배려에 대한 다른 말 듣구 싶어.
현 수   (어이없는 웃음) 대표님! 지금 남자짓 하시는 거예요?
정 우   (반응이 이러니까. 뻘쭘) 맞어!
현 수   고마워요. 덕분에 웃었어요! (내린다)

정 우   (또 밀린 기분)

씬8. 현수 집 골목/ 현수 집 앞

정선, 기분 좋은 뜀. 막 뛰지 않고. 가는데. 자동차 헤드라이트 비추는. 정선, 비켜서고. 차 지나간다. 정우 차 아님. 정선, 가는. 현수 집 앞이다. 위를 올려다보면. 불 켜져 있다.

씬9. 현수 집 거실

현수, 옷 갈아입고 나온. 냉장고에서 물 마시는. 문자음 E 현수, 문자 본다. '자?'

정 선   (E) 자?
현 수   (답장한다. '아니' E) 아니.
정 선   (문자음 E '잠깐 볼까?') 잠깐 볼까?

(flash back 7부 씬36. 정선, 인간은 모순덩어리라면서 왔다 갔다 하는 이현수 씨! 자신을 사랑하는 남잘 현실 때문에 밀어내는 이현수 씨! 내가 뭘 믿구 다시 시작해야 되니?)

현 수   (왜 보자구 하지? flash back 7부 씬58. 현수, 정선에게 전화. 아아 맞다 전화했었다. 생각해본다고 했었는데. 힘든 일 생기니까 또 젤 먼저 떠올라서 전화했다. 사실 생각할 것도 없는데. 사랑하는데. 알지도 못하면서. 괜히 혼내고. 답장한다. 어딘데. E) 어딘데? (문자음 E 동네)
정 선   (E) 동네!

씬10. 현수 집 현관

현수, 문 열고 나가려는데 문 앞에 정선 있다.

현 수   (놀라는) 뭐야? 놀랐잖아.

정 선   성공했다! 놀래키려 했어!

현 수   (이런 모습 예상 못 해서) 왜케 기분 좋아?

정 선   술 마셨어 굿스프 애들하구. 식당 요즘 손님이 넘치거든.

현 수   (E. 속소리) 내 최악의 날은 이 남자에겐 최고의 날이다.

현 수   (나가려며) 나갈게.

정 선   (막으며) 나오지 마! 늦었잖아! 문밖은 위험해!

현 수   그럼 안으루 들어올래?

정 선   아냐. 땀 냄새 나. 운동하구 바루 와서. 왜 전화했어?

현 수   잘못 걸었어.

정 선   솔직한 세 매력인데 매력 떨어졌어.

현 수   (웃는. 날 다 파악하고 있다)

정 선   갈게. 얼굴 봤으니까.

현 수   사람은 안 변해. 나두 그런 거 같아. 변했다구 생각했는데 아닌 거 같아.

정 선   나 지금 집에서두 티셔츠 뒤집어 안 입어! 고쳤어. 바람 차다! (하면서 문을 닫는다)

현 수   (혼자 남는)

씬11. 현수 집 문 밖

닫힌 문 앞에 서 있는 정선. 혼자 있는. 걷는다.

씬12. 현수 집 창 문

현수, 보고 있다. 그 시선으로 정선 걸어가는 거 보인다. (flash back 7부 씬36. 정선, 난 감정 교란시키는 거 혐오해. 지금껏 만나면서 감정 혼란스럽게 한 적 없어. 왜 나만 확신을 줘야 돼?)

현 수   (정선 조그맣게 보이고. 밖을 보고 있지만) (flash back 7부 씬39. 정우, 넌 너무 생각을 많이 해서 문제야. 특히 사랑에 대해. 마음 가는 대루 움직이면 되잖아.)
현 수   (정선 보이지 않고. 커튼을 닫는다.)

씬13. 여의도 공원

홍아, 있다. 원준, 온다.

홍 아   왜 기다리게 해?
원 준   셋구 오느라구.
홍 아   떨 텐데 왜 셋구 와 바보처럼!

홍아, 뛰는. 원준, 옆으로 와서 뛰는.

원 준   바보한테 바보처럼이 뭐냐?
홍 아   (그게 무슨 말이지?)

원준, 뛴다. 홍아, 원준 이기려고 뛴다. 원준, 홍아 좋으라고 져준다. 홍아, 앞서 나가 뛰고.

홍 아   이겼다!!! 다 이길 거야 뭐든! (F.O)

씬14. 현수 작업실 안―낮 (F.I)

현수, 짐 챙기고 있다. 경, 옆에서 도와준다.

현 수 (옷가지 가방에 넣으면서) 넌 니 짐 안 싸? 내 건 내가 싸면 돼.

경 일주일 있다 빼두 된다며? 아직 시간 있는데 뭐.

현 수 어디루 나갈 건데?

경 집에 내려갔다 일 있음 올라오거나 사촌 동생한테 껴겨 있을라구!

현 수 나랑 같이 살래?

경 (뜻밖의 제안에)

현 수 원래대로라면 올해까지 너 고용 보장된 거였잖아.

경 언니한테 짐 되긴 싫어.

현 수 니가 무슨 짐이야? 글 쓰려면 여기 있어야지. 다른 데 보조 작갈 해두 그렇구.

경 그럼 방 값 낼게.

현 수 됐거든요! 편하게 있어. 그러면서 니 글 써. 짬짬이 알바하면서. 같이 있음 좋잖아.

경 글만 쓰면 뭐해! 공모 맨날 떨어지는데. 재능이 없나 봐.

현 수 (O.L) 재능이 있는지 없는지 아무두 몰라. 나두 항상 날 의심했었어. 박 작가님이 레어스테이크 먹는 남자, 형편없다구 했는데 당선됐잖아. 그때 너두 있었잖아.

경 맞아.

현 수 때가 있어. 될 때가. 기다리기만 하면 돼.

경 (환한) 언닌 진짜 짱이야! 우리 점심 뭐 먹을까?

씬15. 정선 집 주방

영미, 국을 끓이고 있다. 된장국. 두부 넣고. 식탁엔 수저 세트랑 밑반찬 세팅되어 있다. 정선, 식탁에 앉아 있다. TV엔 정선이 출연한 스타 인생

메뉴 흘러나오고. 정선, 끈다.

영 미 왜 꺼? 어쩜 저렇게 잘생겼니! 웬만한 배우 다 발라버렸어 니가.

정 선 (밥 먹으려고, 반찬 집어 먹는데)

영 미 아직 먹지 마. 국까지 해서 같이 먹어야지. (국을 갖고 식탁에 놓는다) 좋겠다 젊어서. 우리 정선이 앞으루 더 잘나겠다. 다니엘 앞에서 내가 얼마나 자랑스러웠는지 알아?

정 선 (국을 떠서 먹는) 서울 자주 온다.

영 미 다니엘이 서울 자주 오니까.

정 선 간이 안 맞아.

영 미 아닐 텐데. (자신도 먹는)

정 선 나이 먹음 미각이 좀 무뎌져.

영 미 그 정도루 늙지 않았어.

정 선 그래두 딴 건 맛있어.

영 미 넌 참 좋은 애야. 내 아들루 태어나줘서 고마워.

정 선 (일어나는)

영 미 어디 가?

정 선 (보는) 쉬는 날이니까 뒹굴뒹굴해야지.

영 미 엄마랑 같이 놀아주면 안 돼? 쇼핑 갈래?

정 선 민 교수랑 가.

영 미 민 교수님이라구 불러주면 안 돼?

정 선 없는 사람 호칭까지 챙겨야 돼?

영 미 민 교순 엄말 행복하게 해줘. 그러니까 니가 좀 잘해줘.

정 선 누가 그러더라. 행복은 스스로 만드는 거래. 누가 해주는 게 아니라구. 엄마두 이젠 철 좀 들어.

영 미 철 안 들구 싶어. 이렇게 살아왔는데 철들면 지금까지 산 게 너무 부끄럽게 느껴지잖아.

정 선 암튼 말은 잘해! (들어간다)

씬16. 현수 작업실 안

현수, 경과 라면 먹고 있다. 맛있게

경　　　근데 너무 아무렇지두 않은 거 아냐?

현　수　결정하기까지 힘들지. 생각 끝내구 결정 끝냈는데 뭐.

경　　　대단해 암튼! 결정하면 직진이야!

현　수　우리 여행이나 다녀오자. 너 그동안 고생했잖아.

경　　　그럼 지금 우리 상황하구 딱 맞는 데 추천할까? 이순신 장군께서 난중일
　　　　기 쓴 곳!

현수·경　(동시에) 여수!!

경　　　언니 찌찌뽕!

현　수　내가 이따 숙소 정해서 알려줄게!

비밀번호 누르는 소리 E

경　　　에이.. 김 감독님이다!

현　수　비밀번호 가르쳐준 우리가 잘못이야!

준　하　(들어오는) 안녕! (라면 먹는 거 보고) 뭐야? (급히 오면서) 라면이야?

현　수　오빠 거 없어. 이게 다야.

준　하　(경에게) 황보 작가님!

현　수　우리 경이 시키지 마. 왜 자꾸 우리 경이한테 뭐 해달라 그래?

준　하　내가 보기엔 넌 남자가 필요해. 애가 너무 퍽퍽해. 연애 못 한 지 대체 몇
　　　　년이냐?

현　수　거기 연애가 왜 나와?

준　하　니 성질을 봐라 그런 소리 안 나오게 생겼는지.

경　　　언니 성질이 어때서요? 김 감독님보단 백배 좋은데.

준　하　황보 작가까지 현수 편들구 나옴 안 되죠!

경　　　내가 언니 편들지 누구 편들어요? 가세요! 지금 반칙형사 비팀 감독이잖
　　　　아요. 여기가 어디라구 와요?

현 수	경 파이팅!
준 하	파이팅 좋아하신다! 너 땜에 방송국하구 정우 형 문제 생겼어.

씬17. 방송국 사무실 안

정우, 유홍진과 만나고 있다.

홍 진	이럼 곤란해 박 대표! 제작비 협상을 다시 하자면 어떡해?
정 우	새로 들어오는 작가 팀두 계약해주라면서요?
홍 진	제작사니까 거기서 해야지.
정 우	우리 작가 짤리면서 손해가 얼만데요. 보상은 좀 해주셔야죠.
홍 진	짤린 건 아니지 이 작가가 그만두겠다구 했잖아.
정 우	그 말이 그 말이잖아요 씨피님.
홍 진	버티라니까 이 작가는!
정 우	제작사는 작가랑 계약 맺구 방송국하구 일해요. 자기 작가 하나 못 지킨 다구 소문나면 어떤 작가가 우리 회사랑 일하구 싶겠어요?
홍 진	이 문젠 내 선에서 결정 못 해. 본부장님하구 다시 얘기해요.

씬18. 홍아 집 홍아 방

홍아, 컴퓨터 앞에 앉아 있다. 모니터 보고 있고. 뉴스 보고 있다. "반칙형사' 작가 전격교체!' '이현수 작가가 건강상의 문제로 하차했다'는. 모니터 옆에 거울. 그 옆에 비타민.

홍 아	반칙형사 작가 전격 교체.. 내 이럴 줄 알았어. 이현수 작가 건강상 문제루 하차! 좋아하시구 있네. (옆에 거울에 비친 자신의 얼굴 보면서. 놀라는. 다시 거울로 얼굴 갖다 대며) 계속 밤 샜더니 피부 푸석푸석한 거 봐! (옆에 비타민 가져와. 물 가져와 먹는다.) 꼬박꼬박 먹어야 돼. 피부과 갈 시

간 없어. 현수 언니 꼴 안 당하려면 정신 차려야 돼.

씬19. 현수 작업실 안/ 홍아 방

경, 여행가방 챙기고 있다. 핸드폰 E 발신자 '홍아'

경   (받는) 어!

홍 아 내 말 맞지! 현수 언니 짤릴 거라 그랬잖아. 너 어떡하냐?

경   안 짤렸거든! 언니가 관둔 거거든!

홍 아 짤린 거나 관둔 거나 그게 그거지!

경   그게 그거 아니지! 관둔 건 선택이잖아. 언니 지금 좋아. 너 언니 알지? 결
          정하면 직진!

홍 아 그래서 넌 어떡할 거냐구! 당장 어디서 살 거냐구? 내 보조 작가 하라니
          까.

경   언니가 같이 살재!

홍 아 그거 민폐야. 왜 남한테 얹혀살아?

경   그건 니가 상관할 바 아니구. 넌 혼자 잘 살아. 난 언니랑 살 거니까! (끊
          는)

씬20. 현수 집 거실 ─ 낮

현수, 여행 어플을 통해 숙소를 예약하고 있다. 후기 읽어본다. 여긴 완전
싸네. 싼 거보단 분위기! 어 여기 좋다! 득템! 예약하고. '경아 받아라' 경
에게 공유한다. 현관벨 E

현 수 누구지? (하면서 스크린 본다.)

민재와 미나다. 손 흔든다. 문 열어준다. 현수, 마실 거 준비하러 가는. 민

재, 미나와 들어온다.

미 나	우리 왔다!
현 수	(차 준비하면서) 알아! 엄마 아빠 빨리 주려구. 차 만들구 있잖아.
민 재	(생각보다 밝은 현수 보고) 우리 현수 밝다!
미 나	내가 그랬잖아. 기죽어 있을 애 아니라구! 현인 시댁 갔다 올 거야. 보라 맡기구.
현 수	보라 데려오지! 걘 안 와도 되는데.
미 나	엄마 아빠 없음 아쉽더라두 현이가 있는 게 날걸!
현 수	그건 아주 먼 얘기니까 지금은 패스!
민 재	(웃는) 넌 사귀는 남잔 없니? 남잘 사겨야지. 일만 해서 되니?
현 수	사귈게!
미 나	니네 대표랑?
현 수	여기서 우리 대표님이 왜 나와?
미 나	엄마 촉이 그래. 니네 대푠 그 나이까지 왜 결혼을 안 했어?

씬21. 도로 정우 차 안/ 굿스프 테라스

정우, 운전하고 있다. 전화한다. 수신자 정선이다. 정선, 허브 심고 있다.
영미, 차 마시고 있다.

정 선	어 형!
정 우	뭐해? 오늘 쉬는 날인데.
정 선	뒹굴뒹굴!
정 우	나한테 할 얘기 없나?
정 선	보고할 거 있어.
정 우	차 한 잔 줘라. 다음 약속까지 30분 비어.

씬22. 굿스프 테라스

정선, 허브 심고 있다. 영미, 차 마시고 있다.

정 선 할 일 진짜 없나 부다.

영 미 이제 갈 거야. 넌 왜 내가 여기 있음 보내질 못해서 안달이더라.

정 선 엄마랑 난 한 공간 안에서 한 시간 이상 있음 안 되니까.

영 미 하는 말마다 이쁘네! (가방 들고 일어선다)

정 우 (올라온다. 영미와 마주친다) 안녕하세요?

영 미 박 대표 오랜만이네. 우리 정선이하구 오늘 점심 먹었어요 난.

정 우 네. 가세요?

영 미 네 가요. 민 교수하구 만나기루 했어요.

정 우 그럼... (목례)....

영 미 (목례.. 가는)

정 우 어머닌 점점 더 젊어지신다.

정 선 그런 얘기 우리 엄마 듣는 데서 하지 마. 진짜 줄 알아.

정 우 (피식) 넌 쉬는 날에 집에서 뭐 하냐? 나가 놀지 않구!

정 선 집이 좋아 난!

씬23. 현수 집 거실

현수, 민재, 미나, 차 마시고 있다. 앞에 다과 놓고.

미 나 현수 땜에 우리 가족이 요즘 자주 모이잖아. 그래서 좋아.

민 재 맞아. 현수가 역시 우린 가족이란 걸 느끼게 해주구 있어.

현 수 계속 안 좋은 일루 모이게 하잖아. 못 버텨서 미안해.

민 재 잘했어.

미 나 근데 기사 기분 나빠. 무슨 건강상의 이유니? 멀쩡하게 건강하기만 하구만.

민 재 짤렸다 그러긴 미안한가 부지.

현 수	짤리진 않았어 아빠. 짤리기 전에 내가 잽싸게 짤랐다구!
미 나	남들은 다 짤린 줄 알아. 누가 관뒀다구 생각하겠어?
민 재	우린 알잖아. 현수두 알구. 현수가 아닌 게 젤 중요하지. 짤린 게 아니라 포기하는 걸 선택했다!
미 나	아우 더워! (손으로 부채질하며)
현 수	문 열까? (문 열고 물 갖고 온다.)
미 나	어어. 아 머리 아퍼!
민 재	갱년기가 너무 늦게 왔어 당신! 두통약 먹자!
미 나	약 먹는 거 별로지만 당신이 먹으라니 먹어야겠다.
민 재	말 잘 들어 좋아.
현 수	(물 주며) 저녁 맛있는 거 먹자.
미 나	그래 기분 좀 내자. 니네 동네 맛집 엄청 많잖아.
현 수	내가 잘 아는 식당 있는데 거기 가자.

현관벨 E

현 수	현이 왔다!

씬24. 굿스프 테라스

정선과 정우, 있다. 정선, 정우에게 굿스프 한 달 매출 정산한 거 보여주고 있다.

정 선	이번 달은 흑자야.
정 우	이제 굿스프 꽃길 걷는 거냐?
정 선	(미소) 적어두 직원들 구조조정 걱정은 벗어날 수 있는 거지.
정 우	(시계 보고) 이제 가봐야겠다. 너 낼 뭐 하냐? 낼두 쉬잖아.
정 선	아직 계획 없어.
정 우	나랑 놀자 오랜만에.

정 선	프로포즈한다는 분하구 놀아야 되지 않아?
정 우	그 분은 지금 그럴 상황이 아니야.
정 선	도대체 실체가 있긴 한 거야? 여자 만나는 거 못 봤는데.
정 우	내가 원래 그런 일은 혼자 해. 형수님 맞을 준비나 하구 있어.
정 선	기대하구 있겠습니다! 근데 지금 어디가?
정 우	이현수 작가! 반칙형사에서 빠지기루 했어. 그거 해결하느라 아주 바쁘다.
정 선	결국 그렇게 하기루 했어?
정 우	어. 결정하더라구 그렇게! 간다!

씬25. 북촌 굿스프 길

현수, 현이 같이 걷고 있고. 그 뒤엔 미나, 민재.

현 수	여기가 우리 밥 먹으려고 했던 데야. (뒤돌며)
미나·민재	(보는. 미나 말하는) 굿스프! 이름 이쁘다. 왜 하필 쉬는 날이야?
현 이	그러게 말야. 우리랑은 안 맞아.
현 수	그건 아니지. 넌 논리 비약이 너무 심해.
현 이	여기 무슨 논리 비약씩이나 나와? 내가 그렇게 생각할 수두 있지! 언닌 성질 죽이구 살라구 해두 꼭 성질 나오게 해.
현 수	언니란 호칭 빼곤 별루 성질 죽은 거 없거든.
민 재	그만들 해라. 부모 앞에서 자식들 싸우는 거처럼 맘 상하는 거 없다.
현 수	죄송해요 아빠!
현 이	죄송해요 아빠!
현수·현이	(보고. 걸어가고)

씬26. 굿스프 주방

원준, 삼겹살 주사기 염장 만들고 있다. 주사기로 삼겹살 찌르고 있다. 정선, 들어온다.

정 선 형 워커홀릭 아냐? 쉬는 날인데. (주사기로 삼겹살 찌르는 거 보고) 뭐야 이건!

원 준 염장 중! 그냥 염장하면 오래 걸리잖아.

정 선 청출어람입니다. 수셰프님!

원 준 별 말씀을요! 셰프!

정 선 근데 칼집 내도 되잖아. 꼭 주사기가 필요할까?

원 준 주사기로 하면 좀 더 빠르고 고르게 되니까.

정 선 (O.L 알겠다) 이렇게 구멍 뚫어 놓으면 간이 밸 공간도 만들어주는구나.

원 준 역시! 셰프! 반대루 지방이 빠져나올 공간두 만들어주지.

정 선 누구 먹일려구?

원 준 홍아 오라 그랬어.

정 선 (어이없는)

원 준 걔 미워하지 말아주라. 걔가 자기 중심적이구 이기적인 거 알아. 자기 욕망에 충실해 남들 배려 못하는 것두 알아.

정 선 왜 미워하겠어? 나랑 상관없는데.

원 준 걔 너한테 거짓말했어.

인써트 6부 씬21 이후. 정선, 현수와 런닝하고 집에 들어왔다 샤워하고 촬영하러 나가는 장면. 테이블엔 반칙형사 대본 펼쳐져 있다. 보조 작가 지홍아. 써 있는. 정선, 대본 접는다.

정 선 형이 친절하게 펼쳐놓은 거 아냐?

원 준 (맞다. 웃는) 알았냐?

정 선 참 특이하다!

원 준 사랑은 다양한 거야. 너하구 현수 누나두 평범하진 않아.

미 나   (E) 평범한 사랑했음 좋겠어.

씬27. 북촌 거리

      민재 미나, 현수 현이 뒤에서 걷는다. 민재, 미나의 손 잡는다. 미나, 민재
      보고 미소.

민 재   나두! 우리 현수 그랬음 좋겠어. 지금까지 현인 성공한 거 같구.

미 나   현순 염려 안 해두 될 거야.. 워낙 겁두 많구 돌다리두 두들기구 또 두들
        기는 애라 사고 못 치잖아.

민 재   맞아.

미 나   이제 내년이면 정년퇴직이야. 얼마 안 남았어. 조금만 더 기다리구 참자!
        연금두 나오구 적금두 나오구 즐기는 것만 남았어.

민 재   딩신하구 함께라믄 기다리는 것두 즐거운데 뭐.

미 나   (미소)

민 재   (미소)

현 이   남들은 별로라 그러지만 난 반칙형사 재밌었어. 처음에. 산 타기 전까지.
        공감 갔어.

현 수   그거야 우리 얘기니까!

현 이   그치 그거 우리 얘기 맞지! 아아 근데 내가 그 정도루 못됐어? 출세 땜에
        형 팔아넘기는

현 수   (O.L) 상황이 같음 넌 하구두 남아.

현 이   근데 그 감독 국얼 못하더라. 기승전결이 뭔질 몰라. 형제애는 살아 있다
        가 주제 같은데 액션물루 찍어? 때리구 부수기만 하더라.

현 수   너 맘에 든다. 이전까지 니가 나한테 한 악행들이 잊혀질라 그래.

현 이   악행! 단얼 골라두 어디서! 언니! 그래두 마지막에 남는 건 가족밖에 없
        어.

씬28. 굿스프 홀—밤

원준, 만든 삼겹살 플레이팅하고 있다. 테이블 세팅되어 있고. 정선, 있다.
플레이팅한 것 외에 것 먹어보는 정선.

원 준   어때?

정 선   맛있다! 껍질은 바삭하구 안은 촉촉하구! 식감두 살아 있구!

원 준   셰프! 충성충성!

정 선   (웃는데. 홍아 들어와 있다)

홍 아   (정선 보고 보고 싶지 않은 거 봤다)

원 준   왔냐?

홍 아   (원준에게) 얘는 여기 왜 있어? 맛있는 거 먹여주겠다구 불러놓구! 밥맛
        떨어지게!

정 선   너 밥맛 좋아지게 퇴장할게 난!

홍 아   니가 언제부터 날 그렇게 위했다구! 딴 거나 잘해!

원 준   역시 홍아! 클라스 있다 막말!

홍 아   막말이 아니라 팩트야! 너 현수 언니 짤린 거 알아? 작가 생명 끝난 걸 수
        두 있어.

원 준   그 정도야?

홍 아   중간에 관뒀잖아. 끝까지 버텼어야지. 고스트들 있어봐야 언니 이름으루
        올라가잖아. 근성이 없어 언닌. 지금 그 자리 가기까지 고생 열라했으면
        서!

원 준   누가 보믄 현수 누나 되게 위하는 줄 알겠다.

홍 아   너 맘 아프겠다. 언니 힘들게 돼서. 난 니가 언니 땜에 많이 아파했음 좋
        겠어.

정 선   알았어. 니 바램대로 많이 아파할게. 아파한 만큼 사랑두 하구!

씬29. 정선 집 거실—밤

정선, 컴퓨터에서 뉴스 보고 있다. 반칙형사 작가 교체. (flash back 씬10. 정선, 왜 전화했어? 현수, 잘못 걸었어.) 정선, 냉장고 연다. (flash back 씬10. 사람은 안 변해. 나두 그런 거 같아. 변했다구 생각했는데 아닌 거 같아.) 정선, 물 마시고 있다. 이 여잘 어떻게 하지. (flash back 4부 씬4. 현수, 난 사랑이 시시해) 이럴 땐 뛰자. 런닝 복 찾아 입는다.

씬30. 정우 사무실 안

정우, 책 대본 말고 A4 용지에 뽑은 대본을 보고 있다. '착한 스프는 전화를 받지 않는다.' 시놉시스. 대본 2. 겉장만. 작가 이현수 연락처. 000-0000-0000

준 하 (들어오는) 형!

정 우 (대본 들고 오는) 빨리 왔다. 촬영 없냐 오늘?

준 하 낼두 없어. 대본 아직 안 나왔어. 남의 거 받아쓰는 게 쉽겠어? 왜 불렀어?

정 우 너 혹시 이거 봤니? (하면서 착한 스프 대본 내민다)

준 하 현수가 쓴 거네. 얘긴 들었었어. 주인공이 셰프잖아. 착한 스프가 인터넷 닉네임이구.

정 우 (O.L) 반칙형사보다 먼저 쓴 작품이야. 난 이 작품 맘에 들어. 이걸루 메이드 시켜봐야 되겠어.

준 하 이거 멜로 아냐? 내가 아서라 했던 거 같은데.

정 우 이 작품은 뭔가 색깔이 있어. 케이블에서 하는 게 더 맞을 수두 있어.

준 하 진짜 형 대단하다! 감동이다! 곁두 안 주는 애 옆에서 몇 년 지켜보구 길 열어주구. 나한테두 그렇게 해줌 안 돼?

정 우 넌 애가 왜케 말이 많냐?

준 하 이거 내가 연출할래.

정 우 넌 너무 난해해 연출이.

준 하 내가 지금까지 내가 선택해서 한 작품이 없어서 그래. 다 위에서 시키는 것만 해서. 나 이거 할래. 나 이거 하자 혀엉! 현수랑 하구 싶다구 나두!

씬31. 북촌 골목/ 북촌 다른 골목

현수, 뛰고 있다. 빠르게 뛰는 건 아니고 속도 조절. (flash back 4부 씬 2. 정선, 내가 슬플 때 어떻게 했는지 가르쳐줄까?) 현수, 뛰고 있다. 정선, 북촌 다른 골목에서 뛰고 있다.

핸드폰 E

씬32. 현수 집 거실/ 정우 사무실 밖

경, 샤워하고 나왔다. 핸드폰 발신자 '김준하 감독'

경 네 감독님!

준 하 (사무실 나와서 걸고 있다.) 잘 지냈어요?

경 용건 있음 말씀하세요. 의례적인 안부 인사 안 하셔두 돼요.

준 하 왜케 쌀쌀맞게 전활 받아요? 가뜩이나 맘 시린데 더 시리게!

경 맘 시린데 더 시리게? 무슨 쌍팔년도 작업 멘트 아직두 하나?

준 하 내가 왜 황보 작가한테 작업을 겁니까?

경 저한테 작업 건다는 게 아니라 작업 멘트가 생활화됐다구요!

준 하 아 됐구! 저 지금 작업실 가요. 놀라지 말아요 문 열구 들어가두.

경 하구 싶은 대루 하세요. 저 작업실 아니까.

준 하 현수랑 같이 있어요?

경 언니 지금 생각할 거 있다구 나갔구. 언니랑 나랑은 낼부터 서울 없어요.

씬33. 북촌 틈새 꽃 골목

정선, 틈새 꽃 골목을 지나가다가 그곳에 선다. 현수에게 심쿵 했던 곳. 현수, 뛰다가 정선을 발견한다. 그 시선으로. 정선, 사색하며 할 수 있는 행동하고 있는데.

현 수   왜 잠 안 자구 돌아다녀?

정 선   (보는. 시계 보곤) 아직 잠잘 시간 아닌데. 얼굴 괜찮네.

현 수   나쁠 일 있나 뭐?

정 선   (아니잖아. 얼굴 보는) 기사 봤어.

현 수   아아! 이현수 작가 건강상 이유루 드라마 하차!

정 선   남의 일 말하듯 한다!

현 수   이미 남의 일 됐으니까. 결정하기까지 어렵지 결정하면 뒤두 안 돌아본다구 난!

정 선   힘든 상황인 거 같으니까 잘난 척 이해할게.

현 수   낼부터 여행 가.

정 선   누구랑?

현 수   경이라구 그때 봤잖아. 이번에 나하구 일하느라 맘고생 많이 했어. 즐겁게 해주려구!

씬34. 정우 사무실 안/ 정선 거실

정우, 드립 커피 내리고 있다. 핸드폰 E 발신자 '온정선'

정 우   (받는) 어어!

정 선   형! 낼 약속 취소해두 되지?

정 우   취소해두 되지, 라는데 어떻게 취소 안 하냐?

정 선   미안!

정 우   아주 오랜만에 데이트 신청했는데 까기나 하구! 잘나간다구 이래두 되냐?

정 선   나중에 배루 갚겠습니다.

정 우   꼭 배루 갚어라. (하면서 전화 끊는)

준 하   (들어온다.)

정 우   너 뭐야? 간다더니?

준 하   내가 중요한 정볼 물어왔지.

정 우   (보는)

준 하   형! 이제 행동할 때야. 너무 오래 지켜봤어. 이쯤 되면 현수두 형이 대시
        해주길 바랄거야.

정 우   그건 아닌 거 같은데.

준 하   그렇다니까! 낼 시간 어때?

정 우   펑크난 약속이 방금 생겼다.

준 하   운명이다 이건! 형하구 현수! 그 운명에 내가 오작교가 되어줄게.

정 우   뭔 말인지 좀 알아듣게 해라 이 자식아!

준 하   현수 만나자구 내일! 우연을 가장한 운명으루!

정 우   .... (F.O)

씬35. 현수 집 안 (F.I) —이른 아침

        현수, 여행 갈 채비 다하고. 가방에 고구마칩과 물 넣는다. 경, 캐리어 끌
        고 방에서 나온다.

현 수   무슨 짐이 그렇게 많아?

경   요거조거 다 필요한 것들이야. 간 김에 책두 읽구!

현 수   그러다 호텔 방 안에만 있겠다. 움직이는 거 엄청 싫어해 넌.

경   (핸드폰으로 카카오 택시 부르려고) 택시 부를게.

        현관벨 E

경   누구 올 사람 있어? (하면서 스크린폰으로 가서 본다. 정선이다.)

현 수	없어.
경	(놀라며) 언니?
현 수	왜에? (하면서 와서 스크린 보면 정선이다. 뭐지?)
경	(문 연다. 그 시선으로 정선 있다) 셰프님!
정 선	안녕하세요?
경	들어오세요. 근데 우리 오늘 여행 가는데.
정 선	알아요. 짐꾼으루 왔어요.
현 수	(의외. 놀란 감동) 오늘 식당 안 열어?
정 선	오늘까지 휴가야. (경에게) 짐 이거 들면 되나요?
경	(현수 눈치 보고 정선 눈치 보고) 네.
정 선	(경에게) 더 늦음 막히니까 빨리 내려오세요. (짐을 들고, 캐리어를 들고 나간다)
경	대박! (현수에게) 언니 이게 무슨 일이래? (현수 안으며 좋은. 펄쩍펄쩍)
현 수	너 왜 그래?
경	그러니까 내가 왜 그러지. 나한테 생긴 일두 아닌데! 흥칫뿡!

씬36. 도로/ 정우 차 안

준하, 운전하고 있다. 정우, 조수석이다.

준 하	용산역에서 일곱 시 십오 분 KTX 탔으니까 12시쯤에 여수에서 점심 먹구 있을 거야.
정 우	너 신났다!
준 하	신나네 오랜만에! 남의 사랑에 내가 왜 설레이냐! 해본 지 오래다 사랑 그 미친 놈!
정 우	(뭔가 홀린 거처럼. 잘하는 걸까. 창문 여는)

씬37. 정선 차 안/ 도로/ 다른 도로

정선, 운전하고 있고. 현수, 조수석. 경, 뒷좌석. 현수, 뭐 이렇게 괜찮은 남자가 있지. 항상 내가 모자라다.

경   (뒤에서 톡 튀어나오며) 셰프님 음악 틀면 안 돼요?
정 선   돼요. (하면서 음악 트는)
경   셰프님! 음악 끄면 안 돼요?
정 선   돼요. (하면서 음악 끄는)
현 수   너 뭐해?
경   뭐하긴 남친 놀이 한번 해봤어. 남의 일이지만 너무 부러워서.
현 수   (기막힌) 황보 경!
정 선   그런 말 하면 현수 씨 싫어해요.
경   언니가 로맨틱하진 않아요.
현 수   왜 그래 두 사람? 두 사람 공통분모 나야. 둘이 편먹구 날 놀리는 건 아니라구 봐!
정 선   그럼 누굴 놀려? 잘 모르는 사람을 놀릴 순 없잖아!
경   셰프님 엄지 척! (엄지 척 올린다)
현 수   (약 오르는) 그렇다구 내가 계속 당할 거 맞아.
정선·경   (웃는)

정선 차. 도로를 달린다. 정우와 준하 차도 달린다.

씬38. 카페

박은성 작가, 앉아 있다. 차 마시고 있다. 홍아, 들어온다. 손엔 쇼핑백.

홍 아   작가님! (하면서 와서 은성 안고, 자리에 앉는다)
은 성   홍아야!

홍 아	(쇼핑백 주며) 작가님께 어울릴 거 같아 샀어요.
은 성	(받으며) 축하한다. 공모 당선된 거.
홍 아	작가님이 여러가지루 많이 가르쳐주셔서 그렇죠 뭐. 잘 지내시죠?
은 성	잘 지내겠니! 너두 얘기 들었을 거 아냐?
홍 아	아 네에!
은 성	아니 현수 걔가 내 욕을 그렇게 하구 다녀 갖구 선배님들 보기가 민망해.
홍 아	아 그래요?
은 성	날 아주 부도덕한 인간으루 매도하구 다녀. 현수 안 겪어보구 겉모습만 본 작가들이 그걸 다 믿더라구! 내가 감독하구 짝짜꿍 돼 갖구 뒤에서 작가들 뒤통수나 치는 파렴치한이니!
홍 아	작가님 그런 분 아니죠. 시간 지나면 알 거예요 사람들도.
은 성	너두 적극적으루 말 좀 하구 다녀. 현수랑 친한 니가 그렇게 말함 사람들두 내 얘기에 신뢰 갖지 않겠니! 이게 무슨 망신인 줄 모르겠어.
홍 아	현수 언니가 작가님 욕하구 다닌다구 뭐 크게 타격은 없을 거예요. 이 바닥이 다 서루 욕하다 다시 또 친하구 그러잖아요. 잘나가기만 하면 욕 같은 거야 뭐. 신경 쓰지 마세요.
은 성	내가 잘 못나가니까 그렇지! 너니까 말하는 거야. 편성 받기가 얼마나 어려운지. 장르물은 젊은 작가들 선호하잖아.
홍 아	작가님은 참 솔직하세요. 그게 좋아요.
은 성	내가 원래 속하구 겉하구 똑같잖니! 암튼 고맙다 이렇게 챙겨줘서. 홍안 글두 잘쓰구 품성두 좋아서 대박날 일만 남았어.
홍 아	감사합니다 작가님!
은 성	유홍진 씨피님한텐 인사했어?
홍 아	아뇨.
은 성	인사해. 이제 니가 갖구 있는 배경이 널 더 돋보이게 해줄 거야.
홍 아	충고 감사합니다.
은 성	이래서 선배가 필요한 거야. (그래도 현수) 현수한테 내 욕하구 다니지 말라 그래. 걘 학꼴 좋은 델 나와서 그러니 아는 사람이 왜케 또 많니!

씬39. 호텔 복도

정선과 현수 경, 오고 있다. 정선은 두 사람 짐 들고. 캐리어는 각자.
현수, 자신의 방 앞에 선다.

현 수   여긴 우리 방!
경   (문 열고)
정 선   들어가 난 저쪽!
경   로비에서 30분 후에 봬요 셰프님!
정 선   네. (짐 주고 간다)

씬40. 호텔 현수 방/ 호텔 로비

경, 들어오자마자 현수에게. 경, 흥분된 거 터트리는.

경   언니! 온 셰프님!!! 슈퍼 그레잇! 아니 슈퍼슈퍼그레잇!!
현 수   근데?
경   놓치면 스튜핏!
현 수   (웃는) 그렇게 괜찮아 보여?
경   눈빛 봤어? 눈에 별이 떠 있어. 난 눈에 별 떠 있는 남잔 처음 봐. 언니니
         까 양보하는 거야.
현 수   (웃는) 별 같은 소리하구 있다!
경   진짜 별 떴다니까!

핸드폰 E 발신자 '김준하 감독'

경   아이! 조금이라두 내가 행복한 꼴을 못 봐! 내가 온 셰프님 얼굴에서 김
         준하 감독 얼굴루 장면 전환을 해야 돼?
현 수   해!

경	언니 질투했다! (전화 받는) 네 감독님!
준 하	어딨어요? 나 지금 도착했어요.
경	(현수와 정선, 둘이 있게 해주려고) 저만 나갈게요. 언닌 지금 딴 일 봐야 돼요.
현 수	(입모양만 왜에)
경	(현수에게 손사래치고) 어디 계세요?

씬41. 호텔 로비/ 로비 엘리베이터 앞/ 로비

준하, 있다. 정우, 한편에서 전화 통화하고 온다.

준 하	현순 체크인 했대. 황보 작가한테 확인했어.
정 우	저녁 때나 돼야 합류할 수 있어 난. 온 김에 봐야 될 일이 있어.
준 하	어쩐지 순순히 따라 내려온다 했어. 일 만들어 갖구 왔구나.
정 우	어떡할래 넌?
준 하	황보 작가랑 있을게. 형은 하구 싶은 거 다 해. 내가 그 전까지 분위기 잡아 놀게.

정선, 엘리베이터에서 내려 로비 중앙을 향해 가는. 정우, 준하와 함께 입구로 간다. 뭔가 느낌이 이상해 호텔 중앙을 뒤돌아보는. 정선, 정우와 알아볼 만한 위치로 가는데 누군가를 발견했다. 그 사람에게 간다. 경은 두리번대며 준하 찾고 있었다.

정 선	벌써 내려왔어요?
경	아 네에. 언닌 내려올 거예요. 전 따루 움직일려구요.
정 선	왜요?
경	아는 감독님 내려오셔서 갖구 제가 상대해줘야 돼요. 성격 이상해서 여기 끼면 분위기 망쳐요.
정 선	괜찮은데 혹시 혼자 감당 안 되면 연락해요.

경   네! 언니랑 즐거운 시간 보내구 계세요. (하더니 인사하고) 로비라더니 어디 있는 거야? (하면서 입구로 간다)

현수, 오는. 그 시선으로. 정선이 보인다. 이렇게 보니까 좋다. 내가 저 사람을 얼마나 그리워했던가. 정선, 혹시 현수가 내려왔나 엘리베이터 쪽을 보는데 현수 오고 있다. 현수, 손 흔든다.

정 선   어디부터 갈래?
현 수   여기 와 봤어?
정 선   왔지! 여수 하면 간장게장!
현 수   아아 음식으루 장소를 기억하시는 건 여전하시네요!
정 선   그럼 점심 먹기 전에 눈요기부터 하시죠!

씬42. 여수 해상 케이블카 안—낮

현수와 정선, 안에 탔다. 현수, 창밖을 본다. 정선도. 전경이 한눈에 보이고. 기차 안에서 창밖을 바라보던 두 사람 오버랩 된다. 하지만 지금은 온도차가 있다. 그때가 풋풋함이었다면 지금은 뭔가 훌쩍 자라버린 것 같은. 케이블카 흔들리는. 정선, 현수 보호해주는. 현수, 정선 보는. 그토록 그리워했던 남자가 내 눈 앞에 있다. 정선, 자기 자리로 서고.

현 수   배고프다!
정 선   (피식) 보면 일관성 있어.
현 수   뭐가?
정 선   깨! 풍광 좋다. 이런 말 할 줄 알았어.
현 수   어떻게 여길 같이 올 생각을 한 거야?
정 선   심심해서?
현 수   솔직한 게 매력인데 지금 매력 떨어졌어!
정 선   인류애?

현 수　　간장게장이나 먹자.

씬43. 간장게장 집

간장게장 차려 있고. 정선과 현수, 앞에 앉아 있다. 현수, 게딱지에 밥 비벼 먹고 있다. 정선도. 정선, 핸드폰 테이블에 놓여 있고.

현 수　　역시 간장게장은 게딱지에 비벼 먹는 게 최고!
정 선　　먹을 줄 안다!
현 수　　여수에 또 맛있는 음식 뭐 있어?

씬44. 음식점 안

준하와 경, 갯장어 샤브샤브 먹고 있다. 맛있게.

경　　　(너무 맛있어서 기분 좋다. 안경에 김이 서려서. 안경 벗는)
준 하　　안경 써요. 보통 안경 벗음 이쁘지 않아요? 황보 작간 안경 쓰는 게 낫네.
경　　　(뭔 개소리. 널 위해 쓸 필욘 없는데. 먹는)
준 하　　기분 나빴어요? 황보 작가 열등감 있구나. 이런 말에
경　　　(O.L. 사투리 서울 말 쓰려고) 기분 안 나빴구요. 안경은 제가 쓰구 싶음 쓰구 벗구 싶음 벗어요. 지금은 김 감독님 땜에 벗구 싶어요.
준 하　　근데 사투리 그냥 써요. 서울 말 쓸라구 디게 노력하더라. 안쓰러워.
경　　　하 진짜! 틀린 말은 아니에요. 맞아요. 사투리 안 쓰려는 건 사람들이 말투만 듣구 내가 어디서 자랐는지 너무 쉽게 알아서 고칠라 그러는 거예요. 신비롭구 그런 거 하구 싶어서.
준 하　　서울 말 써두 황보 작간 신비롭구 그런 건 안 돼.
경　　　밥 사주시는 거 맞죠?
준 하　　맞아요.

경	그래서 지금 참구 있는 거예요. 먹는 거에만 집중하구 싶어요. (먹는. 맛있는 리액션)
준 하	(구박을 해도 꿋꿋한 경에서 호감이. 해물 집어 경에게 얹어 주는)......
경	이딴 거 하지 말아요. 친하게 지내구 싶지 않아요.
준 하	(하아).....

씬45. 향일암 — 낮

현수, 오르고 있다. 정선도. 7개의 바위틈을 다 지나면 소원이 이루어진다는. 첫 번째 바위틈으로 들어가기 전에. 현수와 정선.

현 수	이게 한 개째 바위틈이야. 이렇게 7개를 다 지나면 소원이 이뤄진대.
정 선	(생각)
현 수	말론 하지 말고 생각해. 정했어? 난 정했어. 간다! (바위틈으로 들어간다)
정 선	(들어가는) 조심해 길 잃어버리지 말구.
현 수	여기선 길 잃어버릴 게 없거든. 나 운전두 해. 옛날의 길치 이현수가 아니라구!

현수 정선, 7개의 바위틈을 지나고.

씬46. 방송국 로비 카페

홍진, 있고. 홍아, 앞에 앉아 있다. 차 마시고 있는 두 사람.

홍 진	박 작가가 전화해줘서 알았어요. 왜 말 안 했어요? 아버님이 유성화재 대표님인 거! 내 사촌 거기 다니는데.
홍 아	아빠가 대표인 거랑 제가 일하는 곳에서 인정받는 거랑 상관없잖아요.
홍 진	건강한 생각 갖구 있네요.

홍 아	(가방에서 당선작 '상류사회' 꺼내 내민다.) 한 번 읽어봐 주세요.
홍 진	계약 얘기 중인 덴 있어요?
홍 아	온엔터 박정우 대표님 제안 생각 중이에요.
홍 진	온엔터 괜찮죠! 박 대표 스마트하구!

이복, 들어오고 있다. 파김치다. 촬영 끝나고 편집 보러. 안에 들어가려다
홍진 보고. 홍진, 이복 보고 오라는. 이복도 오는.

이 복	(와서) 미치겠다!! 대본 땜에!
홍 진	작가 붙여봐야 기운만 빠지구 별거 없다니까. 너두 사서 고생이다. 지금 이라두 이현수 작가한테 연락해.
이 복	그거는 못 하지 혀 깨물구 죽는 한이 있어두. (그제서야 홍아가 눈에 들어온다) 어?
홍 아	안녕하세요 감독님!
홍 진	이번에 HNC 연속극 공모 당선됐대.
이 복	(흥미 생긴) 이 작가 보조 작가니까 반칙형사에 대해 잘 알지 않아요? 구성두 같이 했어요?
홍 아	구성은 같이 안 했지만 잘 알죠.
이 복	아아 그럼 우리 작가 팀한테 조언 좀 해줌 안 되나!
홍 아	저보러 작가 팀에 들어와 달란 얘긴가요?
이 복	말귀 잘 알아듣네요.
홍 아	제가 왜 침몰하는 배에 타겠어요?
이 복	오우! 이런 거! 센스 있잖아 벌써 말하는 게! 그치 형!
홍 진	(어유 한심한).....
이 복	그쪽이 우리 배에 타면 배가 침몰 안 할 수도 있잖아.
홍 아	싫은데요.
이 복	이번 일 망하지만 않음 다음 미니 나랑 합시다. 그래두 싫어요?

씬47. 향일암 일각

정선과 현수, 있다. 음료수 마시고 있다. 현수 가방 의자에 놓여 있고.

현 수   아 좋다!

정 선   ....

현 수   (일어나는) 저 화장실 좀 갔다 올게요.

정 선   잘 다녀와요. 길 잃어버리지 말구!

현 수   아 진짜 이 사람이! 여기 몇 번 와봤다구요! (가는)

씬48. 동 화장실 안/ 밖

현수, 손 닦고 얼굴 보고 나간다. 공기 좋다. 기지개 펴는. 가다가 호기심에 이것저것 눈길을 뺏긴다.

씬49. 향일암 일각/ 화장실 밖/ 향일암 일각

정선, 있다. 현수 오지 않는다. 시계 본다. 간 지 20분. 정선, 전화한다. 현수에게. 신호음 간다. 벨 울린다. 현수의 가방 안에서 벨소리 들린다. 정선, 낭패다. 정선, 현수의 가방을 들고 화장실로 간다. 정선, 화장실에 왔다. 근처에 현수 있나 찾는다. 현수, 정선이 있는 곳으로 왔다. 정선이 없다. 가방도 없다. 이게 뭐지? 기시감이다. 5년 전. 두려움이 몰려온다. 그때 밀어냈었다. 마음의 소릴 무시하고. 그 대가를 치뤘다. 지금도 생각해 본다고 했다. 생각은 개뿔. 다시 놓치면 안 된다. 큰일이다. 뛴다. (flash back 2부 엔딩) 현수, 뛰는. 절박한 순간 생각나는 남자. 사랑이다. 정선이 화장실로 찾아 갔을 거란 짐작에. 정선, 화장실 밖에서 암만 봐도 현수 없다. 현수는 원래 있던 곳에 갔을 것이다. 정선, 뛴다. (flash back 2부 씬48. 피해, 싫으면.) 아까 현수와 같이 앉아 있던 곳으로. 현수, 화장실에 왔다. 주위를 본다. 정선 없다. 어떡하지. 핸드폰도 없다. 정선, 번호도 모른다. 뛴다 다시 향일암 일각으로. 현수, 향일암 일각에 왔다. 정선 없다. 아 어떡해. 감정 오르는. 전에 정선을 잃었던 것과 같은 감정이 합해지면서. 정선, 뒤에 있다. 화장실로 가려다 기다리던 곳에서 기다리는 것이 나을 거 같아 기다렸다.

정 선   길 이제 안 잃어버린다며?

현 수   (정선 목소리 나는 곳 본다. 눈물이...)

정 선   (현수 모습 보고. 가슴이 철렁)

현 수   (달려와 안긴다)

(flash back 1부 씬30. 현수, 난 진짜 너무 반갑구 좋아서 안길 뻔했어요.)

정 선   (안는)

현 수   (눈물범벅이다) 잘못했어 내가 잘못했어.

정 선   (토닥토닥)

현 수   (몸 떼며) 내가 다 망쳐버렸어. 쿨한 척 잘난 척 하면서 자기가 나한테 준 신호 다 무시했어. 여기서 자긴 이 자기가 아냐 그 자기야.

정 선   (이 여자 너무 사랑스럽다. 웃는) 이 와중에 자기는 챙겨?

현 수   이 와중이라두 챙길 건 챙겨야 되잖아.

정 선   (미소. 보는)

현 수   생각은 개뿔 생각! 생각하구 생각하다 자길 놓쳤는데 무슨 또 생각! 떨어져 있는 5년 동안 생각은 실컷 했거든!

정 선   (심쿵).....

현 수   사랑해..... 사랑하구 있어.

정 선   ...알구 있어.

현 수   (정선이 한 말) 한 번 밀어낸 여자가 두 번 못 밀어낼 리 없잖아. 현실은 언제나 빡세. 이런 말은 너무 심하잖아.

정 선   토시두 안 틀리구 말하네.

현 수   (O.L) 거기다 대구 어떻게 사랑한다 그래 어떻게 자기만 생각했다 그래!

정 선   내가 말했잖아. 난 다른 쪽으루 어렵다구!

현 수	말했어.
정 선	말 그만하구 (안기라는 신호)
현 수	(안긴다)

정선, 현수 포옹하고.. 카메라 뒤로 빠지고.

씬50. 여수 일각―밤 / 방송국 복도

정우, 사업가와 악수한다. 헤어지는.

정 우	그럼 다음에 뵙겠습니다.
사업가	다음엔 제가 올라가겠습니다.
정 우	네! (하고 헤어지는)

핸드폰 E 발신자 '유홍진 씨피님'

정 우	(받고) 네 씨피님!
홍 진	(걸으면서) 박 대표! 우리 협상 말야. 좋은 조건이 하나 생겼어.
정 우	뭔데요?
홍 진	지홍아 씨 알지? 이현수 작가 보조 작가!
정 우	네.
홍 진	지금 작가 팀에 있는 작가 두 명 처내구 지 작가가 들어오면 좋을 거 같아. 이현수 작가 팀에 있었으니까 얘길 잘 알잖아. 이대루 가다간 반칙형사 조기 종영이야. 그럼 온엔터 손실 클 거야. 해외 팔 수두 없다구!
정 우	....

씬51. 여수 호텔 로비/ 거리 ─밤

경과 준하, 있다. 서로 핸드폰만 보고 있다. 핸드폰 E 발신자 '박정우'

준 하 어 형!

정 우 어디냐?

준 하 일 다 끝났어? 끊어봐. 내가 문자 줄게. (끊고. 경에게) 현수 왜 안 와요?

경   올 때 되면 오겠죠!

준 하 어딨는데요? 쟤 들어오라 그래요. 누구랑 같이 있어요?

경   누구랑 같이 이런 건 알 바 없구요. 어딨는진 물어볼게요.

씬52. 소호 동동 다리

현수와 정선, 걷고 있다. 처음 시작하는 연인의 설레임. 문자 E

정 선 확인 안 해?

현 수 자기랑 있으니까 안 할래.

정 선 나랑 있으니까 뭐든 해두 돼.

현 수 (문자 메시지 보는. 경. 언니 어디야?)

경   (E) 언니 어디야?

현 수 경이다. 오라 그럴까?

정 선 그러구 싶어?

현 수 같이 여행 왔는데 나만 즐거운 거 같아서.

정 선 하구 싶은 대루 해.

현 수 아니다. 호텔루 들어가서 만나면 되겠다! (미소)

씬53. 도로/ 정우 차 안

정우, 운전하고 있다.

준 하   (E) 현수 소호 동동 다리 갔대. 거기서 만남 영화 같겠다. 날 잊지 마 형!

씬54. 여수 호텔 로비/ 도로 정우 자동차 안

경과 준하 있다. 서로 핸드폰만.

준 하   근데 현수 걔는 청승맞게 왜 다리엔 혼자 갔어요?
경   내가 언제 혼자 갔다 그랬어요?
준 하   혼자 아니에요?
경   아니에요.
준 하   혹시 남잔 아니겠죠?
경   남잔데!
준 하   아 이 사람이 그걸 왜 인제 말해줘요?
경   인제 물어봤잖아요.
준 하   (전화하는. 정우에게. 신호음 떨어지고) 좀 받아라. 받아! (받는)
정 우   (F) 어 준하야!
준 하   형 내가 잘못 알았네. 현수 거기 없어. 호텔루 바루 와 그냥.
정 우   그래? 알았어.
준 하   올 거지?
정 우   아니 여기 온 김에 소호 동동 다린 가봐야 되지 않겠니? (끊는)
준 하   혀혀엉! (끊고) 클났다! (일어나는 입구를 향해 뛰는)
경   (따라가며) 왜요? 무슨 일인데요?

씬55. 소호 동동 다리

정선, 현수와 걸어오고 있다. 현수, 살짝 뛰어 다리 앞에 선다. 앞에 전경
보는.

현 수   (정선 보곤) 너무 좋아!

정 선   (오는) 춥지 않아?

현 수   괜찮아. (하면서 다시 바다를 보는)

정 선   (가까이 오며) 안 괜찮을 거 같은데.

현 수   안 괜찮아두 괜찮아.

정 선   (현수 춥지 않게 뒤에서 안아준다. 함께 바다를 본다)

현 수   이 시간이 멈췄음 좋겠어.

카메라 빠지면. 두 사람 보고 있는. 정우다. 쓸쓸함을 금하지 못하겠다. 갓
시작한 현수와 정선, 그 둘을 지켜보는 또 다른 사랑 정우. 한 화면에 들
어오면서.

9부

17

뭐 해?

18

끝까지 갈래?

씬1. 소호 동동 다리 ― 밤

8부에 이어
정선, 현수 춥지 않게 뒤에서 안아준다. 함께 바다를 본다.

현 수 이 시간이 멈췄음 좋겠어.
정 선 (마찬가지다).........

카메라 빠지면. 두 사람 보고 있는. 정우다. 쓸쓸함을 금하지 못하겠다. 정우, 이게 뭐지?

씬2. 도로 정우 차 안

정우, 운전하고 있다. (flash back 4부 씬23. 현수, 사랑하는 남자가 있어요. 그걸 너무 늦게 알았어요. 사랑하는 게 이런 건지 그 남자가 사라져버리니까 알았어요.)

씬3. 소호 동동 다리

현수와 정선, 걷고 있다. 정선, 자연스레 손잡고 걷는.

씬4. 도로 정우 차 안

정우, 운전하고 있다. (flash back 6부 씬5. 정선, 파리 들어오기 전에 까였어요. 일이 중요하대요 사랑보다.)

씬5. 여수 호텔 복도

현수와 정선, 걸어오고 있다. 현수, 복도를 살펴보면서. 정선, 손 잡는. 현수, 손 빼는.

정 선   왜?
현 수   (CCTV를 가리킨다)
정 선   근데?
현 수   (맞아. 왜 그랬지?) 근데? 직업병! 누군가가 우릴 보구 있잖아.
정 선   (손 잡는) 증걸 남길려구!
현 수   (미소)
정 선   (잡은 손 들고, CCTV에게 잘 보라는)

씬6. 정우 차 안 도로

정우, 운전하고 있다. (flash back 5부 씬9. 정우, 내가 젤 좋아하는 남자야. 정우, 여긴 내가 젤 좋아하는 여자)

씬7. 호텔 복도

현수, 자신의 방 앞에 서 있고. 정선, 자신의 방 문 앞에 서 있고.

정 선	같이 잘까?
현 수	좋아!

타이틀 오른다.

씬8. 호텔 현수 방

현수, 침대에 누워 있다. 핸드폰 시계 보고 있다. 숫자 센다. 5, 4. 11시 11
분에 맞춰서.

씬9. 호텔 정선 방

정선, 침대에 누워 있다. 핸드폰 시계 보고 있다. 숫자 센다. 3, 2, 1. 11시
11분 맞춰서. 눈 감는.

씬10. 호텔 현수 방

현수, 눈 감는. 자는.

경	언니 뭐 해? 벌써 자?
현 수	(눈 뜨지 않고) 자야 돼.
경	나랑은 놀아주지도 않구
현 수	(눈 뜨지 않고) 자야 된다구. 같이 자자구 했다구!
경	무슨 소린지 알아듣게 해라.
현 수	경! 오늘만 봐줘! 내 생애 최고의 날이야! (F.O)

씬11. 정선 집 주방—아침 (F.I)

정선, 떡볶이 만들고 있다. 생 캬라멜 만들고 있다. 기분 좋은.

씬12. 현수 집 거실

현수, 경과 함께 영화 보고 있다. 〈인사이드 아웃〉. 아이스크림에 감자칩 찍어서 먹고 있다. 경, 영화 중 슬픔이 흉내 내는.

현 수   너 똑같다!
경   밥 먹어야 되는데. 밥 할까?
현 수   하지 마. 시켜 먹자.

문자음 E 현수, 본다. 정선에게 온 '집 앞에 나와 봐.'

정 선   (E) 집 앞에 나와 봐.
현 수   어머 집 앞이래. (경에게) 나 너무 엉망이지. 머리 안 감았는데!
경   내가 시간 끌구 있을게. 뭐라두 찍어 발라.
현 수   고마워 경! (안에 들어간다)

씬13. 현수 집 현수 방

현수, 파운데이션 바른다. 짧은 시간에 찬찬히. 공들여. 거울 보고. 미소. 짓고 나간다.

씬14. 현수 집 거실

현수, 나온다. 경, 도시락 가방 같은 것 식탁에 놓는다.

경   셰프님 이것만 놓구 가셨어!
현 수   뭔데? (풀어본다)

떡볶이와 캬라멜이다. 쪽지다. '매운 거 좋아하는 현수 씨! 일할 때 드세
요. 캬라멜은 당 떨어졌을 때'

정 선   (E) 매운 거 좋아하는 현수 씨! 일할 때 드세요. 캬라멜은 당 떨어졌을 때.

씬15. 북촌 골목 굿스프 가는 길

정선, 자전거 타고 가고 있다.

씬16. 굿스프 앞

정선, 자전거 놓고 서는데. 그 시선으로 현수, 있다.

정 선   (놀라) 뭐야?
현 수   택시 타고 왔어. 떡볶이만 놓구 가면 어떡해?
정 선   그럼 뭘 해야 되는데?
현 수   뭘 해야 되는 건 아니지만!
정 선   데려다줄까?
현 수   아냐. 음식 만들기두 힘들었을 텐데.
정 선   (진짜?) 그래 그럼! 잘가!
현 수   아 이 사람이 진짜! 어디서 애태우는 방법을 배워오나 진짜!

정 선 그러니까 대답을 잘하라구!

현 수 좋아요!!

씬17. 현수 집 가는 길

정선의 자전거 뒤에 현수 타고 있다. (flash back 3부 씬29. 정선과 현수 자전거 타는) 5년 전과 5년 후. 관계가 더 깊어진.

정 선 오늘두 집에 있어?

현 수 아니 대표님이 만나재! 정선 씬 뭐 해?

정 선 일하지 난.

씬18. 정우 사무실 안

정우, 창밖 보고 있다. 노크 E 현수, 들어온다. 정우, 본다. 정우, 아직 생각 중이다. 정선 현수 자신과의 관계에 대해. 평상시와 다름없이. 조금 사무적.

현 수 안녕하세요 대표님!

정 우 어 오랜만이다 앉아!

현 수 (앉는) 오늘 대표님 분위기 가을이랑 너무 어울려요.

정 우 (책상 위에 있던 착한 스프는 전화를 받지 않는다. 대본 갖고 와서 앉고. 테이블 위에 놓는다)

현 수 (보는. 이걸 왜. 집어 드는. 정우 보는)

정 우 이거 만들어보자. 이 작가가 처음 쓴 멜로라구 들고 온 거.

현 수 반칙형사 접은 지 얼마 안 됐어요.

정 우 반칙형사보다 먼저 썼잖아. 난 이 멜로 특색 있구 좋았어.

현 수 저야 만들어지면 너무 좋죠.

정 우	그럼 됐어. 이 작간 다음 대본 계속 써.
현 수	알겠어요.
정 우	전에 이 작가가 쓰던 작업실은 지홍아 작가가 쓰기루 했어.
현 수	편성 받을 때까진 집에서 쓸게요.
정 우	또 한 가지! 지홍아 작가가 반칙형사 작가 팀에 합류하기루 했어.
현 수	(철렁) 홍아가 들어가면 작가 팀에 도움은 많이 되겠네요.
정 우	반칙형산 이제 우리 모두의 작품이야. 망할 순 없잖아.
현 수	그래두 제 대본에 나오는 뒤 스토린 가져가면 안 돼요.
정 우	그건 내가 약속 못 해. 지 작가 맘이니까.
현 수	홍아하구 제가 얘기할게요.
정 우	오늘 뭐 해?
현 수	일해야죠! 제가 넘어져 있을 때두 대표님은 일하구 계셨네요. 좋은 작품으루 꼭 갚을게요.
정 우	(보는)

씬19. 정우 사무실 밖 복도

현수, 나오는. 엘리베이터를 향해 가는데. 홍아 온다. 현수, 홍아 보고. 홍아 현수 본다.

현 수	(어색) 너 만나려구 했는데. 여기서 만나네.
홍 아	(해맑게) 나두 언니 만나려구 했어. 우린 통하나 봐.
현 수	너 대표님 만나러 온 거 아냐?
홍 아	어 오늘 계약하러 왔어. 계약하는 데 시간 얼마 안 걸리잖아. 언니가 좀 기다려줄래?

씬20. 정우 사무실 안

홍아, 계약서에 사인 한다. 정우, 사인 한다.

홍 아　(손 내미는) 잘해봐요 대표님!
정 우　(잡는) 잘해봅시다!

씬21. 굿스프 홀―낮

손님 만석이다. 수정, 손님 4명을 안내해서 들어온다. 손님들 자리에 앉고. 안내를 받아 들어와 테이블에 앉는다. 수정, 주문받을 준비한다. 정선, 주방에서 홀 분위기 보고 다시 들어가고.

씬22. 굿스프 주방―낮

정선, 빠스에 있고. 각자 위치에서 일하는 중. 손님 많아 분주한.

씬23. 굿스프 홀

수 정　(손님1에게) 견과류 알러지 있다구 하셨죠 예약 때?
손님1　네네. 근데 셰프님 방송 출연한 뒤루 예약두 잘 안 되구 별루예요.
수 정　불편하신 점 말씀해주시면 개선하겠습니다.
손님2　진짜 손님은 우리 같은 사람이에요.
수 정　명심하겠습니다!

수정, 가서 포스에 주문 찍고, 주방으로 들어간다.

씬24. 굿스프 주방

정선, 빠스 앞에 있다. 프린터기에 오더지 나오고, 4인 코스. 특이사항에
견과류 알러지 표시되어 있다.

수 정   (들어오며) 0번 테이블. 견과류 알러지 한 분 있어요.

정 선   (알았다는 몸짓 하고, 하성에게) 하성! 알러지용 퓨레 따로 만들어놓은
거 있어. 갖구 와! 뿌리야채 마카다미아 퓨레두!

하 성   네 셉!

정 선   (경수에게) 경수! 뿌리야채 4 있다!

경 수   네 셉!

씬25. 굿스프 주방 안

복잡하게 돌아가는 주방 안. 뿌리야채 놓을 접시 4개 빠스 위에 가지런히
놓여 있다.

정 선   (접시 내놓고, 접시 하나 가리키면서) 저건 알러지 손님 거다! 알러지용
퓨레 얹어. 하성 뭐 하니?

하 성   네 셉! (알러지용 퓨레 가져온다.)

하성, 앞에 세 개 접시에 마카다미아 퓨레 얹은 후, 알러지 손님 접시에
샐러리악 파스닙 퓨레 얹고, 그릇 4개에 블랙 올리브 파우더를 뿌린다.
그리고 알러지용 디쉬를 오른쪽으로 빼둔다. (4번 접시)

원 준   하성! 랍스터 확인!

하 성   네 수셉!

하성, 랍스터 확인하러 자기 자리에 가고. 정선, 오더지들 확인하고 있는

사이. 민호, 빠스에 디저트 접시 두 개 갖고 온다. 하성이 빼놓은 알러지 접시 다시 왼쪽으로 밀고 그 옆에 디저트 접시 두는. 민호, 자신이 한 일 전혀 의식 못 하고 다시 설거지 하러 가고. 정선, 다시 빠스로 와서.

경 수   셰프! (조리된 뿌리야채 주면)
정 선   (받으면서, 하성에게) 알러지 접시 뭐야? 따로 빼두랬잖아!
하 성   (랍스터 요리하면서) 젤 끝에 거예요!

정선, 제일 왼쪽 끝 접시(1번 접시)를 따로 빼두고. 재빠르게 뿌리야채 플레이팅한다. 수정 콜 하고. 수정 온다.

정 선   (수정에게 1번 접시 가리키며) 이게 알러지용 디쉬.
수 정   네 셰프!

수정, 디쉬 들고 나간다.

씬26. 굿스프 홀 알러지 손님 테이블

수정, 알러지 손님 테이블로 간다. 수정, 손님들에게 서빙한다. 알러지 손님에게 다른 접시 서빙한다. 손님1,3 핸드폰 보고 있고.

수 정   맛있게 드세요!

손님들 각자 즐거운 식사 먹는.

씬27. 카페—낮

현수, 앉아 있다. 홍아, 들어온다. 현수, 차 마시고 있고.

홍 아   (앉는다) 내 거 시켰어?

현 수   시켰어.

홍 아   고마워.

현 수   넌 참 신기하다. 참 살기 편하겠어. 자신이 기억하구 싶은 것만 기억하나 봐.

홍 아   언니가 요즘 상황이 힘들어서 꼬여 있는 거 같으니까 이해할게.

현 수   꼬여 있지 않아. 어느 때보다 평정심이야. 반칙형사 내가 너한테 내 완결 대본 다 부쳤잖아. 내 얘기에서 갖구 가지 마.

홍 아   근데 언니! 캐릭터가 같음 스토리가 비슷하게 나올 수 있어. 언니만 생각 할 수 있는 건 아니잖아.

현 수   그래두 하지 마. 피해 가면 되잖아. 머리 좋잖아. 그거 저작권 등록한 거니 까 법으루 가면 내가 유리해. 내가 대본 다 부친 증거 있어.

홍 아   언니 너무 빡빡하게 군다. 언니 이 작품 잘못되면 온엔터두 타격 커. 박정 우 대표님 언니한테 어떻게 했는데!

현 수   (좀 약해지는 박정우에) 넌 핵심을 참 잘 알아. 박 대표님 생각하니까 약 해지잖아. 근데 널 생각하니까 강해지잖아.

홍 아   언니?

현 수   너 니가 얼마 전에 나한테 한 행동 잊었어? 어떻게 이렇게 아무렇지두 않 게 날 대해?

홍 아   난 앞에서 다 풀어. 뒤끝 없어. 그날루 끝났다구!

현 수   그럼 내가 뒷북 좀 칠게. 이건 좀 불편한 얘긴데 너한테 계속 묻구 싶었지 만 참았었어.

홍 아   (뭔데).........

현 수   니가 정선 씨에 대해 안 좋게 얘기할 때두

홍 아   (O.L) 내가 걔에 대해 언제 안 좋게 얘기했어?

현 수   걔 바람둥이야. 어릴 때부터 외국에서 공부했잖아. 더구나 프랑스는 우 리보다 훨씬 리버럴하지. 노는 물은 무시 못 한다. 걔 첨에 나한테 얼마나 끼부렸는데. 설혹 걔가 언닐 좋아한다구 해두 언닌 받아주면 안 돼.

홍 아   (기막힌) 그게 다 무슨 말이야?

현 수   니가 한 말이야 정선 씨에 대해서. 기억 안 나니?

홍 아	안 나.
현 수	너두 알다시피 내가 기억력이 무지 좋잖아.
홍 아	(O.L) 무지 좋지.
현 수	널 되게 아끼구 좋아했어. 정선 씨에 대해 니가 한 말 받았어. 그러면서 그 남자한테 가는 마음에 제동 걸었어.
홍 아	……
현 수	그 남잘 사랑했는데 가볍게 취급했어. 그 대갈 아주 호되게 치뤘어. 그래 두 봐주려구 했어.
홍 아	……
현 수	니가 상황이 안 좋으니까 계속 공모 떨어지구 주위 기대 크구. 상황이 나아지면 니가 바뀔 거라구 여겼거든. 너랑 나랑 좋았던 시간두 있었잖아.
홍 아	지금두 언니 좋아해. 좋아하는데 질투가 났어. 언니한테 질투하는 내가 싫었어. 내가 싫으니까 날 싫어지게 만드는 언니가 더 미워졌구 미워했다 가 언니랑 있음 또 좋으니까 언니한테 잘하려구 하다가 또 언니가 잘나가 는 거 보믄 초라해져서 날 미워하게 되구 또 언닐 미워하게 되는 걸 어떡 하냐구!
현 수	그럼 날 안 보면 되잖아.
홍 아	안 볼려구두 했는데 안 보면 또 궁금하구. 나빴다 노력했다 다시 나빴다 근데 지금 상황 좋아졌으니까 이제 그런 내적갈등 없을 거야.
현 수	어이가 없다!

씬28. 굿스프 홀 알러지 손님 좌석

손님들 디저트 먹고 있다. 손님1, 가쁜 숨 내쉬고 있다. 몸에 붉은 반점 올라 있고.

손님2	그래두 파인다이닝하는데 여기만 한 데두 없는 거 같아.
손님1	근데 (몸에 붉은 반점이 올라 있다. 몸이 가려운지 긁는다) 이상해! (숨이 가빠진다)

| 손님2 | 알러진데! 여기요! |
| 손님1 | (숨이 가빠 하면서 의자에서 내려 주저앉는다) |

주변, 어떻게 해? 수정, 다른 서버에게 119 불러! 따뜻한 물두!

씬29. 굿스프 주방 안

수정, 들어온다. 정선 빠스에서 일하고 있고.

| 수 정 | 셰프님 나와보세요! 0테이블 마카다미아 뺀 거 맞아요? |

정선, 급박하게 나가고. 원준도.

씬30. 굿스프 홀

손님1, 숨 가쁜히 쉬며 물 마시며 진정하고 있고. 정선, 원준 달려온다.

손님2	(정선 먹살 잡는다) 사람을 죽일 작정이야? 당신이 셰프야?
정 선	죄송합니다!
원 준	택시 불러!
수 정	119 불렀어요.
원 준	올 때까지 못 기다려!
정 선	우선 병원으루 모시죠. (수정에게) 내 차 키 좀 갖구 와!
손님2	(먹살 놓는다)
수 정	네!

원준, 정선과 함께 손님1을 부축해서 나간다. 밖으로 나간다.

씬31. 굿스프 밖

정선, 손님1과 손님2 자신의 차 뒤에 태웠다. 수정과 서버. 원준.

정 선   (원준에게) 형은 여길 맡아줘.

정선, 차 타고 운전해서 떠나는.

원 준   자 다 들어가자! 각자 자기 맡은 일 철저히 하자!

씬32. 현수 집 안 거실

경, 영화 보고 있다. 준하, 게임하고 있다.

준 하   (꼬르륵) (말 시켜서 얻어먹으려고) 현수 애는 왜 안 와?
경   올 때 되면 오겠죠! 근데 감독님은 일 안 해요?
준 하   대기 타구 있잖아요. 근데 황보 작가 좀 안 착해진 거 같아요.
경   안 착해진다는 게 뭐예요? 디게 이상한 말 쓰시네요.
준 하   배고파요. 이 말을 꼭 하게 만들어야 되겠어요? 옛날엔 말 안 해두 척척
경   (O.L) 아 진짜! 감독님은 왜 불쌍해요? 나보다 돈두 많구 가방끈두 긴데
          왜 불쌍해요? 짜증나게!
준 하   라면두 좋구 만두두 좋아요!
경   하참!
준 하   삶은 계란두 있음 좋구요!
경   삶은 계란 디게 좋아하시네. 촌스럽게. 서울사람 아니에요? (그러면서 계
          란 삶으러 가고 있다)
준 하   엄마가 도망가기 전에 계란 한 판 삶아 놓구 나갔거든요. 어릴 땐 진짜 계
          란 싫었는데. 지금은 그렇게 좋더라구요.
경   그런 얘기 왜 나한테 해요? 부담스럽게!

준 하 말이 나오니까 하죠!

경 그렇게 여자 많이 꼬셨죠?

준 하 그럼 거의 다 넘어와요! 연민만큼 좋은 작업 멘트두 없거든요.

경 여자 꼬실려구 가족살 팔아요?

준 하 (철렁. 허 찔린. 진짜 연민이 가는 눈빛)

경 미안해요. 계란 삶을게요.

비밀번호 누르는 소리 E

경 언니 왔다!

현 수 (들어오는)

준 하 (언제 그랬다는 듯이) 너 기다리느라 목 빠지는 줄 알았다!

현 수 왜 기다려?

준 하 니 작품 내가 연출하려구!

경 언니 작품해 벌써?

현 수 전에 써놓은 거. 착한 스프. 그거 대표님이 만들어보자구 하시네.

준 하 나랑 하자 현수야! 나 그 대본 다시 읽어봤거든. 대본 너무 재밌어. 그거
땜에 왔어 오늘!

현수·경 (서로 보는. 그건 좀 아닌데)

경 언니 나 좀 보자.

현 수 그래.

준 하 그 표정들은 뭐야? 나 멜로 잘 찍는다!

현수와 경, 현수 방으로 들어간다.

준 하 (뒤에 대고) 나만 한 감독 없다구. 니 대본 좋다 그러는 감독하구 일하는
거야. 난 열라 좋다구!

씬33. 현수 집 현수 방

현수와 경 있다.

경   언니 김 감독님한테 연출 맡김 안 된다! 이상하게 예술한다! 멜론데 왜
        스릴러루 찍어? 조명은 또 어떻구! 사람 얼굴이 다 초록색이야!

문 살짝 열리면서 문틈으로 준하 얼굴 내민다.

준 하   황보 작가! 나 울 뻔했어! (진심 눈물 글썽)
경   (미안한) 감독님!
현 수   오빠 그게 아냐!
준 하   (들어와 있다) 알았어 니가 그렇게 하자는데 해줄게. 걱정 마!
현수·경 (이건 아닌데)
준 하   내 연출에 대한 애정 어린 충고 고마워. 이제 삶은 계란 주세요.

씬34. 현수 집 주방

떡볶이와 삶은 계란 깐 거 5개. 라면. 현수, 준하, 경. 먹고 있다. 냄비에 있
는 라면을 각자 덜어 먹는. 준하, 떡볶이에 삶은 계란을 올려놓는. 고추장
소스와 같이 먹으려는. 경, 고추장 소스 숟가락으로 푹 덜어 자신의 라면
그릇에 넣고 라면과 같이 먹는. 준하, 소스 뺏겨.

준 하   이거 맛있는데 모자라잖아요. 황보 작간 또 만들어 먹음 되잖아.
경   우리두 얻은 거거든요. 아껴 먹는 건데 줬더니!
준 하   그런 거예요? 아끼는 건데 내가 아끼는 사람이라 준 거구나. 진작 말하지!
경   아 진짜 왜 그래요 감독님!
현 수   니 반응이 재밌으니까!
준 하   빙고!

현 수	오빠 이 작품을 왜 하구 싶어?
준 하	좀 독특해. 남녀 감정 선두 살아 있구. 설레! 새드엔딩인 것두 좋아.
현 수	해피엔딩으루 고칠 거야.
준 하	안 돼. 새드루 가야 돼. 근데 착한 스프란 닉네임은 어떻게 생각해냈어?
현 수	잠깐만! 아까부터 해야 하는 일이 있었는데 계속 못 했어.

씬35. 현수 집 현수 방

현수, 들어와서 핸드폰으로 문자 친다. 정선에게. '뭐해'

현 수	(E) 뭐해?

씬36. 병원. 응급실 앞

손님1, 침대에 누워 있다. 진정되는 중. 정선과 손님2, 있다. 의사 앞에. 문자음 E 정선, 보지 않는다.

의 사	알러지 반응 땜에 기도 점막이 부어서 숨쉬기 어려웠던 거예요. 주사 맞구 진정되구 있으니까 걱정하지 않으셔두 돼요.
정 선	감사합니다. 그럼 언제 퇴원하죠?
의 사	경과 관찰 후에 말씀드릴게요. (가는)
정 선	(손님1에게) 정말 죄송합니다.
손님2	셰프님 방송 나가구 이런 일 생기니까/ 방송 탓 안 할 수가 없어요.
정 선	……
손님2	옛날에 손님 없을 때가 좋았어요 우린. 헛바람 든 건 아니시죠?
정 선	아니에요. 병원비 정산은 제가 다 할게요. 그 이후 통원 치료비두 청구해주세요.

씬37. 현수 집 현수 방

현수, 핸드폰 들고 있다. 문자 답 기다리는 중. 문자음 E 정선이다.
문자 본다. 엄마다. '뭐 하고 있어?'

미 나   (E) 뭐 하고 있어?
현 수   (답한다. E) 떡볶이 먹고 있었어.

씬38. 굿스프 홀

원준 하성 경수 민호 수정, 있고. 스텝밀 끝난 시간.

원 준   이제 치우구 좀 쉬다 디너 준비하자.
하 성   난 분명히 세프 말대루 알러지 접시 맨 끝으루 빼놨어. 내 잘못 아냐.
민 호   ......
수 정   그럼 세프 잘못이야?
하 성   누가 그렇대? 내 잘못 아니라구!

정선, 들어온다.

정 선   주방에서 벌어지는 일은 내 책임이야.

굿스프, 보고. '셰프' 정선, 온다.

정 선   손님은 괜찮아지셨어. 알러지 반응 맞아.
원 준   고생했어요 셰프!
정 선   오늘 이 일 짚구 가야겠어. 그래야 다음엔 이런 실수 안 하지. (원준 보면)
원 준   하성이가 맨 끝으루 빼놓은 알러지 접실 누가 옮겼지?
민 호   제가요. 디저트 접시 갖다 놓을 때 손댄 거 같아요.

정 선	그 담에 내가 하성이 말만 듣구 체크 안 하구 컨펌했어.
원 준	퓨레 색깔 똑같아서 바꿔놓음 몰라.
정 선	소통에 문제 있었어. 바쁘더라두 눈 맞추면서 일하자!
일 동	네 셰프!

씬39. 정선 집 거실/ 방송국

정선, 들어온다. 핸드폰 꺼낸다. 전화한다. 신호음 떨어진다.

정 선	(상대편 받는) 안녕하세요 작가님! 저 온정선 셰프예요.. 다음 방송 아직 날짜 안 잡혔죠?
작 가	네 아직. 이번 주 방송에서 이긴 셰프님하구 다음 방송에서 붙을 거예요.
정 선	전 이만 하차했음 좋겠어요. 미리 말씀드리려구 연락했어요. 다음 스케줄 잡으실까 봐 빨리 했어요.
작 가	아 왜요? 셰프님 방송 나가면 좋잖아요. 매출 많이 안 올랐어요?
정 선	많이 올랐어요. 다른 이유 때문입니다.
작 가	알겠어요. 피디님께 말씀드리구 다시 연락드릴게요.
정 선	(전화 끊고, 냉장고에서 물 꺼내서 마시면서 문자 메시지 온 거 본다. 현수, '뭐해?'
현 수	(E) 뭐해?
정 선	(미소. 답한다. 물 마셔. E) 물 마셔!

씬40. 현수 집 거실

현수, 경과 함께 있다. 착한 스프는 전화를 받지 않는다. 대본 앞에 있다.

현 수	이 작품 3년 전에 써놨던 거라 취재부터 다시 해야 돼.
경	취잰 온 셰프님한테 하면 되잖아. 거기 주방 잘생긴 남자들 많던데! 우왕

설레!

현 수 (미소)

문자음 E 현수, 혹시나 하지만 실망할까 봐. 기대 안고 문자 본다.
'물 마셔' 온정선.

정 선 (E) 물 마셔.

현 수 물 마신대.

경 누가? 물 마시는 게 말할 거리가 돼?

현 수 그러게. 물 마시는 게 뭐라구! (답장한다. 할 얘기 있어요. E) 할 얘기 있
어요.

씬41. 정선 집 거실

정선, 문 연다. 그 시선으로 현수 있다. 쇼핑백 들고 서 있다. 들어오라고
비켜주는.

현 수 아침에 봤는데 또 왔어요.

정 선 환영합니다. 미안합니다. 디너 준비해서 시간이 얼마 없습니다.

현 수 괜찮습니다. (소파로 가서) 앉아보세요. 이러니까 우리 집 같네.

정 선 (앉는)

현 수 (쇼핑백 내미는) 이거! 맘에 들었음 좋겠어.

정 선 (열어본다. 런닝화)

현 수 신발 사줌 도망간다잖아. 그래서 샀어. 나한테 도망 오라구!

정 선 (웃는. 이런 게 좋아 이 여잔. 뻔하게 생각 안 해서)

현 수 안 신어봐? 원래 선물 주면 그 자리에서 해보는 거야.

정 선 신발 치순 어떻게 알았어? (신어보면서)

현 수 힌트! 가까이 있는 사람을 조심하라!

정 선 원준이 형! (다 신고 일어서는) 어때?

현 수	맘에 들어.
정 선	내가 맘에 들어야지 왜 자기가 맘에 들어?
현 수	내가 쳤으니까 일단 내 맘에 들어야지.
정 선	(웃는) 졌다! 고마워. 선물 포함. 좀 복잡한 일이 생겼는데 잠깐 힐링됐어.
현 수	힐링됐다니까 기분 좋다. 무슨 일인데?
정 선	지금은 정리가 안 돼서 얘기해줄 수가 없어요.
현 수	알겠어요 냉정선 씨! 그럼 내 얘기부터 할게. 다시 드라마 하게 됐어. 전에 써놓은 거 있었거든. (가방에서 착한 스프 대본 꺼낸다) 이 작품은 내 경험이 좀 들어갔다구 할 수 있어.
정 선	(보고. 착한 스프?!) 착한 스프는 전화를 받지 않는다. (피식) 착한 스프가 혹시 나야?
현 수	혹시가 역시야!
정 선	내가 언제 전화 안 받았어? 자기가 안 받았잖아. 자기가 쓴다구 자기 맘대루 해두 되는 거야?
현 수	해두 돼. 이런 맛에 글 쓰는 거야. 상상력을 발휘했어 작가로서.
정 선	(웃는) 근데 제목이 맘에 안 들어.
현 수	왜?
정 선	비극 같아서!

현관벨 E

현 수	누구 올 사람 있어?

씬42. 정선 집 앞

영미, 있다. 왜 문을 안 열지? 있다고 했는데. 다시 벨을 누른다.

씬43. 정선 집 안

정선, 현수에게 스크린 보고 말한다.

정 선   엄마야!

현 수   어떡해?

정 선   부담스러워?

현 수   부담스러운 건 아니구 뭔가.. 쫌.. 두려워.

정 선   왜?

현 수   맘에 들구 싶어서?

정 선   맘에 안 들어 하는 사람한테 억지루 맘에 들려구 하지 마. 그게 우리 엄마
        라두! 알았어?

현 수   알았어.

정선, 문 연다. 영미, 들어오며

영 미   뭐 했어? 왜케 문을 안 열어? 있다는 얘기 들었는데 안 열어서 걱정했(현
        수 본다)

현 수   안녕하세요?

영 미   (여자랑 있었던 거야? 현수 보고 정선 본다. 정선 런닝화 신고 있다.) 넌
        왜 신발을 집 안에서 신구 있어? 선물 받았어 지금?

현 수   저는 그만 가보겠습니다. 말씀 나누세요.

정 선   내가 밖까지 데려다줄게.

현 수   아냐.

영 미   (O.L) 엄마한테 정식으루 인사 안 시켜줘? 안 시켜줘두 되는 사람이면 말
        구.

정 선   나랑 사귀는 여자야. 이현수 씨! 현수 씨 엄마예요.

현 수   (또 인사) 안녕하세요?

영 미   좀 전에 인사했는데. 인사하는 거 좋아하나 봐요.

현 수   죄송합니다. 제가 긴장해서.

정 선   엄마!

영 미   어 아들!

정 선   내 성격 알지? (이 여자 잘 대해줘)

영 미   (알았다 이놈아) 알지! (현수에게) 나랑 차 한잔 해요. 어차피 온 셰프 디
        너 준비하러 내려가야 될 거 같으니까.

씬44. 정우 사무실 안/ 방송국 안

정우, 창밖을 보고 있다. 핸드폰 E '김PD 스타 인생'

정 우   네 김 피디님!

김피디   박 대표님! 온정선 셰프 방송 출연 안 한다구 연락왔다는데.

정 우   (몰랐다).....

김피디   화장실 들어갈 때랑 나갈 때 너무 다른 거 아냐? 출연시켜달라구 사정할
        땐 언제구요!

정 우   제가 알아볼게요.

김피디   이번까진 출연시켜요! (하곤 끊는다)

정 우   ....

노크 E 비서 들어온다.

비 서   6시 굿스프에서 유홍진 씨피님과 저녁 약속 있습니다.

정 우   (본다)... 지홍아 작가 연락해서 약속 없음 나오라 그래. 민이복 감독님두.

비 서   네. (나가려는데)

정 우   난 지금 갈게. 차 대기시켜.

씬45. 정선 집 거실

영미와 현수, 차 마시고 있다.

영 미 우리 만난 적 있어요? 본 거 같은데.

현 수 네. 5년 전에 연남동에서 뵀어요. 케냐 더블에이 드셨었어요.

영 미 기억력이 좋구나. 말 놔두 되죠?

현 수 네.

영 미 우리 아들보다 나이 되게 많은 거 같은데 얼마나 많아요?

현 수 되게 많진 않구요. 여섯 살 많아요.

영 미 여섯 살밖에 안 많아? 으음 여섯 살이면 뭐. 난 정선 아빠랑 헤어지구 거의 연하만 만난 거 같아. 연하 만나다 연상 못 만나. 어차피 젊으나 늙으나 남잔 애야. 젊은 남자 비위 맞추는 게 나아.

현 수 네에. (문화 충격이다)......

영 미 직업은 뭐야?

현 수 드라마 작가예요. 지금은 작품 준비 중이에요. 온에어 아닐 땐 한마디루 반백수예요.

영 미 잘난 척 안 해서 좋다. 우리 온 셰프 프랑스에 있을 때두 계속 연락하구 지냈었어?

현 수 아뇨. 얼마 전에 들어와서 만났어요.

영 미 그랬지. 만나구 있음 내가 모를 리 없었지. 부모님은 뭐하서?

현 수 두 분 다 초등학교 선생님이세요.

영 미 좋다. 왠지 초등학생 같을 거 같아. 동심이 넘치구!

현 수 네 순수하세요. (왠지 정선이 엄마 때문에 힘들었을 거 같다.)

영 미 앞으루 친하게 지내. 전화번호 교환하구. (시계 보고) 나 인제 내려가 봐야 돼.

현 수 그럼 저두 가보겠습니다.

영 미 가기 전에 인사할 사람이 있어. 내 피앙세야.

씬46. 굿스프 홀

다니엘, 와인 마시고 있다. 다 마셨다. 치즈에.

다니엘   (수정에게) 수정 씨! 한 잔만 더 줘.
수 정   네!

영미, 현수와 함께 온다.

영 미   민 교수! 온 셰프 여자 친구야.
현 수   안녕하세요?
다니엘   아 그래요! 언제 생겼어? 얼마 전까진 없었잖아.
영 미   오래 전부터 플라토닉 러브한 사이야 두 사람! 드라마 작가야.
다니엘   오오! 작가예요? 나두 작간데.
현 수   (미소) 지금은 반백수예요.
영 미   애가 이렇게 겸손하네! (현수에게) 너무 겸손해두 안 좋아. 우리 온 셰프
         보다 나이가 많아. 우리 나이 차이보단 적지만. 난 애가 우리 온 셰프보다
         나이가 많아서 좋아.
다니엘   역시 온 셰프랑 난 통한다니까. 앉아요. 같이 식사하구 가요.
현 수   아닙니다 저는. 할 일이 있어서. (인사하고. 영미에게) 어머니 저 그럼 가
         보겠습니다.
영 미   어머니!? 그런 말 들으니까 묘하다.
현 수   부르지 말까요?
영 미   싫단 말은 아냐. 나중에 봐 그럼.
현 수   (인사하는) 네!

씬47. 굿스프 밖

정우 차, 들어선다. 서고. 운전기사가 뒷좌석 문 연다. 정우, 나온다. 현수,

나온다. 정우, 현수를 본다. 당분간 안 보고 싶었는데. 현수, 정우 본다.

현 수   대표님!
정 우   어어! 어디 가? (여기 왜 왔냐고 묻지 않는다. 물으면 정선 얘기할 거 같
        아)
현 수   집에 가요.
정 우   같이 걷자!
현 수   (왠지 거절하기 어려워)

씬48. 현수 집 골목/ 현수 집 앞

정우, 걷고 있다. 현수, 걷고 있다. 왠지 긴장되어 있다. 그렇다고 이 침묵
을 깨야 하는 이유를 모르겠다. 현수 집 앞까지 왔다. 정우, 그냥 이 길을
이 여자랑 걷고 있다. 다른 건 아직. 생각이 정리되지 않았다. 행동할 수
없다. 현수, 정선 얘길 해야 되는데 뜬금없이 꺼낼 수도 없고. 거기 왜 있
었냐고 물어봤음 했을 텐데. 불편하고. 그러면서 현수 집 앞이다.

정 우   들어가!
현 수   네! (들어가려다 얘기해야겠다. 안 되겠다) 대표님! 드릴 말씀 있어요.
정 우   1번 사적인 거. 2번 공적인 거.
현 수   1번!
정 우   하지 마. 간다!
현 수   (어떡하지)......

씬49. 굿스프 테라스

정우, 서 있다. 맥주 마시면서. 전경 보고 있다. 정선, 온다. 일 마치고. 스
트레칭하면서 오는. 정우, 정선 본다. (flash back 2부 씬8. 정우, 내가 회

사를 차리면 이름을 '온'으루 하려구 10년 전부터 갖구 품고 있었거든요. 항상 깨어 있자. 온!) 정선, 맥주 갖고 와 정우와 부딪치고 마시는. (flash back 2부 씬8. 정우, 온정선이란 말을 들은 순간 왠지 졌다는 생각이 들지! 왠지 이 사람한텐 이길 수 없겠다!)

정 선   무슨 생각해? (자신도 술 마시는)

정 우   니 생각!

정 선   (어이없는) 아 진짜 하지 마!

정 우   너 오늘 방송 출연 안 한다구 했다며? 나한테 피디가 전화 왔더라.

정 선   형 곤란해졌나?

정 우   쫌. 내가 부탁했거든 방송 출연. 굿스픈 낮에 알러지 손님 땜에 뒤집혔다며?

정 선   우와! 다 파악하구 있네.

정 우   다 파악했어 난 뭐든. 방송 출연 해!

정 선   낮에 알러지 손님 응급실 모셔다주구 오면서 생각했어. 이건 아니다. 이 방법은 아니다.

정 우   (보는) 한 번은 더 나가야 돼.

정 선   아니 안 할래.

정 우   (보는..) 지금 안심하긴 이른데. 식당에 오는 손님. 니 요리 땜에 오는 거 아냐.

정 선   그러니까 안 하겠단 거야. 서서히 가는 게 맞아.

정 우   ......

정 선   지금 오는 손님만 안 놓치면 돼.

정 우   결국 넌 내가 뭐라든 니 생각대루 할 거지! 그럼 내가 왜 필요하지? 굿스픈 니가 오너셰프지만 널 그 자리에서 내려오게 할 사람이 나란 것두 잊지 마.

정 선   잊지 않아. 그러니까 타협하구 조율하구 있잖아.

정 우   그게 부족하게 느껴지는데.

정 선   끝까지 믿어주면 안 돼? 처음 나한테 가졌던 마음!

정 우   마음! 마음!! (전경 본다)

정 선   (전경 본다)

서로 다른 생각에 빠진 두 사람. 마음. (F.O)

씬50. 현수 집 현수 방 (F.I)―이른 새벽

현수, 자고 있다. 꿀잠. 알람 E 알람 끄고 일어난다. 앉는다. 핸드폰 꺼낸
다. 문자 보낸다. '뭐해' 정선에게.

현 수   (E) 뭐해?

씬51. 피트니스 센터 안

정선, 런닝하고 있다. 벤치프레스도. 핸드폰 없다.

씬52. 운동장 안

정우, 야구 하고 있다. 날라 오는 공치고 있다. 시원하게 날아가는 공.

씬53. 현수 집 주방

현수, 차 마시는. 핸드폰 보는. 자기가 잘못 봤나 해서. 다시 자신이 보낸
문자 메시지 본다. 답이 안 온다.

경   (나오는. 자다가) 언니! 이제 진짜 일 시작할 건가 부다. 일찍 일어난 거
          보니까.

현 수   어어. 너두 차 한 잔 마실래?

경   아니 난 먹을래.

현 수   넌 암튼 일어나자마자 어떻게 금방 먹니?

경   헤헤.

씬54. 피트니스 센터 라커룸

정선, 씻은 후 옷 갈아입는. 핸드폰 꺼낸다. 핸드폰 본다. 문자 메시지 와 있다. 보면. 현수다. '뭐해'

현 수   (E) 뭐해?

정 선   일찍 일어나네. (답 보낸다. 옷 갈아입었어)

씬55. 현수 집 주방

경, 계란 삶은 거 벗겨 먹고 있다. 빵이랑 잼. 커피.

현 수   너 왜 안 먹던 삶은 계란을 먹어? 안 좋아하잖아.

경   그러게!

문자음 E 현수, 보면. 정선이다. 옷 갈아입었어.

정 선   (E) 옷 갈아입었어.

현 수   어디서 뭐 하면서 옷을 갈아입었어? 물을 마신다구 하질 않나. 왜 물을 마셨냐구? 물 마신 후에 뭐 할 건데? 이 사람이 작가 해두 되겠다. 뒤를 궁금하게 만들어.

경   (현수 보고 있다가) 언니!

현 수   어?

경   그렇게 좋아?

현 수   티 나?

경   완전 티 나! 나두 연애하구 싶단 말야.

현 수   해!

경   누구랑 해? 온 셰프님 같은 남잘 어디 가서 만나?

현 수   넌 너한테 맞는 남잘 찾아야지. 왜 남의 남잘 엿보니 (하다가 자기 말에
        입 틀어막으며) 나 진짜 왜 이러니. 지금 뱉은 말 내가 한 거 맞아?

경   그렇게 좋아?

현 수   좋아. 나 자전거 살까 봐.

경   웬 자전거?

현 수   우리가 취재 다닐려면 굿스프까지 차로 가기 애매하구 걸어가기두 애매
        하잖아. 자전거 타면 빨리 갈 수 있잖아.

        현관벨 E

경   혹시 온 셰프님 온 거 아냐? 전처럼! (하면서 스크린폰으로 간다)

현 수   (그랬음 좋겠지만) 아닐 거야.

        스크린 보면 준하다. 해맑게 손 흔들고 있다.

경   (김새) 언니 저 분은 집이 없어?

현 수   집에 가야 아무두 없잖아. (문 열어주는)

씬56. 굿스프 앞

        정선 차, 온다. 정선, 운전하고. 정선, 주차한다. 정우 차, 들어온다.
        정선, 차에서 나온다. 정우, 주차한다. 정선, 정우 차인 줄 알고 본다.
        정우, 내린다.

정 선   어쩐 일이야?

정 우   아침 좀 먹여줘라!

씬57. 정선 집 안 주방

인덕션 위에 끓고 있는 된장국. 조개 들어간. 식탁엔 상 차려 있고. 국만
가져가면 되는. 정선, 불 끈다.

정 우   번거롭게 왜 국까지 끓여?

정 선   나 국 끓이는 거 좋아해. 국 좋아하는 사람 땜에 엄청 끓여봤어 국.

정 우   (국 좋아하는 사람) (flash back 4부 씬18. 현수, 국 먹다. 이상한 행동
         한 거)

정 선   (E 감정 깨며) 와!

정선, 된장국 식탁에 올려놨다.

정 우   (본다)

정 선   머릴 많이 쓰는 사람한텐 조개 좋아.

정 우   (좋은 놈인데. 오는. 앉는) 그런 거 아냐? 전엔 몰랐던 일들이 결괄 알게
         되니까 퍼즐 조각처럼 맞춰져 하나의 그림이 되는 거!

정 선   알아. 전에 몰랐던 일이 한 사건으루 줄이 쫙 그어지면서 알게 되는 거!

정 우   제법이다! 만약 내가 좋아하는 여자가 다른 남잘 좋아하구 있어. 그럼 포
         기할 거야?

정 선   포기할 때 포기하더라두 끝까진 가봐야지.

정 우   나랑 같네! 그럼 그 남자가 나라구 해두 끝까지 갈래?

정 선   당연한 거 아냐? 형은 안 그래?

정 우   나두 그래. 프로포즈 다음 주에 할 거야.

정 선   내가 멋지게 준비해줄게. 그 여자가 다른 남잘 사랑하더라두 그날은 형이
         주인공이 되게 해줄게.

정 우   (쓸쓸한)......

씬58. 도로 정우 차 안

정우, 운전하고 있다. 연락처 목록에서 현수를 찾는다.

씬59. 현수 집 현수 방

현수, 문자 보낸다. 정선에게. 옷 갈아입고 나갈 채비했다. 뭐해. 지금 취
재하러 가도 돼?

현 수   (E) 뭐해? 지금 취재하러 가노 돼?

노크 문 열리고, 경 있다.

경   언니 가자!
현 수   아직 답 안 왔어.
경   답답하게 왜 자꾸 문잘 보내. 전화 한 통이면 끝날 걸 갖구.
현 수   바쁘잖아. 일하는 데 방해될지두 모르구. 귀찮아하면 어떡해.
경   사랑하는데 뭐가 귀찮냐?

문자음 E

현 수   왔다. (메시지 보면. 박정우다. 뭐해?)
정 우   (E) 뭐해?
현 수   (답 보낸다. 취재하러 가요.)

씬60. 도로 정우 차 안

정우, 운전하고 있다. 문자음 E 본다. 현수 '취재하러 가요'

현 수 (E) 취재하러 가요.
정 우 일하는구나. 그래두 애인은 안 만나네.

문자음 E

현 수 진짜 왔다!

씬61. 현수 집 현수 방

현수, 문자 메시지 확인하고 있다. 정선에게 왔다. '와'

정 선 (E) 와!

현 수 (가방 들고. 거울 보고) 경 이제 가야겠다. 가자!
경 정말 낯설다 언니 모습!
현 수 미안 경!
경 미안할 건 없구 부럽단 거지!! (하면서 끌어안는데)
준 하 (경 뒤에서 참견하며) 나두 같이 갈까? 나두 봐야 되잖아. 찍으려면.
경 너 너무 앞서 나가시네요 감독님. 아직 대본두 안 나왔거든요. 오늘 촬영 없어요?
준 하 없어요. 대본 안 나왔어요.

씬62. 정우 사무실 안

정우, 들어온다. 홍아, 앉아 있다.

정 우   이 시간에 웬일이에요?

홍 아   저 반칙형사에서 빠질래요. 제 작품 준비할래요.

정 우   어제까진 암말 없더니 왜 그래요?

홍 아   민 감독님 작가 팀이 쓴 대본 봤는데. 답이 안 나와요. 그 판은 망하는 판이에요 고생만 직싸게 하구. 해결해주세요 대표님이!

정 우   (보는) ...알았어요. 그럽시다.

홍 아   심플해서 좋네요. 역시 대표님과 일하기 잘했어요.

정 우   저두 지 작가하구 일하기 잘했단 생각 들게 해줘요.

홍 아   물론이죠! 대표님하구 저하곤 성취지향적인 성향이 맞잖아요.

정 우   (니가 맞다고 생각한다면 뭐)......

홍 아   근데 걱정되는 것두 있어요. 사랑에 있어선 지하구 너무 다르더라구요. 그게 의외였구 별루였어요.

정 우   (보는)

홍 아   대표님 현수 언니 좋아하잖아요. 제가 애정에 대한 촉이 남다르거든요. 첨 봤을 때부터 알았어요.

정 우   근데요?

홍 아   왜 계속 제자리죠? 완벽한 남자 조건은 다 갖구 있으면서! 전 당연히 현수 언니하구 애인이 되구 결혼할 줄 알았어요. 대체 5년의 시간 동안 뭘 한 거예요?

정 우   (완전 공감. 허 찔린)........

홍 아   왜 밀려요? 자기가 밀리는 상대가 누군진 알아요?

정 우   거기까지 하죠. 지홍아 씨 사람 감정 부추기는 데 일가견 있는 거 같아요. 충분히 흥분됐어요. 작품두 그렇게 써주세요.

씬63. 굿스프 홀―낮

현수와 경, 식사하고 있다. 와인도 마시고. 성게 샌드위치 먹는 중. 메뉴지
있고. 손님들 식사하고 있고.

경   너무 좋다. 밥 먹으면서 취재하는 거.

현 수   이거 맛있지? 성게루 어떻게 샌드위칠 만들었지?

경   (메뉴지 짚으며) 언니 코슬 이렇게 짰을 땐 이유가 있지 않을까? 하나의
        주제.

현 수   있을 거야 아마.

수 정   (오는) 와인 한 잔 더 드릴까요?

현 수   네.

정 선   (잠깐 나와본다. 현수에게) 괜찮아?

현 수   맛있어!

정 선   그럼 잘 먹어.

현 수   이따가 만나.

정 선   알았어. (들어가는)

경   이따가 만나! 언니 나 여기 누울게! (하고 누우려는)

현 수   경! 이해해줘. 그동안 참구 눌러왔던 거 폭발하구 있는 중이라 그래.

경   이해해!

씬64. 굿스프 테라스―밤

현수, 있다. 전경 보고 서 있다. 현수, 또 문자한다. 정선에게 '뭐해'
정선, 팔 걷혀 있다. 흉터와 타투 보이게.

현 수   (E) 뭐해?

정 선   (오면서) 뭐 하긴 일 끝나구 현수 씨 보러 왔지!

현 수   (보면서 환한) 내가 문자해서 귀찮지 않아?

정 선	내가 답 빨리 못 해서 많이 기다려?
현 수	어어. 어떻게 알았어?
정 선	다들 그러니까. 나두 그렇구.
현 수	뭐 해를 다른 말루 하면 뭔지 알아?
정 선	뭔데?
현 수	보고 싶어!
정 선	(심쿵. 보는)
현 수	왜 나한텐 뭐 하는지 안 물어봐? 난 뭐 하는지 너무 궁금해서 아침에 눈 뜨자마자
정 선	(끌어당긴다)
현 수	(심쿵)
정 선	진작 가르쳐주지! 그럼 했어.
현 수	(미소. 흉터 보고 있었다. 전부터 신경 쓰임) 만져봐두 돼? (흉터 가리키며)
정 선	만져!
현 수	(조심스레 흉터 만진다) 아팠어?
정 선	응 많이 아팠어.
현 수	왜 다쳤는데? 맞았어?
정 선	아니 셰프 다 그래.(하면서 팔과 손에 있는 자잘한 흉터 보여준다.) 수련 과정에서 생긴 거야. 지금두 진행 중이야.
현 수	그렇담 안심! (타투 가리키며) 이건 왜 새겼어? 소금? 소금이 없음 맛을 못 내서?
정 선	맛을 뇌에서 인식하는 건 알아?
현 수	알아!
정 선	뇌에서 맛을 인식할 때 짠맛이 있음 다른 맛까지 잘 느끼게 해줘.
현 수	짠맛은 되게 좋은 애구나. 자기만 사는 게 아니라 다른 맛두 살려주는.
정 선	(O.L) 아주 좋은 애야. 엄마 아빠 이혼하구 엄마 따라 프랑스 가서 너무 힘들었거든. 그때가 열여섯 살 때였어.
현 수	(슬픔이 느껴져 오는. 눈물이 그렁그렁)
정 선	외롭잖아 많이. 근데 망가지면 안 되잖아. 그래서 (현수 보고) 근데 왜

울어?

현 수 안 울어. (눈물 떨어지는데)

정 선 (날 사랑하는구나. 떨어지는 눈물 있는 곳에 입 맞추고)

현 수 ......

정 선 (보는)

현 수 키스하구 싶어.

정 선 ....

현 수 피해.. 싫으면. (다가가서 키스하려는데)

정 선 (피한다)

현 수 (예상치 못한 반응에 황당) 뭐야아? (어이없어 웃는)

정 선 (웃는) 안 피할 줄 알았지! 울다가 웃구!

현 수 (자기도 웃는) 진짜 나뻐어!!

정 선 나 그때 현수 씨가 피할까 봐 무지 떨었다. 안 피해서 너무 좋았어.

현 수 근데 나한테 왜 그래?

정 선 재미있으라구! 키슨 지금부터 다시 하면 되니까.

현 수 (보는) 그렇담 나두 순순히 할 순 없어.

정 선 좋아 선택해! 10대 버전! 20대 버전! 30대 버전!

현 수 다 받구 냉장고 키스!

씬65. 정우 사무실 안

정우, 오일 파스타 만들고 있다. 다 만들었다. 화이트 와인 있고.
좀 먹는데. 재미없다. 화이트 와인 들고 창가로 간다. (flash back 4부 씬
23. 현수, 기다려달라구 했는데! 전화했었는데 그때 대표님하구 있느라
전화두 못 받구 그게 마지막 전화였는데... 받았어야 했는데.... 받았어야
했어요. 그 남자 이제 어디 가서 만나요?) 정우, 차 키를 들고 나간다.

씬66. 굿스프 테라스

정선, 현수 키스하고 있다. 10대 키스. 20대 키스. 30대 키스.

씬67. 도로 정우 차 안

정우, 운전하고 있다.

씬68. 굿스프 냉장고 안

정선, 현수와 키스한다. 따뜻하게. 격렬하게. 서로의 존재가 하나가 되듯.

(2권에 계속)

사랑의온도 1

1판 1쇄 발행 2017년 12월 28일
1판 3쇄 발행 2022년 7월 15일

지은이 하명희

발행인 양원석
펴낸 곳 ㈜알에이치코리아
주소 서울시 금천구 가산디지털2로 53, 20층 (가산동, 한라시그마밸리)
편집문의 02-6443-8842   **도서문의** 02-6443-8800
홈페이지 http://rhk.co.kr
등록 2004년 1월 15일 제2-3726호

ISBN 978-89-255-6290-2 (04810)
     978-89-255-6292-6 (세트)